DANYA
KUKAFKA

E.L.A.S ® ESPECIALISTAS
LITERÁRIAS NA
ANATOMIA DO
SUSPENSE

ESPECIALISTAS LITERÁRIAS NA ANATOMIA DO SUSPENSE

CRIME SCENE FICTION

NOTES ON AN EXECUTION
Copyright © Danya Kukafka, 2022
Todos os direitos reservados.

Tradução para a língua portuguesa
© Maria Carmelita Dias, 2024

Diretor Editorial
Christiano Menezes

Diretor Comercial
Chico de Assis

Diretor de Novos Negócios
Marcel Souto Maior

Diretor de MKT e Operações
Mike Ribera

Diretora de Estratégia Editorial
Raquel Moritz

Gerente Comercial
Fernando Madeira

Gerente de Marca
Arthur Moraes

Gerente Editorial
Marcia Heloisa

Editora
Nilsen Silva

Capa e Proj. Gráfico
Retina 78 e Arthur Moraes

Coordenador de Arte
Eldon Oliveira

Coordenador de Diagramação
Sergio Chaves

Designer Assistente
Jefferson Cortinove

Preparação
Lúcia Maier

Revisão
Carolina Vaz
Jéssica Reinaldo

Finalização
Roberto Geronimo
Sandro Tagliamento

Impressão e Acabamento
Ipsis Gráfica

DADOS INTERNACIONAIS DE CATALOGAÇÃO NA PUBLICAÇÃO (CIP)
Angelica Ilacqua CRB-8/7057

Kukafka, Danya
  Anatomia de uma execução / Danya Kukafka; tradução de Maria Carmelita Dias. — Rio de Janeiro : DarkSide Books, 2024.
  304 p.

  ISBN: 978-65-5598-352-4
  Título original: Notes on an Execution

  1. Ficção norte-americana 2. Homicidas em série – Ficção I. Título II. Dias, Maria Carmelita

24-0188   CDD 813.6

Índice para catálogo sistemático:
  1. Ficção norte-americana

[2024]
Todos os direitos desta edição reservados à
DarkSide® Entretenimento LTDA.
Rua General Roca, 935/504 — Tijuca
20521-071 — Rio de Janeiro — RJ — Brasil
www.darksidebooks.com

Danya Kukafka

Anatomia de uma Execução

TRADUÇÃO MARIA CARMELITA DIAS

E.L.A.S

DARKSIDE

Para Dana Murphy

*Estou acordada no lugar
onde as mulheres morrem.*
Jenny Holzer (1993)

12 HORAS

Você é uma impressão digital.

Quando você abre os olhos no último dia da sua vida, vê seu próprio polegar. Na luz amarelada da prisão, as linhas na almofada do seu polegar parecem um leito de rio seco, a areia exibindo círculos formados pela água que a varreu, a água que antes estava lá, mas agora não está mais.

A unha está comprida demais. Você se lembra daquele velho mito da infância. Aquele que diz que, depois que você morre, suas unhas continuam a crescer até se curvarem ao redor dos ossos.

Detento, diga seu nome e número.

Ansel Packer, você grita. 999631.

Você se revira na cama. O teto cria seu cenário habitual, um desenho feito de manchas d'água. Se você inclinar a cabeça de um determinado jeito, a mancha de umidade no canto assume o formato de um elefante. Chegou o dia, você pensa, e olha para a nódoa de tinta que forma a tromba do elefante. Chegou o dia. O elefante sorri como se soubesse um segredo desesperado. Você passou muitas horas replicando exatamente essa expressão, reproduzindo o elefante no teto, sorriso por sorriso, e hoje ele se tornou verdadeiro. Você e o elefante sorriem um para o outro até que a realidade desta manhã aflore em uma percepção nervosa e vocês dois pareçam malucos.

Você balança as pernas na beirada da cama e ergue o corpo do colchão. Calça os sapatos fornecidos pelo presídio, tênis pretos que deixam dois centímetros para seus pés deslizarem lá dentro. Entorna água da pia de metal em sua escova de dentes, aperta uma faixa arenosa do dentifrício em pó, depois molha o cabelo na frente do espelho minúsculo, que não é um espelho de verdade, e sim um pedaço de alumínio marcado e cheio de buracos, que não se espatifaria se quebrasse. Nele, seu reflexo está borrado e distorcido. Você rói as unhas na pia, uma por uma, arrancando a parte branca com cuidado, até todas ficarem bem curtas.

A contagem regressiva costuma ser a parte mais difícil, o capelão lhe disse, quando veio na noite passada. Normalmente você gosta dele, um homem com princípio de calvície e encurvado por alguma coisa que pode ser vergonha. O capelão é novo na Unidade Polunsky; tem um rosto suave e compreensivo, com aquela aura de "sou um livro aberto". Ele lhe falou sobre perdão, sobre se livrar do fardo e aceitar o que não pode ser mudado. Depois fez uma pergunta.

Sua testemunha, indagou o capelão através da sala de visitas. Ela vem?

Você visualizou a carta na sua estante, naquela cela pequena e abarrotada. O envelope creme, chamando a atenção. O capelão observou você de um jeito desoladamente piedoso, logo você, que sempre acreditou que a piedade fosse o mais ultrajante dos sentimentos, a própria destruição, na forma mais mascarada de solidariedade. A piedade desnuda as pessoas. A piedade reduz as pessoas.

Sim, ela vem, você respondeu. Depois: Você tem alguma coisa nos dentes. Então observou o homem levar a mão ansiosa à boca.

Na verdade, você não refletiu muito sobre a noite de hoje. É abstrata demais, fácil demais de sucumbir ao desespero. Não vale a pena escutar os boatos a respeito do Prédio 12 — um cara voltou, tendo obtido o perdão apenas dez minutos antes da injeção, já amarrado na maca, e disse que foi torturado durante horas, com bambu enfiado sob as unhas como se ele fosse o herói de um filme de aventuras. Outro detento alegou que lhe deram rosquinhas. Você prefere não conjecturar. Tudo bem estar com medo, disse o capelão. Mas você não está com medo. Ao contrário: você tem uma sensação enjoativa de assombro. Nos últimos tempos, você sonha que está voando em um céu azul cristalino, planando sobre grandes extensões de lavouras. Seus ouvidos estalam com a altitude.

O relógio de pulso que você herdou lá na Ala C está adiantado cinco minutos. Você gosta de estar preparado. Pelo relógio, ainda lhe restam onze horas e vinte e três minutos.

Eles prometeram que não vai doer. Prometeram que você não vai sentir nada. Uma vez apareceu uma psiquiatra, que se sentou de frente para você na sala de visitas, vestindo um terninho impecável e um par de óculos caros. Ela lhe contou coisas das quais você sempre suspeitou e jamais esqueceu, coisas que você gostaria que nunca tivessem sido ditas em voz alta. Levando em conta sua capacidade de avaliação, o rosto da psiquiatra deveria ter lhe mostrado mais; de modo geral, você consegue estimar o nível correto de tristeza ou arrependimento dessa forma. No entanto, a psiquiatra era propositalmente inexpressiva, e você a odiou por causa disso. Como se sente?, perguntou ela, o que não fazia o menor sentido. Sentimentos não tinham muito valor. Assim, você deu de ombros e falou a verdade: Não sei. Nada.

Lá pelas 6h07 da manhã, seus pertences estão organizados.

Você misturou as tintas na noite passada. Froggy lhe ensinou como fazer isso, ainda na Ala C. Você usou a lombada de um livro pesado para amassar uma porção de lápis de cor, depois misturou o pó resultante com um pote de vaselina do armazém. Enfiou três palitos de picolé na água, picolés trocados por dezenas de pacotes de macarrão instantâneo de diversos sabores, e trabalhou a madeira até ficar desfiada como um leque, tal qual as cerdas de um pincel.

Agora você organiza tudo no chão, perto da porta de sua cela. Cuida para garantir que a ponta da sua moldura de papelão fique exatamente dentro da faixa de luz que emana do corredor. Você ignora a bandeja de café da manhã no chão, intocada desde que foi servida às três horas da manhã, o molho de carne coberto por uma película, a fruta enlatada já infestada de formigas. O mês é abril, mas parece julho; os aquecedores costumam funcionar no verão, e um naco de manteiga derreteu e formou uma pocinha de gordura.

Permitiram que você tivesse um único aparelho eletrônico, e você escolheu um rádio. Você mexe no botão, um barulho estático e estridente. Os homens das celas vizinhas frequentemente gritam os pedidos: R&B ou rock clássico, mas eles sabem o que vai acontecer hoje. Não protestam quando você sintoniza na sua estação predileta. De música clássica. A sinfonia é repentina e chocante, e preenche cada canto do espaço feito de concreto. *Sinfonia em Fá Maior*. Você ajusta o som, deixa tocar.

O que você está pintando?, perguntou Shawna uma vez, quando deslizou a bandeja de almoço pelo buraco da porta. Ela inclinou a cabeça para dar uma espiada na tela.

Um lago, você respondeu. Um lugar que eu adorava.

Ela não era Shawna naquela época, ainda não; era a agente Billings, com o cabelo preso em um coque baixo e apertado, a calça do uniforme amassada em torno dos quadris largos. Ela só virou Shawna seis semanas mais tarde, quando pressionou a mão espalmada contra a sua janela. Você reconheceu o olhar dela por causa de outras garotas, de vidas diferentes. Uma surpresa. Ela lembrava Jenny — era algo no anseio de Shawna, tão vulnerável e incontrolável. Me diga seu nome, agente, você perguntou, e ela ficou vermelha de tão corada. Shawna. Você repetiu o nome, reverente, como se fosse uma oração. Você imaginou o ritmo nervoso da pulsação dela, as veias azuis palpitantes em seu pescoço branco e magro, e então você se tornou algo maior, uma nova versão de si mesmo já se expandindo em seu rosto. Shawna sorriu, revelando a separação entre os dentes da frente. A boca aberta, encabulada.

Quando Shawna se afastou, Jackson gritou da cela vizinha, mostrando sua aprovação, caçoando com hostilidade. Você desfiou os fios desgastados dos seus lençóis, amarrou uma barrinha de Snickers na ponta e jogou por baixo da porta de Jackson, para fazê-lo ficar calado.

Tentou pintar alguma coisa diferente para Shawna. Encontrou a fotografia de uma rosa, enfiada dentro de um manual de filosofia que você pediu na biblioteca. Misturou as cores à perfeição, mas as pétalas não ficavam direitas. A rosa era um borrão de vermelho forte, todos os ângulos errados, e você jogou tudo fora antes que Shawna visse. Na vez seguinte que ela destrancou sua cela para acompanhar você pelo comprido corredor cinzento até o chuveiro, era como se Shawna soubesse: ela agarrou o metal de suas algemas e pressionou o polegar na parte interna do seu punho, verificando. O agente do outro lado respirou forte pelo nariz, alheio ao que acontecia, quando você estremeceu. Fazia muito tempo que você não sentia outra coisa a não ser braços rudes o empurrando de uma cela para outra, os sulcos frios de um garfo de plástico, o prazer monótono de sua própria mão no escuro. Foi elétrica, a sensação do toque de Shawna.

Desde então, você aperfeiçoou a troca.

Anotações, enfiadas embaixo de bandejas de almoço. Momentos, roubados entre sua cela e a sala de recreação. Na semana passada, Shawna deslizou um tesouro pela fresta da sua porta: um pequeno grampo preto, do tipo que salpicava seu coque alisado.

Agora você mergulha o palito de picolé na tinta azul enquanto espera escutar as passadas de Shawna. Sua tela está posicionada com todo o cuidado na extremidade da porta, os cantos alinhados. Esta manhã, Shawna vai trazer uma resposta. Sim ou não. Após a conversa de ontem, poderia ser tanto uma coisa quanto a outra. Você tem talento para ignorar as dúvidas, mas não para se concentrar na expectativa, que parece algo vivo descansando em seu colo. Uma nova sinfonia começa, calma no início, depois intensa e profunda. Você mergulha nos acordes rápidos do violoncelo, pensando em como as coisas tendem a acelerar cada vez mais até atingirem um ápice espetacularmente majestoso.

Você estuda o formulário enquanto pinta. Relação dos Bens do Detento. Qualquer que seja a resposta de Shawna, você vai ter que embalar as coisas. Três bolsas de malha vermelha descansam aos pés da sua cama; eles vão transferir todos os pertences mais importantes para a Unidade Walls, onde você vai ter mais algumas horas com seus bens terrenos antes que tudo seja levado embora. Preguiçosamente, você enche as bolsas com as coisas que acumulou nos últimos sete anos em Polunsky: os salgadinhos de milho e o molho de pimenta, os tubos extras de pasta de dente. Tudo sem sentido agora. Você vai deixar tudo para o Froggy, da Ala C — o único detento que algum dia conseguiu derrotar você em uma partida de xadrez.

E você vai deixar sua Teoria aqui. Todos os cinco cadernos. O que vai acontecer com a Teoria depende da resposta de Shawna.

Ainda assim, existe a questão da carta e da foto.

Você jurou que não ia ler a carta de novo. Se bem que você já a decorou quase toda. Mas Shawna está atrasada. Então, quando você tem certeza de que suas mãos estão limpas e secas, fica de pé, cambaleando, estica o braço até a prateleira de cima e pega o envelope.

A carta de Blue Harrison é curta, concisa. Uma única folha pautada de caderno. Ela escreveu seu endereço com uma letra inclinada: Ansel Packer, U.P., Prédio 12, Ala A, Corredor da Morte. Um longo suspiro. Você coloca o envelope com delicadeza no seu travesseiro antes de afastar uma pilha de livros para pegar a fotografia, colada e escondida entre a prateleira e a parede.

Esse é o local predileto da sua cela, em parte porque nunca é revistado, em parte por causa do grafite. Você foi designado para essa cela na Ala A desde que sua data foi oficialmente marcada, e algum tempo antes disso um outro detento riscou, com dificuldade, aquelas palavras no cimento: Estamos Todos Com Raiva. Você sorri toda vez que as vê. Aquilo é tão bizarro, tão absurdo, tão diferente de qualquer outro grafite da prisão (quase sempre sobre a Bíblia ou genitália). Há uma verdade pacífica nos dizeres, dado o contexto, que você quase acharia hilária.

Você tira a fita adesiva do canto da fotografia, tomando cuidado para não rasgar. Senta-se na cama, com a foto e a carta no colo. Sim, você pensa. Estamos Todos Com Raiva.

* * *

Até a carta de Blue Harrison chegar, algumas semanas atrás, a foto era a única coisa que você tinha conservado. Antes da sentença, quando sua advogada ainda acreditava na confissão mediante coerção, ela lhe ofereceu um favor. Bastaram alguns telefonemas, e ela acabou conseguindo que lhe enviassem a fotografia do escritório do xerife de Tupper Lake.

Na foto, a Casa Azul parece pequena. Mal-ajambrada. O ângulo da câmera corta as persianas da esquerda, mas você se lembra como ali floresciam hortênsias. Seria fácil olhar a foto e ver apenas a casa, de um azul vivo, a pintura descascando. Os sinais do restaurante são sutis. Uma bandeirola balança na varanda: ABERTO. A entrada de cascalho foi nivelada para criar uma espécie de estacionamento para os fregueses. As cortinas parecem brancas vistas de fora, mas você sabe que, por dentro, elas têm uma padronagem com quadradinhos vermelhos. Você se lembra do cheiro. Batatas fritas, desinfetante Lysol, torta de maçã. Como as portas da cozinha rangiam. Vapor, vidros quebrados. No dia em que a foto foi tirada, o céu estava tomado pela chuva. Só de olhar, você quase consegue sentir o odor penetrante e acre de enxofre.

O que você mais gosta na foto é a janela do andar superior. A cortina está entreaberta e, se você olhar de perto, pode ver a sombra de um braço, do ombro até o cotovelo. O braço desnudo de uma adolescente. Você gosta de imaginar o que ela estava fazendo no momento exato da foto; ela devia estar de pé, perto da porta do quarto, falando com alguém ou se olhando no espelho.

Ela assinou a carta como Blue. Seu nome verdadeiro é Beatrice, mas ela nunca foi Beatrice para você ou para ninguém que ela conhecesse na época. Sempre foi Blue: Blue, com o cabelo trançado jogado por cima do ombro. Blue, naquele moletom com os dizeres Tupper Lake Track & Field, as mangas esticadas nos punhos. Quando você se lembra de Blue Harrison, e da sua temporada na Casa Azul, se lembra de como ela nunca conseguia caminhar junto a uma janela sem espiar, nervosa, o próprio reflexo.

Você não sabe que sentimento surge quando olha para a foto. Não pode ser amor, porque você já fez um teste: você não ri nos momentos certos, nem se retrai nos errados. Existem estatísticas. Alguma coisa sobre dor, empatia, reconhecimento emocional. Você não entende o tipo de amor que lê nos livros, e gosta dos filmes principalmente para analisá-los, os rostos se transformando em outros rostos. Seja como for, não importa o que digam de você e do que você é capaz — não pode ser amor, isso seria neurologicamente impossível —, olhar para a fotografia da Casa Azul transporta você até lá. O lugar onde não há mais os gritos agudos. O silêncio é delicioso, um suspiro de alívio.

Por fim, você ouve um eco no extenso corredor. O arrastar de pés característico de Shawna.

Você cai no chão de novo e volta a assumir um movimento afetado com o pincel: pontilha a grama com pequeninas flores, de um vermelho exuberante. Tenta se concentrar na pontinha das cerdas, no cheiro de cera dos lápis triturados.

Detento, diga seu nome e número.

A voz de Shawna sempre soa prestes a desmoronar. Hoje, de quinze em quinze minutos, um agente vai vir para verificar se você ainda está respirando. Você não se atreve a desviar o olhar do quadro, embora saiba que ela vai estar com a mesma expressão óbvia no rosto, seu desejo evidente e visível, misturado com excitação, ou talvez tristeza, dependendo da resposta.

Há coisas sobre você que Shawna adora, mas nenhuma delas tem muito a ver com você. É a sua situação que a atrai, seu poder enjaulado enquanto ela literalmente tem a chave. Shawna é o tipo de mulher que não quebra as regras. Ela se vira para o outro lado de um jeito apropriado enquanto os agentes homens realizam as revistas, e antes dos banhos e das horas de recreação. Você passa vinte e duas horas por dia em uma cela de dois metros por dois e meio, onde fisicamente não é possível ver outro ser humano, e Shawna sabe disso. Ela é o tipo de mulher que lê romances com homens rudes nas capas. Você pode sentir o cheiro do sabão que ela usa para lavar roupa, do sanduíche de salada de ovo que ela traz de casa para almoçar. Shawna ama você porque você não pode se aproximar mais, pelo fato de que há uma porta de aço entre vocês dois, algo que promete tanto paixão quanto segurança. Nesse sentido, ela não se parece em nada com Jenny. Jenny estava sempre cutucando, tentando ver lá dentro. Me diz o que está sentindo, perguntava Jenny. Se abre para mim. Mas Shawna se deleita com a distância, o inebriante desconhecido que se coloca sempre entre duas pessoas. E agora ela está empoleirada na ponta do abismo. É preciso cada centímetro de autocontrole para não erguer o olhar e confirmar o que você já sabe: Shawna lhe pertence.

Ansel Packer, você repete tranquilo. 999631.

O uniforme de Shawna faz um ruído quando ela se curva para amarrar o sapato. A câmera no canto de sua cela não capta o corredor, e seu quadro está posicionado no local perfeito. Aparece com um mínimo lampejo de branco, quase invisível: o vislumbre de um papel, quando o bilhete de Shawna escorrega por baixo da fresta da sua porta, escondido sob a beirada da sua tela.

Shawna acredita na sua inocência.

Você jamais faria aquilo, sussurrou ela uma vez, parada na frente da sua cela durante um longo turno da noite, as sombras das barras riscando as bochechas dela. De jeito nenhum.

Ela sabe, obviamente, como você é chamado no Prédio 12.

O Assassino das Garotas.

A reportagem do jornal não poupou os detalhes: foi publicada depois do seu primeiro recurso, espalhando o apelido pelo Prédio 12 como fogo se alastrando em um incêndio. O jornalista tinha colocado todas juntas, como se fossem intencionais e relacionadas. As Garotas. A matéria usou essa palavra, a palavra que você detesta. Em série é algo diferente — um rótulo para homens que não são como você.

Você jamais faria aquilo. Shawna tem razão, apesar de você mesmo nunca ter alegado isso. Você prefere deixá-la ficar se repetindo, deixar a indignação se instalar: isso é muito mais fácil do que as perguntas. Você se sente mal? Está arrependido? Você nunca tem certeza do que isso significa. Você se sente mal, claro. Mais especificamente, você gostaria de não estar nesse lugar. Você não vê de que modo a culpa pode ajudar alguém, mas há anos essa é a grande questão, durante todo o seu julgamento e os seus muitos e infrutíferos recursos. Você é capaz?, perguntam. Você é fisicamente capaz de sentir empatia?

Você enfia o bilhete de Shawna dentro do cós da calça e fita o elefante no teto. O elefante tem um sorriso psicopata, intenso em um minuto e apenas uma impressão no minuto seguinte. A questão toda é absurda, quase insana. Não existe uma linha a ser transposta, um alarme para ajustar, uma balança para pesar. Na verdade, no final você deduziu que a questão não é sobre empatia. A questão é como você pode ser humano, afinal de contas.

Mas é assim mesmo. Você levanta o polegar para a luz e o examina de perto. Na mesma impressão digital, o tique-taque tênue e tímido da sua própria pulsação é insistente e indiscutível.

Há a história que você conhece sobre você e há a história que todo mundo conhece. Ao puxar o bilhete de Shawna do cós, você pensa como a tal história ficou tão distorcida, como apenas os seus momentos mais fracos importam agora, como eles se expandiram para absorver todo o resto.

Você se curva para evitar que a câmera posicionada no canto da sua cela capte o bilhete. Lá, na caligrafia trêmula de Shawna, apenas duas palavras:

Eu fiz.

Você se enche de esperança, de um branco ofuscante. Ela se instala em cada centímetro do seu corpo enquanto o mundo se abre, vaza. Ainda lhe restam onze horas e dezesseis minutos, ou talvez, com a promessa de Shawna, ainda lhe reste uma vida inteira.

* * *

Deve ter existido uma época, lhe disse uma vez um jornalista. Uma época antes de você ser assim.

Se algum dia houve essa época, você gostaria de se lembrar dela.

LAVENDER
1973

Se houve essa época, ela começou com Lavender.
Ela estava com 17 anos e sabia o que era trazer uma vida ao mundo. A responsabilidade. Sabia que o amor podia envolver você com força, mas também machucar. No entanto, até chegar a hora, Lavender não entendia o que significava abandonar uma coisa que havia crescido dentro das suas entranhas.

"Me conta uma história", sussurrou Lavender, ofegante, entre uma contração e outra.
Ela estava esparramada em um cobertor, em cima de uma pilha de feno, dentro do celeiro. Johnny estava agachado sobre ela com uma lanterna, a respiração saindo em espirais brancas no ar gelado de final de inverno.
"O neném", disse Lavender. "Me conta sobre o neném."
Era evidente que o bebê poderia matá-la. Cada contração mostrava como eles estavam despreparados. Apesar de todas as bravatas de Johnny e dos trechos que ele citou dos manuais médicos que seu avô havia deixado, nenhum dos dois sabia grande coisa sobre partos. Os livros não mencionavam isso. O sangue apocalíptico. A dor lancinante.
"Quando crescer, ele vai ser presidente", disse Johnny. "Vai ser um rei."
Lavender gemeu. Ela conseguia sentir a cabeça do bebê rasgando sua pele, uma laranja, agora metade para fora.

"Você não sabe se é menino", disse ela, arfando. "Fora que não existem mais reis hoje em dia."

Ela fez força até as paredes do celeiro ficarem vermelhas. Seu corpo parecia cheio de cacos de vidro, retorcido e retalhado por dentro. Quando veio a contração seguinte, Lavender afundou nela, a garganta soltando um berro gutural.

"Ele vai ser bom", disse Johnny. "Vai ser corajoso, esperto e poderoso. Estou vendo a cabeça dele, Lav, você tem que continuar fazendo força."

Breu. Todas as partes do corpo de Lavender convergiram para uma ferida destruidora. Daí veio o grito agudo, um choramingo. Johnny estava coberto de sangue coagulado até os cotovelos, e Lavender o observou pegar as tesouras de poda que ele havia esterilizado com álcool e, em seguida, cortar o cordão umbilical. Segundos depois, Lavender o segurava no colo. Seu filho. Gosmento pelo pós-parto, uma espécie de espuma ao redor da cabeça, o bebê era uma confusão de membros furiosos. À luz da lanterna, seus olhos eram quase pretos. Ele não parecia um bebê, pensou Lavender. Mas, sim, um pequeno alienígena roxo.

Johnny caiu ao lado dela no feno, ofegante.

"Olha", falou ele, com a voz rouca. "Olha o que fizemos, meu amor."

Um sentimento tomou conta de Lavender naquele exato momento: um amor tão intenso que mais parecia um ataque de pânico. O sentimento foi imediatamente seguido por uma culpa enjoativa. Porque Lavender soube, no minuto em que viu o bebê, que não queria aquele tipo de amor. Era excessivo. Faminto. Mas ele crescera dentro dela todos aqueles meses, e agora tinha mãos, pés e dedos. E respirava.

Johnny limpou o bebê com uma toalha e o juntou ao peito de Lavender. Quando Lavender, com o rosto molhado e coberto de suor, olhou para baixo e viu o embrulhinho amassado e descascando, ficou grata porque o celeiro era escuro — Johnny detestava quando ela chorava. Lavender encostou a palma da mão na cabeça do bebê, aqueles pensamentos traiçoeiros do início já entrelaçados em arrependimento. Ela afogou o sentimento com certezas, murmuradas contra a pele escorregadia da criança. *Eu vou te amar assim como o mar ama a areia.*

Eles deram o nome de Ansel ao bebê, por causa do avô de Johnny.

* * *

Eis as coisas que Johnny havia prometido:

Tranquilidade. Céu aberto. Uma casa inteira só para eles, um jardim só para Lavender. Nada de escola, nada de professores decepcionados. Absolutamente nenhuma regra. Uma vida sem ninguém observando. Eles estavam sozinhos na casa da fazenda, o vizinho mais próximo ficava a dezesseis quilômetros de distância. Às vezes, quando Johnny saía para caçar, Lavender ia para a varanda dos fundos e gritava o mais alto possível, gritava até ficar rouca, para ver se alguém viria correndo. Ninguém nunca apareceu.

Apenas um ano antes, Lavender era uma adolescente normal de 16 anos. O ano era 1972, e ela passava os dias dormindo durante a aula de matemática, depois de história, depois de inglês, tagarelando com sua amiga Julie enquanto as duas fumavam cigarros furtados perto da porta do ginásio de esportes. Ela conheceu Johnny Packer no bar, quando entraram lá furtivamente em uma sexta-feira qualquer. Ele era mais velho e bonito. *Parece um John Wayne jovem*, disse Julie dando risadinhas, na primeira vez em que Johnny apareceu após o horário da escola em sua picape. Lavender adorava seu cabelo desgrenhado, seu rodízio de camisas de flanela, suas pesadas botas de trabalho. As mãos de Johnny eram sujas por causa da fazenda, mas Lavender adorava o cheiro dele. Cheirava a graxa e dias ensolarados.

Na última vez em que Lavender viu a mãe, ela estava debruçada na mesa dobrável, um cigarro pendurado na boca. Ela tinha tentado fazer um penteado todo armado, mas tinha ficado achatado e torto, igual a um balão murcho.

Vá em frente, meu bem, a mãe de Lavender tinha dito. *Abandone a escola e se mude para aquela fazenda caindo aos pedaços.* Um sorriso doentio e satisfeito. *Espere só para ver, meu bem. Os homens são como lobos, e alguns lobos são pacientes.*

Lavender tinha roubado da cômoda o medalhão antigo da mãe antes de partir. O medalhão era de metal enferrujado com uma placa de identificação vazia no interior. Enfeitava o centro da caixa de joias quebrada da mãe desde sempre — a única prova de que a mãe de Lavender era capaz de dar valor a alguma coisa.

Era verdade que viver na fazenda não era bem o que Lavender imaginava. Ela passou a morar com Johnny seis meses depois de conhecê-lo; antes disso, Johnny morava sozinho com o avô. A mãe de Johnny tinha morrido e o pai tinha ido embora, e ele nunca falava de nenhum dos dois. O avô de Johnny era veterano de guerra e tinha uma voz zangada, que usava para mandar o neto executar tarefas em troca de todas as refeições quando era criança. Ele tossiu, e tossiu, até morrer, algumas semanas depois da chegada de Lavender. Eles o enterraram no quintal atrás do pinheiro. Lavender não gostava de caminhar até o lugar, ainda com o monte de terra visível. Ela aprendeu a ordenhar a cabra e a torcer o pescoço das galinhas antes de depená-las e tirar suas vísceras. Cuidava do jardim, que era dez vezes maior do que o pequeno canteiro do qual se encarregava atrás do trailer da mãe — o jardim sempre ameaçava crescer mais do que ela dava conta. Lavender tinha desistido de tomar banho regularmente, tarefa difícil demais com a torneira do lado de fora, e seu cabelo vivia embaraçado.

Johnny se ocupava da caça. Depurava a água. Fazia os consertos na casa. Algumas noites, ele chamava Lavender para dentro depois de um longo dia de trabalho no jardim. Ela o encontrava de pé perto da porta com a braguilha aberta, o pênis ereto, aguardando com um sorriso malicioso no rosto. Naquelas noites, ele a empurrava contra a parede. Com a bochecha imprensada contra o carvalho cheio de farpas, o desejo de Johnny rosnando em seu pescoço, ela se deleitava com a essência daquilo. A necessidade imperiosa de Johnny. As mãos calejadas, glorificando-a. *Meu amor, meu amor.* Lavender não sabia se ficava excitada com a dureza de Johnny ou com o fato de que ela podia abrandá-la.

Como eles não tinham fraldas, Lavender enrolou um pedaço de pano velho na cintura de Ansel e amarrou as pontas nas pernas. Ela o enfaixou bem apertado com uma das mantas do celeiro, depois se levantou e saiu mancando atrás de Johnny.

Caminhou descalça de volta para a casa. Tonta. Sentia tanta dor que não se lembrava de ter ido para o celeiro, apenas que Johnny a tinha carregado, e agora estava sem sapatos. O final do inverno estava um bocado frio, e Lavender carregava Ansel junto ao peito enquanto ele fazia uns barulhinhos. Ela imaginou que já fosse quase meia-noite.

A fazenda ficava no topo de uma colina. Mesmo no escuro, parecia torta, pendendo precariamente para a esquerda. A casa precisava de reparos constantes. O avô de Johnny tinha lhes deixado um saldo de canos vazando, goteiras no telhado, janelas sem algumas vidraças. De modo geral, Lavender não se importava. A casa valia a pena pelos momentos em que ela ficava sozinha na varanda, admirando a ampla extensão dos campos. O gramado brilhava prateado de manhã, laranja de noite, e além do pasto ela podia ver os picos das montanhas Adirondack. A fazenda ficava perto de Essex, estado de Nova York, a uma hora de distância do Canadá. Em dias claros, ela gostava de estreitar os olhos diante da luz brilhante, imaginando uma luz invisível através da qual a distância se transformava em um outro país, muito diferente. Era uma ideia exótica e encantadora. Lavender nunca tinha saído do estado de Nova York.

"Você pode acender a lareira?", perguntou ela, quando entraram. A casa estava gelada, as cinzas frias da noite anterior pousadas de qualquer jeito no fogão a lenha.

"Está tarde", disse Johnny. "Você não está cansada?"

Não valia a pena discutir. Com dificuldade, Lavender subiu a escada; lá em cima, limpou o sangue das pernas com uma toalha pequena e trocou de roupa. Nada lhe cabia mais: a calça boca de sino de veludo cotelê que ela havia comprado em um brechó com Julie estava guardada em uma caixa com suas melhores blusas de gola rulê, apertadas demais para seu abdome avantajado. Na hora em que se deitou na cama, vestindo uma das camisetas velhas de Johnny, ele já estava dormindo, e Ansel estava inquieto, enrolado como um embrulho, no travesseiro dela. O pescoço de Lavender estava melado de suor seco, e ela cochilou sentada com o bebê no colo, ansiosa, sonolenta.

De manhã, o pano de Ansel tinha vazado, e Lavender sentiu o rastro pegajoso de diarreia correr pela sua barriga, que começava a desinchar.

Ao acordar por causa do cheiro, Johnny se sacudiu, e Ansel começou a chorar, um choramingo agudo e irritado.

Johnny se levantou, tateando para encontrar uma camiseta velha, que logo jogou para a cama, fora do alcance de Lavender.

"Se você puder segurar ele um segundo...", disse Lavender.

O olhar que Johnny lhe lançou naquele momento. A frustação não pertencia ao rosto dele — era o tipo de feiura que deve ter se originado da própria Lavender. *Desculpa*, Lavender teve vontade de dizer, apesar de não saber o motivo. Quando ouviu o rangido dos passos de Johnny descendo a escada, ela pressionou os lábios na testa do bebê, que não parava de chorar. Era assim que acontecia, não é? Todas as mulheres que a antecederam, seja em grutas, tendas e carroças cobertas. Era de admirar que ela nunca tivesse refletido muito sobre o fato tão antigo e atemporal de que a maternidade, por sua própria natureza, era uma tarefa que só cabia a si mesma..

Eis as coisas que Johnny amava antigamente: o sinal na nuca de Lavender, que ele costumava beijar antes de eles adormecerem; os ossos dos dedos de Lavender, tão pequenos que ele jurava que podia sentir um por um; o modo como os dentes de Lavender se sobrepunham na frente — *dente encavalado,* ele costumava falar, caçoando.

Agora Johnny não via os dentes dela. No lugar deles, agora havia os arranhões que as pequeninas unhas de Ansel provocavam em seu rosto.

"Pelo amor de Deus", dizia ele, quando Ansel chorava. "Não dá pra fazer ele parar?"

Johnny ficava sentado na mesa toda marcada, usando os dedos rechonchudos de Ansel para desenhar animais na gordura que ficava em seu prato, na hora do jantar. *Cachorro*, explicava Johnny, com a voz baixa e terna. *Galinha.* O rosto de Ansel permanecia gorducho e inexpressivo. Quando o bebê inevitavelmente começava a choramingar, Johnny o entregava para Lavender e se levantava para ir fumar o charuto da noite. De novo sozinha, os dedos de Ansel sujando a blusa dela inteira de gordura, Lavender tentava manter a situação sob controle. Como Johnny havia olhado o filho durante aqueles minutos, breves e perfeitos, como ele quis se comunicar com a criança. Como se o DNA não fosse suficiente. Com o bebê no colo, todo carinhoso e falando de maneira afetuosa, Johnny parecia o homem que Lavender tinha conhecido no bar tanto tempo atrás. Ela ainda podia ouvir a voz de Julie, enrolada e com bafo de cerveja.

Aposto que ele é um fofo por dentro, tinha cochichado Julie. *Aposto que você podia fazer ele de gato e sapato.*

Quando Ansel finalmente foi capaz de se sentar sozinho, Lavender não conseguia mais se lembrar do contorno do rosto de Julie — apenas os cílios e um sorriso malicioso e dissimulado. Calça jeans desfiada e gargantilha, manchas de nicotina e batom feito em casa. A voz de Julie, cantarolando uma música das Supremes. *E quanto à Califórnia?*, havia perguntado Julie, sentindo-se traída, quando Lavender anunciou que ia se mudar para a fazenda. *E os protestos? Não vai ser a mesma coisa sem você.* Lavender se lembrou da silhueta de Julie através da janela do ônibus, que estava de partida, um cartaz feito em casa enfiado em algum lugar perto dos pés. *Não à guerra do Vietnã!* Julie tinha acenado quando o ônibus Greyhound se afastou, e Lavender não imaginou, nem mesmo questionou, se uma escolha era uma coisa capaz de destruir você.

Querida Julie.

Lavender escreveu as cartas na cabeça, porque não tinha um endereço para mandar ou mesmo uma maneira de chegar até o correio. Ela não sabia dirigir, e Johnny só usava a picape uma vez por mês, sozinho, para ir ao mercado. A fazenda dava muito trabalho, dizia ele, por que ela precisava ir à cidade? Mal-humorado, ele resmungava em uma voz que pertencia ao avô, enquanto descarregava as latas de comida: *Como é caro sustentar vocês dois.*

* * *

Querida Julie.

Me conte sobre a Califórnia.

Penso em você com frequência. Imagino que você está em alguma praia, pegando sol. As coisas aqui estão bem. O Ansel agora tem 5 meses. Ele tem um olhar estranho, como se olhasse através de você. Bem, espero que o tempo esteja bom por aí. Ele é um bebê tranquilo, você vai gostar dele. Vamos todos nos sentar na areia.

Querida Julie. O Ansel faz 8 meses hoje. Ele está tão forte, as dobras nas pernas dele parecem massa de torta. Ele já tem dois dentes embaixo, espaçados, como pequenos ossos salientes.

Fico pensando no verão, quando caminhamos até o final da propriedade, onde crescem framboesas selvagens. O Johnny colocou as framboesas direto na boca do Ansel, e as mãos do Ansel ficaram vermelhas com o suco. Eles eram o retrato de uma família feliz, e eu me senti tão deslocada, observando os dois brincarem. Como um pássaro empoleirado em um galho distante. Ou um dos coelhos do Johnny, pendurado pelas pernas.

Querida Julie. Eu sei, eu sei. Já faz um tempo. Estamos na primavera de novo. O Ansel já sabe andar, vai para todo lado. Ele cortou o braço em alguma ferramenta no quintal, e claro que infeccionou. Ficou com febre, mas o Johnny disse que não precisava de hospital. Você sabe que eu não acredito em Deus, nem nada, mas foi o mais perto que cheguei de uma oração. O verão logo vai começar, você sabe como é. Nem me lembro das últimas semanas. É como se eu tivesse passado as últimas semanas dormindo.

Querida Julie. Você já aprendeu a dirigir? Sei que prometi que íamos fazer isso juntas. Devíamos ter aprendido quando tivemos oportunidade. Não saí da fazenda desde que o Ansel nasceu, e ele já tem quase 2 anos, dá para acreditar?

Ontem o Johnny levou o Ansel para caçar na floresta. Eu falei que o Ansel era pequeno demais. Quando eles voltaram, o Ansel tinha manchas roxas nos braços.

Você devia ter visto o formato dos hematomas, Julie. Pareciam dedos.

Começou de um jeito muito discreto. Trivial, fácil de ignorar. Johnny resmungando, batendo uma porta com raiva, agarrando o pulso dela, dando um peteleco em sua orelha. A palma da mão, dando uma bofetada no rosto dela, só de brincadeira.

Em um piscar de olhos, Ansel já tinha 3 anos. Lavender e o filho haviam passado os dias e as noites em uma longa e repetitiva procissão, o tempo sendo sugado pelo vazio solitário da fazenda.

O verão estava no auge, era uma tarde suarenta quando Ansel caminhou para dentro da floresta. Lavender estava ajoelhada no jardim. Quando se levantou do canteiro de dálias quase mortas e viu o quintal vazio, o sol estava alto no céu. Ela não fazia ideia de quanto tempo havia se passado desde que Ansel sumira.

Ansel não era um menino bonito, nem mesmo engraçadinho. Tinha a testa grande e olhos arregalados. Nos últimos tempos ele vinha pregando peças em Lavender. Escondia a espátula quando ela estava cozinhando, enchia o copo dela com água da privada. Mas aquilo era diferente. Ele nunca tinha se aventurado sozinho para além dos limites da propriedade.

O pânico surgiu como um dilúvio. Lavender ficou parada na linha das árvores, chamando por Ansel até ficar rouca.

Lá em cima, Johnny tirava um cochilo. Ele soltou um resmungo quando Lavender o sacudiu.

"Que foi?"

"É o Ansel", disse ela, ofegante. "Ele entrou na mata. Você tem que encontrar o menino, Johnny."

"Calma", falou Johnny, com o hálito azedo.

"Ele só tem 3 anos." Lavender detestava o pânico na própria voz, como isso a deixava estridente. "Ele está sozinho na floresta."

"E por que você não vai?"

A ereção de Johnny despontou pela fenda da cueca. Um aviso.

"Você conhece a floresta", disse ela. "E é mais rápido."

"E o que eu vou ganhar em troca?", perguntou ele.

Ele estava brincando, pensou ela. Agora sorria. Ele desceu a mão até o cós elástico da cueca.

"Não tem graça, Johnny. Não tem graça nenhuma."

"E eu estou rindo?"

Ele se tocou ritmadamente, sorrindo. Lavender não conseguiu se controlar, as lágrimas alojadas na garganta, grossas e dolorosas. Quando começou a chorar, a mão de Johnny parou e seu sorriso se transformou em uma careta.

"Tudo bem", disse Lavender. "Mas promete que depois você vai procurar o Ansel?"

Ela subiu na cama. As lágrimas corriam salgadas até a boca quando ela tirou a calça. Enquanto pressionava Johnny para dentro de si, ela visualizava seu bebê, caindo amedrontado dentro de um riacho. Imaginou a água, enchendo os pequeninos pulmões. Um abutre, pairando. Um despenhadeiro íngreme. Abatida, Lavender se mexia para cima e para baixo. No instante em que Johnny se aliviou dentro dela, o sarcasmo no rosto dele o transformara por completo.

Acho que a gente nunca consegue conhecer uma pessoa de verdade, Julie costumava dizer. Quando Johnny a empurrou, flácido e ofegando de raiva, Lavender contemplou o desdém. Vislumbrou uma paisagem lunar no rosto dele, revelando as crateras abaixo.

* * *

A tarde se transformou em noite enquanto Lavender andava de um lado para o outro no quintal, em uma histeria crescente. Johnny tinha saído desembestado — para procurar o filho, esperava ela —, e Lavender ficou no primeiro degrau da varanda, abraçando os joelhos e se balançando, ansiosa. Na hora em que ouviu o farfalhar na floresta, a noite já tinha caído e sua preocupação se intensificara, cristalizando-se em um pânico intenso e premente.

"Mamãe?"

Era Ansel, agachado à beira da floresta, na penumbra. Seus pés estavam imundos, um círculo de terra emplastrado em volta da boca. Lavender correu até ele, os olhos se acostumando à escuridão: ele estava coberto de vermelho e cheirava a ferrugem. Sangue. Ela o apalpou freneticamente, sentindo cada osso do filho, em busca de alguma fratura.

Aparentemente, o sangue vinha de sua mão. Ansel segurava um esquilo sem cabeça. À meia-luz, o esquilo parecia um animal de pelúcia mutilado, um boneco decapitado. Ansel parecia não se importar; era apenas mais um brinquedo esquecido.

Um grito se formou na garganta de Lavender, mas ela estava exausta demais para soltá-lo. Ela pegou Ansel no colo e caminhou de volta para a casa, levando-o para o chuveiro do lado de fora. Os insetos voavam ao redor da única lâmpada enquanto Lavender passava a esponja manchada nos dedos dos pés de Ansel; ela beijou cada um deles, desculpando-se, à medida que a água gelada batia neles.

"Vem", sussurrou ela, depois de enxugá-lo. "Vou te dar alguma coisa para comer."

Quando Lavender acendeu a luz da cozinha, o corpo dela pareceu um funil, o alívio escoando devagar.

A casa estava em silêncio. Johnny havia saído. Mas enquanto Lavender perambulava ao redor da propriedade, ele dera um pulo no depósito. Os cadeados antigos do avô haviam sido resgatados e colocados na porta da despensa. Johnny havia trancado toda a comida enlatada, trancado a geladeira, feito um orifício no armário em cima da pia só para colocar um cadeado, trancando o macarrão e a manteiga de amendoim.

Lavender podia ouvir suas palavras, um eco martelando no ouvido: *Você e o menino precisam aprender a ganhar seu sustento*. Não importavam as longas tardes em que ela passava no jardim, tentando fazer os tomateiros darem frutos. Não importavam as manhãs que ela passava com Ansel, ensinando-lhe palavras com a ajuda do dicionário de capa de couro. Não importavam as noites em que ela passava raspando sujeira das botas de caça surradas de Johnny. Johnny tinha deixado bem claro: o papel dele era garantir seu sustento. Lavender não sabia especificar exatamente qual era o papel dela, mas sem dúvida não estava conseguindo cumpri-lo.

Tudo bem, pensou Lavender, confusa, examinando a comida fechada à chave. Tudo bem. Eles comeriam de manhã.

Ela não se atreveu a dormir na própria cama naquela noite. Não podia encarar o marido, pois não sabia o que poderia encontrar. Em vez disso, aconchegou-se com Ansel no chão duro do quarto de hóspedes, sobre o velho cobertor do celeiro. *Tô com fome*, balbuciou Ansel de noite, quando os passos de Johnny finalmente reverberaram, subindo a escada. Na hora em que Ansel começou a tremer de fome, Lavender tirou o roupão que vestia desde a chuveirada e o enrolou no filho. Nua no chão, os seios expostos para a janela, Lavender notou o brilho do medalhão da mãe, reluzindo no reflexo. Seu único pertence. Delicadamente, abriu o fecho do cordão e o colocou no pescoço de Ansel.

"Isto agora é seu", disse ela. "Este medalhão vai te manter sempre seguro."

Sua voz tremia, mas as palavras acabaram por embalar o menino, e ele dormiu.

Lavender esperou a casa ficar em completo silêncio antes de descer em silêncio a escada e pegar um dos casacos de Johnny, no armário da frente. Até aquele ponto, suas preocupações eram irrelevantes. Johnny nunca tinha feito nada parecido, apenas agarrado seus punhos com uma força um pouco excessiva ou a empurrado ao subir a escada. A comida fechada à chave era ao mesmo tempo uma promessa e uma ameaça, estimuladas por sua incapacidade de fazer algo básico: agir como uma mãe.

A picape estava visível junto à extremidade do terreno. Descalça, Lavender caminhou com dificuldade pelo gramado molhado. A noite estava escura demais. Não havia luar. Ela se sentiu fraca e sem energia. Não tinha comido nada desde o café da manhã. A chave entrou facilmente no fecho da porta, que se abriu com um ruído estridente.

Lavender se acomodou no banco do motorista.

Era irresistível: ou quase. Ela quase enfiou a chave na ignição. Quase dirigiu no meio da noite, até encontrar o mar. No entanto, a visão da manivela de câmbio jogou a verdade na cara de Lavender, ainda mais devastadora agora que ela tinha chegado tão longe. Ela não sabia dirigir. Não sabia se o carro tinha combustível e, de qualquer maneira, tampouco sabia como encher o tanque. Não estava usando nem uma blusa, e não podia pegar uma sem ter que entrar no quarto onde Johnny dormia. Era desesperador. Ela jamais conseguiria.

Lavender se curvou sobre o volante e se deixou levar pelas lágrimas. Chorou por Ansel, pelo esquilo, por seu próprio estômago que roncava de fome. Chorou pelas coisas que havia desejado, que agora nem conseguia mais imaginar. Era como se ela tivesse mantido seu próprio desejo na palma da mão por tempo demais e agora ele não passasse de um objeto inútil, sem nenhum significado, que só ocupava espaço.

Na manhã seguinte, ela acordou com o cheiro de bacon frito.

Lavender estava sozinha no chão do quarto de Ansel, o cobertor enrolado nos pés, o sol lançando raios fracos pela janela. Vestiu o roupão, amontoado ali perto, e desceu a escada devagar.

Johnny estava perto do fogão, como de costume. A conhecida figura grande e desajeitada. Lavender conhecia tão bem o corpo dele que era como se ela tivesse se tornado parte dele. Nesse momento ela se sentiu uma tola, lembrando-se de sua fuga. Johnny lhe passou um prato. Uma pilha de ovos fritos e duas tiras do bacon crocante que eles congelavam para ocasiões especiais. Uma espiada rápida lhe mostrou: os armários haviam sido trancados de novo, a comida extra guardada e fora de alcance.

Sentado à mesa, feliz, Ansel tomava um copo de leite.

"Por favor", disse Johnny, de um jeito suave agora. "Come, meu amor."

Lavender não conseguia mais lembrar o que Johnny havia prometido, mas ela reconhecia a entonação. Deixou Johnny torcer os dedos em seu cabelo. Deixou-o beijar a curva de seu quadril. Deixou-o sussurrar "desculpa, desculpa", até que as palavras soaram como uma língua completamente diferente.

Enquanto Johnny tirava um cochilo, Lavender se sentou com Ansel na cadeira de balanço. A corrente do medalhão havia deixado uma leve mancha verde em volta do pescoço de Ansel, e seu medo se tornou um pânico momentâneo por se parecer com um hematoma. Eles tiraram todos os livros das estantes — manuais técnicos e mapas das Filipinas, do Japão e do Vietnã — até que encontraram um mapa das montanhas Adirondack, feito por cartógrafo. Lavender sacudiu Ansel no colo e abriu o papel sobre as suas pernas.

"Estamos aqui", murmurou Lavender, traçando a rodovia com a mão de Ansel. Da fazenda para a cidade, até o canto da página.

Foi uma violência específica, o branco em sua roupa de baixo. Quatro semanas atrasada, depois seis: Lavender rezou por um pingo de sangue. Toda manhã seu corpo a traía, metamorfoseando-se lentamente, sem sua permissão. Ela vomitou na privada áspera de sujeira, o terror crescendo dentro dela, se expandindo e a deixando petrificada.

Querida Julie.

Você lembra como a gente gostava das Garotas Manson? Como acompanhamos os julgamentos como se fossem shows de televisão? Eu sonho com elas agora, como chegaram àquele final sangrento. Fico imaginando se Susan Atkins alguma vez se sentiu assim. Se havia uma voz murmurando no ponto mais escuro da cabeça dela, mandando: *Vai*.

Está aumentando, Julie. Não consigo controlar.

* * *

Lavender descobriu um saco de aniagem no celeiro. Lá dentro, ela colocou uma minguada lata de milho que havia furtado quando Johnny virara as costas, uma protuberância embaixo da blusa, o coração martelando com aquele atrevimento. Enfiou um velho casaco de inverno no saco; embora fosse pequeno demais para Ansel, o manteria aquecido, se necessário. Por último, acrescentou a faca de cozinha enferrujada que tinha caído atrás da pia. Empurrou o saco nos fundos do armário do quarto de Ansel, onde Johnny nunca procuraria.

Naquela noite, enquanto Johnny roncava como sempre, Lavender pôs a mão no estômago, que parecia inchado e esquisito. Pensou no saco dentro do armário, revelando sua promessa. Quando ela contara a Johnny sobre o bebê, esperando uma explosão, ele apenas sorrira. *Nossa pequena família.* A bile aumentou, traiçoeira, na garganta de Lavender.

À medida que a barriga crescia, Lavender passou a ficar quase todo o tempo na cadeira de balanço, perto da porta dos fundos. Ela se sentava ali desde o instante em que acordava e geralmente só saía para ir ao banheiro. Seu cérebro era como uma peneira e não lhe pertencia mais. O novo bebê comia seus pensamentos, quando eles surgiam, e Lavender era somente uma concha, um recipiente zumbi.

Com frequência, Ansel se agachava aos pés de Lavender. Ele esmagava insetos nos dedos e os oferecia como se fossem presentes. Quebrava bolotas de carvalho com seus dentes infantis e dava à mãe as metades partidas. Certa vez, Johnny desapareceu durante dias seguidos, e Ansel levava a Lavender as latas de sopa que Johnny deixara na bancada. Suas provisões. Eles se revezavam em lamber a colher fria. Quando Johnny voltou, mal-humorado, Lavender pensou no saco guardado no armário, no casaco e na faca. Mas ela já estava com o ventre inchado demais para subir a escada.

Querida Julie.

Fico refletindo sobre as nossas escolhas. Como nos ressentimos e nos arrependemos delas, mesmo quando observamos seus desenvolvimentos.

* * *

As contrações começaram cedo. Uma dor lancinante, no frio da aurora. Lavender implorou: *No celeiro, não.* Vamos fazer aqui.

Johnny estendeu um cobertor perto da cadeira de balanço. Ele e Ansel observaram Lavender enquanto ela gritava, sangrava e fazia força. Mas daquela vez foi diferente. Parecia que não estava dentro do próprio corpo, como se a dor a tivesse consumido e ela só pudesse assistir. No meio do processo, Ansel se jogou em cima de Lavender, a mão melada pressionada contra a testa da mãe, cheio de preocupação, e Lavender por um breve instante voltou a se sentir dona de si mesma: uma onda de amor tão poderosa e inevitável que ela duvidou se sobreviveria ao sentimento.

Depois veio a calma.

Lavender queria que o chão se abrisse embaixo dela e a tragasse para uma vida diferente. Ela tinha certeza de que sua alma tinha saído do seu corpo junto da cabeça, os braços, as pernas e os dedos do bebê. Quando Johnny passou o embrulhinho para Ansel e tentou levantá-la do chão, ocorreu a Lavender que a reencarnação era, de fato, um último recurso: havia outras vidas neste mesmo mundo. Califórnia. Ela girou a palavra na cabeça, uma bala doce que se desmanchava na língua.

Lavender não conseguia olhar para nenhum dos filhos, ambos doentes e fungando. Ansel, com seu rosto estanho de monstro. O bebê, um monte de pele quente que ela era incapaz de tocar sem sentir que pegaria alguma doença. Que doença, ela não sabia. Mas com certeza a prenderia ali.

Lavender desabou no chão de madeira duro, desejando ser apenas um grão de poeira no teto.

As semanas se passaram e o bebê ainda não tinha um nome. Um mês se transformou em dois. *Baby Packer*, falava Ansel, carinhoso, quando brincava com o embrulhinho no chão, perto da lareira. Uma música que ele tinha inventado, ritmada e sem melodia. *Baby Packer come, Baby Packer dorme. O mano te ama, Baby Packer. O mano te ama.*

* * *

Johnny fazia o ocasional espetáculo de ternura, uma tentativa miserável de trazê-la de volta à vida. Ele esfregava os pés de Lavender, curvado na beirada do colchão. Limpava suas feridas com uma esponja, escovava seu cabelo emaranhado. Ela ficava aninhada na cama quando Johnny trazia o bebê para ser amamentado. O restante do tempo, Baby Packer se contorcia sob os olhos vigilantes de Ansel, agora com 4 anos.

Nos poucos minutos por dia em que Lavender segurava o bebê no colo, ela ficava imaginando como ele tinha chegado ali, se era possível que aquela coisa doce que mamava pudesse ter feito parte dela. Com Ansel, ela sentira a mesma coisa, mas seu amor havia sido tremendamente novo e intenso. Agora ela temia ter esgotado o amor.

"Toma", dizia ela com uma voz monótona, assim que o bebê terminava de mamar. "Não quero que ele fique aqui."

A frustração de Johnny aumentava. Lavender podia senti-la crescendo no peito como lava derretida, e o pavor a deixava mais doente e abatida. Ela vinha sobrevivendo à base de uma única lata de milho ou feijão por dia, os acessos de fome como uma estática ao fundo. *Tem mais quando você começar a contribuir de novo*, prometia Johnny sem nenhuma garantia, a voz cheia de amargor por causa do desgosto e da frustração, repetindo as palavras que haviam se tornado um mantra. *Você precisa aprender a ganhar seu sustento.*

Assim, no momento em que Johnny se colocou de pé perto da cama, transbordando de indignação, Lavender estava tão fraca e lenta de pensamento que nem se dava ao trabalho de se importar. Lavender ergueu o olhar para aquele homem grande, enfurecido, fervendo de raiva, e tentou imaginar o Johnny no campo de framboesas. Não era como se ele tivesse sido substituído por esse estranho corpulento; era mais como se ele tivesse evoluído, crescido dentro de sua própria sombra.

"Levanta daí", ordenou Johnny.

"Não consigo", lhe disse Lavender.

"Levanta daí, porra", a voz dele bradou, azeda e ansiosa. "Você tem que levantar agora, Lavender."

"Não consigo", repetiu ela.

Agindo dessa maneira, Lavender sentia como se pedisse pelo que veio a seguir. Como se o roteiro já estivesse escrito para ela, e tudo que tinha de fazer era segui-lo. Ela percebeu que esperava por aquilo havia meses. A comida trancada, os pequenos hematomas — avisos que ela havia registrado, mas aos quais não dera atenção.

Antes de Johnny dar o bote, ela esperava uma versão dele típica de um pesadelo, alguém que ela nunca tivesse visto. Mas não. No milésimo de segundo antes do ataque, Lavender encarou o mesmo homem robusto que sempre conhecera, e pensou, com uma clareza que chegava às raias da solidariedade: *Você podia ter sido qualquer coisa, Johnny. Você podia ter sido qualquer coisa, menos isso.*

Um punhado de cabelo arrancado do couro cabeludo, um grito, implorando, enquanto os ossos doloridos de Lavender batiam contra o chão. A ferida entre as pernas, aberta agora, queimando. A bota de bico de metal de Johnny recuando como um cavalo, aterrissando direto em seu estômago. O choque, um vermelho vívido.

Quando ouviu o som vindo da porta, Lavender viu duplicado: a silhueta hesitante de Ansel. Ele segurava o bebê como Lavender havia ensinado, um braço sustentando a cabeça. Desfocado, ele parecia jovem demais, com as pernas finas e sem a calça, para carregar um bebê no colo. Tanto Ansel quanto o bebê choravam, em pânico, mas, quando Lavender esticou os braços para pegá-los, seu corpo inteiro doeu em razão dos vários ferimentos que ela ainda não havia percebido. A boca era uma poça arenosa de sangue vivo coagulando.

"Ansel", disse Lavender, com a voz baixa e rouca. Silêncio. "Sai daqui."

O tempo desacelerou.

"Não", ela tentou gritar. "Johnny, por favor..."

Mas foi rápido demais. Repentino demais. Com sua mão enorme, Johnny empurrou a cabeça de Ansel para trás e a bateu contra o batente da porta, fazendo um estrondo.

Depois disso, silêncio.

Um silêncio que ficou ressoando nos ouvidos de Lavender, pontuado apenas pela respiração ofegante e pesada de Johnny. Até o bebê tinha parado de chorar, surpreso. O quarto estava incrivelmente silencioso. Atordoada, Lavender observava do chão enquanto Johnny parecia se dar conta. Seu corpo enorme tremia, perplexo, quando saiu porta afora. Eles escutaram quando ele desceu a escada, desembestado, e bateu a porta de tela dos fundos. Atônito, Ansel piscou devagar.

Lavender se arrastou pelo chão duro. As tábuas rangeram com o movimento. Ao chegar perto das crianças, abraçou as duas e caiu em prantos.

Johnny não voltou naquela noite. Lavender ficou aninhada na cama com os meninos, alerta e vigilante. Ela amamentou o bebê até ele dormir. Quando Ansel choramingou, faminto, Lavender balançou a cabeça, se desculpando. Não havia leite suficiente. Ansel a olhou com cílios finos e molhados, as cavidades em torno dos olhos semelhantes às de um pequeno fantasma.

À primeira luz da aurora, Lavender desceu da cama. As feridas nas pernas e na barriga já estavam ficando roxas. Os dois meninos dormiam no colchão velho, a respiração ritmada. O ferimento na cabeça de Ansel havia inchado e se projetava como uma bola de golfe.

Lavender abriu a janela, que rangeu, e pôs o rosto para fora no ar da manhã. A brisa soprou em suas bochechas, a aragem úmida trazendo um novo tipo de promessa. Adiante, os campos se tingiam de um amarelo matutino. Adiante, muito adiante. Além dali, existia um lugar de que Lavender mal conseguia se lembrar. Além daquele quarto, além daquela casa, havia mães que preparavam carne assada para seus filhos. Havia menininhos que assistiam a desenhos animados nas manhãs de domingo, inocentes e tranquilos. Pipoca amanteigada no cinema, cereal pela manhã, pasta de dentes de verdade. Havia televisões, jornais e rádios, escolas, bares e cafés. Antes de se mudar para a fazenda, um homem havia pousado na Lua. Até onde ela sabia, podia existir uma cidade inteira lá agora.

Johnny só voltou para casa ao meio-dia, com gravetos no cabelo. Ele tinha dormido na floresta. A expressão em seu rosto o deixava muito menor, como um Johnny completamente diferente, abatido e arrependido. Seu corpo inteiro transmitia uma súplica, uma busca desesperada por perdão.

Para Lavender, não havia a possibilidade do perdão. Mas ela faria uma coisa, pelo nascer azul do sol, por aquele além tentador. Pelo mundo lá fora, que ela estava começando a temer que seus filhos nunca viessem a conhecer.

"Por favor", disse Lavender. Ela mostrou os dentes de forma que Johnny pudesse ver a lasca que ele havia deixado no canino. "Me leva pra dar uma volta de carro."

Lavender vestiu roupas de verdade pela primeira vez em meses. Penteou o cabelo, jogou água nas bochechas inchadas e amarrou um suéter em torno da cintura, a suave peça de tricô que ela passara o inverno todo confeccionando.

"Nós vamos para o celeiro?", perguntou Ansel, quando Lavender calçou seus melhores sapatos, mocassins, intocados desde a época da escola. Johnny já esperava no carro. Tinha sido surpreendentemente fácil convencê-lo: um olhar determinado para as marcas em suas coxas, além da garantia de que os garotos ficariam bem por uma ou duas horas. Lavender não tinha nada planejado. Mas ela não conseguia ver uma saída que não fosse algo fora dali.

"O papai e eu vamos dar uma volta", disse Lavender. "A gente já volta."

Do chão, Ansel esticou os braços, e ela o pegou no colo. Ele estava ficando grande demais para se acomodar em seu quadril, mas o peso era familiar, como se ela o carregasse havia muito tempo. O galo em sua cabeça se projetava como um punho, e Lavender resistiu ao impulso de tocá-lo. Ela beijou o cabelo em volta e depois se curvou sobre o bebê. Enrolado em um dos casacos de Johnny, perto da lareira, Baby Packer se mexia e balbuciava; eles tinham brincado com um conjunto de colheres velhas, e as palmas de suas mãos agitadas estavam manchadas de preto por causa do óleo. Lavender pressionou o nariz contra a cabeça do bebê, inspirando seu perfume doce e forte.

"Ansel", disse Lavender, levando as mãos para as bochechas da criança. "Posso confiar que você vai tomar conta do seu irmão?"

Ansel aquiesceu.

"Se ele chorar, para onde nós o levamos?"

"Para a cadeira de balanço."

"Ótimo", disse Lavender. Agora com um soluço. "Menino esperto."

Estava na hora. As decisões de Lavender não pareciam decisões, eram mais como cinzas acomodadas em seus ombros. Não era de sua alçada julgar o momento. Ela ouviu o ronco do motor da picape em um canto do terreno, a presença indistinta de Johnny, constante e ameaçadora.

Lavender não ousou nem mais uma olhada para trás. Em algum lugar profundo e repleto de negação, ela sabia que a última vez que ela havia visto seus filhos já havia passado e que seria impossível encarar seus olhos inquiridores, suas bocas rosadas, seus dedinhos que ela havia feito crescer do nada. Sem olhar para trás, deu as costas e enfrentou o dia.

"Comportem-se", disse, e fechou a porta.

Lavender não saía da fazenda havia mais de cinco anos. No início, o isolamento foi uma bênção, a natureza selvagem funcionando como um ANTÍDOTO para a tristeza química do trailer de sua mãe — Lavender não conseguia discernir a reviravolta, o momento em que a fazenda a capturara.

Agora o universo se desenrolava através do para-brisa, ao mesmo tempo familiar e estranho, postos de gasolina fervendo de energia, restaurantes de fast food liberando o delicioso cheiro de carne. Com o braço para fora da janela, o vento batendo e girando em suas orelhas, Lavender quase esqueceu o desastre de sua vida. Precisou contar nos dedos para lembrar que tinha 21 anos. A essa altura, suas amigas da escola teriam empregos, maridos e filhos. Lavender se deu conta de que ela não sabia quem era o atual presidente do país; ela havia perdido completamente a eleição de 1976. Com a velocidade bastante acima do limite, Lavender estava com fome. Mas também estava livre. Estava longe das crianças, e era maravilhoso: ela se sentia leve e despreocupada.

"Para o sul", disse Lavender, quando Johnny perguntou aonde ela queria ir. Ele irradiava vergonha e dirigia em silêncio. O volante parecia casual demais, uma miniatura nas mãos de Johnny. Eles seguiam no mínimo a cento e trinta quilômetros por hora. Ela poderia ter dado uma guinada em direção ao tráfego que vinha em sentido contrário ou caído em uma vala na lateral da rodovia. De modo geral, a ideia fora essa. No entanto, o ar estava tão agradável, o rádio tocava uma música tão suave que foi com surpresa que Lavender percebeu que não queria morrer.

Eles pararam para abastecer perto de Albany, a duas horas de casa, no centro do estado de Nova York. Lavender sorriu quando Johnny manobrou, imaginando as centenas de quilômetros que o separava dos meninos.

"Qual é a graça?", perguntou Johnny, ainda envergonhado.

"Nada", respondeu Lavender. "Preciso ir ao banheiro."

Quando Johnny destrancou a porta, ela observou o cabelo dele, que fazia uma trilha na nuca. O nó de sua coluna, a largura de seus ombros, o ponto macio entre a orelha e o crânio. A diferença, pensou ela, era pequena vista desse modo. Um pedaço de pele vulnerável. Ela gostaria que aquele pedaço representasse Johnny por completo — teria sido mais fácil se ele simplesmente tivesse sido bom.

Lavender roubou moedas do console quando Johnny foi abastecer. Ela se encaminhou para a loja, o coração aos pulos. Quando a campainha da loja de conveniência sinalizou que ela havia entrado, Lavender percebeu que nunca estivera tão sozinha desde que completara 16 anos.

A caixa, uma mulher mais velha, olhou Lavender de um jeito desconfiado. Filas de pacotes de salgadinhos enchiam as paredes em cores berrantes. Nos fundos da loja, entre a máquina de refrigerantes e um freezer com sorvetes, havia um telefone público.

Ali estava. O coração de Lavender martelava nas têmporas.

Sua oportunidade.

Lavender gostaria de ter tempo. Ela queria se sentar e ponderar, considerar tudo de que estava abrindo mão. No entanto, através da janela encardida, viu que Johnny sacudia a bomba de gasolina e ainda podia sentir o galo alto na parte de trás da cabeça de Ansel, imaginá-lo pulsando em sua mão. Ela não tinha tempo. Não tinha nada.

"Emergência, como posso ajudar?"

Lavender se forçou a encarar o rótulo de um pacote de batata frita quando deu o endereço da fazenda.

"Senhora, é preciso ser mais clara."

"Duas crianças, uma de 4 anos e um bebê. Vocês precisam ir lá, antes que o Johnny volte. Ele machucou os meninos, sabe? Estamos a duas horas de distância. Por favor, antes que ele volte."

Agora ela chorava, as lágrimas caindo no plástico. Repetiu o endereço, duas vezes, por segurança.

"Vamos mandar alguém agora, senhora. Fique na linha. A senhora é a mãe? Precisamos saber..."

Pela janela, Johnny esticou o pescoço. Lavender entrou em pânico e desligou.

A mulher no caixa a observava com atenção. Ela tinha uns 60 anos, cabelo crespo grisalho, vestia uma camisa polo manchada, as unhas roídas com círculos vermelhos no sabugo. Ela olhou de Johnny para Lavender e para o telefone, mudo e pendurado no fio. Levantou um dedo e apontou para trás do banheiro, onde a porta de um depósito estava entreaberta.

Lavender aquiesceu, expressando gratidão, e correu porta adentro.

Não havia luz no depósito. Artigos de limpeza estavam empilhados nas altas prateleiras, visíveis pela faixa de dois centímetros de luz que vinha de debaixo da porta. Lavender se apoiou no metal, ofegante com o choque do que havia feito. Do outro lado, a mulher empurrou alguma coisa na fechadura e a trancou lá dentro. Um medo pungente se instalou dentro dela. O medo vivia nela havia tanto tempo que tinha se transformado em uma força completamente diferente, algo explícito, ácido, novo e eletrizante.

Lavender encostou a parte de trás da cabeça na porta e apurou os ouvidos. Mas a porta era grossa demais, e ela não conseguiu ouvir nada. Aos poucos, deixou as mãos pararem de tremer e tentou recapitular a voz na ligação.

A telefonista parecia totalmente no controle. Confiante. Lavender imaginou uma multidão de pessoas vestidas de terno chegando à fazenda, falando com vozes adultas e profissionais. Eles encontrariam Ansel e o bebê, os enrolariam em cobertores grandes e quentes. Em seguida, os alimentariam com uma comida que não fosse feijão em lata. Ela imaginou uma mulher com uniforme de polícia e um coque apertado pegando o bebê no colo, tão mais forte e mais capaz do que Lavender jamais fora.

Aguardando na escuridão aflitiva, Lavender sentia o cheiro de água sanitária, poeira e vinagre. Dentro de uma caixa, em uma prateleira baixa, encontrou dezenas de bolos de chocolate embalados um a um, o tipo de alimento processado, vistoso, que ela não encontrava desde criança. Apesar de tudo, seu estômago roncava. Lavender começou a soluçar quando desembalou um bolinho, depois outro, jogando-os inteiros na boca — a massa derretia, perfeita na garganta, à medida que ela os engolia sistematicamente. Cercada de embalagens de plástico amassadas, os dedos melados com o excesso, Lavender ficou pensando se tinha cometido o maior erro de sua vida. Talvez. No entanto, enquanto considerava a questão, uma centelha de solidez se anunciou, e Lavender se agarrou a ela. Lavender sempre ouvira dizer que não havia nada mais poderoso do que o amor de uma mãe. Pela primeira vez desde que se tornara mãe, ela acreditava nisso.

A mulher da loja de conveniência destrancou o depósito de suprimentos onde Lavender estava, e uma luz ofuscante invadiu o lugar. Seu nome era Minnie, disse ela, quando ajudou Lavender a se levantar. Lavender piscou os olhos diante das fileiras brilhantes de balas, chicletes e cigarros.

"Eu disse a ele que você chamou a polícia", declarou Minnie, entregando a Lavender uma xícara de café. Ela não comentou sobre as embalagens de bolo e as manchas de chocolate nas bochechas de Lavender. Já era noite, e as vespas se amontoavam ao redor das lâmpadas das bombas de gasolina vazias. "Eu nem deixei ele entrar. Ele passou um bom tempo esbravejando perto das bombas, gritando e tal. Chutou à beça o próprio carro. Mas acabou indo embora."

"Para que lado ele foi?", perguntou Lavender. Sua cabeça latejava, mas o primeiro gole de café foi maravilhoso, amargo na língua.

Minnie apontou para o sul. Seguindo a estrada mais longe de casa.

Mais tarde, Lavender procurou o número do serviço social. Ela ligou, ligou e ligou, implorando por alguma informação, até que finalmente a telefonista ficou com pena dela e confirmou: os meninos tinham entrado no sistema de lares temporários. O pai não havia procurado por eles.

Naquela noite, Lavender dormiu sentada no depósito, segurando a barra de ferro do porta-toalhas de papel, para servir de arma.

Ela encontrou algo quando pegou seu suéter: um objeto frio no bolso de cima, que logo identificou como o medalhão que ela dera para Ansel. Ela havia tirado do pescoço do filho na última vez que dera banho nele e colocado no bolso sem pensar. *Este medalhão vai te manter sempre seguro*, havia lhe dito. Parecia insuportavelmente cruel que ela fizesse essa promessa e depois a quebrasse, sem querer. A verdade se impôs na escuridão do depósito. Nenhum berloque, assim como nenhuma quantidade de amor, podia manter uma pessoa segura.

De manhã, Minnie deu a Lavender um sanduíche de ovo cozido, uma nota de 20 dólares e uma carona até o ponto de ônibus.

"Vá embora, querida", disse Minnie, quando Lavender desceu do carro. "Vá para o mais longe possível."

Aconchegada no banco, Lavender ficou imaginando onde estaria Ansel. Ela esperava que alguém tivesse lhe dado roupas de verdade. Ele passara a vida inteira perambulando com cuecas de adulto, com um alfinete na cintura. Ela o visualizou com um pijama limpo, um prato de carne suculenta à sua frente. Ela havia esquecido de contar à polícia sobre o saco que havia arrumado, com o milho, a faca e o casaco de inverno. Mas agora estava feliz por isso. Como seria patético, como ela colocara tanta esperança em coisas tão pequenas.

Querida Julie, pensou Lavender, ao embarcar no primeiro de muitos ônibus. O medo aflitivo em seu peito agora estava coberto de outra coisa. Uma pulsação nas glândulas embaixo dos dentes. Não era liberdade — estava destruída demais para isso —, mas chegava perto.

Querida Julie.

Me espera. Vou te encontrar.

Quando Lavender, afinal, chegou perto do mar, o cheiro era exatamente o que ela esperava.

Ela levou semanas para chegar a San Diego. Havia pegado carona, furtado carteiras, pedido esmola em esquinas para conseguir o dinheiro da passagem. Quando encontrou uma faca de caça, perdida em um esgoto perto de Minneapolis, Lavender lembrou como costumava estripar um veado, do ânus ao diafragma. Ela passou quatro dias no assento do carona de um caminhão de transporte de cerveja, a mão colada ao cabo da faca, enfiada no cós da calça jeans.

Perto do mar, Lavender tirou os sapatos de qualquer jeito e deixou a calçada aquecer seus pés cheios de bolhas. O lugar tinha cheiro de cachorro-quente, alga marinha e escapamento de carro. A praia estava lotada de famílias, passeando e brincando, correndo na beira da água. Lavender deixou para trás o saco plástico de coisas que adquirira (pente, escova de dentes, cigarros) e caminhou cambaleante pela areia ardente.

A água estava gelada, deliciosa. Lavender molhou o rosto e deixou o frio salgado pingar na boca. Tirou as roupas ali mesmo na praia cheia e entrou no mar até os tornozelos, apenas de calcinha e sutiã.

A culpa sempre estivera com ela. Às vezes o sentimento a sufocava, como um travesseiro pressionado contra seu rosto à noite, às vezes a apunhalava. Ela tinha o mesmo pesadelo havia semanas: Ansel cavava a área embaixo do pinheiro onde haviam enterrado o avô de Johnny, só que não era o avô de Johnny ali embaixo da terra. Era ela, Lavender. *Olha, mamãe*, dizia ele, erguendo a mão rija e suja de terra. *Olha o que eu achei.*

Quando Lavender estava acordada, a culpa geralmente abrandava e se resumia a um desconforto leve e permanente. Seus seios eram um lembrete constante, ainda cheios de leite. Mas ela não podia negar: também era um alívio puro e envolvente. A alegria da própria solidão, as longas horas sozinha consigo mesma, o medo pouco a pouco saindo de sua corrente sanguínea.

Lavender não sabia para onde ir em seguida. Não importava. Ela fechou os olhos ao sol, enquanto a água alcançava joelhos, coxas, quadris, costelas, depois aspirou uma golfada de ar. Antes de afundar no mar congelante, Lavender pensou nos filhos.

Ela havia criado dois seres humanos. Com o tempo, se transformariam em pessoas. Lavender tinha esperança de que o futuro dos dois fosse exatamente assim: areia da praia, calafrios nos braços, ondas batendo em seus ombros sardentos. Ela se lembrava da janela do quarto na fazenda, aquela brisa provocante. Eles tinham isso agora. Ao menos, Lavender tinha lhes dado o presente da possibilidade. Seus filhos poderiam tocá-la com as mãos, aquela enorme amplitude do mundo.

Algum dia, Lavender esperava que seus filhos entrassem no mar. Quando isso acontecesse, seria como sentir o gosto dela.

O amor de Lavender, em um punhado de sal na boca.

10 HORAS

Você já tinha visto rios e lagos, mas só viu o mar uma vez.

A costa de Massachussets, anos atrás. Você estava viajando para visitar os avós de Jenny, e ela insistiu que você dirigisse alguns quilômetros a mais; você tinha 25 anos e ainda não era casado.

Não acredito que você nunca viu o mar, disse Jenny, quicando no assento. Assim que o oceano surgiu, você pegou a primeira entrada, e ela o persuadiu a entrar na água até a altura do joelho. O cabelo de Jenny se agitava ao vento, e a boca se abriu em uma gargalhada franca, um vermelho obsceno que chegou até o buraco da garganta — você conseguiu ver a coroa que revestia os molares de Jenny.

Se você se concentrar com afinco agora, você quase consegue substituir a parede de concreto da sua cela por aquele azul gigantesco e barulhento. As gaivotas gritando alto, o motor do carro roncando, a areia se mexendo embaixo dos seus pés descalços. Apesar de tudo, você é grato pela recordação, por ter visto o mar, as ondas quebrando ao longe.

Ao olhar para o oceano, é possível acreditar que ele não tem fim.

O bilhete de Shawna está dentro do seu sapato, no bico, amassado contra o dedão. Uma pressão claudicante quando você caminha. Uma bomba, explodindo e abrindo tudo de forma gloriosa.

* * *

Você está lavando seus pincéis na pia quando aparecem dois agentes. Eles fazem um gesto indicando suas mãos, que você estica através da grade da porta. Para ser algemado, você tem que se virar de costas para a porta, se curvar até a cintura e se ajoelhar com os braços torcidos para trás. Você é revistado todas as vezes.

Você tem visita, dizem eles.

A sala de visitas é um longo corredor de cabines de concreto brancas. Você massageia os punhos ao se sentar. Do outro lado do vidro, sua advogada tem a mesma aparência de sempre.

Tina Nakamura está sentada com as mãos firmemente cruzadas sobre uma pasta de documentos. De modo geral, os detentos não têm permissão para ver um advogado pessoalmente hoje, mas o carcereiro sempre gostou de você. Autorização especial. O batom lilás de Tina está aplicado à perfeição, forte nas beiradas dos lábios finos, e os cílios foram elegantemente alongados com o tipo de maquiagem feita para enganar os homens, levando-os a acreditar que ela não está maquiada. Você não se deixa enganar. Tina tem mais ou menos a sua idade, você imagina — quarenta e poucos anos —, e o cabelo está preso no costumeiro rabo de cavalo, alto e sedoso, no topo da cabeça. O terninho de hoje é azul-marinho, elegante, bem cortado. Quando ela sair, você vai dar uma olhada nos sapatos. Os sapatos de Tina sempre a traem; você desconfia que ela tem problemas nos joelhos, ou talvez joanetes, porque não são os calçados de salto alto lustrosos que você esperaria ver, mas, ao contrário, modelos baixos e confortáveis com solas ergonômicas, desenhados para garçonetes idosas.

Minha equipe entrou com outro recurso hoje de manhã, diz Tina. Tudo que podemos fazer é aguardar um telefonema. De tarde, vamos descobrir se o tribunal vai aceitá-lo.

Tina nunca teve medo de encarar você diretamente. Seu olhar é austero e inalterável. De modo geral, apenas a intensidade desse olhar o deixa inexplicavelmente furioso, mas hoje Tina está pequena. Insignificante. Você empurra o dedão do pé contra o bilhete amassado de Shawna, um lembrete daquele segredo crucial.

O carcereiro me contou que você convidou uma testemunha, diz Tina.

Testemunha?, você pergunta, apesar de saber muito bem.

Para a execução, explica Tina.

A execução, você repete.

Você gosta da hesitação. O tremor nas narinas de Tina quando ela pronuncia a palavra.

Você nunca vai se esquecer do olhar de Tina quando ela viu o que você havia feito. Ela o conheceu na penitenciária de Houston, antes do julgamento e da sentença. Um dos assistentes de Tina passou a pasta para ela, com as fotos da cena do crime. O rosto de Tina ficou lívido, e seu olhar se dissolveu em choque e empatia. Você já está acostumado com esse comportamento. Viu no juiz. Viu nos jurados. Viu na plateia do tribunal, quando a promotoria colocou as fotos em um projetor, ampliando em dez vezes os detalhes.

Você não gosta de olhar para as fotos. Não é assim que você se recorda.

Vai comparecer, Tina?, você pergunta.

Você usa sua voz mais delicada, aquela que abranda as pessoas. Mas Tina apenas o fita com uma expressão que você conhece bem. Às vezes, você se coloca diante do espelho de metal de sua cela branca escura e pratica essa expressão, franzindo a testa, deixando os olhos tristes e caídos. O olhar de horror. De confusão. É o pior tipo de piedade, uma piedade que se menospreza.

Sim, vou comparecer, diz Tina, e você não consegue evitar o lampejo de um sorriso.

Em apenas algumas horas, você vai estar correndo. Suas pernas vão queimar; seus pulmões vão implorar por oxigênio. Você reassume a expressão que supostamente deve ter (de solene aceitação), mas a alegria com o seu segredo cresce em seu peito, em um êxtase sufocante. Quando você engole o desejo de soltar uma gargalhada, ele queima como fumaça mantida há muito em sua garganta.

* * *

Vai acontecer no furgão de transporte, ao meio-dia.

E se eles me virem?, perguntou Shawna, fazendo uma pausa na frente da sua cela tarde da noite, certo dia. Você havia revelado o plano em três dias de trocas de bilhetes, enfiados embaixo de bandejas de almoço — Shawna manteve um bilhete no punho fechado enquanto roía as unhas, resmungando algo, ansiosa.

Você a conquistou com sua melhor imitação de dor.

Shawna, meu amor. Não confia em mim?

Isso já aconteceu antes. Houve uma situação envolvendo reféns na década de 1970: dois detentos escaparam da Unidade Walls com armas apontadas para a cabeça dos bibliotecários da prisão. Apenas alguns anos atrás, três homens fugiram do pátio de recreação de Polunsky. Eles levaram tiros e foram arrastados de volta. Há um rumor de que um homem certa vez escapou usando um marcador para tingir seu uniforme branco de presidiário de verde e saiu caminhando, fingindo que era médico. Dadas as circunstâncias, você poderia fazer como Ted Bundy e rastejar por um duto de ar. Mas você não recebeu um duto de ar, apenas Shawna, e quarenta minutos em um furgão entre Polunsky e a Unidade Walls.

De volta à cela, você fica de pé sobre a pilha de cadernos, as bolsas de malha vermelha espalhadas de um jeito zombeteiro na cama.

Cinco blocos de notas — sete anos de encarceramento registrando escritos e pensamentos, transpostos para o papel amarelo pautado. O monte em seu leito parece uma montanha de folhas manuscritas, e não explicitamente uma obra-prima, como você bem sabe que é. Você sempre imaginou que autografaria exemplares via correio, receberia cartas de fãs e resenhas em jornais. Na sobrecapa, usariam aquela foto do tribunal, em preto e branco, com seu olhar tão decidido.

Você vai deixar sua Teoria ali. Shawna sabe como encontrá-la embaixo da cama. Quando estiverem à sua procura — quando irromper o pânico, as equipes de busca dispersarem e as luzes do helicóptero iluminarem as planícies —, ela vai mostrá-la para eles.

Quer dizer, tipo um manifesto?, perguntou Shawna, quando você descreveu o básico. Você fez um gesto de aborrecimento súbito. Shawna percebeu que dissera algo idiota e se tornou uma sombra magenta humilhada. Os manifestos são para os loucos, você explicou devagar. Os manifestos são incoerentes, rabiscados às pressas diante de atos de terrorismo sem sentido. Ninguém é totalmente mau. Ninguém é totalmente bom. Vivemos como iguais no cinzento nebuloso entre os dois.

Eis o que você se lembra da sua mãe.

Ela é alta, quase só cabelo. Ela se agacha em um jardim, descansa ociosa em uma cadeira de balanço, mergulha em uma banheira enferrujada com pés de garras de animal. Às vezes, a banheira está cheia d'água e o vestido comprido da sua mãe flutua como uma água-viva. Outras vezes sua mãe está seca e segura uma mecha do próprio cabelo, um presente, laranja brilhante. Você não lembra nada acerca do seu pai. Nem um som, nem um cheiro. Seu pai é uma presença vaga, surgindo à distância; ele é uma dor inexplicável na parte de trás do seu crânio. Você não sabe por que eles se foram, para onde foram ou por que sua mãe existe tão solitária nessas memórias. Você só se lembra de uma corrente enferrujada, amontoada na fenda da sua clavícula, e como você se sentia usando-a, como se nada pudesse afetar você.

Sua mãe é a parte da Teoria que você ainda não entendeu. Nós somos todos maus e somos todos bons, e ninguém deveria ser condenado a ser um dos dois. Mas, se o bem pode ser manchado pelo mal que vem depois, então onde você o coloca? Como o avalia? Quanto ele vale realmente?

Na maior parte de suas memórias, sua mãe está ausente. E, antes de estar ausente, ela sempre está indo embora.

* * *

A lembrança evoca algo.

Você tenta se concentrar no mundo físico. A familiaridade: portas de metal rangendo, o cheiro de carne enlatada. Pó, urina. Cabelo com brilhantina. Você escorrega até o chão, pressiona as costas contra a parede de concreto.

A lembrança vem mesmo assim.

No fundo do seu subconsciente, Baby Packer começa a chorar. Se você pudesse tocar a trilha sonora da sua vida, esse barulho seria a constante mais alta, o grito triste de um bebê. O silêncio de sua própria impotência. A redução daquele grito a um choramingo lento e patético.

Só existe um lugar que mantém os gritos longe. Você chegou lá em uma manhã de domingo, sete anos atrás.

Um lindo dia de verão. 2012. Você acordou antes de o sol raiar, ansioso demais para ficar naquela cama vazia — meses após Jenny ir embora, e a ausência dela ainda parecia uma ferida em carne viva. Você dirigiu devagar, memorizando. Era final de junho, e a manhã era de um azul vivo, com perfume de pinheiro, molhada por causa de uma longa noite de chuva. Tupper Lake, Nova York, tinha uma igreja caindo aos pedaços, uma pequena biblioteca lotada, um posto de gasolina. Um punhado de casas que circundavam um lago brumoso. As nuvens se movimentavam como vapor sobre a água, enroscando-se delicadas até o céu. Sua lembrança mostra um filtro de predestinação nesse trajeto, nessa manhã, a densa umidade. Embora você só tivesse passado algumas poucas semanas em Tupper Lake, toda a sua vida levou você até lá. Uma série de anos planejando ou conspirando, todos eles levando àquele momento.

No posto de gasolina, uma adolescente sardenta raspava bocados de queijo derretido de uma caixa de pizza.

Sim?, disse ela, sem erguer o olhar.

Estou procurando um restaurante.

Só tem um, respondeu a atendente, enquanto pegava um pedaço de queijo queimado da espátula e enfiava na boca. Você queria ouvi-la dizer. A Casa Azul.

* * *

Quando os gritos do bebê começam e em vão você leva as mãos até os ouvidos, você faz uma promessa.

Não vai terminar aqui.

Na primeira vez em que você machucou alguém, você tinha 11 anos e não sabia a diferença entre dor e carência. Você morava em uma mansão em ruínas com mais nove crianças: começou com uma piscadela, quase acidental, um teste da sua própria doçura. Quando a menina do outro lado da sala de jantar ficou ruborizada pelo calor da sua atenção, você sentiu o seu próprio poder, crescendo como um vício. Era impossível perceber naquele momento como aquela breve decisão iria catapultá-lo para o futuro, diretamente para esse chão de concreto. Como suas ações se desencadeariam, marchando resolutamente para os dias atuais.

Quando você estiver livre, vai caminhar toda a extensão do deserto do Texas. Vai pegar carona em trens velozes, vai lavar o rosto em lagos gélidos. E, no final, vai chegar à Casa Azul.

Você não vai fazer aquilo de novo. Tem certeza. Você não vai mais machucar ninguém.

SAFFY
1984

Saffron Singh podia contar nos dedos as coisas de que gostava, e eram quatro.

Primeira: o som da casa da srta. Gemma tarde da noite. Do quarto que compartilhava no terceiro andar, Saffy podia ouvir tudo. Espirro, gemido, choramingo. À noite, os mistérios da casa ficavam expostos. Saffy se aconchegava embaixo do seu áspero edredom cor-de-rosa e se deleitava na maravilhosa solidão, enquanto a casa se movimentava e exalava.

Segunda: o porta-retratos que ela havia tirado da cômoda da mãe, antes que as assistentes sociais a levassem para a casa da srta. Gemma. Sua mãe havia colocado uma folha de caderno por baixo do vidro, com uma linha de garranchos, em letra cursiva, escritos às pressas. *Felix culpa*. Saffy não sabia o que significavam essas palavras, mas sua mãe as havia escrito, e por isso ela as amava. Ela dormia com o porta-retratos enfiado embaixo do travesseiro.

Terceira: seu frasco de esmalte Teenie Bikini. A cor era um roxo-claro, cremoso e reconfortante. Saffy o usava com parcimônia, só se permitindo uma demão de cada vez. Ela não gostava do frasco em si, mas de como ele a fazia sentir, como uma pessoa madura e elegante, uma garota com dedos limpos e lustrosos.

Quarta: o garoto do andar de baixo. Ele dormia no quarto diretamente abaixo do de Saffy. Deitada na cama, Saffy imaginava o oxigênio viajando dos seus pulmões e para fora do seu nariz, atravessando o corredor, descendo a escada e entrando na boca aberta do rapaz.

E aquela noite era diferente. Especial. Aquela noite, Ansel Packer tinha piscado para ela do outro lado da mesa de jantar.

"Mentirosa", Kristen tinha dito mais cedo, quando Saffy subiu as escadas, animada.

Kristen estava no chão, praticando os movimentos que havia memorizado do vídeo *Jane Fonda's Workout*.

"Ansel pode ter qualquer garota da casa. Tem certeza de que ele não estava piscando pra Bailey?"

Bailey era a garota mais bonita da casa, talvez a garota mais bonita que Saffy já tinha visto. Bailey tinha 14 anos — Ansel tinha 11, e Saffy, 12 — e cabelos que pareciam caramelo derretido. Kristen e Lila frequentemente praticavam um modo de balançar os quadris como Bailey, revirar os olhos como Bailey, roer as unhas como Bailey. Kristen uma vez roubou o sutiã de Bailey, tamanho 32C, e elas se revezaram experimentando a peça no banheiro, se atrapalhando com o fecho e puxando as camisetas para baixo para ver como ficariam. Bailey, porém, estava sentada a dois assentos de distância de Ansel no jantar. Ele teria que virar a cabeça para uma direção completamente diferente.

A outra opção era que Ansel tivesse efetivamente piscado de propósito para Saffy.

Pensar nisso fez uma onda atravessar o estômago de Saffy e descer pelas suas pernas. Líquida e quente, emocionante. Saffy ficou repassando a cena até não conseguir mais lembrar o que ele estava vestindo ou como era a piscadela, até não conseguir visualizar nada do rosto de Ansel. Mas uma coisa continuava certa: ele havia provocado aquele sentimento. Ela ficou grudada no colchão. Elétrica, desejosa. Nem ousou se mexer para essa sensação e tudo o mais não a abandonarem.

* * *

O quintal atrás da casa da srta. Gemma era uma ladeira íngreme, uma extensão de quatro mil metros quadrados de vegetação que dava em um riacho. Depois do café da manhã, Saffy estendeu sua áspera manta cor-de-rosa na grama úmida; ela havia herdado a manta de uma garota chamada Carol, agora adulta, que havia nascido com um único braço. O terreno da srta. Gemma perto das montanhas Adirondack era viçoso no verão, de um verde molhado e vívido, e Saffy se sentou, as pernas finas esticadas, com suas anotações espalhadas no colo. Ela tirou um pulgão de sua legging de bolinha predileto e estreitou os olhos para o papel.

Saffy estava solucionando um mistério.

Havia começado com o rato. Sem cabeça. Apenas um pequenino corpo cor-de-rosa jogado no chão da cozinha. Foi Lila quem o encontrou, e ela gritou até todo mundo chegar correndo. Saffy e Kristen a ajudaram a enterrá-lo no quintal. Elas usaram roupas pretas e recitaram poemas soturnos enquanto Lila soluçava.

Depois foi o esquilo. Empurrado para baixo de um arbusto perto da entrada. Saffy pegou a srta. Gemma jogando-o no lixo com uma pá, o rosto franzido de nojo. *Coiotes*, disse ela, ao depositar a pilha de ossos na lixeira. Um segundo esquilo, deixado no mesmo lugar. A srta. Gemma mandou um dos meninos maiores limpar a sujeira, enquanto, de robe, observava do gramado. *Eu não mandei você ficar lá dentro?*, vociferou a srta. Gemma quando Saffy, curiosa, enfiou a cabeça pela porta dos fundos.

Saffy sabia reconhecer um mistério quando o via. Ela estava lendo os livros de Nancy Drew, um por um. Desde então, passava o dia todo do lado de fora, explorando a propriedade, buscando pistas. Ela não sabia exatamente o que procurar, mas queria desesperadamente ser a responsável por desvendar o crime. Até o momento, havia anotado as datas das mortes. Havia descrito a aparência dos corpos (pavorosos!). Ela desejava ter um George ou uma Bess, alguém para ajudá-la com as teorias, mas Kristen e Lila preferiam fofocar sobre o penteado de Susan Dey, deitadas de cabeça para baixo com os torsos pendendo do beliche de Kristen.

Ela esperava que talvez Ansel pudesse ajudar.

Ansel havia passado o verão perambulando nas margens do riacho pantanoso, na extremidade da propriedade da srta. Gemma. Sentada em sua manta, Saffy gostava de observar Ansel atravessar os limites do terreno e tomar anotações no grande bloco amarelo que mantinha sempre embaixo do braço. Ela tinha visto os livros que ele tirava da seção de adultos da biblioteca, enciclopédias e manuais de biologia. Tinha ouvido falar que Ansel era tão inteligente que tinha pulado o primeiro ano. Ela esperava que, ao observar, pudesse memorizar cada movimento do rapaz: a curvatura dos seus ombros quando ele vasculhava as taboas, uma caneta esferográfica enfiada atrás da orelha. Saffy ficou pensando se poderia ver os fatos nele, escritos no trágico movimento do seu pescoço.

Ela tinha ouvido a história.

Todo mundo tinha.

Lila cochichara a ela, excitada, em uma das primeiras noites depois que Saffy chegou à casa da srta. Gemma, saltitando com o glorioso drama. Um dos meninos mais velhos havia roubado todos os arquivos do escritório da srta. Gemma, e os detalhes se espalharam pela casa, alterando-se à medida que se expandiam. Ansel havia sido abandonado pelos pais aos 4 anos, disse Lila. Eles viviam em uma fazenda, ou talvez fosse um sítio. Quando a polícia encontrou Ansel, ele estava quase morrendo de fome. Mas a pior parte — os olhos de Lila se arregalavam enquanto ela contava, como se fosse a pior parte, mas também talvez a melhor — é que havia um bebê. De apenas 2 meses de idade. Quando a polícia finalmente chegou, Ansel tinha tentado alimentar o bebê por um dia inteiro. Mas era tarde demais.

O bebê tinha morrido.

Saffy nunca ia esquecer a imagem. Um bebê de verdade, não maior do que uma boneca. Desde então, ela já ouvira meia dúzia de outras versões: o bebê tinha sido enviado para uma casa de acolhimento diferente, Ansel havia matado o bebê de propósito, o bebê jamais existiu. Contudo, aquela primeira imagem permaneceu com ela e ficou marcada como a verdadeira. Um pescoço mole e pequenino. Saffy nunca vira uma pessoa morta, nem mesmo sua mãe, e certamente não um bebê.

Ela observou Ansel vasculhar os arbustos espinhosos, bastante concentrado e cuidadoso, e pensou como era triste que uma única coisa ruim pudesse tornar você uma história, algo para ser assunto de fofoca. A tragédia era sem propósito e totalmente injusta. Saffy sem dúvida entendia aquilo.

Naquela noite, Saffy o observou durante todo o jantar. Intervalos de trinta segundos, para que ninguém a acusasse de encará-lo. Se Ansel piscou de novo, Saffy não captou, mantendo o olhar voltado para o purê de batatas, enquanto fazia contagem regressiva a partir de vinte e nove.

Quando todo mundo se juntou à frente da televisão às oito horas para assistir ao episódio de *Caras & Caretas*, Saffy se esgueirou para o porão. Seu peito estava pesado de decepção, e o porão parecia o lugar certo para ir, apenas um local cheio de aranhas e coberto por quadrados de carpete. A srta. Gemma mantinha uma vitrola empoeirada lá, junto de uma caixa de papelão contendo discos. Saffy gostava de examiná-los, estudar as fotografias nas capas. Joni Mitchell tinha um olhar tão cativante — Saffy havia praticado a mesma expressão no espelho, mas nunca parecia igual.

"Oi."

Era Ansel.

Ele estava na base da escada, meio na penumbra. As mãos estavam enfiadas nos bolsos da calça de veludo cotelê, os ombros curvados, pouco à vontade.

"Posso dar uma olhada?", pediu ele.

E então Ansel já estava ao lado de Saffy, examinando a caixa. Saffy observou os dedos do rapaz, que passaram rapidamente por ABBA, Elton John, Simon & Garfunkel. As mãos de Ansel eram grandes demais para o seu corpo, as mãos de um rapaz muito mais velho do que as de um garoto de 11 anos, como um filhote de cachorro ainda pequeno, mas com as patas já enormes.

"Já ouviu este?", perguntou Ansel, puxando um disco da pilha. Nina Simone. Saffy soltou um balbucio idiota e constrangedor e balançou a cabeça negativamente.

"Vamos sentar", disse Ansel, apontando para o monte de quadrados de carpete no chão.

Quando ele sorriu, Saffy estremeceu. Certa vez, Ansel tinha dirigido esse mesmo sorriso para a srta. Gemma, que havia ficado vermelha de vergonha e apertado mais o robe ao redor do corpo. As meninas caçoaram da srta. Gemma por dias a fio depois desse incidente.

Quando a música começou, a sensação era esquisita. Saffy tinha certeza de já ter vivido esse momento antes, em uma outra vida, a música atingindo seu peito para tocar um lugar que ela havia esquecido de alguma maneira. Ansel se deitou perto dela. Seu ombro estava próximo ao de Saffy, e, quando começou a ver estrelas, Saffy percebeu que estava prendendo a respiração. A canção ficou mais alta, a voz da cantora era rouca — *I put a spell on you* —, e Saffy desejou parar o tempo naquele momento, tirar uma foto e guardá-la, apenas para poder provar para si mesma.

E logo acabou. O disco silenciou antes que a canção seguinte começasse. Ansel não se mexeu, tampouco Saffy. Os dois continuaram deitados lá até o disco terminar, até as costas de Saffy doerem por causa do chão duro e frio, até o sino tocar avisando a hora de dormir e ecoar no teto o barulho alto das passadas das outras crianças caminhando. Nada disso a afetou, porque ela tinha aquele momento. Era mágico. Talvez, até, fosse amor. O amor era uma coisa que podia mexer com você e transformá-lo, Saffy sabia, uma força misteriosa que tornava você diferente e melhor, mais terno e completo. Um perfume delicioso. Familiar, indetectável. Que a deixou faminta.

Antes de sua mãe morrer, Saffy gostava de falar sobre o amor.

As noites preferidas de Saffy eram aquelas em que ela passava sentada de pernas cruzadas no closet da mãe, vasculhando saias hippies com estampas florais da época em que sua mãe morou em Reno, combinando-as com bijuterias esquisitas. *Você vai ver, Saffy querida*, a mãe costumava dizer. *Amor de verdade é como fogo.*

Foi assim que você amou o papai?, perguntava Saffy, hesitante. *Como fogo?*

Deixa eu te mostrar uma coisa, sua mãe havia dito enquanto apanhava uma caixa de sapato na prateleira mais alta do armário.

Saffy muitas vezes pensava no pai. Ele as abandonara antes de Saffy nascer e não deixara nada além do seu sobrenome: Singh, um nome que costumava ser objeto de zombaria das crianças no recreio, que usavam um sotaque que haviam aprendido com os motoristas de táxi nos programas de televisão. No mercado, as pessoas a encaravam, como se Saffy não pudesse simplesmente ser filha daquela mãe loira. Seu pai era de uma cidade chamada Jaipur e agora morava lá, um fato que ela costumava contar, orgulhosa, até perceber que isso significava que ele não tinha a amado o suficiente para ficar.

Dentro da caixa de sapato empoeirada havia uma fotografia. A única prova que Saffy tinha visto da existência real e tangível do pai. Ele estava sentado em uma biblioteca, alguns livros espalhados na mesa à sua frente. Estava sorrindo, o cabelo orgulhosamente coberto por um turbante azul-marinho, que sua mãe explicou que fazia parte da religião dele. No olhar do pai, Saffy se viu pela primeira vez, retribuindo o olhar como um susto no espelho.

Por que ele foi embora?, perguntara Saffy, cautelosa, como se a mãe fosse um passarinho que ela pudesse assustar do galho de uma árvore.

A família dele precisava que ele voltasse para casa.

Mas e a gente?

Escuta, dissera a mãe, suspirando, e Saffy percebeu que tinha ido longe demais. *Você lembra por que eu te dei o nome de Saffron?*

É uma flor, açafrão.

A flor mais rara e preciosa, dissera-lhe a mãe. *O tipo de flor que seria capaz de provocar uma guerra.*

Ela recolocou a fotografia na caixa, os olhos verdes perdidos em algum lugar distante, que Saffy queria desesperadamente conhecer e tocar pessoalmente. *Você vai saber quando sentir*, dissera a mãe na época. *O tipo certo de amor vai devorar você viva.*

* * *

Ansel esticou as duas mãos e ajudou Saffy a se levantar do chão do porão. As palmas de sua mão estavam úmidas, os polegares manchados de tinta por ele ficar escrevendo o dia inteiro no bloco amarelo. Quando ele a seguiu escada acima, Saffy tinha consciência de como ele se movia atrás dela. Era eletrizante, quase assustador, ter Ansel ali, tão próximo. Ela queria aquela proximidade da mesma maneira como queria assistir a um filme de terror, com uma espécie de dúvida vibrante. Ela queria o sobressalto, a tremedeira. A mordida inesperada.

Na hora em que se acomodou na cama de baixo do beliche, que pertencia a Lila, Saffy ficou sem fôlego enquanto contava a história, ainda mais excitante ao ser rememorada. Juntas e ansiosas, elas revisaram a cópia roubada de Kristen da revista *Teen*, uma lanterna montada no colchão de cima, de modo que a srta. Gemma não gritasse que estava na hora de dormir. Elas haviam praticamente decorado aquela revista, mas folheavam as páginas mesmo assim, não se detendo nem na sua entrevista favorita, com John Stamos. O artigo mais importante da revista finalmente se revelou: "Você Agarrou o Rapaz Perfeito: Veja Como Mantê-lo".

"Você devia escolher a opção três", disse Lila através do aparelho dos dentes. Ela havia posto o aparelho antes de chegar à casa da srta. Gemma, e seus dentes tinham mudado desde aquela época, deixando lacunas em volta do plástico. Os dedos de Lila estavam sempre molhados, pairando constantemente perto da boca. No dedo do meio, ela usava um gigantesco anel de aparência antiga, sobre o qual Saffy não tinha coragem de perguntar — era grande demais para a mão de Lila, revestido com camadas de fita durex para não escorregar. O anel era formado por um elo dourado com uma enorme pedra roxa encrustada. Saffy desconfiava que podia ser ametista, apesar de ter ouvido Lila dizer certa vez que era safira roxa. A pedra estava sempre lustrosa com a saliva de Lila, cujos lábios acariciavam o anel obsessivamente. Agora o anel estava na boca de Lila, e um fio de baba saía do seu dedo. Saffy fez uma careta.

"Número três", disse Kristen. "Mostre a ele o quanto você se importa."

Ficou decidido. Lila afundou no travesseiro, já sonolenta, enquanto Saffy nunca se sentira mais desgraçadamente acordada.

Na manhã seguinte, Saffy pegou uma pilha de cartolina da caixa de artesanato do porão e a colocou no chão do quarto. Sua professora de artes do sexto ano havia dito que ela tinha *uma facilidade para coisas visuais.* Saffy se encheu de uma onda de orgulho ao se recordar disso.

Horas depois, o resultado era meio poético, meio cômico. Ela e Ansel eram bonecos palito em miniatura, um toca-discos entre os dois desenhado nos mínimos detalhes — "Lancei um feitiço em você", assim ela havia nomeado o desenho. No quadro seguinte, eles estavam de mãos dadas perto do rio, uma lupa na mão livre de Saffy, enquanto uma multidão batia palmas e gritava vivas ao longe. "Mistério solucionado", esse era o nome. Um coiote estava pendurado em uma rede, e um grupo de esquilos contentes corria em círculos aos pés de Saffy. Ela desenhou um coração entre os pontos que representavam sua cabeça e a de Ansel, mas, pensando melhor, ela o riscou e substituiu por uma grande nota musical preta.

Depois de terminar, Saffy dobrou a cartolina com cuidado e escreveu o nome de Ansel na frente, com sua letra mais caprichada. Em seguida, corou, imaginando como aquilo ficaria amassado no bolso da calça de veludo de Ansel.

Um sol de final de tarde ardia na nuca de Saffy enquanto ela descia a ladeira do terreno. Ela havia trocado de roupa e usava seu vestido predileto, herdado de Bailey, de algodão amarelo com mangas bufantes, ainda cheirando, em determinados momentos, ao desodorante aerossol da amiga. Ao chegar ao trecho de mato alto perto da extremidade do riacho, Saffy alisou a ponta de sua trança.

Ansel estava agachado na margem, escrevendo no caderno amarelo que sempre o acompanhava. Saffy podia ver que ele havia penteado o cabelo naquela manhã; os cachos ainda estavam molhados. Ela ficou de pé atrás dele, a cartolina cada vez mais empapada pelo suor da mão.

Aconteceu em um único momento de confusão e horror.

Saffy deu um tapinha no ombro de Ansel, que se virou, surpreso, tentando esconder algo com o corpo, mas fora tarde demais. Ela estava de pé bem acima deles, a sola de suas sandálias brilhosas preferidas a centímetros de distância.

Eles estavam deitados de comprido na grama, perto dos pés de Saffy. Um, dois, três deles. Pequenos braços esticados sobre a cabeça, metódicos demais para ser algum tipo de acaso. Havia dois esquilos, de olhos abertos e línguas penduradas. E, no meio, uma raposa. A raposa era maior e tinha morrido muito tempo antes. Havia buracos no seu rosto, no lugar dos olhos, que haviam sido removidos, e os intestinos estavam espalhados a esmo pela grama. A raposa era uma confusão de ossos cobertos de tufos de pelos laranja-escuro, reordenados por mãos humanas, em uma tentativa de obter a forma original.

"Não...", resmungou Ansel.

A pior parte nem eram os animais, percebeu Saffy. Nem seus dentes expostos, nem seus olhos gelatinosos, nem o modo como foram dispostos a quinze centímetros de distância um do outro, como pequenas bonecas enfileiradas em uma cama.

A pior parte era o rosto de Ansel. Ele se retorceu revelando algo que Saffy nunca vira antes, em uma combinação aterradora de raiva e surpresa. Ansel mantinha o caderno junto ao peito, protegendo-o, os lábios um esgar furioso. Não parecia nada com ele.

O corpo de Saffy foi quem tomou a decisão: ela correu. Antes que Ansel pudesse dizer alguma coisa, ela tropeçou, entrou em pânico, subiu a colina, a cartolina com os quadrinhos perdida em algum lugar do gramado. Um inseto entrou em sua boca aberta, uma grande mosca preta. Saffy começou a chorar, ofegando à medida que tentava cuspi-la no chão, as asas grudentas coladas em sua língua. Havia um fato da vida que Saffy detestava: como acontecia de as coisas ruins se instalarem dentro de você. Não importava se você era uma pessoa nem o que você queria. O mal vivia insistentemente no seu sangue, sempre uma parte de você, chamando a atenção, como um ímã para os horrores do mundo.

* * *

Essa não foi a primeira experiência de Saffy Singh com coisas mórbidas.

Nas semanas seguintes à morte da mãe, Saffy imaginou uma série assustadora de outras mortes. Ela visualizou a mãe, decapitada ao lado da estrada. As pernas dela despontando por baixo da carcaça incendiada do seu Volvo. A mãe empalada no peito pela estaca de um sinal de "Pare". Embora tivesse só 9 anos na época do acidente, Saffy sabia que a polícia mentiria para protegê-la. Pancada na cabeça, eles lhe contaram. Algo rápido e indolor. Não, responderam eles, quando Saffy perguntou se ela havia sangrado muito. Saffy imaginou o corpo da mãe, um monte retorcido no meio da estrada, como um lenço de papel descartado.

Saffy abriu a porta dos fundos da casa da srta. Gemma com um baque trêmulo, as pernas bambas e descontroladas.

Kristen e Lila estavam à toa no chão do quarto, com o vidro de esmalte Teenie Bikini. Elas deram um pulo quando Saffy entrou — normalmente, ela estaria furiosa —, mas ficaram imóveis quando a viram, o cabelo eriçado, a expressão de choque. Elas puxaram Saffy para o chão, perto da cama. O que aconteceu?, suplicaram, insistindo, enquanto o cheiro forte de acetona inundava a cabeça de Saffy. Foi alguma coisa ruim? Onde Ansel estava? Saffy odiou como elas se deleitaram com a emoção do drama, em que ela própria estava envolvida dessa vez. Ela não sabia ao certo como contar. Afinal, ela havia resolvido o mistério.

Quando alguém bateu na porta, as três garotas ficaram paralisadas.

Kristen se levantou e corajosamente avançou na ponta dos pés.

"É o Ansel", falou sem emitir nenhum som, espiando por uma fenda. Diante da expressão apavorada de Saffy e o sacudir violento de sua cabeça, Kristen entreabriu a porta. Saffy e Lila esperaram, tentando decifrar os sussurros indistintos.

"O que você quer?", perguntou Kristen. O restante soou inaudível quando ela inclinou o corpo alguns centímetros na direção do corredor.

Quando voltou para o quarto, Kristen parecia perplexa. Atordoada.

"Que foi? O que ele disse?", Lila perguntou baixinho.

Na palma da mão esticada de Kristen, havia dois biscoitos velhos de aveia e passas. O tipo de biscoito que a srta. Gemma comprava para aniversários, de um saco de plástico em oferta no mercado. Pareciam velhíssimos, como se Ansel os estocasse para usá-los em um momento como esse. Os nacos açucarados grudavam no suor da mão de Kristen, um presente bizarro e equivocado.

Um silêncio constrangedor.

"Humm", sussurrou Kristen. "Não entendi bem do que ele estava falando, mas o Ansel pediu para você não contar."

Saffy se virou para a lata de lixo perto da cama, cheia de lenços de papel usados, e fez que ia vomitar. Lila começou a rir, hesitante. Kristen a acompanhou com uma risadinha ansiosa. Ainda segurando a lata de lixo no colo, Saffy relaxou com o som idiota do ronco de Lila e começou a rir também, todas achando aqueles biscoitos velhos esmigalhados a coisa mais esquisita que já tinham visto na vida.

Naquela noite, Saffy era responsável por preparar o jantar. Uma receita de atum assado no forno. Ela tampou o nariz quando o cheiro do peixe enlatado emanou de cima da pia.

"Você está bem, Saff?", perguntou Bailey. Ela estava linda, os cílios cheios de rímel, o cabelo caindo como uma cortina sedosa. Kristen e Lila estavam em cadeiras perto do fogão, disputando uma tigela de macarrão, quando Bailey pressionou a mão fria na testa de Saffy. "Você parece meio pálida. Devia ir se deitar. Pode deixar que nós terminamos de preparar o jantar."

Saffy quase chorou com a gentileza.

Lá em cima, ela ficou feliz de estar sozinha no quarto. Um momento raro e delicioso. Saffy subiu a escada para alcançar sua cama no beliche, pronta para cair no colchão e esquecer. O cheiro não a deteve. No início era discreto, um ligeiro odor doce e apodrecido. No meio da escada, Saffy fez uma pausa. Franziu o nariz. Puxou as cobertas.

A raposa.

Lá estava ela, com todos os seus pedaços desconjuntados, em cima do seu lençol florido. A raposa era apenas um monte de ossos aglomerados e tecidos em decomposição, uma coisa disforme, um bando de moscas voando em torno de sua mandíbula com os dentes à mostra. A imagem era tão errada, estranha e violenta na manta cor-de-rosa de Carol que a visão de Saffy escureceu. Ela sabia que não devia gritar.

Em vez disso, prendeu a respiração. Segurou o choque bem apertado e deixou as lágrimas iminentes se enrijecerem até se reduzirem a uma massa que ela podia controlar. *Escuta*, pensou Saffy, na voz mais exigente de sua mãe. *Você já passou por coisa muito pior.* E era verdade. Então ela soltou a respiração longa e vagarosamente enquanto puxava os cantos do lençol para separá-los do cobertor e enrolou a raposa lá dentro. Ansel deve ter entrado quando ela cozinhava com as garotas, porque o líquido mal tinha vazado no colchão.

Segurando o embrulho longe do corpo, Saffy desceu a escada furtivamente e foi até o latão de lixo.

Nós cuidamos de nós mesmas, a mãe dela costumava repetir. Essa era a expressão que Saffy mais gostava na mãe. Queixo firme. Olhos de aço. *Eu e você, Saffy querida*, a mãe dizia. *Nós somos guerreiras.*

Na mesa de jantar, Saffy deu graças como sempre. Quando a srta. Gemma pediu que ela lhe passasse a Fanta, assim o fez.

Do outro lado do amplo móvel de mogno, Ansel, com toda a calma, se serviu de uma grande porção de atum. Saffy podia senti-lo por perto, cada pequeno movimento que ele fazia. Quando Ansel se levantou para tirar a mesa, Saffy se encolheu com tanta força que bateu no copo d'água de Lila. Ela observou o líquido formar uma poça na mesa, pensando em como o amor não era nada daquilo que a mãe havia lhe prometido.

Saffy não jantou naquela noite. Não tomou o café da manhã no dia seguinte, tampouco almoçou. Depois de uma semana, ela tinha perdido quase quatro dos seus quarenta quilos. Kristen e Lila traziam copos de suco para o sofá — Saffy se recusava a voltar para o quarto. Realmente tinha um cheiro estranho, Kristen notou, embora Saffy não conseguisse lhe dizer por quê.

A srta. Gemma ficou preocupada. Quando ela se sentou, uma baforada de ar mofado do sofá soprou no rosto de Saffy, junto das fortes substâncias químicas do perfume da srta. Gemma.

"Saffron, meu bem", disse a srta. Gemma. "Você tem que me dizer qual é o problema."

A srta. Gemma tinha uma aparência ridícula, sombra azul nas pálpebras, pantufas se arrastando no carpete. Saffy não disse nada. Não conseguiu. Durante mais dois dias, a srta. Gemma visitou Saffy no sofá, incapaz de convencê-la a botar ao menos uma única e trêmula colherada de sopa na boca.

Por fim, duas assistentes sociais apareceram. Elas trocaram palavras murmuradas com a srta. Gemma na cozinha, depois se sentaram na frente de Saffy, as mãos cruzadas no colo, os rostos severos. É mais difícil para crianças birraciais, lhe disseram com franqueza. Ela sabia que era diferente, de muitos e variados modos. Ela seria transferida para uma nova casa de acolhimento; às vezes uma mudança de cenário ajuda, elas disseram. Quando Saffy começou a chorar, nem ela sabia dizer se o sentimento era de tristeza ou alívio.

Enquanto Saffy fazia as malas, Kristen e Lila perambulavam ao redor dela. Kristen lhe deu um presente de despedida: o tubinho de brilho labial que elas haviam tirado da mesa de cabeceira de Bailey, Kissing Gloss, da Maybelline. Seu bem mais precioso.

"Tem certeza?", perguntou Saffy, chorando de novo diante daquele gesto. As lágrimas agora eram constantes, incontroláveis, e Saffy se sentia tão fraca e estúpida por tudo aquilo, por não ser capaz de comer, por não ser forte o suficiente para lidar com o problema como sua mãe teria desejado, pela maneira como Lila a olhava, cheia de piedade e curiosidade enquanto chupava aquele anel roxo entre os lábios ressecados.

"Fica com ele", disse Kristen, fechando o tubinho melado de brilho labial na palma da mão de Saffy.

* * *

Saffy arrumava as últimas peças de roupa quando Ansel chegou para se despedir.

Kristen e Lila tinham descido para beliscar as rosquinhas que as assistentes sociais tinham trazido. Saffy estava sozinha no quarto. Primeiro ela sentiu o cheiro dele. Sabão de lavar roupa e suor de verão, ligeiramente mais acre, o mesmo odor da sua camiseta naquela noite no chão do porão. O cheiro que antes a inebriava agora fazia com que sentisse um estremecimento de medo percorrer sua espinha. Era o tipo de medo que, de certo modo, parecia sedutor, um medo que ela queria perseguir.

"Posso entrar?", perguntou Ansel.

Ele parecia insuportavelmente normal. Saffy tinha decidido olhar para o outro lado nos últimos dias toda vez que ele entrava em um cômodo. Ele se comportava como se nada tivesse acontecido. Estava atraente como sempre, talvez com um leve remorso, um fato que queimou de um jeito irritante o peito de Saffy.

"O que você quer?", perguntou ela.

"Saff", disse Ansel. Ele nunca a chamara assim antes. Seus olhos estavam diferentes, com um tipo forçado de tristeza. "Desculpa."

"A raposa", disse ela. "Por que você fez aquilo?"

"Eu pedi desculpa."

"Mas por quê?", insistiu Saffy.

"Eu ouvi você rindo", respondeu ele. "Você e as outras garotas. Não gosto quando as pessoas riem de mim."

"Nós não estávamos rindo de você", disse Saffy, as palavras soando insípidas e mentirosas.

"Eu não devia ter feito aquilo", disse ele. "Às vezes eu faço coisas que não consigo explicar."

"Você não consegue explicar?"

Ansel deu de ombros.

"Você sabe o que eu quero dizer. Você sabe qual é a sensação de ser deixado completamente sozinho. O próprio som faz você querer machucar as coisas."

"Eu não estou sozinha", disse Saffy, de maneira forçada demais.

Uma pausa, como se ele não acreditasse nela.

"Desculpa, está bem?" A voz de Ansel era suave, cheia de algo que ela procurava desde o início.

"Tarde demais", disse Saffy, agora com menos convicção. "Estou indo embora."

Ela odiava Ansel pela maneira como ele mordia o lábio. O desejo que a havia capturado tinha despertado novamente, esticando seus membros rijos. Um desejo estranho e intolerável. Uma compulsão que Saffy não reconhecia, uma nova dimensão que se intrometia dentro dela no escuro, a qual ela não ousou encarar.

"Vamos lá, Saff", disse Ansel, se aproximando. "Antes de você ir embora, por favor, me perdoa."

A centímetros de distância, o rosto dele estava vivo e aberto, trágico e adorável. Ansel estendeu o braço e pressionou um dedo no ressalto da clavícula de Saffy. Ela pensou no bebê, morto naquela fazenda, em seus pezinhos, lábios, olhos e dedos. No que significava alguém roubar algo de você.

Em seguida aquiesceu, relutante. Sim. Está perdoado.

Ansel deu um passo à frente e envolveu Saffy em um abraço. Não foi a sensação que ela imaginava, o corpo quente dele pressionado contra o dela. Ela ficou inerte e abatida, atordoada com o toque dele. Pela primeira vez, Saffy se odiou com um profundo sentimento de consciência, menos como uma garota e mais como uma mulher, com fúria, desespero e vergonha. Com um tipo de ódio que espreita na superfície, rangendo os dentes de um jeito horrível, mas verdadeiro. Então ela acolheu a sensação.

8 HORAS

Os gritos afogam. Os gritos consomem. Os gritos são como uma inundação — uma vez que começa o berreiro, você fica preso lá, esperando nos destroços. O bebê solta um som agudo, ofuscado por alguma dor que você não consegue aliviar, e o tempo para, o terror pintado nas paredes do seu crânio. Depois de uma vida nesse lugar, você sabe que esse berreiro é um som que ninguém mais pode ouvir, que se dirige apenas a você.

Baby Packer tem uma coisa para lhe contar, mas é pequeno demais para usar as palavras.

Você se encolhe em posição fetal no chão de concreto. De suas entranhas, um gemido angustiado.

Logo que você chegou a Polunsky, chamaram um médico. O médico mediu sua pulsação, sua pressão, depois auscultou seu coração. Você está bem, disse o médico, e não voltou mais. Quando os agentes entram, fingem que não veem você, que se balança no chão com as mãos nos ouvidos como uma criança jogando algum jogo teimoso. O Registro de Vigilância da Execução exige uma visita a cada quinze minutos — você morre de medo dos agentes agora, testemunhas da sua desgraça. Você sabe o que parece. A fraqueza apenas intensifica a fúria.

Shawna o pegou desse jeito. Só uma vez. Ela apareceu justo quando os gritos tomaram conta, trazendo a bandeja com o almoço, uma mancha preocupada na porta. As palavras eram impossíveis de ouvir em meio ao choro do bebê. A presença de Shawna surgiu, aviltante.

Quando ela voltou no dia seguinte, teve uma delicadeza que você nunca tinha visto antes. Você percebeu o paradoxo, meio que achando graça de repente: sua fraqueza a havia comovido. Ela ficou fascinada, presa na emoção de sua vulnerabilidade.

Você poderia se aproveitar disso.

Você sabe como fazer Shawna se derreter. Quando você disse que os olhos dela eram da cor de um pinheiro das montanhas Adirondack, o júbilo reverberou ansioso no rosto da moça. Jenny costumava agir assim; estremecia quando você passava o polegar no alto do nariz dela. Quando você tentou isso com Shawna, ela deu uma risadinha, feito criança, aguda e irritante. Você forçou um sorriso terno nos cantos da boca. Na maior parte do tempo, você entende as mulheres melhor do que elas próprias.

Mas, de vez em quando, você se engana profundamente.

A detetive era uma mulher. De todas as ironias que compõem o seu destino, essa parece especialmente acentuada.

Ela tinha cabelo preto que descia sinuoso pelas costas. Pálpebras caídas, pele suave. Tinha um jeito calmo de falar, cercando você até seus ombros caírem. Você estava na sala de interrogatório havia poucas horas, mas, no final, era como se ela tivesse a ponta de um picador de gelo alojado em seu cérebro. Antes que a detetive convencesse você a contar a história — antes que ela se mostrasse ardilosa e dissimulada —, você não pensava naquelas Garotas havia muito tempo. Elas faziam parte de uma outra vida. Um mundo diferente. Nunca reapareciam como assombrações.

No que você estava pensando?, perguntou a detetive, passado um tempo. Você estava tão exausto que podia sentir as lágrimas escorrendo por suas bochechas, algum tipo de reação fisiológica retardada.

Tenho uma curiosidade, Ansel. Você era jovem na época, tinha apenas 17 anos. O que se passou na sua cabeça quando você matou aquelas Garotas?

Você queria contar a ela que não foi assim. Não foi algo predeterminado ou que tomasse um rumo esperado. Você queria contar a ela sobre os gritos, sobre sua premente necessidade de silêncio. Você se sentia como a sua criança interior, indefeso, tentando confessar: às vezes eu faço coisas que não consigo explicar. A necessidade era pungente, persistente. Não importava de verdade que o ato em si fosse errado; isso parecia um detalhe trivial e irrelevante.

Por que aquelas três Garotas, naquele verão?, perguntou a detetive. Por que você parou e só voltou a matar em Houston?

Você engatinha até a bandeja com o café da manhã frio no canto da sua cela e puxa o garfo que está embaixo de uma pilha de ovos cheios de formigas. Você o esmaga com o sapato e pega os dentes do garfo na palma da mão, examinando o mais afiado deles. Quando pressiona o plástico na parte macia do pulso, ele não rasga a pele nem cessa o fluxo de recordações.

O que se passou na sua cabeça? Para falar a verdade, você não tem uma resposta. Você até explicaria, se pudesse. Você já sofreu tanto, você gostaria de poder perguntar. Você já sofreu tanto que perdeu qualquer vestígio de si mesmo?

A primeira Garota era uma estranha.

Aos 17 anos, você morava sozinho. Tinha sido a única criança na sua última casa de acolhimento, uma casinha perto de Plattsburgh, cuja proprietária era uma mulher na casa dos 70 anos. Depois que você se formou no ensino médio, ela instalou você em um trailer na entrada de um bosque, a 50 dólares por mês. Você tinha um emprego de verão no Dairy Queen que ficava na rodovia e um carro que tinha comprado com um punhado de notas de dinheiro amassadas. De repente, você estava emancipado. A solidão foi um choque para o organismo. Um mergulho na água gelada.

Dezessete anos, e o mundo tinha contornos novos. Os cantos eram cruéis, acentuados demais, e você passava horas no sofá mofado daquele trailer, matutando consigo mesmo. Era esquisito estar na escola, onde as garotas riam e soltavam gritinhos, e os rapazes provocavam uns aos outros e alardeavam como eram avantajados. No entanto, era ainda mais esquisito ficar sozinho no calor. Depois de horas de contemplação, quando os gritos surgiam, violentos, quase ensurdecedores, você jurava que podia ver a silhueta de sua mãe na janela, de pé, no limite do bosque. Ela sempre desaparecia assim que surgia.

Aconteceu no meio de junho. Durante todo o verão você tinha perseguido sua colega de trabalho no Dairy Queen, uma garota que havia abandonado o ensino médio, com mechas no cabelo e caspa nos ombros. Você a elogiava. Você insistia, como tinha visto os rapazes da escola fazerem. Finalmente, ela tinha ido ao seu trailer, deitado no sofá e aberto o sutiã. Os gritos chegaram de fininho quando vocês estavam quase nos finalmentes. O berreiro interminável do bebê, que distraía tanto que você mal conseguia enxergar. Seu pênis murchou. A frustração só deixou tudo pior, e antes de sair, ela riu. Aquele som, uma trilha medonha por cima do choro do bebê. Você se sentou com as luzes acesas até de manhã, o eco da própria agonia zumbindo horrivelmente nos ouvidos.

No dia seguinte, no trabalho, ela nem olhou para você. Na hora em que você fechou tudo, levou o lixo para os latões e trancou o Dairy Queen, você estava extremamente irado. A rodovia vibrou durante todo o caminho para casa. Você dirigiu seu Fusca barulhento sem prestar atenção, passando por cima das linhas amarelas, o vento açoitando e latejando em seu ouvido, aquele berreiro interminável, insuportável.

Então ela se materializou na luz dos faróis.

Sob o luar, aquela primeira Garota era apenas uma sombra no final de uma longa estrada. Uma ondulação do cabelo. A Garota se encolheu com o brilho dos seus faróis, o rosto totalmente animalesco, vulnerável e confuso.

Você freou. Abriu a porta. Pisou no cascalho.

* * *

Agora o tempo se dilui. Você ouve o barulho da caneta do agente enquanto ele preenche o Registro de Vigilância. As batidas de suas passadas, se afastando inutilmente. Você afunda na sujeira, na escuridão selvagem e furiosa, e a cela aumenta e diminui até você deixar de ser uma pessoa e se transformar em algo parecido com uma bola. Você pressiona a testa no concreto, implorando para o bebê. Por favor, pare de chorar.

Se Jenny estivesse aqui, ela saberia como te ajudar. Ela te abraçaria bem apertado e murmuraria palavras de consolo: Vai passar, ela falaria baixinho, a pele como fruta madura. Sempre passa.

Jenny chega quando você está o mais fraco possível. Quando você precisa, mais do que tudo, esquecer.

Seu cabelo espalhado na fronha desbotada.

Seus passos após o banho, pingando água por todo o chão do banheiro.

HAZEL
1990

A primeira memória de Hazel a respeito de si mesma era também uma memória de sua irmã.

Era o tipo de memória que pairava e assombrava, espreitando bem dentro de sua medula óssea. Aparecia quando a pulsação de Hazel acelerava — toda vez que ela pisava no palco ou dirigia rápido demais pela rodovia. Na memória, Hazel não passava de uma pulsante massa de tecido, borrada e flutuante. Ao redor dela, uma escuridão que martelava como um tambor.

Havia uma prova dessa época, na ultrassonografia que a mãe mantinha em um porta-retratos na mesa de cabeceira. Dentro da moldura prateada, Hazel e a irmã eram duas minúsculas moléculas, crescendo juntas em um espaço escuro e primitivo. A mãe adorava a foto porque dava para ver, mesmo naquela época, antes que as duas tivessem orelhas ou unhas. Duas pequeninas mãos, ainda com membranas, esticadas uma em direção à outra, como criaturas do mar profundo mantendo uma conversa silenciosa.

Em cada segundo importante da vida de Hazel, ela podia escutar o som espelhado do batimento cardíaco da irmã sobreposto ao dela, como se elas ainda pairassem juntas no útero. Era uma síncope musical familiar. Uma batida reconfortante demais. E, por mais afastadas que estivessem, diferentes ou distantes, a mão de Hazel sempre se erguia para encontrar a de Jenny.

* * *

Na manhã em que Jenny veio para casa depois da universidade, Hazel estava sentada no chuveiro, deixando a água açoitar com golpes escaldantes a curva de suas costas. O banco que seus pais tinham instalado no canto da banheira era escorregadio sob suas coxas nuas, e Hazel ensaboou o joelho com cuidado, passando a esponja sobre a cicatriz. O local onde os médicos tinham costurado sua pele ainda apresentava um vermelho violento e excessivo — ela podia ver o exato ponto onde seu próprio ligamento tinha sido reconstruído, substituído por aquele de uma pessoa estranha que havia morrido logo antes da cirurgia. Frequentemente, quando Hazel olhava o joelho, ela pensava nessa pessoa sem nome, agora somente cinzas e ossos.

Ela lavou o cabelo rapidamente e desligou a torneira, os ouvidos atentos enquanto seu cabelo pingava água no piso do box. No andar de baixo, os pais de Hazel estavam desvairados: a mãe fazia barulho para lá e para cá na cozinha, com os preparativos do assado de Natal. O pai removia a neve da entrada da garagem com a pá para dar espaço para o carro de Jenny. Eles se encontravam em um estado de pânico ruidoso havia dias; já fazia semanas que a mãe havia empacotado os presentes, que desde então esperavam sem vida embaixo da árvore, com o pó se acumulando no papel brilhoso. O pai de Hazel trabalhava em casa, e a mãe tinha transformado seu escritório em um quarto de hóspedes para aquela ocasião específica, voltando da loja de departamentos, em uma tarde fria, com os braços lotados de cortinas, lençóis, uma fotografia emoldurada de uma praia qualquer ao pôr do sol. Quando percebeu que tinha esquecido as fronhas no caixa, ela quase teve um ataque nervoso. *Acho que ele não vai se importar se você usar as fronhas velhas*, Hazel tinha dito, acomodada no seu local de sempre, no sofá afundado.

Hazel se levantou com cuidado, o pé direito erguido para evitar o peso sobre o joelho. Ela se curvou sobre a beirada da banheira escorregadia, apoiando-se para pegar a toalha. Seu braço teve uma cãibra ao se esticar, já que seus membros estavam inertes havia meses. Depois de saltitar para se sentar na tampa da privada, Hazel enrolou a toalha no cabelo, pensando onde Jenny estaria naquele momento.

Era um jogo que elas jogavam quando crianças, que apelidaram de Chamado.

Eu sei quando você está doente, Jenny tinha dito, chegando na enfermaria da escola primária antes mesmo de a mãe delas ter sido informada. *E sei quando você está triste.* Jenny sacudia Hazel para acordá-la no meio da noite, libertando-a dos mais terríveis pesadelos. *Eu consigo ler a sua mente,* Jenny costumava dizer, e quando Hazel ficava surpresa com a intrusão, Jenny simplesmente parecia confusa. *O que foi?,* perguntava ela. *Você não lê a minha mente também?* Hazel vasculhava dentro de si, tentando captar o interior do corpo de Jenny do mesmo jeito que Jenny fazia com o dela. Ela jamais conseguiu ler a mente de Jenny, mas isso não a impediu de tentar ou alegar que tinha o mesmo poder telepático. *Você está mentindo,* adivinhava ela, quando Jenny fingia ter dor de barriga. *Você gosta daquele rapaz,* provocava ela, quando Jenny cruzava os braços na frente do corpo, perto dos armários da escola. Hazel não chamava isso de Chamado, pelo menos não o tipo de coisa que Jenny fazia. Era apenas intuição, decorrente de muitos anos de observação. Hazel conhecia o rosto da irmã.

Jenny estaria dirigindo agora. O trajeto que ligava a Universidade do Norte de Vermont até o subúrbio onde moravam, perto de Burlington, levava pouco mais de uma hora. Uma música do Nirvana estaria tocando, a música chiando do rádio, as mãos de Jenny batucando no volante. O novo namorado de Jenny estaria sentado no assento do carona, e aí a imagem ficava borrada e desbotada.

Hazel pegou as muletas e limpou o vapor do espelho. Na luz fraca de inverno, ela parecia pálida, sombria, sem vida. Não parecia com Jenny. Não parecia nem mesmo com ela própria.

A verdadeira Hazel não era aquele fantasma no banheiro. A verdadeira Hazel tinha bochechas que se tingiam de rosa sob a luz incandescente, o cabelo puxado para trás em um coque liso e lustroso. Usava cílios longos e pretos, colados nas pálpebras. Sua clavícula se projetava por baixo das alças de um corpete que terminava em um tutu feito sob medida, com purpurina salpicada sutilmente no colo, de tal maneira que refletisse as luzes do palco em um giro ou salto.

Durante um minuto precioso, Hazel não se apoiava mais na pia molhada. Em vez disso, seguia o som da orquestra até as coxias de veludo, enquanto os instrumentos tocavam os acordes iniciais de *Lago dos Cisnes*. O cheiro, elástico e resina. Ela deslizava em suas sapatilhas de ponta, feliz e etérea, com o tendão da coxa esticado. A plateia fazia silêncio, alerta, esperando sua entrada. Ela se perdeu naquele longo e angustiante momento antes de pisar na luz dourada.

Hazel era seu verdadeiro eu quando dançava, mas era mais do que isso, era uma pluma, um sopro. Uma ilusão, uma miragem que só respondia à música e às lembranças. Ela voava.

No andar de baixo, a porta da frente bateu. Gertie, a basset hound, irrompeu em um ataque de latidos enquanto a mãe de Hazel falava de modo suave. O cabelo de Hazel ainda estava pingando; ela subiu na cama de Jenny para espreitar pela janela. A caminhonete velha de Jenny surgiu na entrada, soltando fumaça.

Jenny tinha vindo duas vezes para casa desde o início da faculdade. Sempre para jantar. Ela tinha recusado passar a noite, voltando a entrar no carro depois que as sobras tinham sido despejadas em recipientes plásticos para ela colocar no frigobar que havia em seu dormitório. Hazel tentou imaginar a casa através dos novos e experientes olhos de Jenny: quase idêntica às outras casas ao redor, aglomeradas nos cantos de uma cidadezinha pacata. Com suas sorveterias e lojas de montanhismo, Burlington nunca parecia tão antiquada e bobinha quanto nas visitas de Jenny. As duas visitas para o jantar tinham sido antes do problema no joelho de Hazel, e ela não sabia identificar exatamente de que maneiras Jenny havia mudado.

Ao longe, da janela do quarto de Hazel, ainda emoldurada pelos pôsteres de John Hughes de Jenny, as diferenças eram óbvias. Ela e Jenny sempre foram incrivelmente parecidas, embora tecnicamente gêmeas não idênticas, mas Hazel percebia, com um choque desconfortável, como os anos poderiam separá-las ainda mais.

Ela havia ouvido a história do nascimento das duas muitas vezes e soava como uma fábula. Jenny nasceu primeiro, escorregadia, de forma fácil, sua passagem deslocando o corpo inteiro de Hazel do canal de parto — uma enfermeira tinha massageado o abdome inchado da mãe até Hazel sair esperneando, o rosto azul, o cordão umbilical enrolado em volta do pescoço. *Nós achamos que tínhamos te perdido*, a mãe de Hazel sempre dissera, e apenas recentemente Hazel percebeu que os pais tinham vivido minutos inteiros acreditando que Jenny seria sua única filha. Hazel podia imaginar isso, olhando agora para a irmã. Jenny estava ficando cada dia mais bonita, a covinha na bochecha mais pronunciada. Jenny tinha o rosto em formato de coração, aberto e convidativo, enquanto o de Hazel sempre fora magro e mirrado. E, claro, havia o sinal. Quando a mãe puxou Jenny para um abraço, Hazel esticou o braço instintivamente para tocá-lo.

As Gêmeas. Foi assim que elas aprenderam a se identificar. Em festas do pijama e eventos escolares, excursões e feriados em família, ela e Jenny formavam uma única unidade. Um nome. Um quarto revestido de papel de parede cor-de-rosa. Quando crianças, Hazel e Jenny sentiam prazer em trocar as roupas nos intervalos entre as aulas para confundir os professores. Elas costumavam usar versões combinadas do mesmo conjunto, Jenny de roxo, Hazel de azul. *Isso te incomoda?*, perguntou Hazel para Jenny certa vez, quando um dos meninos da escola brincou sobre convidar as Gêmeas para o baile da primavera. *Sabe, ser uma das Gêmeas?* Jenny a fitara com o olhar frio e estreito que, como Hazel sabia, ela usava para disfarçar sua mágoa. Hazel ainda se lembrava de ter roçado a própria língua contra os dentes caninos, que eram mais pontudos do que os da irmã, mais sobrepostos, da maneira como ela tinha mordido a língua até sentir a picada quente de sangue. *Por que isso me incomodaria?*, perguntara Jenny, a voz soando como uma criatura das florestas. Hazel ainda ardia com a vergonha daquela pergunta. Apenas nos últimos quatro meses — desde que Jenny fora para a faculdade —, Hazel respondia unicamente por seu nome. Durante toda a sua vida, se o nome de Jenny ecoasse em algum lugar, Hazel se virava, pronta para responder.

Agora o sinal embaixo do olho esquerdo de Hazel parecia o mesmo que sempre tinha sido, um ponto inchado e carnoso com um vago formato de lágrima. As pessoas adoravam chamar atenção para isso. *Hazel*, elas diziam, batendo nas próprias bochechas, identificando-a, como se Hazel precisasse de um lembrete de sua própria imperfeição.

Lá estava Jenny, ao pé da escada. Quando Hazel ergueu o olhar da complicada matemática de suas muletas, Jenny mostrava um sorriso largo, suave e ansioso, os mesmos olhos da irmã, a mesma boca da irmã, a mesma aparência da irmã, esperando. Ela usava um par de coturnos grandes demais, uma jaqueta camuflada que Hazel nunca tinha visto e um grande cinto com tachas à la Courtney Love. Quando Jenny envolveu Hazel em um abraço, o saguão se encheu do seu perfume, escondido por trás de algo diferente. Uma nova marca de sabonete, ou talvez de xampu, frutado e adocicado. Hazel ficou com vontade de espirrar.

"É tão bom estar em casa", Jenny se mostrava encantada e se abaixou para afagar Gertie, a cachorra, que arranhava sua calça jeans com as patas pequenas e roliças.

Ela se virou para o rapaz que estava atrás dela.

O novo namorado de Jenny não era o que Hazel esperava. Pelo que Hazel sabia, sua irmã se sentia atraída por ombros e pescoços largos, rapazes que pareciam troncos de árvore. No final do ensino médio, Jenny e Hazel tinham dividido o mundo em partes iguais. Hazel tinha o balé e alternava sapatilhas de ponta, saias envelope e complexos horários de ensaios que eram negociados com o carro que as duas dividiam. Jenny, por sua vez, ficava com a escola, as notas das provas, os boletins escolares, o quadro de honra. De modo geral, Hazel sempre encontrava Jenny rindo perto de armários de troféus, o corpo da irmã apoiado no peito de um jogador de hóquei, um zagueiro do time de futebol americano, o campeão estadual de arremesso de peso. Hazel só conhecia esses rapazes pelas histórias que Jenny contava ao levar Hazel para o estúdio de carro — ela ouvia com atenção, tão cativada quanto enojada.

O rapaz de pé na entrada definitivamente não era um atleta. Era magro e rígido, com óculos de tamanho exagerado pousados soltos no nariz. Sua calça era um pouco curta demais no tornozelo, com alguns pelos duros e enrolados despontando por baixo das bainhas.

"Você deve ser a Hazel", disse ele. "Meu nome é Ansel."

Quando Ansel sorriu, o sorriso se espalhou pelo rosto, como um ovo que teve a casca quebrada. É óbvio, pensou Hazel; é óbvio que Jenny escolheria uma pessoa assim. Um ímã humano. Hazel corou com a atenção, consciente da sua situação no contexto do momento. De sua existência, ampliada. Ela era um dublê de corpo de Jenny.

"Ansel", disse Hazel. "Já ouvi muito sobre você."

Não era verdade, e Hazel se arrependeu de falar isso. Quando Ansel estendeu a mão, confiante, Hazel retesou os músculos do abdome — *o corpo inteiro gira ao redor do centro*. Ela ergueu o braço suado do metal da muleta e o cumprimentou.

Jenny não tinha ligado depois daquela noite no palco.

Depois de uma cirurgia de três horas, depois que cartões e flores inundaram a mesa de cabeceira de Hazel, depois que seus braços ficaram fortes de empurrar a cadeira de rodas pelos corredores do hospital, nenhuma palavra de Jenny. Mesmo após Hazel ser colocada no sofá da casa de seus pais, onde ela se acomodou pelas seis semanas seguintes, apenas ocasionalmente se arrastando para o andar de cima, para tomar um banho, nada de Jenny. Hazel tentou ligar para o telefone do dormitório duas vezes, deixou mensagens com o animado supervisor da residência, mas Jenny não ligou de volta.

Ela está pensando em você, havia dito a mãe de Hazel, sem muita convicção, ao trazer mais uma tigela de sopa.

Enquanto mofava no sofá, o queixo de Gertie salivando em seu colo, Hazel tentava invocar a irmã. No estado de confusão mental causado pela hidrocodona, ela imaginava que Jenny estaria em uma festa sexta--feira à noite, vestindo a saia jeans que elas haviam comprado no brechó naquele verão. Na manhã de uma quarta-feira, Jenny estaria no refeitório, tirando o melão cantaloupe de uma salada de frutas sem graça ou ouvindo Pearl Jam no walkman enquanto caminhava devagar para a sala de aula. Hazel não conseguia imaginar as aulas de Jenny — ela nunca estivera em um campus universitário de verdade, pois seu dia já era lotado de ensaios quando Jenny e seu pai foram conhecer o lugar. Ela imaginava casacos de tweed, camisas abotoadas até o colarinho, os dedos de sua irmã apertando um lápis. Essas imagens tinham sido criadas por Hazel, menos como um Chamado, e mais como uma fantasia que provavelmente não tinha nada a ver com a realidade. O esforço apenas a deixava com raiva. *Onde você está?*, implorava Hazel, patética, o joelho latejando como um martelo por baixo da pele.

O pai de Hazel tirou as malas da varanda, o frio ar de dezembro soprando na casa, vindo do beco sem saída repleto de gelo. Por um minuto longo e tenso, Hazel encarou a irmã, que parecia diferente de um modo indefinível. Quando o olhar de Jenny se dirigiu para a joelheira de Hazel e rapidamente voltou a fitar a irmã, ela não disse nada, mas Hazel percebeu o brilho. Havia satisfação no olhar de Jenny. Claro como o dia. Como se Jenny soubesse o que significava ser a irmã de pé.

Enquanto todos se preparavam para o jantar, Hazel se sentou à mesa. Geralmente, ela e a irmã teriam colocado os jogos americanos juntas, discutindo sobre que guardanapos usar. No entanto, as muletas de Hazel estavam apoiadas contra a porta de vidro de correr, e ela tinha sido dispensada da tarefa.

A mãe serviu o frango, enquanto Jenny fez um gesto com uma garrafa de vinho aberta. Hazel balançou a cabeça, recusando. Ela nunca tinha gostado do sabor de álcool ou do modo como ele fazia sua cabeça flutuar, além do fato de que ela ainda estava tomando analgésicos. A mãe os contava toda manhã, insistindo que Hazel se desacostumasse pouco a pouco. *Você precisa ter cuidado*, havia dito a mãe. *O vício está em seu sangue. Olhe só seu avô.* Hazel mastigava o frango sem entusiasmo, enquanto o meio comprimido entrava em seu organismo, atenuando o latejar no joelho. Os dentes de todos haviam ficado roxos com o vinho. Ansiosa, sua mãe passava a mão de leve no cabelo, perguntando sobre a vida escolar de Ansel, o qual lhe respondia respeitosamente. Ele estudava filosofia, disse, e tinha planos de fazer pós-graduação. *Quero escrever artigos acadêmicos. O pensamento é a coisa mais pura que uma pessoa pode deixar como legado.* A voz dele era suave, cadenciada, e deixava sua marca no íntimo de Hazel. A pele dele era branca como leite, a parte interna do braço como uma folha de papel em branco. Ele era de fato bonito, um tipo de beleza que, quanto mais você olha, mais ela se solidifica.

Um sobressalto, quando ele pronunciou o nome dela.

"Hazel", disse Ansel, como se um facho de luz girasse na sua direção. "A Jenny me contou que você é bailarina. Como está o seu joelho?"

"Está quase bom", intrometeu-se a mãe de Hazel. "Só mais algumas semanas com as muletas, e depois fisioterapia. Logo, logo, ela vai dançar de novo."

Hazel aquiesceu educadamente. Ansel se concentrou nela, curioso — ninguém havia olhado para ela assim em meses, sem piedade ou desconforto. Ela reconheceu um lampejo de admiração no sorriso dele, uma reverência que ela recebia da plateia após uma sequência perfeita de *fouettés*.

"Tenho um anúncio a fazer", disse Jenny, atraindo a atenção de Ansel. Os lábios de Jenny estavam salpicados de pontinhos roxos, e uma onda de ódio explodiu, incontrolável, dentro de Hazel. "Estive pensando sobre a história do nosso nascimento", continuou Jenny. "Sobre a enfermeira que nos salvou. Nós nunca nem soubemos o nome dela, mas ela é o único motivo por que estamos vivas. Ou pelo menos a Hazel, não é? Seja como for, decidi no que vou me especializar. Quero estudar enfermagem. Para ser mais específica, quero ser enfermeira obstétrica."

Do outro lado da mesa, os pais de Hazel abriram um sorriso, o orgulho se espalhando involuntariamente. Exagerado, quase obsceno. A sala pareceu fria, todo mundo mais embriagado e sentimental do que alguns minutos antes. Toda aquela exibição, tão repentinamente fora de propósito. Quando seu pai levantou o uísque para propor um brinde e Jenny levantou sua taça de vinho borrada de batom, Hazel agarrou seu copo d'água e fixou os olhos na luminária da cozinha até a lâmpada cegá-la.

Naquela noite, Hazel adormeceu com uma recordação.

Vamos lá, dizia Jenny, os braços finos e desajeitados pendurados na mais alta barra do trepa-trepa à medida que o sol castigava o parquinho abrasador. Jenny usava a fantasia que tinham implorado à mãe para comprar, um vestido de casamento vaporoso que elas compartilhavam, com mangas iguais às do vestido da Lady Di. O medo se cristalizou no peito de Hazel; seus ombros doíam das duas barras que ela já tinha alcançado depois de cuidadosa avaliação. Jenny parecia bem distante, no meio daquela nuvem branca, os dedos suados e escorregadios. *Você tem que acreditar que consegue*, disse Jenny. *Concentra seu corpo nisso e balança, Hazel.*

Manhã de Natal. Uma fina película branca cobria o quarteirão. A aurora havia acabado de surgir, o sol elevando um laranja elástico sobre o subúrbio que resplandecia em tons de branco. Hazel estava deitada na cama, abatida e aflita. Jenny estava no quarto de hóspedes com Ansel, e o colchão vazio do outro lado do quarto parecia a Hazel especialmente vazio.

Desde o acidente, o corpo de Hazel tinha assumido um formato que suas roupas não reconheciam. O estômago e as coxas haviam engrossado; os músculos das panturrilhas haviam encolhido. A costura da calça do pijama parecia apertada demais. Hazel enfiou a mão embaixo do cordão de elástico, esticando-o. Seu corpo parecia estranho demais, como se a mão de outra pessoa escorregasse para dentro de sua roupa de baixo, para além do tufo de pelos, chegando à parte molhada. Ela pensou em Ansel. Em sua pele macia e sedosa. Como seu sorriso transbordava para o resto do rosto. Tudo acontecia como em um filme, iluminado por um amarelo diáfano — Ansel pairava em cima, Hazel esparramada na cama —, os ombros do rapaz, firmes e musculosos, sob os dedos de Hazel, a pele do seu abdome se retesando na fina trilha de pelos que levava até o cós, a cueca samba-canção xadrez deslizando pelos quadris. Ele se inclinava e a abria com dois dedos, o sorriso baixando, cativante, contagiante...

Hazel gozou antes de estar pronta. Ela se dobrou sobre os próprios dedos, estremecendo, ofegante, uma sensação que se dissipou rápido demais, as pernas tremendo embaixo dos lençóis, sufocantemente pegajosas. Uma acusação. Quando tirou a mão de dentro da calça, seus dedos estavam brilhosos e melados, a pele enrugada como se ela tivesse ficado embaixo d'água tempo demais.

Os pais de Hazel esperavam no andar de baixo. O cabelo fino de seu pai espetava em várias direções, uma verdadeira afronta, e a mãe estava sentada de qualquer jeito na poltrona, o roupão cheio de bolinhas puxado rente. Gertie roncava no sofá, a baba escorrendo em sua almofada predileta. Na televisão, o noticiário balbuciava alguma coisa. Hazel estava morta de vontade de tomar um banho, mas era difícil demais com a joelheira — ela podia sentir o cheiro do próprio suor, o odor acre do seu desejo.

"Eles falaram a que horas vão levantar?", perguntou a mãe de Hazel.

"Não escutei nada do gênero", respondeu Hazel.

Só depois de mais meia hora Jenny e Ansel apareceram. O cabelo de Jenny estava molhado por causa do banho, e Ansel vestia uma calça justa de veludo cotelê. Quando Hazel percebeu como a calça franzia na altura do joelho, se encheu de uma tórrida vergonha.

Eles abriram os presentes, um de cada vez. Jenny ganhou uma mochila nova, feita de couro legítimo, encomendada de uma loja que não existia em Burlington. A mãe de Hazel deve ter pedido pelo correio. *Para os seus livros da faculdade*, disse a mãe, brilhando de orgulho. Hazel juntou toda a sua energia para soltar uma exclamação de satisfação; eles compraram para ela uma coleção de romances de fantasia, um gênero de que ela gostava quando era criança. Cada presente que ela recebera antes desse ano se relacionava ao balé, e todos afastaram propositalmente o olhar quando Hazel murmurou um agradecimento pelos livros e pelo suéter.

Ansel foi o seguinte. Ele rasgou o papel um pouco constrangido enquanto os pais das gêmeas sorriam. Jenny havia instruído os pais categoricamente a não comprarem nada para ele. Ansel tivera uma infância complicada — eles não deviam perguntar sobre o assunto — e não gostava de festas em família. Mesmo assim, a mãe havia escolhido uma calça de pijama e um livro sobre primatas. Ansel agradeceu, obviamente pouco à vontade, e Jenny lançou um olhar duro aos pais.

Os dois últimos presentes eram os mais previsíveis. Dois embrulhos idênticos jaziam sozinhos embaixo da árvore de Natal. Hazel captou o olhar de Jenny; elas eram crianças de novo, comunicando-se em seu idioma secreto com um único relance.

Era uma tradição: duas vezes por ano, no Natal e no aniversário, Hazel ganhava uma roupa combinando com a de Jenny. Elas rasgaram o papel de presente. As bochechas de Hazel doíam com um sorriso falso. Dessa vez, era um vestido de algodão de mangas compridas, o tipo de roupa que você usaria em uma festa ou em um restaurante chique. Hazel não conseguia imaginar onde usaria uma roupa como aquela, mas forçou um sorriso quando ergueu e exibiu o vestido, cinza, que combinava com o vestido verde-oliva de Jenny.

A mãe bateu palmas, satisfeita.

"Muito bem", disse ela. "Vamos às panquecas. Seu pai conseguiu comprar aquele xarope especial..."

"Esperem."

Era Ansel. Sua voz estava rouca e grave. Ele mal havia aberto a boca a manhã toda. Uma tensão estranha emanava dele, cercada por dispersas descargas de energia.

"Eu tenho uma coisa. Um presente."

Hazel permaneceu calada, ouvindo os passos de Ansel, que desapareceu no andar de cima. Então o ruído do fecho de sua mochila. Os pais se mexeram de modo desconfortável, enquanto Jenny tirava fiapos do tapete no chão.

Ansel voltou com os punhos fechados, os traços angulosos cheios de um falso entusiasmo que parecia tenso, quase frio.

"Desculpa", disse Ansel, abrindo a mão. "Não embrulhei. Mas é para você, Jenny."

Todos ficaram boquiabertos. A mão de Jenny voou para a boca.

Era um anel. Não um anel de noivado, apesar de Hazel ter certeza de que essa ideia tivesse passado pela cabeça dos pais, uma vez que trocaram olhares apreensivos. O anel era volumoso e de aparência antiga, o tipo de joia que claramente havia pertencido a alguém antes. Tinha um aro de latão dourado não polido e uma pedra grande e roxa, de um tamanho que chamaria muita atenção, se não fosse pela cor. Um lilás suave e bonito. Ametista.

"Ansel", murmurou Jenny, sem fôlego. Ela parecia ao mesmo tempo emocionada e constrangida — Hazel conhecia a irmã. Jenny queria adulterar aquela narrativa, engrandecê-la e melhorá-la quando a recontasse depois, e desejava que seus pais não estivessem sentados ali, testemunhando aquela verdade torta, o gesto pouco entusiasmado, o brilho incomum do anel. "Você não precisava... De verdade. Onde conseguiu o anel?"

Ansel abriu um sorriso e deu de ombros.

"Me fez pensar em você."

Hazel não conseguiu identificar o desânimo quando Jenny enfiou o anel no dedo e sua mãe murmurou alguma coisa sobre mandar ajustá-lo depois. Hazel observou a pedra reluzir na luz de início de manhã, refletida no brilho claro como neve, sem saber se a sensação de algo errado tinha a ver com o anel, com o rapaz, com sua irmã ou talvez com ela mesma. *Você está feliz por ela*, ordenou Hazel, contundente. Mas o nó enjoativo se formou da mesma maneira no fundo de sua garganta.

Durante a ceia de Natal, Hazel tentou encontrar o olhar de Jenny. Por causa da insistência da mãe, as duas relutantemente trocaram de roupa e colocaram os vestidos combinados, apesar de Jenny já ter feito uma mancha de vinho na parte da frente do dela. O anel roxo reluzia em seu dedo. Os pais de Hazel tentaram fingir que tudo estava bem, mas o olhar da mãe constantemente encontrava a mão de Jenny, que parecia nova e estranha, de certa forma mais velha, quando se esticou para a travessa de carne.

Hazel e seus pais foram firmemente instruídos a não perguntar nada sobre a família de Ansel. É complicado, alegara Jenny. Mas o pai de Hazel estava bebendo uísque.

"Então", disse o pai, com as bochechas coradas. "O que a sua família faz no Natal, Ansel?"

A pergunta soou como um choque decorrente de uma notícia ruim. Fez-se um silêncio lento e febril no cômodo, uma espécie de pavor líquido. Ela podia visualizar a pergunta do pai pairando sobre a mesa. Queria esticar as mãos e agarrar as palavras, devolvê-las para a boca do pai. Hazel manteve o olhar concentrado no prato, os ossos roídos encarando, aborrecidos, uma poça de molho. A seus pés, Gertie ergueu o olhar, esperançosa, os olhos úmidos e fundos, felizmente ignorante.

"Eu cresci em casas de acolhimento", disse Ansel. Hazel observou o rosto do pai se contorcer, mortificado, percebendo o erro. "Nós não tínhamos esse tipo de tradição, na verdade."

"Sinto muito...", gaguejou a mãe.

"Tudo bem."

O constrangimento ficou pairando no ar, misturado com algo mais. Algo que Hazel reconheceu, de todos aqueles anos no palco: o modo como a plateia costumava precisar dela. Ansel os havia fisgado. Fascinado.

"Meus pais me abandonaram quando eu tinha 4 anos", disse ele. "Não me lembro dos Natais com eles. Eu tinha um irmãozinho, mas ele morreu."

Era horripilante como Hazel sabia tão pouco. Ela não sabia nada sobre aquele homem ou sobre os incontáveis momentos que Jenny havia passado com ele. Ela não sabia nada sobre o mundo de modo geral. Ali estava Hazel, na aborrecida casa aconchegante a que ela nunca dera valor, cheia de meias para presentes e comida que eles jogariam fora quando se tornassem sobras. Naquela pequena e bonita cidade, onde nada de ruim acontecia. Seus pais não eram ricos, mas viviam com conforto. Ela nunca quisera algo que verdadeiramente não pudesse ter.

"Tenho lido um bocado de filosofia ultimamente", disse Ansel. "Locke, principalmente. Ele rejeita o conceito de continuidade corpórea, a ideia de que nossos seres físicos nos tornam quem somos. Em vez disso, ele se agarra à memória. Memória como a coisa que nos torna indivíduos, como a coisa que separa a minha consciência humana da sua. Eu tenho essa concepção. Essa teoria, eu acho. Não existe o bem e o mal. Ao contrário, temos memórias e escolhas, e todos vivemos em vários pontos no meio desse espectro. Somos uma mistura do aconteceu conosco com o que escolhemos ser. Seja como for, eu queria agradecer a vocês. Todos vocês, por me permitirem ficar na sua casa. Jenny, por tudo. Se eu sou simplesmente uma série de escolhas, estou feliz que elas tenham me trazido até aqui."

Hazel entendeu, então. Teve uma ideia da intriga que havia engolido Jenny e a roubava, pouco a pouco. A própria Hazel estava sem fôlego, tomada por uma adrenalina hesitante e uma curiosidade meio sem sentido. A tragédia tinha uma textura. Um nó, implorando para ser desfeito. As coisas que Hazel queria eram inexprimíveis, intangíveis, vagas demais para tocar — as coisas que ela queria pertenciam à sua irmã.

O banheiro era uma toca fria e escura. Hazel entrou, cambaleando, as muletas batendo ruidosamente no chão. Ela não se deu ao trabalho de acender as luzes; não queria ver a pintura bege, a paisagem falsa na parede, a tijelinha de contas do mar que a mãe limpava toda semana. Então se curvou sobre o vaso sanitário e enfiou o rosto na bacia, a centímetros da água pútrida. Teve vontade de vomitar com o som abafado de garfos tilintando e vozes educadas que entravam pela porta.

Ela odiava Jenny. Um ódio genuíno, pungente e determinado. Hazel vomitou, esperando ser capaz de expelir tudo do corpo, toda a tristeza e o horror daquela coisa tão amarga e egoísta. No entanto, ela sabia que, apesar de tudo, o sentimento permaneceria, dissipando-se até se transformar de novo no amor ilimitado que sempre experimentara. O amor entre irmãs não era o tipo de coisa que ela lesse nos livros ou a deixasse arrebatada nos filmes. Ele configurava uma categoria única, uma compreensão muda que fluía em suas veias, mesmo que Jenny estivesse a quilômetros de distância. O amor entre irmãs era como o alimento, o ar ou a memória. Era algo a nível molecular. Exatamente a mesma substância compartilhada. Mas não era um amor que ela escolhera e, por isso, Hazel sempre se ressentiria contra uma parte de si que temia, e talvez esperasse, que ela nunca pudesse amar ninguém da mesma forma como amava Jenny.

Uma batida na porta.

Hazel estava deitada na cama, o discman tocando um antigo CD de Springsteen que havia encontrado na loja de discos no centro da cidade.

Na luz fraca do corredor, Jenny era uma sombra. Ela vestia uma calça de pijama e uma camiseta desbotada, grande demais, que ela havia deixado para trás. Hazel conhecia muito bem essa camiseta. Quando enjoava das próprias roupas, às vezes mancava até a cômoda de Jenny, vasculhava as gavetas e enfiava uma camiseta da irmã, com estampa do Nirvana, sobre suas costelas magras, contorcendo os quadris para entrar na calça jeans antiquada de que Jenny não gostava o suficiente para levar para a faculdade.

Agora Jenny tinha subido na cama de Hazel e abraçava as pernas junto ao peito. Hazel tirou os fones de ouvido. No outro lado do quarto, o colchão de Jenny continuava vazio — a mãe delas tinha desfeito a cama, apesar de ter deixado os pôsteres de Jenny pendurados na parede.

"Está se sentindo melhor?", perguntou Jenny, iluminada pela luz suave. "A mamãe me pediu para checar."

"Eu estou bem", respondeu Hazel, embora as palavras saíssem forçadas.

"Você está brava", disse Jenny.

"Não estou, não", garantiu Hazel à irmã, e era verdade. Ela estava cansada. Perdida e definhando. Hazel quase queria estar com raiva, pois seria mais fácil lidar com isso do que com aquele sentimento de vazio enorme.

"Eu vi", continuou Jenny. "Eu vi como você me olhou na ceia."

"Ah, você reparou, é? Você não me olhou nos olhos desde que chegou."

Uma pausa longa e tensa.

"Sinto muito pelo seu joelho, Hazel", Jenny finalmente falou.

A afirmação soou incrivelmente sucinta. Era a primeira vez que Jenny mencionava o acidente. Com um choque de clareza, Hazel entendeu por que Jenny vinha ignorando o que acontecera com o seu joelho. Não era porque Jenny não se importava. Não, Jenny sabia exatamente o que significava aquele machucado no joelho de Hazel — o que o fracasso de Hazel significava para as duas. Era mais fácil não olhar.

"As coisas difíceis transformam a gente", disse Jenny. "O Ansel me ensinou isso. Eu não passei por uma dificuldade real, e nem você."

Hazel estava prestes a protestar, a partir em defesa do seu próprio sofrimento, mas Jenny prosseguiu:

"Nós ganhamos tudo de bandeja, Hazel. Essa casinha tediosa de três quartos e carpete creme. Nós temos pais que nos amam." Jenny fez uma pausa e mordeu o lábio. "O Ansel é diferente. Ele morou em quatro casas de acolhimento diferentes. E o irmãozinho, aquele que ele mencionou na ceia? Eu nunca ouvi ele falar do irmão em voz alta, só hoje. Que o irmão tinha morrido. O Ansel nunca me contou a história, mas ele grita quando está dormindo. *O neném*, ele fala. *O neném.*"

Jenny sempre pareceu mais velha do que Hazel. Quando crianças, ela constantemente relembrava a Hazel daqueles três minutos. Agora, sentada em sua cama de infância, uma girafa de pelúcia espremida embaixo da coxa de Hazel, a disparidade pareceu gigante. Drástica.

"O Ansel não é como as outras pessoas", disse Jenny. "Ele não sente as coisas como as outras pessoas. Às vezes fico pensando se ele sequer sente alguma coisa de verdade."

"Se ele não sente absolutamente nada", perguntou Hazel devagar, "então como é que você sabe que ele te ama?"

Jenny apenas deu de ombros.

"Acho que eu não sei", respondeu ela.

As diferenças entre as duas eram gritantes, quase ensurdecedoras. Jenny, com seu bafo de uísque e delineado borrado, tinha sido tocada por outra pessoa, ajustada e modelada por ela. Ela já não era mais a outra metade de Hazel; ao contrário, era sua própria versão pulsante e vibrante. *Volta*, Hazel queria implorar, embora soubesse que seria inútil.

Ela já não era a coisa mais próxima da irmã. Elas não eram mais um *nós*, mas, em vez disso, eram duas pessoas separadas, que cresciam em ritmos separados, uma desperta e intensa; a outra, amorfa e ansiosa.

Quando Jenny se levantou, a textura da parede havia desalinhado seu cabelo, que estava espetado em um sopro estático. Ela parou na porta, transformando-se de novo em uma silhueta.

"Desculpa", disse Jenny. "Sobre o seu joelho. Desculpa não ter vindo para casa. Desculpa não ter ligado."

As palavras soaram fúteis e frívolas.

"Por que você não ligou?", perguntou Hazel.

"Eu senti", respondeu Jenny. "Igual quando nós éramos crianças. Eu estava na biblioteca, estudando, e senti no segundo em que aconteceu. Como se meus próprios tendões estivessem se rompendo. Doeu, Hazel. Foi a primeira vez que senti aquele poder e gostaria de não ter sentido."

Quando Jenny saiu, o quarto de Hazel pareceu vazio, mudado. No cobertor, Jenny havia deixado um único fio de cabelo brilhante. Hazel o apanhou com cuidado e o observou dançar graciosamente no ar. Depois o levou aos lábios e o rolou na boca. O fio de cabelo não tinha gosto de nada — ela só conseguia sentir sua forma, sua concretude, uma aranha no meio da língua.

O espetáculo tinha começado como qualquer outro. *O Lago dos Cisnes*. As luzes do palco eram quentes, as sapatilhas de Hazel, suaves contra o linóleo. Era a última vez que ela usaria aquelas sapatilhas antes de passar as fitas para outro par. Ela não as sentiu nos dedos dos pés, embora talvez devesse ter sentido. Estava quase no final, sua última sequência de solo, e se sentia sem limites, cheia de energia. Quando Hazel começou os *fouettés*, a plateia se endireitou, oito compassos e de novo, a cabeça se movendo rápido para acompanhar os giros acelerados do corpo.

Estava bem no meio da coreografia quando aconteceu. Relembrando, Hazel se sentiu grata por esses seus últimos momentos. Pelo modo como suas pernas a levaram até a preparação para o salto, o *pas de bourrée*, as duas passadas antes do *grand jeté*. No infinito momento antes de pousar no solo, antes da entorse e da ruptura do ligamento do joelho quando ele dobrou para o lado, Hazel pensou: *O amor é adoração. O amor é uma respiração, o amor é uma tensão, o amor é isto.* Um vislumbre fugaz da eternidade, ardente por baixo de um holofote dourado. Foi a única coisa que ela aprendeu a querer.

Hazel não sabia há quanto tempo estava dormindo quando acordou sobressaltada com o som de latidos.

Ela ainda usava o vestido de Natal, amarrotado em torno da cintura, as pernas esticadas desconfortavelmente por cima das cobertas. O quarto estava escuro, cheirando mal, o silêncio sendo interrompido pelos latidos de Gertie, que ecoavam insistentemente pela porta dos fundos — eles haviam aprendido a ignorar a cadela até ela decidir voltar a dormir. No entanto, como Gertie continuava a latir freneticamente, Hazel se ergueu da cama e foi até a janela, pulando em uma perna só.

O movimento repentino a fez parar. Um breve movimento, do lado de fora. Hazel esfregou os olhos para afastar o sono e piscou forte para se certificar de que não estava dormindo.

Era Ansel, visível sob o luar. Ele estava de pé embaixo do bordo no quintal da casa dos pais dela, a calça de pijama de flanela enfiada nas botas de inverno. Ele jogou o peso na pá, retirada da garagem, o casaco revelando seus punhos enquanto ele escavava torrões de neve e terra molhada. Um movimento da pá, um monte. Hazel observou, confusa, enquanto Ansel cavava um buraco. Talvez tivesse uns trinta centímetros de profundidade — ele cavou até seu braço desaparecer lá dentro. No momento em que ele bateu a terra das mãos, Gertie já tinha ficado quieta, e Hazel escorregou de novo para a cama, escutando o chiado da porta de vidro de correr, os passos de Ansel se arrastando escada acima.

Seu relógio marcava 4h16 da manhã. Certamente Jenny estava dormindo, sem saber de nada. Para Hazel, dormir seria impossível, com o cérebro funcionando a mil com a estranheza do que tinha visto. Deu cinco horas, depois seis. Lá pelas 6h30, o céu lá fora havia clareado para um azul aberto e delicado, e um novo barulho se revelou do outro lado do corredor. Tão sutil no início, que Hazel teve de se esforçar para escutar.

Sussurros. Um farfalhar.

Dessa vez, Hazel procurou pelas muletas na penumbra. A porta do seu quarto não fez barulho quando ela a abriu; ela deu passos silenciosos no carpete, o coração alerta e apático. Antes de chegar ao quarto de hóspedes, ela soube o que encontraria.

Eles estavam nus em cima do edredom, uma fresta da porta aberta. Expostos à luz do amanhecer, estavam de olhos fechados, as costas de Jenny pressionadas contra o peito de Ansel, sua mão enorme cobrindo o seio de Jenny, enquanto ele pulsava dentro dela, seu membro úmido e brilhoso. Suas mãos estavam lavadas, revelando agora um branco imaculado, sem nenhum sinal da terra ou da pá. Hazel ficou pensando se tinha sonhado com aquela cena ou simplesmente a imaginado. As pernas de Jenny estavam abertas, sua cabeça jogada para trás; seu pescoço era tão delicado no amanhecer de inverno, tão desprotegido. Sob o reticente feixe de luz, o corpo de Jenny não era necessariamente o de Jenny. Ela podia ser Hazel, coberta naquela película de suor, tão solta e ofegante. Hazel, perdida no tipo de movimento que deixava uma pessoa mais inteligente, independente, real.

Ansel abriu os olhos.

Hazel não teve tempo de se afastar da porta ou se esconder. Naquele milésimo de segundo de embrulhar o estômago, antes que o choque explodisse e ela voltasse cambaleando em suas muletas, o olhar de Ansel penetrou direto dentro dela. Havia algo novo nele, algo selvagem, como o solo úmido e infestado embaixo de uma pedra tirada do lugar. Ela havia testemunhado um segredo no quintal, algo que era para permanecer escondido. E agora Hazel observava a volta de Ansel, sua transformação de único para duplo, novamente sua conexão com Jenny. Era assustador, o desejo impetuoso do corpo de Ansel. Inflexível, era isso o que lhe dizia.

O universo não se importava como você amava. Você podia amar desse jeito, urgente e obsceno, como uma namorada ou uma esposa. Você podia amar como uma irmã ou mesmo uma gêmea. Não importava.

Duas coisas conectadas sempre têm que se separar.

7 HORAS

Molho de carne para o almoço. A massa empapada desliza para dentro da sua cela, um caroço gelatinoso por cima de uma parca porção de peru, acompanhada por um punhado de vagem boiando na água. Nada de café hoje. Um gemido coletivo ecoa pelo corredor. A Ala A é organizada de tal forma que você não consegue ver ninguém, mas reconhece os sons de cada detento. Hoje, eles estão com fome. Quando você leva a colher com a substância disforme até a boca, na verdade você se imagina comendo um cheeseburger, dando uma mordida na carne suculenta e malpassada.

"A alegria é prima do amor", você leu certa vez. Se você não consegue sentir amor, há pelo menos esse análogo mais fraco, fascinante na memória: o gosto da carne, cozida à perfeição, derretendo na língua. Você sabe como engolir, fechar os olhos e se deliciar.

Você reconhece Shawna pelos passos.
Ela arrasta os pés quando caminha, tão diferente da batida forte dos homens. Um arrastar claudicante, insegura de si mesma. Os gritos do bebê já passaram, e você está sentado na beirada da cama, respirando de modo regular. O bebê morreu, você diz para si mesmo. O bebê morreu. Você se lembra da assistente social que veio conversar, quando você era criança, as articulações dos dedos grossas e nodosas: Seu irmão está em um lugar melhor agora, disse ela, ocupada ou atormentada demais para olhar nos seus olhos.

Enviada para fazer alguma tarefa, Shawna segue pelo corredor e espia ansiosamente pela sua janela. Os detentos a incomodam com frequência, se masturbando contra o vidro quando ela passa — baixando a bola dela, eles falam. Mas, para Shawna, você é diferente. Há medo no olhar dela. Excitação. Antes mesmo de ver o rosto dela pela primeira vez, você ouviu o arranhado vacilante de suas botas no chão de concreto e percebeu: Shawna é uma mulher que depende da percepção das outras pessoas. O tipo mais maleável. Ela faz compras no Costco e rói as unhas. Nunca aprendeu como aplicar maquiagem direito e, por isso, tem faixas azuis embaixo dos olhos. Shawna é o tipo de mulher que gosta que lhe digam exatamente quem ela é.

Você trocou sussurros com Shawna, planejou esquemas com ela, passou-lhe bilhetes ilícitos. Os dois detentos localizados em cada lado da sua cela provavelmente ouviram tudo, mas Jackson e Dorito sabem que não devem se meter com você. Você é bom no xadrez e, por esse motivo, tem a coleção mais valiosa de bens adquiridos em todo o Prédio 12, o único poder de barganha possível nesse lugar. Quando você ganha uma partida de xadrez — ocasionalmente duas vezes por dia, gritando xeque-mate pelo corredor —, os apostadores logo lhe enviam os lucros, amarrados nas pontas de um lençol. Você passa uma ou outra gratificação para Jackson e Dorito, waffer de nozes ou chips de alho. Eles ficam calados.

Agora, quando Shawna se afasta arrastando os pés, você sente uma onda de orgulho. Aqueles olhos, acesos de febre. Shawna está assustando a si mesma. Você tem quarenta e nove minutos até ser transferido para a Unidade Walls. Shawna está atingindo um patamar que ela jamais pensou ser capaz de chegar.

Você entende o perfil de Shawna. Quando sai do trabalho, ela volta para a sua casinha modular, onde as camisas do marido ainda estão dobradas em gavetas bambas e os casacos pendem intocados acima do capacho de boas-vindas de vinil. Ele morreu menos de um ano atrás: um acidente com uma empilhadeira. Ela frita um pacote de hambúrguer Helper para o jantar e bebe uma cerveja Bud Light na frente de uma televisão chuviscada.

É um lugarzinho simpático, ela lhe contou, enquanto vocês debatiam os detalhes do plano.

O que vamos fazer quando eu sair?, você perguntou. Me conta.

Bom, disse Shawna, vamos fazer um grande jantar. Filé grelhado na varanda. Vamos tomar uma garrafa de vinho.

É insano, de verdade, que Shawna acredite que você pretende ficar na casa dela, a trinta quilômetros de Polunsky. Que ela não tenha considerado os cães, os helicópteros ou o interrogatório pelo qual ela invariavelmente vai passar. É possível que Shawna tenha considerado essas coisas e simplesmente escolhido viver dentro da sua própria fantasia — em qualquer um dos casos, não interessa. Você precisa dela. Você precisa dela para o plano, e depois você precisa dela para assegurar que a sua Teoria seja divulgada para o mundo. Ela concordou em vazar seus cadernos para a imprensa, oferecê-los a editores. Nada mais importa, contanto que ela prossiga com essa ideia.

Todo mundo me diz que sou boa demais, sussurrou Shawna naquela noite, enquanto levava a mão trêmula à boca.

Ela parecia tão frágil. Como se pudesse quebrar se fosse dobrada demais.

Meu amor, você murmurou. Meu amor. Como isso poderia ser uma coisa ruim?

Vai acontecer no furgão de transporte, ao meio-dia.

Shawna entrou às escondidas na sala do diretor do presídio semanas atrás. Ela encontrou os papéis que detalhavam a sua transferência. O número do furgão, a rota. O bilhete dela esta manhã lhe contava tudo.

Eu fiz.

Esta manhã, Shawna entrou sorrateiramente no estacionamento dos funcionários. Ela abriu a porta do furgão com um pé de cabra e colocou a velha pistola do marido embaixo do assento do motorista.

Shawna descreveu a rodovia perto da casa dela, a área ao redor, de mata densa. Você vai usar seu pé para puxar a arma de debaixo do assento do motorista e vai mirar com as mãos algemadas enquanto enumera suas exigências. Shawna desenhou a lápis um mapa tosco nas costas de um formulário de visitação, e você vai ziguezaguear no meio das árvores. Quando alcançar o riacho que ela descreveu, você vai jogar suas roupas fora. Mais uns oitocentos metros, você vai chegar ao trailer dela, onde uma caixa de tinta para cabelo e lentes de contato coloridas vão estar esperando na bancada da cozinha, junto a um macacão de obras que pertenceu ao marido de Shawna.

Há uma possibilidade — até uma probabilidade — de que tudo corra mal. Que a equipe de transferência esteja armada com fuzis de assalto. Você vai levar uma bala na cabeça. Vai ser rasgado em pedaços por um rottweiler treinado ou transformado em purê por um caminhão quando atravessar a estrada. Mas essas opções são todas preferíveis a essa cela. À maca.

Packer.

O diretor do presídio é uma voz áspera e rouca na sua porta.

O diretor do presídio masca chiclete fazendo barulho, o queixo bombeando com esforço. Os poros do nariz dele são a primeira coisa que você vê, oleosos e proeminentes, e seu corte de cabelo militar é rente e nivelado. Alguns dias ele usa aliança, mas hoje não está usando.

Quero me certificar de que você está pronto, diz o diretor. Sabe o que vai acontecer em seguida? O capelão já repassou tudo?

Você aquiesce. Uma espiada sutil para o relógio: trinta e cinco minutos até a transferência. Em trinta e cinco minutos, você vai ser algemado e levado para o furgão de transporte, que o diretor acredita que vai levá-lo até a Unidade Walls. Dentro daquele prédio abjeto, haverá uma cela de retenção. Uma cadeira, para o capelão. Um telefone, para o último adeus.

Você enrubesce com o que sabe: você não vai ver nada disso. Você imagina como vai ficar o rosto do diretor em algumas horas: constrangido diante das câmeras. Suas bochechas vão estar coradas, os tendões do pescoço, retesados.

Diretor, você diz. O senhor pode me fazer um favor?

O homem cruza os braços musculosos.

Minha testemunha, você diz. Pode lhe dizer que sinto muito?

Você já ouviu falar sobre a crueldade do diretor. Você o ouviu gritar com os outros presos, puxar o *taser* do bolso, acuá-los contra a parede. Você escutou os gritos deles. Mas você não é idiota. Sabe como lidar com as mulheres e com certos tipos de homem. Você compreende homens como o diretor, de pé com as pernas afastadas, em uma posição de poder fabricada. Você tem o cuidado de ficar sentado na ponta de sua cama e de manter a cabeça ligeiramente curvada, em deferência. Você nunca se levantou para ficar da altura do diretor; sempre deixou o homem ficar mais alto. Por esse motivo, você tem suas piadas. Até compartilhou parte da sua Teoria com o diretor. Você é o prisioneiro favorito dele, em toda a Unidade Polunsky. Ansel P., grita ele, como se vocês fossem dois homens no sofá assistindo a uma partida de futebol. Ele o cumprimenta batendo os punhos através das grades na cela de recreação.

O diretor enrola o chiclete na língua, faz uma bola e estoura. Você sente cheiro de saliva e canela.

Não se esqueça de deixar suas coisas prontas perto da porta, diz o diretor.

Você entende aquilo como um sim.

O diretor só se meteu com você uma única vez, em seus sete anos em Polunsky. Não usou o *taser* ou a força dos braços. Você é diferente. Há um orgulho perturbador junto da vergonha daquela lembrança. Você precisa de uma técnica especial.

Você estava falando sobre a Teoria.

Me explica o que é, disse o diretor, apoiando-se contra a parede, sem ter o que fazer. Estava no meio de um verão opressivo no Texas, quando a ala fedia constantemente a suor e chulé, o ar irrespirável a trinta e sete graus.

Bom, você diz. É uma Teoria sobre o bem e o mal.

Escrita?, perguntou ele. Como um livro?

É claro, você respondeu. Trabalho nisso toda noite.

Muito bem, disse o diretor. Então qual é a sua tese?

Você puxou um dos seus cadernos de debaixo da cama e o passou por baixo da porta.

Hipótese 51A, leu o diretor em voz alta. Sobre o Infinito?

Isso, você respondeu. Sobre o Infinito explora o conceito de escolha. Nós temos bilhões de vidas em potencial, milhares de universos alternativos, correndo como riachos por baixo da nossa realidade atual. Se a moralidade é determinada por nossas escolhas, então temos que considerar também esses outros universos, nos quais fizemos escolhas diferentes.

Onde você está nas outras?, perguntou o diretor.

Onde eu estou?

Nessas outras vidas, explicou o diretor. Onde você está, se não estiver aqui?

Eu não sei, você respondeu. As opções são infinitas. Nossas versões alternativas vivem em outra dimensão, multiplicando-se, fora da nossa linha de visão. Eu podia ser escritor, ou filósofo, ou jogador de beisebol. As possibilidades são infinitas. Provam que quem eu sou, minha bondade ou maldade, é flutuante. A moralidade não é algo fixo. É fluida, está sempre em mutação.

O diretor pareceu refletir.

Então onde elas estariam agora?, perguntou o diretor.

Quem?

As Garotas, Ansel. Em um mundo alternativo, um mundo em que você não tivesse matado as Garotas, o que elas estariam fazendo neste exato momento?

A pergunta o atordoou. Um ataque ao seu ponto fraco. Doeu, aquela repentina reviravolta do diretor. Você encarou as veias das mãos até o homem ter um acesso de gargalhada; ele raspou a porta de aço, como se para relembrá-lo do seu próprio aprisionamento.

Quer dizer que você é do tipo que curte manifestos, hein?

Não é um manifesto, você disse.

Vocês são todos iguais, disse o diretor. Todos do mesmo jeito. Sempre se justificando. Não há justificativa para o que você fez, Ansel P., mas Deus sabe que você tem tempo para continuar tentando.

Com isso, o diretor se afastou, deixando você sozinho com sua respiração furiosa. Como foi perigoso, você pensou. Como foi inútil. Como foi despropositado revelar uma parte de si mesmo, ainda que pequena, quando você é considerado um monstro.

Agora o diretor foi embora. Você espera. Nove minutos até a transferência. Às vezes, você tem certeza de que não passa de um instante fugaz entre a ação e a inação. Entre fazer algo ou não. Onde está a diferença?, você se pergunta. Onde há escolha. E onde está o limite entre fazer e não fazer?

A segunda Garota era uma garçonete em uma lanchonete.

O verão avançava: 1990, Bon Jovi e Vanilla Ice. As semanas se sucediam e as equipes de busca desistiam, uma a uma. Os cartazes de desaparecidos ficavam desbotados, os programas de notícias rareavam, e apenas nos momentos mais casuais e surreais você pensava sobre o que tinha feito. Você matou uma pessoa. Uma Garota. Você se lembrava apenas de vislumbres do próprio ato: seu cinto desabotoado e serpenteando, os calos em suas mãos pela força de puxar. O fato parecia inteiramente separado de você, algo vagamente relacionado a você, mas não muito urgente. Você acordava no meio da noite com os sons normais do estacionamento para trailers e imaginava passos. Sirenes. Correntes barulhentas. Você se cobria com os seus lençóis baratos e ásperos, certo de que a hora havia chegado: estavam vindo pegar você, afinal.

No entanto, nunca vieram. Junho foi embora, depois julho, e ainda assim eles não a encontraram.

Tarde da noite, você foi de carro até a lanchonete. Enfiado em uma esquina escura perto da rodovia, o estabelecimento fechava à meia-noite, e você gostava de passar aquelas horas sonolentas bebendo café em uma cabine nos fundos, evitando a atmosfera sombria do seu trailer. Sua garçonete favorita tinha um rabo de cavalo loiro e animado e sardas espalhadas pelas bochechas — ela conversava enquanto lhe servia mais café. Era jovem, talvez uns 16 anos, e corava facilmente. Angela, estava escrito no crachá do avental. Você repetia o nome dela no chuveiro, na rua, no freezer enquanto organizava as tinas de sorvete de baunilha.

Verdade seja dita: os gritos tinham voltado.

Durante alguns dias, depois da primeira Garota, você esteve certo de que tinha banido isso de vez. Tudo tinha ficado mais leve. Mais bonito. Você ficava pensando se essa era a sensação que as pessoas comentavam, se isso era se sentir feliz. Você ainda tinha o seu emprego de verão no Dairy Queen. Você servia casquinhas de sorvete às crianças sorridentes, elogiava o penteado da sua colega de trabalho. Ela inclinava a cabeça e murmurava um agradecimento, confusa. As palavras que ela dizia eram tingidas de desconfiança, um medo silencioso que deixava você zangado; o som dos gritos do bebê estava voltando a se infiltrar em você. Como uma goteira no teto.

Aquela noite estava úmida. Meados de julho. Você se lembra do suor, como ele ensopava sua camiseta por dentro. Pela janela luminosa da lanchonete, Angela empilhava as cadeiras, passava pano no chão, apagava as luzes. Finalmente ela saiu, a bolsa grudada na axila. Ela se atrapalhou com as chaves, trancou a porta e se esgueirou pela calçada até seu carro. No início, ela não viu você, de pé, parado no meio do estacionamento vazio. Um sobressalto com o som da sua respiração. Imediatamente ela reconheceu o perigo. Angela gritou, um grito estridente, mas você tampou a boca da Garota.

Depois foi diferente.

O alívio foi abafado. Diluído. Um clímax fraco, flácido. Aquela Garota não rendeu a mesma sensação que a outra. Na hora em que você arrastou o corpo inerte para o carro, na hora em que você usou o carrinho de mão atrás do trailer para cortar caminho pela mata densa, na hora em que ela se juntou à outra Garota no interior selvagem da floresta abandonada, ele já tinha se dissipado. O alívio. Como se nunca tivesse sequer acontecido. Seu corpo estava coberto de terra, e o sol ameaçava iluminar acima da cobertura das árvores. Suas mãos formigavam com bolhas nos locais onde o cinto havia rasgado sua pele, a pulseira de pérolas do pulso da Garota torcida entre seus dedos.

Uma lembrança veio à tona, enterrada até aquele momento. Sua mãe, colocando uma corrente ao redor do seu pescoço — este medalhão vai te manter sempre seguro. Você pressionou as mãos sujas contra o rosto. E chorou.

Eles vão chegar a qualquer momento. Shawna e a equipe de transferência.

Você se levanta para pegar a carta de Blue da prateleira. A carta só tem uma página: você a dobra o máximo possível e a enfia no cós de elástico da calça. Essa única folha de papel vai sair com você, um cantinho espetando sua coxa quando você correr para a floresta.

Mas a foto. Você não sabe o que fazer com a foto.

A fotografia parece horrível; quando você segura a Casa Azul perto do rosto, a imagem fica desfocada. De tão perto, você quase consegue ver os saleiros e as pimenteiras, os frascos sujos de ketchup. Você quase consegue ouvir o barulho agudo da máquina de refrigerantes, a gargalhada alta de Blue por trás da porta da cozinha. Ao inspirar, porém, você só sente cheiro de papel de fotografia.

Quando você estica a língua, a superfície da foto é amarga. Metálica. Você sente o gosto de tinta, de substâncias químicas.

Você pisca e rasga um único canto: a extremidade do gramado. O carro de Blue estacionado. Você enfia na boca como uma batata frita. A tinta faz sua garganta ficar entorpecida, um ardor doce e venenoso, quando você percebe o que precisa fazer. Você rasga a preciosa fotografia em tiras que seus molares vão entender. A tinta é enjoativa entre os seus dentes. Você mastiga mesmo assim, até a foto evaporar em sua garganta, até a Casa Azul se tornar para sempre uma parte de você.

Você realmente acredita no multiverso. Na eterna possibilidade. Existe uma versão de você em algum lugar — uma criança que não foi abandonada. Um garoto que chegou em casa da escola, para encontrar uma mãe que lê histórias para ele e beija sua testa para lhe dar boa-noite. Existe uma versão de você que nunca colocou aquela raposa na cama de Saffy Singh, que aprendeu a abafar os gritos de Baby Packer de outra maneira. Um homem que nunca se casou com Jenny. Existe uma versão de você que só perdeu as coisas que todo mundo perde. Você gosta de acreditar que cada versão alternativa também teria encontrado a Casa Azul.

No entanto, a versão mais intrigante de você, aquela com a qual você não pode se reconhecer, é o Ansel Packer que fez todas essas coisas e simplesmente nunca foi pego.

SAFFY
1999

No dia em que encontraram as garotas desaparecidas, Saffy pensou no quintal comprido, em aclive, da casa da srta. Gemma. A grama alta demais, as taboas assomando, e em como ela costumava explorar em busca de segredos.

Saffy agora tinha visto mais coisas mortas do que conseguia contar, e toda vez elas causavam aquela sensação de enjoo na barriga. Ela esperava que melhorasse com o tempo: Saffy estava com 27 anos, recebera a promoção para investigadora na Polícia do Estado de Nova York havia três semanas, e mesmo assim parecia um choque. A sargento Moretti estava agachada perto das botas de Saffy, a mão em volta de um crânio amarelado. De pé, acima dos corpos, Saffy se lembrou de quão certa ela se sentiu quando criança, brincando de detetive na grama. Como ela acreditava tão facilmente que todo mistério podia ser resolvido.

"Singh", disse Moretti, erguendo os olhos semicerrados. "Mande a perícia voltar para cá. Diga que são três."

O crânio estava parcialmente enterrado, apenas uma cavidade ocular espiando da terra. O sol de outubro era inclemente, dourado no meio das árvores, e as folhas avermelhadas lançavam sombras sobre o chão da floresta, onde já tinham encontrado três fêmures. Saffy podia ver os restos pegajosos do cabelo da garota, ralos e irregulares, ainda grudados no osso. Ela puxou o rádio do cinto, uma suspeita de verdade já se aninhando no vazio da garganta; antes dos três fêmures, um andarilho havia encontrado os restos despedaçados de uma mochila. Saffy a reconheceu imediatamente: náilon vermelho, com um remendo costurado à mão no bolso, um quadrado de brim recortado de uma calça jeans velha. Na foto sobre a mesa de Saffy, aquela mochila estava pendurada no ombro de uma adolescente, que por um breve instante olhou para trás, para o clique do obturador, antes de continuar caminhando, distraída.

Os corpos tinham sido enterrados perto de um riacho. Nos anos que se seguiram, o terreno havia sido revirado em virtude da chuva e das cheias do riacho, e os ossos haviam se espalhado e se reacomodado pelo chão da floresta. Enquanto o fotógrafo forense se agachava sobre o crânio descolorido, sozinho em sua trilha de terra, Moretti se virou para Saffy, a mão esticada protegendo os olhos do sol.

"O que temos aqui em volta?", perguntou Moretti. "Casas, fazendas?"

Saffy se inclinou em direção à cobertura das árvores, tentando afastar o odor dos corpos em decomposição. Moretti tinha vindo de Atlanta e não conhecia aquela região como Saffy, nem as sutilezas daquela floresta à noite.

"A maior parte são terras de fazendas", respondeu Saffy. "Tem uma loja de conveniência a cerca de um quilômetro e meio daqui e um estacionamento para trailers com uma dúzia de casas atrás. Todo o resto é mata protegida."

"Esta mata é densa demais para um carro, até mesmo para uma bicicleta."

"Ele pode ter usado um carrinho de mão ou alguma coisa parecida", disse Saffy. "Ou então é um homem grande."

"Três viagens separadas, não acha? Ele não conseguiria trazer todas juntas de uma vez só. Ou isso, ou encontramos a cena do crime."

Saffy balançou a cabeça.

"A mata é muito fechada por aqui. Os arbustos são espessos demais. Parece um local para despejar alguma coisa, não para passear."

Moretti suspirou.

"Vamos confirmar no necrotério, mas são elas, sem dúvida. O estado de decomposição, a maldita mochila. São as garotas desaparecidas dos anos 1990."

Saffy observava enquanto a equipe forense vasculhava a terra. Se essas ossadas pertenciam às garotas dos anos 1990, elas já estariam ali por mais de nove anos, e não haveria nenhuma chance de encontrar pegadas ou fibras, impressões digitais ou fios de cabelo.

"Honestamente, Singh?" Moretti suspirou. "Não achei que algum dia fôssemos encontrar essas garotas."

Havia uma justificativa no olhar da sargento Moretti: uma esperança cínica que Saffy acabou por reconhecer, a expressão mais sincera desse trabalho inescrutável. Um espelho perfeito do mundo fodido, a violência e a tragédia se mesclando em uma espécie desesperada de fé.

"Vou falar com a testemunha", ofereceu Saffy, deixando Moretti sozinha com suas reflexões.

O homem que fazia a trilha estava sentado em um tronco coberto de musgo, enrolado em uma manta térmica. Ele fez uma careta quando Saffy se aproximou — era um homem mais velho, com uma ferida aberta na parte de trás da panturrilha enlameada. Ele havia tropeçado montanha abaixo na pressa de encontrar um telefone público.

"Eu já respondi a todas as suas perguntas", disse o homem, exausto, percebendo o breve sorriso de Saffy, seu rabo de cavalo apertado, seu blazer azul-marinho justo.

"Sinto muito", disse Saffy. "Mas precisamos de um depoimento formal."

Ela se sentou no tronco com cuidado e se virou para ele, notando as marcas que desciam por seu rosto sujo de terra, onde as lágrimas haviam rolado até a barba grossa. *Pegue o depoimento, depois leve o homem em casa*, murmurou Moretti, quando ele, ofegante, contava sua história. *Ele só teve azar.* Os instintos de Saffy diziam a mesma coisa. Em um nível fundamental, o trabalho de detetive era ler as pessoas, e Saffy vinha aperfeiçoando essa arte a vida toda.

"O senhor tocou em alguma coisa?", perguntou Saffy. "Talvez logo que descobriu a cena?"

"Não. Encontrei primeiro a mochila e estendi a mão para pegar... Eu detesto quando as pessoas jogam lixo nas trilhas... E foi aí que vi o crânio. Então eu corri de volta para achar um telefone."

A história do homem era curta e descomplicada, inútil, mas necessária. *É tudo uma questão de montar um caso*, Moretti gostava de dizer. *Nada conta até contar no tribunal.*

"Você parece extremamente jovem para esse trabalho, não é?", perguntou o homem após assinar o depoimento, enquanto bebia água em um copo de papel na tenda da perícia.

Era verdade. Saffy sabia que seu rosto ainda carregava a limitada ingenuidade da adolescência, junto da surpresa de sua pele escura, um questionamento constante que ela frequentemente lia nos olhos de estranhos. Quando conseguiu a promoção, seus traços jovens não ajudaram: com a idade recorde de 26 anos, Saffy seria treinada sob as ordens de Emilia Moretti, a única investigadora sênior do estado de Nova York. Os outros policiais ficaram pálidos. Era verdade que Saffy tinha servido os quatro anos necessários como policial estadual, que Moretti tinha escrito uma recomendação primorosa diretamente ao superintendente, mas ainda assim doeu quando um indivíduo espinhento a encurralou no estacionamento, um policial que Saffy conhecia desde o curso básico da Academia em Albany. *Puta.* Ele tinha cuspido no coturno preto de Saffy. *Da próxima vez, tenta trabalhar para merecer.*

Saffy quase relembrara a ele sobre o caso Hunter, apesar de ninguém ter esquecido. Quando o pequeno Hunter desapareceu, Saffy ficou acordada até tarde todas as noites, enfurnada na delegacia após a meia-noite em seu áspero uniforme de lã. *Peitinhos*, os outros policiais riam alto naquela confraria de rapazes machistas. *Será que pelo menos ela fala inglês?* Eles arrombavam o armário de Saffy e o enchiam de quentinhas de comida comprada dias antes no único restaurante indiano da cidade. Só pararam quando Saffy convenceu Moretti a ir até a cabana abandonada para onde o instrutor de caratê de Hunter ia nas suas viagens de pesca mensais. Dito e feito. A criança estava traumatizada, mas viva. Saffy tinha observado pela janela da delegacia o garoto desabar nos braços da mãe chorosa.

"Venha", disse Saffy, ignorando a pergunta do homem. Ela se levantou e tirou um pedaço de musgo da calça. "Vou levar o senhor para casa."

Ela o ajudou a se sentar no banco traseiro de sua Crown Victoria, que até então tinha transportado principalmente trabalhadores bêbados do bar até a delegacia. Quando saíram do ponto inicial da trilha,

Saffy pegou a estrada secundária que ela conhecia de cor, a montanha se elevando, verdejante, no espelho retrovisor. As recordações pareciam segui-la, levantadas como a terra debaixo de seus pneus. Ela tinha conhecido o submundo dessa terra, sentido o cheiro rançoso de sua decadência, visto os fantasmas que flutuavam desfocados noite adentro. Ela sabia do que aquele lugar era capaz.

As garotas tinham desaparecido nove anos antes. Em 1990.

Saffy se lembrava daquele verão parado e nevoento que beirava o blecaute. Fogueiras barulhentas em campos abandonados, sacos de dormir ásperos e cheios de areia. Agulhas, latas de cerveja, cabelos sujos. Ela tinha 18 anos quando as garotas desapareceram, e se lembrava de como seus amigos hippies comentaram a respeito delas, como se elas não estivessem apenas a uma cidade de distância, mas a um mundo de distância, como se aquilo nunca pudesse acontecer com eles.

No entanto, Saffy conhecia um pouco sobre tragédias. Elas são arbitrárias. Simplesmente poderiam aparecer do nada, apontar um dedo ossudo para você e sorrir, como se dissessem: *Eu te escolhi.*

Depois de morar na casa da srta. Gemma, Saffy foi transferida para uma casa tranquila três cidades ao norte. Com 12 anos na época, ela morava com outra criança acolhida, um bebê que vivia com o nariz escorrendo e tinha mãos carentes, e um banheiro compartilhado que sempre fedia a fralda suja. Saffy tomava conta do bebê na maior parte das noites, enquanto os pais de acolhimento iam até o cassino do outro lado da fronteira canadense. Ela passou seus anos de escola perambulando pelas quadras de basquete apenas para evitar aquela casa, tremendo em um moletom curto demais nos punhos. No mês em que completou 16 anos, Saffy foi transferida para sua última família de acolhimento, um casal mais velho que a instalou no porão da casa, sem nenhuma supervisão. Saffy tinha uma entrada independente, uma porta com uma chave que balançava em um cordão ao redor do pescoço, um micro-ondas e um fogão de acampamento. Ela se perdeu.

Os anos da adolescência se passaram entre borrões e pontos luminosos. Ela se lembrava do conselheiro da escola chorando de frustração, das assistentes sociais a ameaçando inutilmente de estarem decepcionadas, das vigas cheias de bolor estalando no teto do porão. Dos 16 aos 18 anos, ela experimentou uma longa cadeia de erros que poderiam ter continuado para sempre. Até aquele verão, quando tudo mudou.

As garotas sumiram.

Izzy Sanchez desapareceu primeiro. Saffy tinha 18 anos, tinha acabado de deixar o sistema e morava com o namorado Travis, um traficante de maconha com molares faltando e um ótimo fornecedor de cocaína. Travis gostava de todas as substâncias pesadas, mas Saffy usava somente cocaína, preferindo a maneira como a droga a deixava ligada. Ela ouviu falar sobre Izzy em uma sala de estar com pouca luz, cortinas pesadas cobrindo as janelas, Salt-N-Pepa gritando no aparelho de som. Um dos amigos de Travis tinha testemunhado a cena. Ele contou a história com uma expressão chapada, a fumaça espiralando ao redor das bochechas marcadas com cicatrizes de acne. Izzy tinha 16 anos, esperava por uma carona depois de uma festinha como aquela e foi vista pela última vez parada no final de uma longa estrada. E então ela sumiu. Desapareceu, sem deixar nenhum rastro.

A segunda garota sumiu algumas semanas mais tarde. Saffy assistia ao noticiário no sofá do trailer de Travis, cercada de embalagens de burritos e bandejas transbordando. Angela Meyer. Também 16 anos — ela trabalhou no último turno da lanchonete, a alguns quilômetros de distância. Saffy abraçou as pernas junto ao peito, suando no sofá puído, uma brisa úmida assobiando do ventilador na janela. Travis já estava desmaiado na cama de dobrar, as marcas nos braços parecendo veias à meia-luz.

Saffy não tinha diploma de ensino médio. Não tinha amigos, não de verdade — as garotas do time de hóquei sobre grama a tinham abandonado fazia tempo, e a única pessoa que mantinha contato com ela era Kristen. Kristen tinha sido transferida para o sul depois de morar na casa da srta. Gemma. Ela frequentou uma escola muito melhor, foi emancipada um ano mais cedo, e agora alugava seu próprio apartamento decadente perto de um centro comercial a meia hora de distância. Kristen estava prestes a ir para uma faculdade comunitária, uma história de sucesso que deixou aquelas mesmas assistentes sociais orgulhosas. Kristen se empenhava em ligar quase toda semana, *apenas para dizer oi.* Na maioria das noites, Saffy ficava sozinha depois que Travis se afundava no éter, jogando pedras de gelo dentro do seu top esportivo e tentando não pensar no buraco negro que seria o futuro dela. Quando Saffy soube de Angela, o buraco negro pareceu se expandir, tornando-se uma supernova.

Então a terceira garota desapareceu.

A terceira garota estava assistindo ao show de música punk do namorado em um bar qualquer, perto de Port Douglass. Ela saiu para fumar um cigarro e sumiu. O pânico aumentou — número três, oficialmente uma epidemia, embora aquela garota tivesse despertado menor interesse por parte do público. Não havia nenhuma mãe chorando nos noticiários, nenhum lar tragicamente normal. A terceira garota havia largado a escola, como Saffy, e não tinha família para dar entrevistas. Mas era a terceira, e por isso seu nome retumbou na televisão.

Lila Maroney.

Quando soube de Lila, Saffy se lembrou de seu velho quarto. Lila na cama de baixo do beliche, a pele de seus joelhos ferida por causa de uma tentativa de se depilar com a gilete de Bailey. Ao longo dos anos, ela e Kristen viam Lila ocasionalmente, contando as novidades uma para a outra pelo telefone. *A Lila está com o cabelo azul agora. A Lila tem uma argola no nariz, tipo um touro. A Lila largou a escola, ouvi falar que está trabalhando no Goodwill.* Na época em que Lila sumiu, ela e Saffy tinham amigos em comum, às vezes frequentavam as mesmas festas, raramente conversavam sobre alguma coisa séria. Assim, quando Saffy ouviu a notícia, ela pensou na menininha com uma camiseta grande demais, o rosto iluminado no brilho fantasmagórico de uma lanterna, a respiração assobiando através de um aparelho que nunca parecia se ajustar aos seus dentes.

"Ei", disse Travis, abatido no sofá, a ponta do baseado brilhando em cor de laranja. "Que porra é essa, Saff?"

Saffy percebeu que estava chorando, um choro intenso e soluçante. O trailer pulsava, zonzo. Ela enfiou uma calça jeans e saiu, batendo a porta de tela. A Camry de Travis tinha o para-choque amassado e um quarto de tanque de gasolina, mas Saffy foi para Plattsburgh, observando o ponteiro chegar à marcação de vazio.

A delegacia de polícia estava uma confusão total, câmeras dos noticiários e pais em pânico, policiais rabiscando declarações em blocos. As luzes do estacionamento explodiam, os resquícios de cocaína do início da noite ainda ondulavam no organismo de Saffy, brilhando, detestáveis. Ela esfregou os olhos com a base da mão.

Foi pura sorte. Uma oportunidade, ou talvez o destino. Quando Saffy entrou na delegacia, hesitante e envergonhada, a pessoa que ela encontrou foi Emilia Moretti.

Moretti era o tipo de mulher que Saffy não sabia que existia. Ela supervisionava a cena com aguçados olhos de lince, firme e elegante, rígida e magnífica. Naquela época, Moretti tinha trinta e poucos anos, e sua aliança brilhava sob as luzes do teto, lançando raios de laser. Ela parecia o tipo de mulher que bebia uma única taça de vinho branco de qualidade no jantar e usava cremes faciais caros que deixavam as linhas do seu rosto como riachos em solo fofo. Ao se aproximar, Saffy se sentiu murcha e desleixada. Gasta.

"Com licença", Saffy havia falado com a voz rouca. "Eu quero ajudar."

Moretti tinha visto as olheiras de Saffy, a pele descascando embaixo do nariz, a blusa cropped que ela havia cortado com uma tesoura sem ponta cega. Ainda assim, escutou as histórias de Saffy sobre Lila. Quando Saffy terminou de falar, Moretti lhe entregou um cartão. *Me ligue se souber de alguma coisa.* Saffy não soube de nada, mas mesmo assim ligou para Moretti na manhã seguinte e se ofereceu para participar do grupo de busca comunitário.

E foi assim que Saffy descobriu o trabalho na polícia. Ela adorou as instruções, diretas e eficientes, a falta de sentimentalismo, a ternura severa do olhar de Moretti enquanto vasculhavam os sopés das montanhas cobertos de grama.

Havia muitas maneiras de como sua vida podia ter se desdobrado. Ela podia ter vivido em um ritmo contínuo e frenético de festas;

podia ter morrido de overdose com Travis três anos antes; podia muito bem ter largado o vício de alguma outra forma. Saffy não gostava de questionar as forças que a haviam levado até Moretti, até a certificação do ensino médio, à faculdade comunitária e depois ao Fim de Semana de Processamento dos Candidatos com a Polícia do Estado de Nova York. Quando questionava essas forças, Saffy só ficava mais consciente de como elas eram realmente precárias.

Na hora em que Saffy finalmente chegou em casa e notou a luz piscante de sua secretária eletrônica, já era quase meia-noite. O dia tinha transcorrido freneticamente, as provas tinham sido catalogadas, a cena tinha sido fotografada com cuidado. No dia seguinte, a notícia seria divulgada.

Saffy largou as chaves e o revólver na bancada. Na penumbra, seu apartamento estava frio e melancólico. Ela se trocou e vestiu um velho suéter da Polícia do Estado de Nova York, lavou o rosto, soltou o elástico do rabo de cavalo cheio de laquê. As poucas mulheres do curso básico da Academia de Polícia tinham recomendado cortá-lo curto, mas Saffy não suportava perder esse movimento de liberação, o volume dos cabelos caindo livremente. Esse gesto de soltar os cabelos era realmente um grande alívio.

"Oi, sou eu", a voz de Kristen surgiu pela empoeirada secretária eletrônica de Saffy. "Tudo certo para sábado? O Jake vai estar em um congresso, e eu aluguei *Mensagem para Você.*"

Aquele fêmur.

Kristen queria saber sobre Lila. Elas formavam um trio, muitos anos antes, na casa da srta. Gemma: Saffy, Kristen e Lila. Tinham trançado pulseiras de amizade, subido em árvores e inventado jogos; tinham cochichado segredos da cama de cima do beliche para a de baixo. No entanto, Saffy não se imaginava retornando a ligação de Kristen e dando a notícia. Ela ficou paralisada junto à bancada, enquanto a voz robótica continuava: *Sem mais mensagens.* Seu apartamento tinha cheiro de mofo, de tapete velho e louça suja. O estúdio era mais simpático do que qualquer outro lugar que ela tivesse alugado antes, uma unidade em uma velha construção de estilo vitoriano reformada, a alguns quarteirões do rio Saranac, um bom negócio conseguido pelo namorado de Kristen, herdeiro no ramo imobiliário. *Você precisa se cuidar mais*, Kristen sempre falava — os girassóis que Saffy havia comprado na semana anterior pendiam no jarro, a água marrom como um pântano turvo. Saffy aqueceu uma lata de sopa no fogão e caiu no sono enquanto a comida esfriava, desmoronando com a luz azulada da televisão.

O médico-legista mantinha um consultório sombrio no porão do hospital local. Quando Saffy chegou, com quinze minutos de antecedência, Moretti já esperava perto do elevador. O cabelo perfeitamente escovado de Moretti, lustroso, a mandíbula comprimida, apertando o chiclete de hortelã que ela sempre mascava. Sob a luz fraca, Saffy podia ver as bolsas saltando sob os olhos cansados.

"Singh", disse Moretti, um sorriso astuto surgindo em seu rosto. "É oficial. O tenente tirou você do roubo em Saranac. Você está trabalhando nesse caso comigo agora."

Aquele ânimo familiar, cálido e crescente no peito de Saffy. O halo cintilante de ser escolhida por Moretti, de merecer sua confiança.

"O tenente também designou Kensington, mas Kensington está atrasado." Moretti verificou o relógio de pulso e apertou o botão do elevador. "Vamos começar sem ele."

Kensington era um detetive arisco e convencido com dentes artificialmente brancos. Era um policial medíocre na maior parte das vezes, mas capaz de seduzir até o mais frio dos suspeitos em um interrogatório, repetidamente extraindo confissões sem muito esforço. E o tenente não fazia segredo do seu raciocínio: eles não podiam montar uma equipe só de mulheres. Pegava mal para a opinião pública.

Quando o médico-legista as conduziu ao necrotério, Saffy tentou não inalar, mas o cheiro a envolveu mesmo assim, em uma torrente fria de formol. As ossadas tinham sido dispostas em lonas de plástico em três mesas separadas, como fazem com as descobertas de uma escavação arqueológica pertencentes a uma era esquecida. O legista havia registrado cada fragmento, marcando-os com pequenas bandeiras brancas.

"Ainda estamos esperando os registros dentários", disse o legista, passando a mão pelo cabelo branco e alvoroçado. "Mas o estado de decomposição parece certo. Entre oito e nove anos. São as nossas garotas."

"Causa da morte?", perguntou Moretti.

"Difícil dizer. Duas das colunas vertebrais mostram algum dano, mas com esse nível de erosão não posso afirmar nada."

"Estrangulamento?", indagou Saffy.

"Provavelmente", respondeu o legista. "Nenhum trauma nos crânios ou em qualquer outro osso. Uma das garotas tinha uma fratura no braço, mas estava recuperada antes de morrer."

"Angela Meyer", disse Saffy. "Ela quebrou o braço no início da primavera em um acidente e teve que tirar algumas semanas de folga. O chefe dela disse que tinha acabado de voltar ao trabalho quando foi assassinada."

O médico-legista ergueu as sobrancelhas.

"Ela tem boa memória", explicou Moretti, dando uma piscadela ao mesmo tempo em que Saffy corava.

"Então você pode contar ao seu capitão que já temos nossa identificação", disse o legista.

Enquanto ele detalhava o restante do relatório, os ossos que tinham descoberto, os muitos ossos que ainda faltavam, Saffy tentou não ficar imaginando. Que fêmur pertencia a Lila, que conjunto incompleto de costelas. O cômodo era abafado e estéril, todo pintado em um desagradável tom de verde. Deitadas ali nas mesas, as garotas mais pareciam animais do que pessoas.

Quando Kensington finalmente entrou, apressado, o legista já tinha assinado o relatório, agora enfiado na maleta de Moretti. Kensington ofegava, o terno amarrotado, o cabelo penteado para trás com uma camada úmida de gel.

"Bom", disse Moretti, batendo a palma das mãos com firmeza enquanto Kensington gaguejava. "Acho que terminamos por aqui. Kensington, notifique as famílias."

* * *

De volta à delegacia, Saffy deixou o burburinho se espalhar. Até então, sua escala tinha lidado com assaltos e incidentes domésticos, nada especialmente conflituoso. A emoção de pegar um bom caso era uma empolgação nova, e, à medida que ela seguia Moretti pela delegacia, os policiais não podiam derrubá-la. Ela ignorou o de sempre, uma piada sussurrada com a mão escondendo a boca, uma gargalhada tão abafada que ela não tinha como saber de onde vinha. Durante toda a sua vida, estranhos, professores, pares e colegas a fizeram se sentir tremendamente consciente de sua pele escura. Não parecia importar o fato de que ela tinha crescido ali, de que nunca tinha ido à Índia, um lugar de que gostava à toa — quando criança, ela traçava todas as fronteiras do país, seu formato, um dedo reverente sobre o mapa. Perto das hordas de rapazes que mascavam tabaco, com suas botas enlameadas escoradas nas mesas, Saffy sempre se sentiria uma excluída.

"Vamos nos acomodar aqui", ordenou Moretti. A mesa de reuniões da sala dos fundos estava lotada com os casos não concluídos, ainda em curso: o roubo em Saranac, uma série de ameaças de conspiração sobre o bug do milênio, o sequestro de uma criança no qual Kensington vinha trabalhando havia meses.

"Vou te colocar nesses arquivos", disse Moretti. "O Kensington e eu já mexemos demais neles. Para você vai ser tudo novidade. Quero que leia todos, de cabo a rabo."

"O que exatamente devo procurar?"

"Qualquer coisa que nos coloque perto daquela floresta."

Na televisão no canto da sala, a coletiva de imprensa passava a todo volume. O rosto do capitão estava sério enquanto ele dava uma declaração cautelosa, em tom monocórdio, olhando de vez em quando a plateia de jornalistas. Quando a câmera focalizou as fotografias, as garotas pareciam mais jovens do que nunca. Izzy e Angela sorriam na frente do fundo azul em retratos posados na escola — Angela usava uma blusa bordada com bolinhas amarelas, e Izzy tinha o rosto salpicado de espinhas. Lila não tinha uma foto escolar; seu namorado havia fornecido aquela foto, a única conhecida, assim que ela desapareceu. Lila estava de pé em uma calçada cheia de mato, a mochila vermelha pendurada no ombro, a cabeça virada para trás para sorrir para o fotógrafo.

"Você vai ficar bem?", perguntou Moretti, hesitante. Moretti não tinha esquecido. Lila tinha sido um farol naquela noite no trailer de Travis, guiando Saffy diretamente para aquela delegacia. Agora esse mesmo caso reaparecia.

Então chegaram os arquivos antigos, uma distração e um alívio: quatro caixas empoeiradas trazidas por um policial entediado, com enormes manchas de suor no uniforme, na região das axilas.

"Imagino que isso agora é por minha conta?", disse Saffy.

Moretti piscou, se desculpando. "Vou pegar almoço para nós duas."

Quando Moretti saiu, Saffy encheu o quadro de avisos com novas fotos da cena do crime. A equipe forense tinha descoberto os pertences das garotas, em variados graus de decomposição. Sapatos, brincos. A mochila de Lila, a bolsa de Angela. A mãe de Izzy foi a primeira a notar: estava faltando uma presilha de cabelo de miçangas, a preferida de Izzy. A mãe tinha certeza de que ela estava usando a presilha naquela noite. A mãe de Angela mencionou uma pulseira de pérolas, uma peça de família que sua filha nunca tirava do braço. Moretti estava convencida de que esses objetos tinham se perdido na luta, e, além do mais, nada de Lila tinha sido retirado. No entanto, Saffy lembrou a ela que Lila não tinha pais. Ninguém tinha prestado atenção. *Suvenires*, Saffy havia sugerido para Moretti, que manteve os lábios apertados. *Talvez ele pegasse suvenires.*

Saffy se agachou no carpete desfiado. A primeira das quatro caixas de papelão continha as entrevistas das testemunhas — a base tinha desmoronado, cedendo ao grande número de relatórios. Ela teria que rastreá-los todos novamente, tomar novos depoimentos.

No fundo da pilha, Saffy encontrou a impressão original: a foto de Lila. A foto tinha sido tirada de uma câmera descartável, estava empoeirada e desbotada, o sorriso de Lila, pálido e esmaecido. Saffy pensou na Kristen da época: Kristen, com seu emprego estável no cabeleireiro, onde as clientes lhe diziam que ela se parecia com a Jennifer Aniston, como suas roupas caíam bem em seu corpo magro e ágil. Kristen, que sempre soube que ela estava destinada a algo melhor, que tinha trabalhado para conseguir estabilidade e então a aceitado, sem duvidar. Saffy examinou a foto de Lila, uma garota reduzida a um instantâneo desbotado, e pensou se ela sempre se sentiria assim: um pêndulo balançando entre as duas companheiras de adolescência, nunca certa do que ela poderia ter se tornado.

Por baixo da foto de Lila havia um saco. Uma mecha de cabelo preto jazia inerte no plástico transparente, uma evidência que um oficial havia encontrado nos fundos da entrada de carros onde Izzy desaparecera. Quando se apoiou na parede da sala, o cabelo de Izzy no colo, Saffy foi transportada para uma alucinação que a vinha perseguindo havia anos, um universo paralelo que parecia enjoativo, quase fatal em sua falta de limites.

Uma rodovia, ao cair da tarde. O vislumbre de um rabo de cavalo longo e preto. Izzy tinha morrido com 16 anos, mas ela era mais velha ali: 19, talvez 20 anos. Janelas abertas, o ar açoitando forte, uma antiga canção ao estilo *bluegrass* vibrando no rádio. Haveria um rapaz, sentado no banco do carona — Izzy não o teria amado, não ali, talvez nunca, mas isso não teria importância, no resplendor ardente da juventude, os dedos cheios de calos do rapaz subindo pela coxa de Izzy, o horizonte sangrando por trás das montanhas Adirondack.

Nesse cenário de quase mundo, nessa realidade que pairava como um devaneio, Izzy nunca era uma pilha de ossos em uma mesa. Ela era brilhante, dourada, um instante flamejante de uma glória mundana e perfeita.

Saffy foi atrás de várias testemunhas que haviam sido interrogadas no início do caso: o patrão de Angela na lanchonete, as pessoas que estavam na festa com Izzy, o amigo com quem Lila tinha saído naquela noite. Os moradores locais ficavam confusos, cautelosos, estranhamente zonzos quando a viam esperando por eles na entrada de suas casas. Enquanto Saffy se sentava em sofás que afundavam e educadamente recusava xícaras de chá morno, Moretti mantinha o capitão informado, ao passo que Kensington lidava com as intermináveis ligações de disque-denúncia. A maioria das testemunhas não conseguia se lembrar de grande coisa. Saffy não havia coletado nenhuma informação nova.

Sua última entrevista, em um dia longo e seco, era com uma mulher jovem chamada Olympia Fitzgerald. Saffy parou na frente de uma casa inacabada, de um andar só, uma chácara empoleirada em uma vasta extensão de campos, com ferramentas de construção espalhadas por todo o gramado amarronzado. Outubro nas montanhas Adirondack parecia um cartão-postal; Saffy ficou sentada no carro, examinando a transcrição, os detalhes desbotados da folha de papel. Olympia tinha 20 anos em 1990, e sua entrevista tinha durado exatos sete minutos antes que o investigador principal a liberasse. O sol descansava no horizonte, o céu era de um azul magnífico, e Saffy fechou o arquivo, cansada demais para terminar.

Uma mulher em um surrado traje de caminhada de veludo atendeu à porta, o cabelo grisalho semelhante a uma juba ficando rala. No interior, um relógio de pedestal se esgoelava na sala. Uma mulher mais jovem — Olympia, a filha — tinha apoiado os pés descalços na mesinha de centro perto de um vidro aberto de esmalte laranja-neon.

"E aí?", disse Olympia, sem interesse, mesmo depois de Saffy mostrar seu distintivo. Saffy queria ter a voz de Moretti, sedosa e precisa, tão naturalmente competente.

"Em 1990, você falou com o sargento Albright sobre o desaparecimento de três garotas daqui da região."

Finalmente, Olympia ergueu o olhar, mudou de posição e se sentou ereta. Sua mãe caminhou resoluta pela sala e se postou atrás do sofá, as mãos protetoras nos ombros da filha. Elas não convidaram Saffy para se sentar. Ela pairou de um modo esquisito perto de uma poltrona puída.

"Eu sei", disse Olympia, usando a palma das mãos para afastar uma mecha oleosa de cabelo, as unhas ainda brilhantes e úmidas. "Eu vi as notícias. Vocês encontraram os corpos."

"Encontramos", confirmou Saffy.

"Eu disse tudo para ele." A voz de Olympia falhou, com uma pontada de pânico. "O detetive, na época. Eu disse para ele tudo que eu sabia."

"Estamos reabrindo a investigação, Olympia. E eu gostaria de ouvir exatamente tudo que você se lembra."

A sra. Fitzgerald fez sinal para a filha prosseguir. Olympia hesitava enquanto os dedos da mãe massageavam seus ombros.

"No verão que aquelas garotas sumiram, eu trabalhava no Dairy Queen, perto da rodovia. Eu tinha um colega, um rapaz. Ele era um pouco mais novo do que eu, tinha acabado de terminar o ensino médio."

"Continue."

"Eu me lembro da noite em que a Izzy Sanchez desapareceu", disse Olympia. "Eu lembro com muita clareza, porque foi também a noite em que eu... bom, nós tínhamos flertado o verão inteiro. Eu fui até a casa dele, naquele estacionamento de trailers perto da floresta onde vocês encontraram os corpos. Uma coisa levou à outra e... nós tentamos, sabe. Mas ele não conseguiu. Aí, eu fui embora. E, no dia seguinte, no trabalho, ele parecia estranho, completamente distraído. Quando eu tentei conversar, o olhar dele estava diferente. Como se quisesse me machucar. Foi há muitos anos, mas eu nunca vou esquecer. Eu deixei ele fechar a loja sozinho. Foi na mesma noite em que a Izzy sumiu."

"Qual era o nome dele?", perguntou Saffy.

"Ansel", respondeu Olympia prontamente. "Ansel Packer."

Aquele nome.

A boca de Saffy se encheu de saliva, o gosto da ânsia de vômito.

"Você notou mais alguma coisa?", perguntou Saffy, a voz tremendo.

"Sinto muito", disse Olympia. "Não me lembro de grande coisa, não de repente. Passei muito tempo só tentando esquecer."

A memória, pensou Saffy, *não era algo confiável*. A memória era uma coisa para ser saboreada ou insultada, mas não era para se acreditar nela.

"Você riu dele?"

As mulheres engoliram em seco. Uma pausa interminável.

"Por favor", disse Saffy. "Você se lembra, Olympia? É importante. Está parecendo que ele se sentiu ameaçado, envergonhado. Você lembra se riu dele?"

A expressão de Olympia era um verniz rachado de vergonha. Saffy tinha sua resposta. A sala tinha cheiro de velas de Natal e carne defumada. Uma súbita onda de compreensão perpassou o corpo de Saffy, o reconhecimento amadurecendo. Um pedaço de pelo laranja, preso ensanguentado na palma da mão de Saffy; os gigantescos olhos de Lila, aos 11 anos, um punhado de biscoitos quebrados de aveia e passas. O modo como os esquilos jaziam mortos, um, dois, três com a raposa, as patas esticadas deliberadamente acima da cabeça, se rendendo. O dedo de Moretti enganchado na cavidade ocular daquele crânio. Pelo, pele. O modo como a morte se descascava deliberadamente de um osso.

O banheiro da casa das Fitzgerald tinha papel de parede cor-de-rosa, descolando. A sra. Fitzgerald tinha enfeitado a bancada com pequenas figuras: anjos e pastores, querubins de porcelana. Havia um pote de folhas secas perto da torneira, uma camada de poeira grudada nas pétalas. Saffy deixou a água fria jorrar e a jogou no rosto.

À medida que os anos passavam, Saffy se lembrava cada vez menos de sua mãe. As pequenas coisas tinham escapado sem dizer adeus. Os sapatos preferidos de sua mãe eram de verniz vermelho. Saffy não se lembrava do formato. Ela se lembrava do batom escuro, mas não da inclinação dos caninos da mãe. Essas pequenas avaliações pareciam injustas enquanto Saffy apoiava ambas as mãos contra a bancada de mármore sintético. No espelho, ela ainda via partes de sua mãe, se bem que sua mãe era branca e, por esse motivo, Saffy sempre seria parecida com o pai aos olhos de todo mundo. Quando as pessoas perguntavam de onde ela era — não, de onde ela era *de verdade* —, Saffy lhes dizia: *Meu pai era indiano. Não, eu nunca estive na Índia. Sim, eu gostaria de ir algum dia.* E todas as vezes, sentia uma exaustão que lhe atingia os ossos.

Saffy queria que a mãe estivesse ali agora. Ela teria palavras para aquela mudança que irritava de um modo feroz as entranhas de Saffy. Um monstro que urrava o som daquele nome: Ansel Packer.

Saffy ainda mantinha o porta-retratos, com a letra da mãe lá dentro. Agora estava acomodado na mesa de cabeceira, com o vidro bem polido. *Felix culpa*, a mãe havia escrito. Feliz culpa. A coisa horrível que levou a uma coisa boa. Quando Saffy fugiu da casa das Fitzgerald sem uma palavra de adeus ou uma explicação, ficou pensando no pai; se ele havia crescido aprendendo expressões religiosas semelhantes às que ela fora forçada a estudar na Bíblia como uma criança vivendo em lares de acolhimento. *Pois Deus julgou melhor trazer um bem a partir de um mal do que não permitir que o mal existisse.*

"Temos uma pista", disse Saffy, ofegante.

Moretti parecia esgotada, o cabelo incomumente despenteado, enquanto as duas conversavam no silêncio do final da noite na delegacia. Felizmente o recinto estava deserto. Moretti tinha mandado Kensington para casa depois que ele ficou emburrado e jogou os relatórios do dia na mesa da sala de reuniões. As linhas de disque-denúncia tinham explodido desde a coletiva de imprensa, e Kensington tinha passado o dia escutando uma série de teorias enlouquecidas. As garotas foram raptadas por um assassino em série da década de 1970, as garotas participavam de um culto satânico, as garotas tinham brigado e depois matado umas às outras. O disque-denúncia era necessário, Moretti tinha repreendido um mal-humorado Kensington, que tinha tirado um cantil do casaco e tomado um gole ostensivamente. Eles precisavam checar cada possibilidade.

No entanto, agora Saffy tinha isso. Algo real.

Ansel Packer.

As roupas de Saffy ainda continham o fedor de mofo da casa das Fitzgerald. Embaixo do brilho da luminária de mesa, ela repetiu os detalhes do depoimento de Olympia, explicando o que ela sabia de Ansel Packer quando era mais jovem.

"Ele tem todas as características para ser o nosso agressor. Explosivo, mas não de uma maneira coerente. Frágil em sua masculinidade, sempre tentando prová-la. Competente socialmente o suficiente para evitar chamar atenção para si mesmo. Faz sentido... Eu vi o Ansel antes, humilhado. Aqueles animais no quintal, também enterrados perto de um riacho. Ele mata em trios, sargento."

Moretti olhou Saffy com uma dúvida terrivelmente semelhante à piedade.

"Então você teve uma relação pessoal com os dois", disse ela, devagar. "Com a vítima e o suspeito."

"Tive", admitiu Saffy. Havia muito poucos casos no seu departamento que não carregavam conflitos semelhantes; as montanhas Adirondack eram um lugar pequeno.

"Existe uma diferença", disse Moretti com delicadeza, "entre acreditar que uma coisa é verdade e ter fatos que comprovem essa verdade. Não importam as suas suspeitas. Não importa o que você pensa, a não ser que você monte um caso que se mantenha no tribunal."

Mesmo que a certeza corresse em suas veias, Saffy não era capaz de falar da raposa. Ela nunca contou a ninguém o que Ansel havia feito, como aquele cadáver foi parar nos seus lençóis. Parecia bárbaro demais, pessoal demais para divulgar. O incidente vivia dentro dela, uma bolha privada de vergonha que ela cutucava nos dias ruins, só para ver se tinha mudado de forma. Mas jamais mudou.

"E quanto ao estacionamento para trailers?", perguntou Saffy. "E se ele ainda estiver lá?"

Olympia tinha dado uma descrição detalhada do trailer de Ansel, por dentro e por fora. Ela havia descrito seu comportamento estranho, suas divagações paranoicas. *Ele vivia falando sobre o universo*, Olympia tinha dito. *Sobre múltiplas realidades ou algo parecido.*

"Improvável. A sua testemunha não disse que ele ia para a faculdade? Ela não tinha nenhuma prova, Singh."

"E quanto aos suvenires? As bijuterias? E se ele ainda possui essas coisas?"

"Faz muito tempo."

A noite estava pesada. Pela janela, um forte vento de outono castigava as árvores; as criaturas do verão tinham se recolhido e sumido. Saffy deixou um calafrio subir pela coluna.

"Escute", disse Moretti, com um tipo insuportável de ternura. "Eu sei bem como é isso, querer que alguma coisa seja verdade. Mas querer não faz com que ela se torne verdade, e você não pode deixar essa ideia encobrir o seu juízo ou fechar os seus olhos para outras pistas. As coisas são diferentes para nós aqui, sabe? É importante não deixarmos nossas emoções atrapalharem nosso raciocínio. Às vezes... às vezes é nosso dever *não* sentir, por mais que façamos isso. Entende o que estou dizendo?"

A casa de Kristen parecia um cenário de filme. Era rústica, bonita como um chalé, com grandes janelas que davam para as montanhas e com aquecimento central. Já na entrada havia um perfume de aromatizador de ambiente e velas caras. Era noite de sábado, quase Halloween, o sol se pondo sobre a copa das árvores em raios fantasmagóricos. Saffy tinha se maquiado com as amostras grátis que Kristen tinha lhe dado, que o salão de cabeleireiro recebia — a base era sempre dois tons mais claros que a pele de Saffy, mas isso não era algo que ela podia falar com Kristen sem constrangê-la.

"Oi, oi, entra", disse Kristen. "Acabei de pôr a pizza no forno. Espero que você não esteja morrendo de fome."

Saffy tirou os sapatos enquanto Kristen tagarelava. A casa de Kristen tinha sido de Jake até seis meses antes, quando ele a chamara para morar com ele, e Saffy já conseguia ver sinais da presença da amiga. Pequenos pôsteres com dizeres em letra manuscrita e almofadas com frases de efeito bordadas, tais como *Rir é o Melhor Remédio* e *São 5 Horas em Algum Lugar!* O avental de trabalho de Kristen tinha seu próprio gancho no corredor da frente, com purpurina salpicada no tecido. Kristen estava obcecada pelo desastre iminente do bug do milênio e, à medida que o Ano-Novo se aproximava, sua fixação só crescia. Ela tinha abastecido cada prateleira da casa com estoques de comida enlatada e garrafões de água mineral.

"Você se importa?", perguntou Kristen, encabulada, ao pegar meia garrafa de Chardonnay da geladeira.

Saffy balançou a cabeça. Moretti tinha um conjunto de regras que não podiam ser quebradas: nenhum tipo de droga, mesmo que fosse só de vez em quando. Quando Saffy se candidatou ao emprego na polícia, estava inteiramente limpa, sem nenhuma prova de seu passado, nenhum registro de prisão ou indiciamento.

"Você está bem?", perguntou Saffy, quando se sentaram no sofá, os dedos de Kristen mexendo na haste da taça de vinho.

"Sim", respondeu Kristen.

Uma pausa longa.

"Lila", disse Saffy, finalmente.

Ela e Kristen raramente conversavam sobre aqueles anos, em que Saffy flanou no submundo dessa cidade implacável, refletindo a espiral descendente de Lila. Agora Saffy queria contar a Kristen como tinha se sentido com as drogas, que haviam se derretido em suas veias, como ela tinha passado dias inteiros deitada em um colchão empoeirado. Como ela tinha conhecido a vida de Lila e depois conseguido sair dela, e como Lila não havia tido a chance de fazer a mesma coisa.

"Kristen", começou Saffy. "Você se lembra do Ansel Packer?"

"Claro", respondeu ela. "Aquele garoto era muito esquisito. Ele também foi transferido quando a srta. Gemma ficou doente. Você não está trabalhando naquele caso de roubo?"

"Moretti me transferiu para esse, da Lila."

"Meu Deus, aquela mulher te ama."

"Eu não sei por que ela..."

"Ah, para com isso", disse Kristen. "Você é a melhor investigadora que eles têm em décadas. Além disso, a sua história é boa, Saff. Adolescente instável dá uma guinada na vida. Você é igual a um detetive de programa de TV, a pobre orfãzinha assombrada pelo próprio passado. E mais, você encontrou aquele menino desaparecido sozinha..."

"Ansel Packer", interrompeu Saffy. "Lembra-se de alguma coisa estranha nele? Alguma coisa preocupante?"

"Lembro que ele encarava a gente de um jeito estranho. Como se tentasse descobrir de que forma você podia ser útil."

"Mais alguma coisa?"

"Ah, Saff. Ele era só uma criança. Não faz bem voltar no tempo assim."

No entanto, o que mais ela podia fazer? A única opção era voltar no tempo. Traçar as linhas, de um ponto a outro, de uma versão de si mesma a outra.

"Sabe", disse Kristen, com o queixo trêmulo. "Para uma detetive, você não é muito observadora, não é?"

Kristen ergueu a mão e exibiu um sorriso celestial. No dedo anelar esquerdo, ela usava uma pequena aliança cravejada de brilhantes.

Saffy não conseguiu nomear o desespero. Era raso, cru, azedo como leite estragado. Ela registrou a sensação só por tempo suficiente para se virar e recompor o rosto para a apropriada expressão de alegria. Kristen soltou um gritinho estridente e excitado, e o amargor se rompeu e sumiu quando Saffy puxou a amiga para um abraço. Ela se deixou envolver pelo perfume dos cabelos de Kristen, com uma certeza que ela assumira já havia algum tempo de que Kristen era sua única família e de que em breve Kristen não pertenceria mais a ela.

Elas conversaram a noite toda. Esqueceram o filme e a pizza, que queimou tanto que a cozinha se encheu de fumaça e elas só puderam comer os pepperonis ressequidos do topo. Adormeceram como costumavam fazer, o pé de Kristen se aquecendo embaixo do ombro de Saffy.

A obsessão se instalou em algum ponto no meio da noite. Saffy acordou ainda vestindo calça jeans, a mão enfiada entre as almofadas do sofá, aquele velho cheiro pairando, insalubre, na garganta. Gramado pantanoso, protetor solar. Pele se decompondo. A putrefação daqueles esquilos, os pequenos braços esticados e indefesos. Kristen tinha saído; em algum momento, Jake devia ter chegado em casa. Ao observar a maldita pizza sem sua camada de queijo, a taça de vinho de Kristen suja de marcas de dedos, Saffy se sentiu enjoada.

Era o começo da manhã de domingo, e as estradas secundárias estavam vazias. Saffy baixou o vidro do seu carro de polícia e deixou o ar frio beijar sua cabeça, que começava a latejar. O sol do outono explodia através das árvores, sombras dançantes ao longo do asfalto.

Finalmente, ela chegou ao estacionamento para trailers.

Era mais afastado dos outros, Olympia tinha dito. *Tipo, bem lá para trás. Não parecia que devia ter alguma coisa naquele lugar.*

Um quilômetro e meio de onde tinham encontrado os corpos, Saffy contou doze trailers. Eles surgiram na névoa da manhã, mais ou menos dispostos no formato de um V. Ela podia ouvir um cãozinho ganindo, uma televisão murmurando, uma tosse carregada. Saffy saiu do carro e passou lentamente por um rottweiler preso em uma corrente, o focinho mexendo com o barulho das botas de Saffy no chão.

Olympia estava certa. Bem no finalzinho do terreno, havia um único trailer, mantido a cerca de quinze metros dos outros, quase invisível no conjunto de árvores vermelho-rubi. Saffy caminhou ao redor do local, segurando o distintivo frouxamente, ainda usando a calça jeans e a blusa amassada do dia anterior.

Subiu os degraus devagar, provocando um rangido. Limpou a garganta. Deu uma batida seca na porta.

Um homem de meia-idade a abriu. Ele usava uma cueca samba-canção rasgada e tinha o rosto ferido de um viciado. Ela podia ver uma televisão no fundo, irradiando um barulho estático, uma mesa coberta com garrafas de cerveja velhas, um gato que parecia não ser alimentado havia semanas.

"Sim?"

Por um instante excruciante, Saffy inalou cheiro de cigarro velho, um bafo desagradável. Ela não sabia o que pensava encontrar. Uma prova da vida de Ansel, talvez. Alguma coisa, qualquer coisa. Sua própria ignorância agora parecia realmente perigosa.

"Ei", gritou o homem para as costas de Saffy, quando ela se virou para ir embora. "O que você quer?"

Ela correu.

Quando Saffy resolveu o caso Hunter, o capitão ficou encantado. *Você tem alguma coisa especial aí*, ele havia dito a Moretti, cumprimentando-a. Mas Saffy não se sentia especial. Ela queria perguntar a Moretti se todo caso a faria se sentir assim: primeiro uma onda estonteante de certeza, seguida por um medo brutal e corrosivo. Um medo que parecia estranhamente viciante. Havia algo vivo nas células de Saffy que se alimentava de tais dúvidas, algo doentio e corrompido que crescera como uma árvore, curioso. Isso a levara para a beira da ruína, muitos anos antes. Isso a levara para o trabalho na polícia, e agora até aquele estacionamento de trailers.

No momento em que Saffy pegou a rodovia, a dor de cabeça se tornou lancinante. Ela pisou no acelerador, o cabelo caindo no rosto à medida que o motor rugia cada vez mais alto, até ela atingir cento e sessenta quilômetros por hora e ter certeza de que não tinha nada dentro de si, a não ser o vazio provocado pelo mais profundo e sombrio grito que ela soltou naquela rodovia deserta.

Nos dias que se seguiram, a mesa de Saffy virou uma completa bagunça. O caso a engoliu e a sugou em sua correnteza. Fazia uma semana que tinham encontrado os corpos, e Saffy não conseguia se lembrar da última vez que fizera uma refeição. Fast food em algum drive-thru alguns dias antes, mas, fora isso, ela estava sobrevivendo à base de café e barrinhas de cereal. Ficava até tarde da noite no trabalho, o estômago roncando. Ela só havia ido para casa duas vezes, para tomar banho e pegar uma bolsa com uma muda de roupas.

O capitão pressionava seu suspeito favorito: um sem-teto chamado Nicholas Richards, que tinha escapado de múltiplas acusações relacionadas a drogas. Uma vingança pessoal, talvez, mas todos tinham recebido ordens para priorizar essa pista. A mesa de Saffy era um amontoado de registros telefônicos e transcrições de depoimentos de testemunhas, e, para além disso tudo, pulsava sua suspeita, impossível de ignorar.

O histórico de Ansel Packer mostrava que ele tinha frequentado uma universidade, a Universidade do Norte de Vermont, e que a tinha abandonado logo antes de obter o diploma. Também havia se candidatado a uma bolsa de estudos de filosofia no verão anterior. Os registros continham uma confusa carta de recomendação de uma tal professora May Brown. Saffy deixou quatro mensagens na secretária eletrônica da professora. Saffy não fazia ideia de onde Ansel estava morando no momento. Ele havia pagado os encargos de um endereço que não existia mais, um apartamento em um prédio perto da universidade, demolido anos antes. Ansel não tinha passagem pela polícia. Nem mesmo uma multa por excesso de velocidade.

Quando Moretti se aproximava, Saffy escondia sua pesquisa embaixo de uma caixa de arquivos sem classificação. *Abandone todo o resto, Singh*, Moretti a alertara firmemente. *Precisamos encontrar mais pistas sobre o suspeito do capitão. É uma ordem.* Eles estavam chegando perto de uma detenção — Nicholas Richards tinha acampado ilegalmente perto do local de desova dos corpos. Se o guarda-florestal conseguisse provar que ele estivera ali em todas as três datas, eles agiriam. Moretti tinha repassado essa informação com uma certeza tão convicta que fizera a pulsação de Saffy acelerar com a mais completa frustração.

Assim, quando o telefone tocou, minutos antes de Moretti se preparar para ir embora, Saffy respondeu, desapontada:

"Saffron Singh".

"Alô? Aqui é a professora Brown, retornando sua ligação."

Saffy pressionou o fone bem perto do ouvido, tentando abafar a algazarra dos policiais. Do outro lado da janela da sala reservada, eles haviam inexplicavelmente enchido uma camisinha com creme de barbear e a usavam para golpear uns aos outros, na esperança de que ela estourasse. A alguns metros de distância, Moretti estava curvada sobre uma pilha de registros telefônicos, batendo uma caneta marca-texto nos lábios em sinal de concentração. Saffy falou direto no fone, em voz baixa:

"A senhora redigiu uma carta de recomendação para um aluno chamado Ansel Packer sobre uma bolsa de pesquisa em filosofia", disse Saffy.

"Ah, sim. Mas, no fim, ele não ganhou a bolsa. Pelo que lembro, ele era... como explicar? Um aluno mediano que acreditava que merecia mais. Foi uma de suas colegas que conseguiu a bolsa, e acho que ele não aceitou isso muito bem. Ele abandonou a faculdade pouco depois."

"Tem alguma coisa que a senhora possa me falar a respeito dele?", perguntou Saffy. "Sabe onde ele está agora?"

"Não faço ideia." A professora Brown fez uma pausa. "Já conversou com a namorada?"

"Namorada?"

"A namorada que ele tinha na faculdade. Era um namoro sério na época, se bem me lembro. Ela sempre esperava por ele do lado de fora da sala de aula. Ela foi minha aluna em Introdução à Física, eu acho.

Jenny. Jenny Fisk. Fazia enfermagem. Ou será que era psicologia? Uma menina doce. Você podia falar com ela."

Saffy desligou o telefone, a adrenalina deixando-a gloriosamente desperta. Moretti se levantou, pegou as chaves do carro e enfiou o blazer elegante e de marca.

"Parece que você achou uma pista", disse Moretti, reprimindo um bocejo.

Saffy balançou a cabeça.

"Não é nada."

Ela esperou até os faróis traseiros do carro de Moretti desaparecerem do estacionamento. Havia quatro Jenny Fisk no antigo sistema de discagem, e três Jennifers — metade era velha demais, uma tinha morrido e outra estava presa sob uma acusação relacionada a drogas. No entanto, havia uma Jenny Fisk que morava em uma cidadezinha em Vermont, a apenas alguns quilômetros da universidade que Ansel Packer frequentara.

Ao discar, Saffy notou o tremor dos dedos, a onda de excitação aumentando na garganta.

"Alô?"

Uma voz feminina. Saffy podia ouvir água correndo ao fundo.

"Estou falando com Jenny Fisk?"

"Quem está falando?"

"Saffron Singh, da Polícia do Estado de Nova York. Você tem alguns minutos? Gostaria de fazer algumas perguntas..."

"Desculpe, o quê...?"

"Estou procurando um homem chamado Ansel Packer."

Saffy ouviu um gaguejar, seguido de uma pausa. Jenny ficou paralisada. Ao fundo, Saffy podia ouvir o murmúrio de uma televisão e passos pesados.

"O quê... é sobre o quê? Desculpe, eu... eu não posso falar agora."

"Tem uma hora melhor?"

"Quer dizer... bom, vou estar no hospital amanhã. Northeast Regional, por volta do meio-dia."

Então Jenny desligou. Enquanto a delegacia vazia pulsava ao seu redor, Saffy se lembrava da sensação de cheirar fileiras de energia que iam direto para a corrente sanguínea. Mas isso era algo mais. Isso era irresistível.

* * *

As luzes neon da sala de emergência brilhavam. Quando Saffy mostrou seu distintivo, a garota na mesa da recepção estremeceu.

"Jenny Fisk?" Olhos arregalados. "Vou chamar. Pode se sentar, se quiser."

Saffy se acomodou em uma das cadeiras desconfortáveis. Tinha ido em casa na noite anterior, se enfiado em uma calça de pijama e deitado sobre sua cama intocada até o relógio mostrar que já estava amanhecendo. Enquanto contornava o lago Champlain até Vermont, Saffy tomou uns goles de café frio em um copo de isopor e tentou se acalmar. Era o mesmo sentimento que a levara ao garoto Hunter, só que ampliado agora, o que causava uma irritante sensação de pavor. Uma febre ou alguma versão distorcida de memória. As ordens de Moretti tinham sido explícitas: abandone todo o resto e se concentre no suspeito do capitão até ele ser preso ou considerado inocente. Saffy não respondeu às mensagens do bipe a manhã toda. Moretti ficaria furiosa. No entanto, sentada naquela sala de espera a três horas de distância da delegacia de polícia em Plattsburgh, Saffy se sentia eletrizada.

Era sexta-feira, e a emergência do hospital estava tranquila e silenciosa, o cheiro de substâncias químicas estéreis pairando no ar. O bipe no cinto de Saffy tocou duas, três vezes. Ela o silenciou sem olhar.

"Oi."

Uma mulher de jaleco cor-de-rosa apareceu, hesitante, na entrada da ala de cirurgia. Jenny Fisk tinha sardas nos braços e cabelo comprido partido ao meio, afastado do rosto com duas presilhas de borboleta. Vinte e tantos anos, Saffy imaginou. Ela reconheceu o tipo de Jenny: a garota bonita do ensino médio. Ela teria sido popular como Kristen foi, com seu abdome à mostra e suas belas curvas. Seu rosto era simétrico, impressionantemente lindo.

"Olá." Saffy estendeu a mão, firme. "Muito obrigada por se dispor a conversar. Se importa de irmos lá para fora?"

Aconteceu quando Jenny estendeu a mão para cumprimentar Saffy. O choque do reconhecimento, transbordando — um cintilar, um brilho, no dedo magro de Jenny.

O brilho da ametista, sem sombra de dúvida.

O anel de Lila.

Era uma sensação singular, um caso que se escancarava. Uma onda impetuosa, como água invadindo uma represa ou uma fruta madura se rompendo ao meio, cheia de sumo.

Entretanto, quando Saffy apertou a mão de Jenny, surpresa e meio zonza, a sensação foi diferente. Não houve um crescendo estático. Apenas um surto de memória: os lábios rachados de Lila e o modo como eles chupavam aquela pedra roxa. *Que nojo*, resmungara Kristen, enquanto a baba escorria nos dedos de Lila. *Por que você põe o anel na boca desse jeito?* Lila apenas dera de ombros, o cabelo permanentemente desgrenhado. *Tem um gosto bom*, respondera ela, como se fosse um motivo. O sorriso sonhador de Lila, com a falha nos dentes. O dedo magrelo de Lila, frouxo dentro do aro de metal.

"Isso tudo é sobre o quê?"

Jenny se apoiou no muro de tijolos do lado de fora da sala de emergência, o anel roxo cintilando. Saffy tinha parado de fumar quando parou com todo o resto, mas aceitou o cigarro que Jenny ofereceu, nem que fosse só para esconder o tremor nas mãos. Jenny não havia levado casaco, e tinha os braços nus arrepiados com o frio do outono. Saffy experimentou uma sensação celestial de saber, uma certeza cósmica. Teve vontade de chorar.

"Estou procurando uma pessoa que você namorava. Ansel Packer."

Jenny se debruçou sobre o isqueiro, o nervosismo aumentando. Em seguida, soltou uma nuvem de fumaça do canto da boca.

"O que você quer com ele?"

"Sabe onde ele está?"

Jenny estreitou os olhos, avaliando. Ela ergueu a mão e mostrou o anel.

"Vocês estão... casados?", gaguejou Saffy.

"Noivos."

Um bolo grande e raivoso se formou na garganta de Saffy. Ela sentiu a própria incompetência, como um engasgo repentino; não tinha imaginado, não tinha sequer considerado, uma hipótese como aquela. Aqueles passos ecoando pelo telefone, na noite anterior.

"Vocês ainda...", gaguejou Saffy. "Desculpe. O anel. Foi o Ansel que te deu?"

O polegar de Jenny afagou a pedra.

"Por que isso importa?"

"Importa. Estamos investigando um caso antigo."

"Você não parece uma detetive."

Saffy tampouco se sentia uma detetive. Uma súbita vergonha tomou conta dela, como se Jenny tivesse visto algo muito íntimo.

"O que foi que ele fez?", perguntou Jenny, soltando um suspiro longo e fraco. "Alguma coisa ruim?"

E lá estava. Exatamente aquilo que Saffy esperava. Ela gostaria de poder cristalizar aquele momento, guardá-lo para usá-lo como prova mais tarde. O olhar enviesado de Jenny. O tremor em seus lábios. Jenny não se surpreendeu com a pergunta. Foi o modo como ela falou as palavras: *alguma coisa ruim*. Jenny estava à espera.

"Estamos investigando um caso de homicídio", disse Saffy calmamente. "Três garotas foram assassinadas no estado de Nova York."

A pausa que se seguiu foi aguda e intensa. As portas automáticas se abriram e se fecharam de novo. Jenny apagou o cigarro no muro, deixando uma faixa preta no tijolo. Manteve a guimba cuidadosamente na mão — ela não era o tipo de pessoa que jogava lixo na calçada — e estremeceu. Saffy percebeu, tarde demais, que tinha terminado. Jenny tinha se fechado. Uma cortina de cabelo caiu sobre seu rosto, como um obstáculo, quando ela deu meia-volta.

"Espere", pediu Saffy. "Eu só quero conversar..."

"Você entendeu tudo errado", balbuciou Jenny, quando se voltou em direção às portas automáticas. "Por favor, nos deixe em paz."

E então sumiu. Uma ambulância passou tocando uma sirene estridente enquanto Saffy permanecia imóvel, sozinha, o cigarro despejando cinzas na calçada.

* * *

Como era?, Kristen havia perguntado certa vez. *Sabe, com o Travis e os amigos dele...*

Saffy não conseguia descrever aqueles anos, ainda que tentasse superficialmente. Ela contou a Kristen sobre as festas clandestinas, os acampamentos provisórios, as espeluncas cheirando a fumaça de cigarro. Seu grupo se mudava de uma casa para outra, de uma festa para outra, de um jeito indiferente e impulsivo. Saffy se sentia segura, envolta em tal atrevimento: era fácil se autodestruir quando não se tinha realmente nada para arriscar. Quando sentia saudades agora, não era das drogas em si e do barato que elas proporcionavam, mas da liberdade. Saber que, embora andasse em uma corda bamba entre a vida e a morte, realmente não importava para que lado ela cairia.

Naquele momento, Saffy caminhou a duras penas para o carro, brilhando sob o sol do estacionamento. Ela sabia que tinha que voltar à delegacia; já tinha faltado meio dia de trabalho. No entanto, à medida que o bipe zumbia sem parar, ela reconhecia uma parte daquela antiga Saffy, o desejo pulsando como uma bomba ativada. Ela jogou o bipe embaixo de um suéter no porta-malas e puxou do bolso o endereço escrito às pressas.

Ao acelerar na rodovia, Saffy se sentia enlouquecida. Passou por um conjunto de lojas e restaurantes, depois entrou em um subúrbio, as casas espalhadas sem muito nexo, como peças de Monopólio jogadas sobre o tabuleiro. Vermont parecia com o estado de Nova York, pensou Saffy, apenas com uma camada extra de verniz. Ela se deteve perto de uma casa térrea, com a pintura descascando e uma varanda atulhada, e parou junto ao meio-fio.

E lá estava ele.

Ansel.

Ele estava agachado perto da garagem, na entrada de carros, à luz do meio-dia, usando uns óculos de proteção de plástico. Parecia vagamente o mesmo, mais largo com a idade, mas ainda bonito de uma maneira convencional e indefinível. Serrava os pés de uma cadeira velha, o barulho entrando de um jeito hostil pela janela do carro. Saffy observou enquanto ele manobrava a motosserra, uma nuvem de pó subindo em torno da cabeça. Havia o anel de Lila, a única prova de que ela realmente necessitava, mas também havia isto: o modo como Ansel se comportava, como se fosse superior a tudo.

Um, dois, três com a raposa.

Um, dois, Lila.

Durante um instante, Saffy pensou em se aproximar. Ela poderia fazer isso. Poderia caminhar até ele, a mão sobre a arma em seu quadril. Ansel estreitaria os olhos, recordando.

Saff, diria ele. Daquela vez, ela teria o poder. Ela seria a pessoa a ser temida. *Por favor, me perdoa?*

Saffy não se aproximou. Ela só teria uma oportunidade, e isso era importante demais. Ela precisava de Moretti, precisava adquirir confiança, experiência, perícia. Saffy saiu da rua sem saída, tomou a direção da fronteira de Vermont e seguiu de volta ao lago. Deixou o rádio desligado e permitiu que a estrada a acolhesse, saboreando a vitalidade que apenas aquele trabalho poderia dar. Era um sentimento que ninguém nunca tinha conseguido obter.

Houve namoros, fracassados e temporários. Houve rapazes atrás de arquibancadas e homens em bares sombrios. Um relacionamento verdadeiro: Mikey Sullivan, um policial da Unidade C, que ela conheceu no curso básico da Academia de Polícia. Saffy ainda sentia falta do cheiro de Mikey depois do banho, de sabonete e loção pós-barba. À medida que a região de fazendas se mesclava com as montanhas, Saffy se lembrava da última noite que haviam passado juntos. Eles tinham escapulido para a cama após um jantar preguiçoso de macarrão e cerveja, a mão de Mikey entrando por dentro do cós da calça jeans de Saffy. Ele tinha se contorcido para cima dela, a mesma coisa de sempre, a respiração como molho vermelho, os braços como uma jaula. Quando ele se empurrou para dentro dela, Saffy se encheu de um vazio repentino, um vazio que necessitava ser preenchido imediatamente. Ela pegou a palma da mão de Mikey e a pressionou contra a sua garganta.

Aperta, ordenou ela.

E, por um mínimo instante, ele apertou. Quando a visão de Saffy ficou borrada e o quarto começou a rodar, ela vislumbrou uma sombra daquilo que não tinha percebido que estava procurando. Foi como um bafo de oxigênio, mesmo que ela ofegasse sem ar. Ela se sentiu uma pessoa mais jovem, mais livre, que se importava significativamente menos com a sobrevivência. Ela sentia falta daquele perigo. Sentia falta daquela liberdade.

Mikey se afastou rapidamente, ofegante. Acendeu a luz amarela, deixando evidente sua repugnância. Quando ele pegou as chaves e saiu como um raio, seu desconforto causou uma onda de vergonha em Saffy, que reconheceu o monstro que habitava seu próprio corpo. Uma criatura selvagem que surgia, esfomeada, faminta de destruição.

Ela vislumbrou esse mesmo anseio em Jenny Fisk: um pedido para sofrer. Essa era a coisa mais amedrontadora de ser mulher. Algo inerente, perene, essa parte que sabia que você podia obter algo bom sem a parte da dor, mas que ela não seria tão deliciosa.

Quando Saffy finalmente chegou à delegacia, o sol já tinha se posto, e ela tinha faltado a um dia inteiro de trabalho. Ela endireitou o blazer, com a sensação familiar dos dias em que matava aula. Uma indiferença determinada misturada com pitadas de pavor.

A delegacia estava estranhamente tumultuada, os policiais cochichando com uma excitação coletiva. Eles fizeram silêncio quando a viram, a camisa amassada e para fora da calça, o blazer manchado de café na frente. Saffy seguiu direto para a porta da sala do capitão e a abriu de uma vez, sem bater.

"Sargento..."

A cena se materializou, entrando em foco devagar: Moretti cambaleando, agarrando a mesa de mogno para se equilibrar. Ela e o capitão se afastaram de um salto quando Saffy entrou, desconfortáveis, vermelhos e agitados.

"Onde diabos você se meteu o dia inteiro?", começou Moretti.

"Encontrei o nosso cara", gaguejou Saffy, sua determinação vacilando. Ela nunca tinha visto Moretti assim, desajeitada, constrangida. Fragmentos da cena se encaixavam em seus devidos lugares. O capitão tirando a mão repentinamente quando Saffy entrou, os dedos cobrindo a curva do bolso traseiro de Moretti.

"Ansel Packer", disse Saffy. "Encontrei o Ansel Packer. A noiva dele estava usando o anel de Lila. Os tais suvenires, sargento. Ele os pegou."

Uma pausa lenta, um piscar de olhos. A voz do capitão era baixa e áspera, seu olhar maldoso enquanto a despia de cima a baixo.

"Moretti, controle sua subordinada."

"Esperem", disse Saffy. "Tenho provas. Provas de verdade..."

"Singh", interrompeu Moretti, "se você tivesse vindo trabalhar hoje ou tivesse respondido a alguma das minhas mensagens, ia saber que uma pessoa foi detida. Nicholas Richards vai ser acusado amanhã pela manhã."

O sem-teto. O suspeito favorito do capitão. A torrente de luzes era opressiva e a sala ficou muito clara. Subitamente Saffy se sentiu exausta, e seus ombros despencaram. Sua própria indiferença pareceu invadi-la, úmida de suor do próprio corpo, castigando como uma roupa de baixo manchada de sangue.

"Você me desobedeceu", disse Moretti. "Minhas ordens eram claras, e você as ignorou completamente. O Kensington conseguiu tudo que precisávamos."

"Desculpe, mas eu encontrei..."

"Isso não é sobre você, Singh. Não é sobre algum ressentimento da infância. É um trabalho policial. É sobre a verdade, sobre os fatos e, no fim das contas, é sobre esse departamento."

"Ah, é? É assim que vocês chamam isso?" Ela fez um gesto para Moretti, para o capitão, o rosto dos dois ainda afogueado. "De *departamento*?"

Um vento cruel, uma mudança. Saffy jamais havia respondido de um modo insolente a Moretti.

"Está suspensa", disse o capitão, desdenhoso, passando pelas duas mulheres. "Duas semanas sem remuneração. Singh, você está liberada."

Depois que ele saiu, Moretti ficou encarando o carpete esgarçado. O choque do que Saffy tinha acabado de ver — do que tinha acabado de interromper — sibilava dentro de suas entranhas em câmera lenta, como um soco. O que Moretti sempre lhe dizia? *Menos de dez por cento da polícia é composta de mulheres. Você não pode ser bem-sucedida sem sacrifício.*

Saffy se retirou discretamente da sala, envergonhada. Os policiais riram quando ela saiu para a fria noite de outono, certa de ter testemunhado uma verdade que supostamente ela já sabia.

* * *

Então surgiram os pesadelos. Saffy acordava, trêmula e encharcada de suor, pilhas de roupa assomando do chão como monstros da infância, enquanto ela engolia a água estagnada de sua mesa de cabeceira.

Às vezes, os pesadelos eram sobre a raposa, pairando doentia no canto da visão de Saffy, uma nuvem de carniça. Mais frequentemente, retratavam Lila, de pé na porta do pequeno apartamento de Saffy. Lila de 11 anos, com o aparelho nos dentes, ou a adolescente Lila, com a argola no nariz, Lila em decomposição, com os tufos de cabelo ainda grudados no couro cabeludo. Mas nas noites piores, Lila estava viva.

Ela teria 26 anos. Um vestido de verão amarelo, um quintal verde. O Quatro de Julho. Lila teria brilhado, com pólen e filtro solar, uma multidão de amigos sentados em cadeiras de plástico na varanda — ela teria cruzado as mãos na frente, o anel roxo cintilando na protuberância de seu abdome inchado. Trinta e duas semanas. Enojada e ansiosa, os enjoos da manhã substituídos por uma dor na coluna. Ela teria ficado com fome, a barriga gigantesca roncando com o cheiro de churrasco; teria ficado cansada, extasiada, inquieta e animada. O fantasma pálido da lua, o voo de um vaga-lume. Seus calcanhares nus, afundando na terra fofa.

Perto do fim do período de suspensão, Saffy foi sozinha até o bar.

Ela não saía de casa havia dias. Por duas vezes, dirigiu até a casa de Ansel Packer, permaneceu sentada no carro e observou a casa, em busca de algum sinal de movimento. Ela sabia que aquilo não era saudável. Sabia que não era sensato. Mas seu fracasso com Moretti só tinha fortalecido sua determinação.

Ela escolheu o homem nos fundos do bar. Ele era vendedor ambulante, conforme lhe contou, piscando os olhos diante da própria boa sorte. Estava na cidade apenas por alguns dias. *O que você vende?*, perguntou Saffy. *Varas de pescar.* Saffy tinha planejado dizer que trabalhava como garçonete, mas a pergunta nunca foi formulada. *Você é árabe?*, perguntou ele, em vez disso. E pronunciou *árrabe*.

Saffy voltou ao apartamento e entrou, sem acender as luzes. Não queria ver a louça suja empilhada na pia ou diluir o resto da vodca com tônica no sangue. Ela empurrou o vendedor para o sofá, puxou sua gravata, mordeu seu pescoço. Tirou sua calça para liberar a ereção, dura, mas nada impressionante, brilhando com a iluminação da rua que entrava pela janela, e a empurrou para dentro da boca. Engasgou-se com o cheiro, quando as almofadas do sofá soltaram uma lufada de ar, e pensou sobre o que ela merecia. Era um conceito ambicioso, a justiça. A ideia de que sua sina na vida podia se basear em suas escolhas. Que você podia trabalhar pelas coisas ou arruiná-las para si mesmo. Por um instante fugaz, ela avaliou se morderia, mas o sal da pele do homem tinha gosto de algum tipo de desejo. Saffy se contorceu, tirou a calça e o empurrou para dentro de si. Ele grunhiu. Ela gemeu. Ela se sentiu apequenada. Ela o fodeu mais forte, até ele ofegar e gaguejar, os dedos torcendo os mamilos de Saffy. *Tudo bem*, pensou ela. O calor do vendedor se despejou dentro dela. Tudo bem. Pelo menos isso era uma explosão que ela tinha pedido. Ela sabia como viver no meio das ruínas.

Kristen se casou em um domingo do mês de abril.

Saffy ficou no altar ao lado de três amigas de Kristen do salão, usando um vestido roxo sedoso que não tinha dinheiro para pagar. A coluna de Kristen parecia tão delicada no vestido branco cheio de detalhes que Saffy teve vontade de se jogar por cima das vértebras para protegê-las da crueldade do mundo. Sobre o ombro de Kristen, Jake parecia estar no paraíso. Saffy tinha que reconhecer. Ele não era um dos maus.

Ela foi reintegrada ao trabalho. O inverno tinha sido longo e escuro, e as coisas agora pareciam diferentes. Moretti estava fria e distante. Ela ainda dava conselhos a Saffy em voz baixa quando se aproximava de uma cena de crime, ainda aparecia com uma xícara extra de café, mas havia uma camada de frieza que não estava lá antes. Moretti estava mais intocável, indecifrável, mais idiossincrática do que nunca, e na maioria dos dias Saffy tentava não a magoar.

O julgamento do assassinato de Izzy, Angela e Lila estava se aproximando, e todos sabiam que iam perder. O sem-teto que haviam prendido tinha se tornado o centro de uma recente campanha contra erros judiciais, e o grupo havia arrecadado verbas para sua fiança e para pagar um bom advogado. Em sua avidez pela prisão do indigente, o capitão não estava preparado para isso. O caso era fraco e as provas eram ainda mais fracas. Com uma aceitação sombria e às vezes presunçosa, Saffy sabia que eles estavam errados, e o júri veria isso. Nicholas Richards era inocente e seria liberado.

Saffy não contou a ninguém sobre suas viagens, embora pensasse nelas agora, quando o véu de Kristen balançava ao vento. Os longos fins de semana que ela serpenteou por Vermont, somente para ficar parada na frente da casa de Ansel Packer, esperando por algo que o denunciasse. Ela havia observado quando ele tirava sacolas de mercado da caçamba da caminhonete, se curvava sobre a bancada de trabalho na garagem, lavava pratos na frente da janela da cozinha. Não era uma obsessão nem um vício, embora as horas que ela passava seguindo Ansel preenchessem essas duas necessidades.

Era apenas uma questão de tempo. Saffy sabia que uma pessoa não conseguia esconder sua verdadeira identidade para sempre, por mais normal que ela parecesse, porque, no fim, a verdade aparecia.

"Na saúde e na doença", disse Kristen.

Os braços de Saffy se arrepiaram quando o vento aumentou. Uma tempestade se formava ao longe, pairando sobre as montanhas em uma nuvem preta ameaçadora, apesar de o sol ainda brilhar dourado sobre os convidados do casamento. Saffy implorava que a chuva caísse logo.

O dia era para celebrar o amor, mas Saffy sempre se interessou mais pelo poder. O coração obscuro e pulsante do poder. O poder era o som do seu distintivo contra a bancada da cozinha. Era o peso da arma em sua cintura. De pé no altar, o vento soprando e despenteando seu coque cuidadosamente preso, quando o noivo e a noiva se beijaram e um trovão retumbou a distância, Saffy ficou pensando sobre sua própria bússola interna, o ponteiro que a mantinha nessa rota e a impedia de vaguear, voltar ou desistir completamente. E ficou assustada ao perceber que não havia nenhuma bússola, mas somente os dias e as escolhas que ela fazia.

6 HORAS

Adeus a cada rachadura na parede. Adeus, livros da biblioteca, adeus, rádio. Adeus ao fedor acre e à podridão encardida do vaso sanitário. Adeus, você diz, ao elefante no teto.
Adeus, velho amigo.

Você estica as mãos para trás para ser algemado.
As algemas fazem barulho, primeiro um tinido, depois um estalo.
Shawna está atrás do resto do grupo. Ela mantém a cabeça baixa, voltada para os sapatos, e você não consegue encontrar o olhar dela. Ela anda curvada entre dois guardas conhecidos, homens pálidos com barrigas sacolejantes; todos eles vieram para ver você ir embora. Um guarda atarracado dá um passo à frente, joga sua bolsa de malha vermelha sobre o ombro. Você deixou a Teoria onde Shawna combinou que vai pegar mais tarde, uma pilha de folhas enfiada embaixo da cama. Shawna vai fazer cópias em Huntsville. Ela vai enviá-las para estações de notícias, programas de entrevistas, grandes editoras de livros.
Já pegou tudo, Packer?, pergunta o diretor, com uma tristeza que o envelhece. Uma piedade flácida, de bochechas murchas. Nela, você vê as centenas de outros homens que o diretor fez caminhar nesse mesmo trecho de concreto: os assassinos, pedófilos, membros de gangues e motoristas embriagados, indistinguíveis nesses quinze metros de trajeto.

Sim, você diz. Estou pronto.

Enquanto teconduzem da sua cela para o estreito corredor branco, você lança um último olhar fugaz em direção a Shawna. Ela não pode acompanhá-lo, mas você tenta falar com os olhos: Vai dar certo. Ela está suando, nervosa, a pele brilhando. Uma única lágrima delicada desce por sua face. Você sabe, de anos de prática com Jenny, como adaptar sua expressão de uma maneira que a tranquilize. Você sabe usar o olhar certo. Amor. Você mira-o em Shawna. Ela amolece visivelmente.

À medida que você empreende a fatídica marcha pelo corredor, os homens nas celas vizinhas permanecem em silêncio. É uma tradição: um silêncio absoluto, enervante. É surpreendente ver o rosto deles, uma procissão solene por trás do vidro rajado. Essa despedida parece triste, insana, equivocadamente dirigida para a sua pessoa. Você gostaria de tranquilizá-los — você tem um plano. Você não é como os outros.

Você dá um passo à frente e atravessa os portões de segurança. Detectores de metal. Recepção.

Um suspiro.

Você está do lado de fora.

As coisas que você esqueceu. Nuvens. Fofas como algodão-doce, letárgicas e tranquilas, meio adormecidas. A cela de recreação recebe apenas riscas de luz através do telhado, e você esqueceu essa textura, esse detalhe. O cheiro do asfalto, torrando ao sol. Cano de escapamento de carro. As árvores no outro lado do estacionamento estão imóveis no calor rançoso, as folhas verdes mal vibrando ao vento. Você esqueceu o sol, fazendo cócegas na pele dos seus braços, e se detém para inspirar de leve, antes que o diretor o empurre para a frente.

O mundo é mágico e cheio de energia. E logo será seu de novo.

O furgão está esperando perto da cerca de metal.

Você imaginava um bando de agentes penitenciários, imbecis e pseudopoderosos. Em vez disso, encontra meia dúzia de homens de terno e reconhece o diretor-geral e o subdiretor-executivo. Eles estão ladeados por uma massa de agentes policiais, enviados pelo Gabinete do Inspetor-Geral: uma pequena multidão de brutamontes uniformizados, armados com fuzis de assalto. Você pensa na pequena pistola que Shawna descreveu, o velho revólver Smith & Wesson que pertenceu ao marido dela, e sente um desconforto no fundo do estômago.

Você se aproxima do veículo, cercado por todos os lados. O diretor desliza a porta para abri-la, e há um prolongado segundo de pânico total — a arma estará esperando no chão, embaixo do assento da frente. A ansiedade cede ligeiramente quando o empurram para a janela na ponta do furgão, onde Shawna prometeu, bem atrás do motorista. O furgão cheira a botas de borracha e vinil velho. Você sabia que esses agentes o acompanhariam, que os carros blindados o escoltariam, uma comitiva policial, mas não esperava que parecesse tão ameaçadora.

O cascalho faz barulho. Quando o furgão deixa o estacionamento bamboleando, você expira longamente e estende as pernas embaixo do assento, onde Shawna plantou a pistola. Seu sapato roça alguma coisa dura. Metal. Mas você não fica tranquilo. Você visualiza o rosto de Shawna, o rubor constrangido de sua pele escamosa, e se dá conta de que seu plano não é perfeito.

O plano nem é um plano, na verdade.

Logo, você vai chegar ao rio. A estrada vai passar por casas espalhadas e terrenos secos, lagos pantanosos e antigas fábricas. Em algum momento, você vai passar pelo Monumento a Sam Houston. O sinal.

Até lá, é só aguardar. A janela do motorista está parcialmente aberta. Do lado de fora, o cheiro remete a abril. O perfume se infiltra pela fresta de dois centímetros, um prenúncio promíscuo do verão florido, provocante e viçoso.

Isso faz você se lembrar.

A terceira Garota veio logo após a segunda. Aquele verão inesgotável foi um teste.

Você foi sozinho até um bar, pediu uma Coca-Cola e examinou a multidão cuidadosamente. A decepção pairava no ar, ameaçadora. Você desconfiava de que não fosse encontrar aquele alívio impressionante de novo, mas tinha que tentar, só mais uma vez. Você não se importava com o que significava aquilo, que a paz só viesse após um ato de violência e apenas ocasionalmente. Parecia menos uma escolha, e mais uma necessidade — você tinha que perseguir o silêncio.

Havia uma banda punk tocando, um grito estridente que distraía tudo, corpos suados se espremendo no calor. Quando você notou a cabeça da garota balançando, quando ela saiu pela porta lateral para fumar um cigarro, você a seguiu e perguntou se podia filar um. A terceira Garota parecia vagamente familiar. Ela tinha o cabelo tingido de azul e usava uma argola atravessada na cartilagem do nariz, como um touro. Não se lembra de mim?, perguntou ela. Seus olhos eram curiosos e exibiam ao mesmo tempo um gracejo e um desafio. Você assentiu. Você deu o bote.

A música tocava no bar, uma berraria ensurdecedora que foi abafada quando ela arquejou. Você esperava que talvez o perigo pudesse aumentar a possibilidade de ser capturado, o fato de que ela ofegava a poucos metros da porta. Mas não. Essa última Garota foi uma ideia ruim; ela lutou, chutou você com tanta força no olho que você viu estrelas. Uma luta corpo a corpo, um grito agudo. Em determinado momento, ela conseguiu segurar você contra a parede. Mas, no final, você era maior. Levou tanto tempo para apertar o cinto ao redor do pescoço dela que teve que arrastá-la para o carro ainda se debatendo, com medo de que alguém aparecesse. Por sorte, ninguém apareceu.

Quando você jogou a terra sobre o corpo inerte e inútil, sentiu um vazio enorme e furioso. Ela estava morta, e você estava igual, e nada importava.

Sob a luz acre da lua, você examinou o anel que tinha tirado do dedo da Garota.

Você conhecia aquele anel. Da casa da srta. Gemma. Você se lembrou de como aquelas garotas tinham rido atrás da porta, quando você ofereceu os biscoitos. Parecia impossível que a mesma Garota estivesse esparramada sem vida diante de você, que o mundo a tivesse lhe devolvido dessa forma. Reconhecer isso teve o mesmo efeito de receber um tapa de um pai — ali de pé, acima das três Garotas, você desejou voltar no tempo.

Você não devia ter feito aquilo. Você estava doente e errado. O que era mais terrível é que você não havia mudado.

Então sua Teoria cresceu, se expandiu, uma verdade comprovada à medida que o luar batia na ametista roxa. Você pode fazer a coisa mais horrível. Não é tão difícil ser mau. O mal não é algo que você possa detectar ou pegar, alimentar ou rechaçar. O mal se esconde, furtivo e invisível, em todos os cantos.

Depois você cambaleou para o meio do aglomerado de árvores. Entrou no seu carro, perturbado, as mãos trêmulas, o anel no bolso espetando sua coxa. Quatro da manhã, e lágrimas furiosas desceram enquanto você dava uma guinada para a rodovia. Você dirigiu, resignado, até o hospital.

Você nunca contou essa parte da história. Não sabe de onde veio. Talvez tenha vindo do sorriso da garotinha, rindo sob o brilho da televisão da casa da srta. Gemma. Ou talvez do fato de que nem sequer se sentiu bem de novo — e, se não era para se sentir bem, você não fazia ideia de por que as tinha matado.

Você deixou o carro ligado na frente da sala de emergência. O hospital estava bem iluminado, em tons de branco e azul, intimidante e estéril. Você entrou, perplexo, na luz cauterizante. Você sabia como devia estar sua aparência, tremendo e coberto de terra, o vergão do olho machucado já inchando e ficando roxo.

Posso ajudar?, uma mulher falou na recepção. A sala de espera estava vazia e tinha cheiro de látex e desinfetante.

Por favor, você murmurou.

Senhor?

Por favor, você repetiu. Eu não quero ser assim.

A mulher se levantou. Ela usava um jaleco em tons pastel estampado de ursinhos de pelúcia sorridentes. Ela engoliu em seco ao fitar você com os mesmos olhos confusos e vagamente alarmados de todo mundo que você já conhecera, todos os assistentes sociais, pais de acolhimento e professores cheios de preocupação. Foi aí que você percebeu. Se você pudesse ser ajudado, eles teriam feito isso há muito tempo. A verdade da sua vida pareceu brotar do seu peito, impossível de ignorar, quando você recuou pelas portas deslizantes da sala de emergência. Você era inacessível, ninguém poderia ajudá-lo. Você nunca seria nada além do que sua própria criatura interior.

* * *

A brisa o chama de volta. Uma lufada no rosto, assobiando pela janela do furgão. Você emerge da recordação e descobre que o lago já ficou para trás e que o Monumento a Sam Houston está aparecendo ao longe, erguendo-se sobre a fronteira de Huntsville. Essa é a dica de Shawna. À medida que o furgão se aproxima, a estátua se revela, gigantesca, esculpida em mármore.

O mundo parece desacelerar, afundando-se no melaço do momento. O que era importante se amplia para uma sensação de ansiedade, e você começa a ouvir um zumbido, o sangue martelando em seu corpo como um tambor.

O futuro se expande diante de você. Correr vai ser apavorante. Vai ser excitante, perigoso, insaciável e difícil. Você não tem um plano, além de basicamente sobreviver. Você vai se esconder nos tubos de drenagem. Vai escalar o teto de vagões. E mesmo que você nunca veja a Casa Azul novamente, o fato de que aquele lugar existe vai impulsionar você para a frente. Um lembrete, uma evidência: você é capaz de ser melhor. Você é capaz de continuar vivo.

Chegou a hora.

Os segundos se estendem até a eternidade. O total de semanas passadas com o planejamento e os anos passados em espera convergem para um espaço de três segundos cruciais. Em um movimento desajeitado, você se inclina o máximo que suas algemas permitem — você estica uma perna embaixo do assento do motorista, o pé roçando o metal.

Então você puxa, com toda a força.

O que desliza não é uma pistola. Não é uma arma. É a ponta de metal de um par de cabos de ligação quebrados.

* * *

E se eu tiver feito?

Você fez essa pergunta a Shawna na noite passada, a testa pressionada contra o vidro raiado.

Feito o quê?

Você sabe. Tudo que eles dizem que eu fiz.

Por quê?, Shawna tinha indagado. Por que você faria uma coisa tão horrível?

Eu não faria, você lhe respondeu. Mas digamos que sim. Só por um segundo. Você ainda me amaria?

Você estava convencido. Estava seguro de que levara Shawna ao limite, de que ela estava pronta para a possibilidade, de que ela fingia estar iludida até agora, mas que, no fundo, no fundo, ela sabia a verdade. A repugnância nos olhos dela funcionou como um soco, uma repulsa fascinada, misturada com uma desconfiança pouco familiar. Você estava convencido quanto à risada bajuladora de Shawna, ao seu desejo acanhado. Você estava convencido quanto a uma fácil aceitação.

Eu não fiz aquilo, claro, você disse, rápido demais.

Uma longa pausa. Você ficou pensando, por pouco tempo, se tinha estragado tudo. Se todo o trabalho que você tinha empenhado em Shawna podia ruir com esse mínimo erro. Você tentou recuar, mas o rosto dela já estava alterado.

Está tudo na minha Teoria, você disse, compreensivo. Você vai ver, quando você ler. O bem e o mal são simplesmente histórias que contamos a nós mesmos, narrativas que criamos para justificar nossa existência. Nenhuma pessoa é totalmente boa, e nenhuma pessoa é totalmente má. Todo mundo merece a oportunidade de viver, não acha?

As luzes fluorescentes eram de um branco ofuscante. As espinhas ao redor da boca de Shawna faziam seu rosto parecer machucado.

Tenho que ir, ela havia gaguejado, se afastando. Vou ter uma resposta para você de manhã.

* * *

Os guardas se encolhem com a surpresa do seu bote, puxam as armas, apreensivos, rosnam seus avisos. Você fita os cabos de ligação, só metal enferrujado e fios descascando.

Agora você sabe o que aconteceu.

As opções: você podia esmagar a própria cabeça contra o vidro da janela. Você podia esticar as pernas, dar um chute no assento do motorista. Você podia começar a gritar, exigir as coisas que tinha planejado; você podia se esticar, algemado e sem liberdade de movimentos, para alcançar os cabos de ligação. A verdade é um fato avassalador e surpreendente. Você é uma massa de oitenta e um quilos, algemado em um banco de vinil, cercado por cinco guardas armados, com treinamento militar. Você confiou em Shawna, uma pessoa que você superestimou ao extremo, uma pessoa que comprova a única coisa que você sempre soube sobre as mulheres: elas sempre o abandonam.

LAVENDER
2002

Lavender falava com as sequoias, e às vezes as sequoias respondiam.

Havia uma língua especial para as árvores. Um entendimento sussurrado. O som ficava mais claro de manhã bem cedo, quando a névoa se misturava ao farfalhar das folhas, e Lavender conseguia sentir o aroma da noite, pairando enfumaçado na casca das sequoias.

Embora não acreditasse em Deus, Lavender tinha uma firme crença no tempo. Ela ia até aquele lugar todas as manhãs havia vinte e três anos, e as árvores testemunhavam sua evolução. Elas a haviam acolhido quando era uma jovem frágil e sem rumo, vestindo uma calça jeans suja, e agora a tranquilizavam no auge dos seus 46 anos, uma pessoa completamente diferente. O perfume sempre a trazia de volta à varanda atrás da casa da fazenda, em meio à brisa dos cedros e ao suspiro das montanhas. Às vezes, Lavender captava um sopro com hálito de leite, lábios de bebê enrugados, mãos pequeninas se mexendo e, nesses momentos, ela pressionava a testa contra a casca mosqueada e rezava.

Na fraca luz da manhã, Lavender seguiu em frente, os passos ruidosos. Passou pelas casas: Pinheiro, depois Álamo, Magnólia e Samambaia. A casa principal, Sequoia, mantinha-se altiva em sua colina, uma única luz brilhando no interior da cozinha, onde Sunshine já sovava a massa do pão do dia, com seus dedos vermelhos e marcados. Lavender seguiu rápido pelo varal de roupas, que balançavam como fantasmas brancos e limpos, pelos cavalos, que sonhavam em seus estábulos. Quando entrou na floresta, ela se concentrou na própria respiração, como havia aprendido no seminário de grupo. O frescor da manhã subiu por suas narinas, acordando sua mente grogue.

Quando chegou à clareira, Lavender se ajoelhou na base da árvore.

Sequoiadendron giganteum era uma sequoia sólida e existencialmente intocável. Quando descansou a testa contra a madeira lascada, sentiu-se dominada por uma enorme generosidade. A árvore também a amava; Lavender não menosprezava isso.

Naquele dia, porém, ela tinha perguntas. Naquele dia, ela pensava em Johnny e na fazenda, nos filhos pequenos, uma cena já passada havia décadas, mas que ainda pairava em seus ossos. Sob os suspiros da brisa por entre as folhagens da floresta, Lavender fez a pergunta que havia ocultado com tanto cuidado — murmurá-la ainda parecia cochichar um segredo.

O que foi que eu fiz?

A árvore nunca respondia ao seu desespero. Lavender pressionou a boca contra a casca, a seiva pinicando seus lábios.

Assim que Lavender voltou ao vale, o sol já tinha se levantado por completo, banhando as colinas com um brilho laranja leitoso. O Gentle Valley se descortinava a seus pés, viçoso e imponente. As hortas e as árvores frutíferas cresciam no campo central, em fileiras de um caos organizado. As mulheres estavam despertas: o vapor explodia da chaminé da casa Sequoia, e Lavender podia ouvir suas risadas distantes, ecoando acima do tilintar da louça do café da manhã.

Diante das sequoias, Lavender frequentemente se sentia pequena. Mortal, insignificante. Era sempre decepcionante: o sol se elevaria e, novamente, a verdade. Por mais que Lavender viajasse, aquela garota da fazenda seguia em seu encalço, uma sombra tênue, ávida por alívio.

Naquele dia, porém, ela teria uma resposta: ela iria para São Francisco. Naquele dia, ela descobriria o que aquela garota havia criado.

* * *

Quando Lavender estava fazendo as malas, Harmony se juntou a ela.

"É natural ficar ansiosa", disse Harmony. Ela usava a voz que guardava para as sessões de grupo, uma suave voz fabricada. Quando estava embriagada, Harmony soava como uma pessoa completamente diferente, a voz inflamada com todos os maneirismos do mundo que ela tinha deixado para trás, qualquer que fosse ele. Um ronco estridente, uma risada nasal, bem diferentes dessa calma adocicada. Após muitas disputas políticas dentro das hierarquias da comunidade, Harmony finalmente tinha sido eleita líder do seminário, e agora parecia desesperada para mostrar que era capaz.

"Tem certeza de que não se importa de dirigir?", perguntou Lavender, pela terceira vez.

Era inútil. Harmony não recuaria. As mulheres tinham votado para reservar a caminhonete para a viagem de Lavender, e Harmony tinha conseguido hospedagem com uma amiga no bairro Mission. Era uma viagem de três horas até a cidade, mas, nas duas décadas passadas, Lavender só tinha deixado o Gentle Valley em poucas ocasiões, para acompanhar Sunshine até Mendocino, onde iam à loja de ferragens, ao mercado atacadista, ao banco.

Lavender enfiou uma bolsinha contendo bálsamo em sua sacola de viagem. Com uma expressão de solidariedade, Harmony lhe entregou um par de meias enroladas como uma bola.

As coisas tinham ficado diferentes desde que Lavender contara às mulheres. A verdade viera à tona seis meses antes, em uma sessão de terapia de grupo que varou a noite. Sua história em todos os detalhes. Ela havia mantido seus segredos tão bem guardados por tantos anos que achou que revelá-los poderia trazer algum alívio. No entanto, até aquele momento, o esforço só resultara em uma dor reconhecível, um desconforto crescente na boca do estômago, um abrandamento de algo venenoso. Agora algo virulento vivia dentro dela, em constante conflito. Quando surgiu a ideia da viagem, Lavender se arrependeu amargamente de ter contado detalhes de sua vida para as outras. Ela ficou agradecida, obviamente, porque as mulheres a apoiaram e se esforçaram para ajudá-la, mas a gratidão não aliviava a ansiedade que ela sentia. *Nós queremos te ajudar a encontrar o seu equilíbrio*, Harmony tinha dito, enquanto todas assentiam, sentadas em círculo no chão. *Nós não conseguimos nos tornar inteiros enquanto não enfrentarmos aquilo que nos enfraqueceu.* Até Juniper apoiou a ideia, o rosto curtido se enrugando ao fazer um gesto de aprovação. Então Lavender não protestou quando contrataram um detetive particular, mandaram aqueles e-mails e responderam que sim em seu nome. *Está na hora*, Harmony havia dito. *Hora de enfrentar seus demônios.*

Lavender queria contar a ela o que aprendera sobre demônios. Frequentemente, não eram demônios, apenas recortes de si mesma que ela havia mantido na escuridão.

Lavender descobriu o Gentle Valley havia vinte e três anos.

Ela viajava de ônibus, subindo a costa. O cartaz havia surgido no acostamento da estrada, palavras pintadas à mão, enfeitadas com flores brilhantes, primitivas e amistosas. Havia algo francamente feminino na letra cursiva amarela e vermelha, algo vital. Lavender se levantou e pediu ao motorista para parar o ônibus.

Ela estivera em San Diego por dois longos anos: de 1977 a 1979. Houve quartos de motel banhados com uma luz verde desbotada, acampamentos embaixo de rodovias e homens que sorriam com dentes podres, os polegares levantados para pedir carona pelo deserto. Uma breve temporada em um clube junto à estrada interestadual, onde Lavender andava de modo afetado e preguiçoso por uma plataforma elevada vestindo um biquíni dourado, surrupiando notas de dólar de caminhoneiros que lhe diziam que ela se parecia com Patty Hearst. Em cada curva de estrada, ela procurava por Julie. Com frequência, avistava Julie à distância: uma mulher rindo na janela de um café ou cabelos compridos amarfanhados passando zunindo em uma caminhonete. Lavender jamais encontrou a amiga, mas seguiu em frente durante aqueles anos na estrada com uma surpreendente sensação de infalibilidade — o mundo parecia suportável diante da ideia de que Julie havia sobrevivido nele primeiro.

Houve homens. Homens com tatuagens, homens com rabos de cavalo, homens com olhos opacos, recém-chegados do Vietnã. E, para a surpresa de Lavender, houve mulheres também. Uma outra dançarina do clube, os dedos parecendo mel quando deslizavam sob a saia de Lavender. Ela havia passado alguns meses intoxicantes com aquela mulher, uma estudante de arte que dançava para sustentar a mãe doente, amava Led Zeppelin e mantinha um apartamento cheio de plantas. *Então qual é o seu interesse, exatamente?*, ela havia perguntado certa manhã na cama, o polegar passeando pelo quadril nu de Lavender. Lavender sabia que ela esperava uma resposta: lésbica, bissexual, talvez nenhuma dessas coisas, talvez as duas. Mas ela apenas deu de ombros. Na maior parte dos dias, mal se sentia uma pessoa.

A dançarina contou a Lavender sobre as comunidades. *Dá uma rodada subindo a costa, e você vai encontrar alguma.* A área estava abarrotada de propriedades rurais autossustentáveis, como Gentle Valley, abrigos que prometiam cura e acolhimento. Foi pura sorte que Lavender não tivesse tropeçado em uma das comunidades que rapidamente viraram selvagens ou se transformaram em supostas seitas — nos vinte anos anteriores, quase todas as outras haviam fracassado. Falhas de liderança. Egos masculinos. Foi uma sorte bonita e silenciosa que, de todas as comunidades que pudesse encontrar, Lavender tivesse parado em Gentle Valley: um grupo de trinta mulheres, que desde então tinha aumentado para sessenta, fundado por duas psicólogas, Juniper e Rose. Conforme declararam, sua missão se alinhava vagamente com um feminismo de segunda onda, um desmantelamento em escala reduzida do patriarcado e seus vários instrumentos, com foco especificamente em terapia comportamental para mulheres traumatizadas. Rose já tinha morrido, mas Juniper ainda conduzia sessões na Sequoia. As mulheres de Gentle Valley viviam inteiramente da terra, a renda obtida pelas redes que teciam de materiais naturais e vendiam para lojas de produtos naturais e artesanato em todo o país. Lavender adorava o lema de Gentle Valley, de inquestionável apelo: *Olhos abertos, coração escancarado.*

Às vezes, Lavender ainda sentia falta dos homens. Do seu jeito rude. De sua rebeldia. Às vezes, Juniper permitia que um homem permanecesse durante algum tempo, um irmão, um filho ou um marido, contanto que ficasse claro que a montanha pertencia às mulheres. Durante essas ocasiões, a energia se alterava, ficava mais tensa. Lavender às vezes pensava naquela pergunta — *Então qual é o seu interesse, exatamente?* — e adorava Gentle Valley pelo fato de que ali isso não importava.

Naquele mesmo dia, vinte e três anos antes, Lavender havia descido do ônibus barulhento e seguido pela estrada de cascalho que dava no vale. Quando viu a casa Sequoia pela primeira vez, cintilando majestosa com seu teto de painéis solares, Lavender ardia de cansaço e admiração com a perfeição natural do lugar. As árvores, gigantescas e oscilantes, eram como soldados vigilantes. O aroma era de grama fresca e flores silvestres. Com uma das mãos, ela apertou a pequena sacola com seus pertences, e, com a outra, o abdome. Seu corpo nunca tinha voltado à sua forma anterior; ele se enrugava e dobrava de maneiras que sempre a faziam recordar onde estivera. O que deixara para trás. Lavender agarrou um tanto de pele da barriga e apertou a carne, prova de uma vida passada, quando caminhou terra adentro.

Nesse momento, Lavender estava na caminhonete, colocando o cinto de segurança do assento do carona. As mulheres da terapia fizeram fila na beira do caminho do vale. Elas se aproximaram, uma a uma, sussurrando versos de poesia pela janela aberta. Lemon recitou Rilke; Brooke, Yeats; e Pony levou algumas letras de Joni Mitchell. Diante da perspectiva do mundo exterior, Lavender ficou pensando como era estranha a aparência das mulheres, enfileiradas com suas roupas feitas à mão, os cabelos cortados de maneira idêntica, bem rentes e próximos ao couro cabeludo (Juniper as encorajava a aceitar o não feminino). Quando foi a vez de Sunshine, ela descruzou os dedos de Lavender e pousou neles uma estatueta: o Buda sorridente que ficava na mesa de cabeceira de Sunshine.

O dia estava claro, seco e sem nuvens. Um dia perfeito de outono na Califórnia. Enquanto Harmony manobrava a caminhonete pela longa estrada de terra, Lavender examinava o translúcido Buda de jade. Parecia sem graça em sua mão, cafona e pequeno. Ela enfiou a estatueta no bolso da camisa e inspirou, trêmula, passando os dedos pelos contornos da pasta de documentos.

Ela não precisava abrir. Já tinha memorizado a maioria das páginas. Eram tranquilizadoras, na indiscutível claustrofobia da caminhonete — relatórios que Lavender conhecia de cor, números de telefone que ela havia copiado sem pensar, e-mails impressos nos quais tinha trabalhado intensamente no escritório dos fundos da Sequoia. Enquanto mexia com a pasta no colo, Lavender se deu conta de algo que lhe provocou náuseas: ela tinha perdido o controle. Ela não queria aquilo. Ela tinha deixado a bondade das mulheres obscurecer tudo e agora cambaleava no próprio pesadelo.

Ainda assim, havia o nome. Depois de ouvir aquele nome, Lavender soube que nunca mais o esqueceria.

Ellis Harrison.

Qual a pior coisa que poderia acontecer?, Harmony tinha perguntado, quando convenceu Lavender a contratar um detetive particular. *Qual a pior coisa que você pode descobrir?*

Lavender gostava de imaginar que seus filhos estavam felizes, que eles tinham encontrado suas próprias maneiras de existir no mundo, que estavam calmos e satisfeitos. Isso era o máximo que ela poderia conceber. Essa era a razão por que acatara tão enfaticamente o isolamento de Gentle Valley; ali, ela não tinha que olhar, não tinha que imaginar para onde tinham ido os longos tentáculos de uma escolha que ela havia feito quando era uma pessoa diferente, praticamente uma criança. Ela não tinha que ver como as ramificações daquela escolha haviam alcançado o mundo, o número infinito de realidades que poderia ter gerado.

O detetive particular encontrou Baby Packer primeiro.

Foi fácil, pelos registros. Ele fora adotado ainda em 1977, após somente alguns dias no hospital. Um bebê de dois meses, em situação de desnutrição. Quando Lavender fechava os olhos, ainda conseguia se lembrar da aparência do bebê no chão da casa, naquele último dia, os membros juvenis se mexendo em espasmos.

Cheryl e Denny Harrison haviam preenchido a devida papelada, disponível nos registros do estado. Eles haviam dado a Baby Packer um nome novo e pomposo. Ellis. De acordo com o investigador, Ellis Harrison não morava mais na cidade de Nova York, mas tinha crescido lá. Quando Lavender tentou visualizar aquela criança muito magra como um homem de 24 anos, seu coração bateu tão devagar, tão exagerado, que ela imaginou que ele tivesse se liquefeito.

E o Ansel?, Lavender tinha perguntado, vacilante.

Ansel teria 29 anos agora. Segundo o investigador, ele morava em uma cidadezinha no estado de Vermont. Havia estudado filosofia na faculdade e agora trabalhava em uma loja de móveis. Lavender ficou radiante de tanto orgulho. Faculdade. Claro. Ele era um garotinho esperto demais. Harmony tinha imprimido o endereço de Ansel em uma folha de papel dobrada, que Lavender tinha deixado escorregar de propósito pela fresta empoeirada da cômoda.

As mulheres passaram as semanas seguintes na terapia, discutindo as opções de Lavender. Harmony insistiu que Lavender escrevesse uma carta para Ansel, afinal, ela não estava sempre escrevendo cartas na cabeça? Mas mesmo uma remota perspectiva parecia impossível. Pensar em encontrar seus filhos de novo deixava Lavender tão enjoada que frequentemente elas tinham que terminar as sessões mais cedo para ela se deitar.

Ansel, principalmente. Ansel se lembraria.

No fim, estabeleceram um meio-termo. Ela começaria com o ponto de contato mais afastado, um nível de interação distante o suficiente para Lavender coletar algumas informações sem ficar completamente arrasada.

Querida Lavender, Cheryl Harrison havia escrito, em resposta à carta que ela e Harmony tinham elaborado. *Estou contente que você tenha entrado em contato. Vou inaugurar uma exposição de fotografias em São Francisco no mês que vem. Você gostaria de marcar um encontro? Não sei o que você está esperando e não tenho certeza se posso ajudar, mas fico feliz de podermos conversar. Se você quiser vir até a galeria, minha assistente pode organizar tudo. Com carinho, Cheryl.*

Agora, enquanto a caminhonete entrava na rodovia, Lavender pensava em Johnny. O fantasma dele era um demônio, sussurrando constantemente no ombro dela, persistente mesmo após todos aqueles anos. *Meu Deus, Lav. Que ideia idiota.*

O investigador incluiu no finalzinho do relatório uma informação adicional. Johnny havia morrido. Ele não voltara mais para a fazenda, tinha se esquivado dos assistentes sociais, iniciado uma nova meia-vida em uma cidadezinha de trabalhadores conservadores a apenas uma hora de distância de carro em direção ao sul. Quinze anos antes, ele dirigia bêbado na estrada interestadual, colidiu com um caminhão e morreu quando o carro explodiu com o impacto.

Ao pensar em Johnny agora, Lavender só conseguia ver as chamas.

A cidade surgiu, agitada, diante delas. Harmony cantarolava com o rádio enquanto os arranha-céus se elevavam sobre a neblina, e Lavender agarrava o Buda de Sunshine com tanta força que ficou com uma marca na palma da mão. Ela havia sido tantas pessoas naquela curta vida. Parecia impressionante que a garota da fazenda tivesse evoluído para uma pessoa tão madura. Lavender tinha aprendido a meditar. Ela era capaz de fazer parada de cabeça na ioga. Podia preparar tortas de maçã suficientes para alimentar sessenta pessoas. Ela havia se enclausurado tão completamente no aconchego das outras mulheres, no ritmo da vida de Gentle Valley, nas sessões de terapia, na poesia na hora do jantar e nas tardes passadas no jardim, que quase esquecera a impetuosidade do mundo exterior. Ela tinha parado de ler os jornais no ano anterior: o Onze de Setembro foi cruel demais, trágico demais. Quando São Francisco apareceu ao longe, uma ameaça cintilante contra o céu nublado, Lavender se sentiu livre como um corpo sem peso, movendo-se rapidamente pelo espaço. Ela tentou invocar a garota que ela fora aos 21 anos, viajando sozinha durante meses, com os seios cheios de leite, mas agora isso parecia um universo diferente. *Às vezes sinto como se estivesse me desprendendo,* disse ela a Sunshine certa vez, a única pessoa que a entendia. *Às vezes é como se eu estivesse grudada no chão, procurando o molde da minha própria pele.*

Sunshine tinha chegado a Gentle Valley grávida, com as mãos cobertas de bolhas de queimaduras vermelhas e uma boca que se recusava a proferir uma única palavra. Lavender estava lá havia quase um ano quando ela chegou, e reconheceu algo visceral no modo como Sunshine se sobressaltava diante de cada passada mais vigorosa.

O bebê de Sunshine nasceu alguns meses mais tarde. Lavender foi tacitamente designada madrinha. Sunshine ofegava enquanto a enfermeira mantinha um pano frio em sua testa, sem falar nada, como sempre, quando chegou a hora de escolher um nome. Quando Sunshine lhe entregou o bebê, Lavender sentiu uma onda de amor familiar e tão extrema que quase explodiu em um grito de lamento. A maioria das mulheres em Gentle Valley tinha adotado nomes de flores, árvores e cores. No entanto, outra pessoa surgiu em sua mente, quando Lavender examinou a pele vermelha e escamosa do bebê — o motivo pelo qual ela estava ali, viva, com aquele pequenino coração batendo em seu colo.

Minnie, disse ela, lembrando-se da mulher da loja de conveniência tantos anos antes. Sunshine fez um gesto, concordando. *Vamos chamar o bebê de Minnie.*

Como madrinha, Lavender acompanhou o desenvolvimento da afilhada. Minnie cresceu, de uma criancinha barulhenta para uma menina de 8 anos com os joelhos empretecidos, e daí para uma adolescente emburrada, que se recusava a cortar o cabelo. Finalmente, quando se tornou uma jovem mulher, encheu uma única mala certa manhã e deixou o vale. Quando Minnie foi embora, Lavender passou dias esquadrinhando as trilhas da floresta com Sunshine, os braços cruzados por causa do frio, as botas amassando folhas secas na terra.

Então Sunshine entendeu como o tempo podia ser uma faca, apenas esperando para torcer a lâmina. Quando a caminhonete diminuiu a velocidade em um quarteirão lotado da cidade, Lavender acariciou o Buda na palma da mão nervosa e escorregadia, imaginando Sunshine no banco traseiro. Sunshine balançaria a cabeça com o cabelo arrepiado e faria uma pergunta sem nenhum juízo de valor, somente com uma curiosidade genuína: *Por que você nunca voltou para buscar os meninos?*

* * *

"Está preparada?", perguntou Harmony.

Elas perambulavam na frente do café onde Lavender se encontraria com Cheryl. A galeria ficava do outro lado da rua, e a inauguração só aconteceria dali a uma hora, mas o quarteirão já parecia eletrizado, zunindo de ansiedade.

"Não totalmente", respondeu Lavender.

"Vai ficar tudo bem", disse Harmony, embora sua voz estivesse trêmula e insegura. "Vou estar no Deenas, a alguns quarteirões daqui. Você é forte, Lavender. Forte demais."

Lavender não tinha paciência para as platitudes de Harmony. Ela agarrou a mochila, verificou os dentes no espelho retrovisor e abriu a porta. Seu cabelo parecia grudado na nuca, mesmo com um corte tão curto, e um suor de nervoso tinha manchado sua blusa. O cardigã que ela havia comprado não era quente o suficiente para a brisa salgada que assobiava entre os prédios baixos e cintilantes. Sem mais uma palavra, Lavender desceu do veículo, o corpo injetado com uma dose de adrenalina.

A cidade era um monstro, e Lavender se sentiu engolida por ele.

O café era novo e moderno, com plantas suculentas alinhadas em cada peitoril de janela. Quando Lavender pediu um chá verde, a atendente notou sua aparência: cabeça calva, brincos de contas, tamancos com crostas de terra. Ela se atrapalhou com o dinheiro, dando uma gorjeta exagerada enquanto analisava o espaço: algumas mesas estavam ocupadas por jovens estilosos, que liam algum livro ou conversavam em voz baixa. Lavender sentiu um nó na garganta. Estava ansiosa e arrependida. Havia apenas uma outra mulher da idade dela, sentada em uma mesa no canto.

Cheryl Harrison.

Quando Cheryl se levantou para acenar, Lavender percebeu que era uma mulher alta. Quase um metro e oitenta. Tinha cabelo castanho-avermelhado volumoso, acomodado elegantemente embaixo de um lenço amarrado, e usava delicados brincos de argola com um vestido de mangas soltas nos cotovelos. O vestido era feito de um cetim ondulante, sedoso e bem cortado. Os olhos castanhos cristalinos se moveram para cima e para baixo quando Lavender se enfiou na outra cadeira vazia. Cheryl tinha pedido um café puro, e um beijo de batom perfeito fez um círculo na borda da caneca.

"Bem", disse Cheryl. "Você deve ser a Lavender."

As costas de Cheryl eram estreitas e retas, empertigadas na beirada da cadeira. Como um gato, pensou Lavender. Imponente, elegante. Cheryl devia ter uns sessenta e poucos anos, apesar da pele exibir uma textura que deixou Lavender se sentir arrasada — quando sorria, seu rosto não mostrava rugas, apenas refinadas linhas de expressão em volta dos olhos. Vestia um par de sandálias de salto alto e tinha as unhas dos pés pintadas de vermelho, como pequenas cerejas. Quando Cheryl ergueu a xícara de café, Lavender reparou uma faixa de tinta amarela no centro da palma da mão dela.

"Parabéns", disse Lavender, de modo esquisito. "Sobre a galeria, quer dizer."

"Ah, obrigada. É bem emocionante, não é? Antes de morrer, Denny, meu marido, me incentivou a começar a fotografar, e eu gostaria de ter começado mais cedo ainda."

A atendente trouxe o chá de Lavender: uma caneca vazia, acompanhada por um bule que mais parecia uma geringonça complicada. Havia uma certa frieza em Cheryl, pensou Lavender, mas não era insensibilidade. Ao contrário, era sabedoria. O tipo de autoconfiança que parecia fazer Lavender se encolher dentro da própria pele. Apenas um ano antes, aquela mulher presumivelmente tinha sobrevivido ao Onze de Setembro. No entanto, ali estava ela, seu trauma invejosamente invisível.

Cheryl estreitou os olhos, avaliando.

"Já pintaram o seu retrato?"

"Hum", gaguejou Lavender. "Não."

"Sério", disse Cheryl. "Quer dizer, o seu rosto. Há mundos inteiros nele."

Lavender não tinha ideia do que fazer com aquilo, e Cheryl pareceu concordar, pois mudou de posição, o cetim do seu vestido se acumulando no colo. Lavender conseguia visualizar o apartamento de Cheryl, uma imagem repentina perfeitamente clara: teto alto, janelas douradas, obras de arte em todas as paredes. Tudo seria vívido e intencional. Um sofá moderno, uma mesa de carvalho envernizada, suvenires de países estrangeiros expostos, próximos a livros de poesia em primeira edição. O tipo de vida alternativa e cheia de dinheiro que Lavender às vezes imaginava para si mesma, uma fantasia em que as coisas tinham sido diferentes desde o início.

"Pois então", disse Cheryl. "Você queria conversar."

"Eu queria perguntar", disse Lavender. "Como foi a vida dele."

"Estou contente que você tenha entrado em contato comigo", disse Cheryl. "E não... bem, não com o Ellis."

"Ele sabe?"

"Ele sempre soube que é adotado, sim. Mas não sabe sobre o nosso encontro. Eu não queria trazer mais uma questão para ele."

Um bolo se formou na garganta de Lavender, chegando sem ser convidado.

"Ele é feliz?", perguntou Lavender.

"Ah, é, sim", respondeu Cheryl, com um traço de sorriso genuíno. "Poucas vezes vejo alguém tão feliz como ele."

"Ele cresceu em Nova York?", indagou Lavender.

Cheryl aquiesceu.

"Ele agora mora no norte do estado. Nós costumávamos alugar uma cabana nas montanhas Adirondack todo verão... achávamos que era bom mantê-lo conectado com suas raízes, e Ellis sempre adorou as montanhas. Ele vive lá desde que se formou no ensino médio. Foi aceito na NYU, mas Denny e eu percebemos que ele não estava feliz. Ele queria algo mais, algo além daquilo que a cidade podia lhe dar, além do que todo mundo esperava. Ele conheceu a Rachel em junho. Em agosto, soubemos que ela estava grávida. Às vezes a vida tem uma maneira de lhe dizer qual é o seu lugar, não acha? Bom, eles abriram um restaurante. O Ellis faz um pão de fermentação natural maravilhoso."

Lavender sentiu o corpo pesado, sufocando. Com um desespero febril, ela desejou que nunca tivesse sido convencida por Harmony a fazer isso. Era algo excessivamente penoso, grande demais.

"Então... existe um neto?"

Cheryl aquiesceu. Ela se inclinou, seu perfume no ar, um perfume caro e agradável, como o aroma de girassóis.

"Tenho uma ideia", disse Cheryl. "Por que não vamos até a galeria? A inauguração é daqui a uma hora, mas já está tudo organizado. Posso lhe oferecer uma visita particular."

A oferta parecia uma espécie de generosidade. Uma mão estendida. Lavender seguiu Cheryl, seu chá soltando vapor, intacto na mesa.

A tarde havia ficado mais densa, o céu exibia um tom cinzento de tempestade. A rua estava barulhenta e movimentada, e Lavender sentiu um verdadeiro alívio quando chegaram à frente da galeria, no final do quarteirão.

A galeria em si era apenas uma pequena sala branca. Quatro paredes, despojadas e vazias. Um sem-teto estava encolhido diante da porta, mas Cheryl passou confiante por cima dele e conduziu Lavender para dentro. No canto da sala, duas mulheres jovens de camisas abotoadas até o pescoço organizavam garrafas de vinho e empilhavam taças sobre uma toalha de mesa impecável.

"Dei o nome de *Terra natal*", disse Cheryl cordialmente, fazendo um gesto para a parede mais distante, onde uma série de fotos estava alinhada de modo uniforme. "O propósito é mostrar como estamos sempre nos reinventando, criando novos lares para acompanhar nossas várias evoluções. A família retratada aqui é ao mesmo tempo mutável e permanente. Eu queria explorar esse paradoxo."

Lavender se aproximou da foto central.

Era inquestionável.

Baby Packer. Não mais um bebê. Um adulto, agora.

Ellis Harrison não se parecia nada com a criança de que ela se lembrava. Era óbvio, Lavender se repreendeu, ele era pequeno demais na época, apenas um bebê molinho. No entanto, não restava uma sombra de dúvida: a fotografia era de seu filho. O retrato tinha sido tirado com cores ofuscantes: Ellis estava de pé contra uma parede de painéis, pintada de um tom vibrante de azul. Ele encarava a câmera com um olhar sagaz, uma mancha de alguma coisa escura formando uma faixa em seu rosto. Carvão, ou então gordura. Suas sardas se espalhavam em padrões que ela reconhecia — a Ursa Maior se estendia pelo nariz em uma constelação que era um reflexo perfeito da que a própria Lavender tinha. Seus olhos também eram parecidos com os de Lavender, com pálpebras acentuadas e cílios tão claros que eram quase transparentes. Ela entendia por que Cheryl a observava, com atenção e curiosidade. O menino era obviamente filho de Lavender. Johnny só tinha comparecido no formato do queixo de Ellis.

Lavender não queria chorar, mas a intensidade do dia tinha piorado, reverberando e latejando em seu queixo.

A foto seguinte retratava uma garotinha, de uns 6 anos de idade, talvez. Ela estendia uma das mãos em direção a Ellis, enquanto a outra se esticava para examinar alguma coisa na calçada. Um dente-de-leão.

"O nome dela é Blue, como a cor azul", disse Cheryl por trás.

"Blue", repetiu Lavender.

Cheryl revirou os olhos.

"O nome dela é Beatrice, na verdade, mas o pessoal dali deu esse apelido. Ela é uma menininha precoce, muita empática. No mês passado, encontraram embaixo da cama dela uma caixa com uma cobra de jardim machucada... ela estava cuidando do bicho até ele melhorar." Cheryl deu uma risada. "É o restaurante. A Casa Azul."

As fotos seguintes foram tiradas no interior do restaurante. Blue estava debruçada na bancada da cozinha enquanto uma moça bonita cortava uma grande travessa de cebolinhas. Ellis e a mulher, sua esposa, cumpriam diferentes tarefas no fogão industrial — a câmera capturou o brilho de uma espátula, uma espiral de vapor, uma lata de lixo transbordando de cascas de milho. Havia uma foto de Blue, os lábios envolvendo um canudo, sugando refrigerante de um copo plástico. Blue, sentada em uma cabine, com batatas fritas no nariz, fingindo que era uma morsa. A última foto da série quase deixou Lavender com a respiração acelerada. Ellis e a esposa curvados sobre um comprido bar de carvalho, aparentemente não cientes da câmera. A pequena Blue estava enfiada entre os pais, que mantinham as bochechas encostadas em cada lado da cabeça da criança. Olhando, Lavender quase conseguia sentir o cheiro da cabecinha da garota. Aquele cheiro de criança, grudento e doce.

"Por favor", disse Cheryl.

O coração de Lavender era uma orquestra, ribombando em delírio.

"Por favor, Lavender. Prometa que não vai procurar o Ellis. Ele está acostumado com o mundo dele, com a vida dele. Ele tem sido muito feliz sem você já faz bastante tempo."

Cheryl fitava as fotografias com os braços cruzados, uma expressão conhecida estampada na face. Lavender a reconheceu instintivamente. Ela própria havia sentido a mesma coisa, muitos anos antes, pela mesma criança. Proteção e amor, desespero e sacrifício.

"Tudo bem", murmurou Lavender, desviando o olhar das fotos, incapaz de espiá-las por mais tempo. Então começou a chorar, expondo-se completamente. "Tenho que ir embora. Obrigada, Cheryl. Obrigada por me mostrar."

"Não vai ficar para a inauguração?"

"Acho que não", disse Lavender, dirigindo-se para a saída. O céu lá fora havia escurecido e assumido o tom arroxeado da noite. "Só mais uma última coisa. Meu outro filho, Ansel. O Ellis sabe alguma coisa dele?"

"Não", disse Cheryl em voz baixa. "O Ellis nunca soube sobre o irmão. Só vimos o menino uma vez. No hospital, quando fomos pegar o Ellis. A assistente social nos levou da Unidade de Terapia Intensiva Neonatal para a ala pediátrica. Ele estava em uma sala pequena, sentado em um pufe, lendo um livro. Parecia bem, olhando pelo vidro. Saudável e bem-disposto."

"O que aconteceu depois?"

"Eu não sei. Eles perguntaram, é claro. Mas não podíamos trazer o irmão também."

A inveja era algo surpreendente. Como um tapa. Cheryl parecia totalmente à vontade naquela sala elegante, vestindo roupas bonitas enquanto sua equipe se ocupava das tarefas ao redor. Cheryl era graciosa. Cheryl era autoconfiante. Cheryl era suficientemente segura diante do mundo, adulterando suas cores, transformando cenas escuras em claras, cenas brilhantes em vazias. Ela tinha sido boa com Lavender por absolutamente nenhum motivo. Em outra vida, Lavender pensou, tudo isso teria sido seu: cor e conforto, um sentido claro de convicção. Uma mãe boa e realizada.

"Você simplesmente deixou o Ansel lá?", perguntou Lavender, surpresa com a nota de culpa na própria voz.

O olhar de Cheryl se suavizou, como se ela pudesse ver através do corpo de Lavender, até sua porção mais íntima.

"Ah, Lavender", disse Cheryl. "O Ansel nunca foi nosso filho. Ele era seu."

Estava escuro, agora.

A galeria cuspiu Lavender sem cerimônia de volta para a rua. Ela caminhou aos tropeços e com pernas trêmulas como gelatina, o corpo em choque e entorpecido, à medida que uma onda de memórias ascendia de seu peito, nublando tudo. Caminhou até que todos os prédios parecessem diferentes, até que as fotografias de Cheryl se perdessem na confusão e no caos.

Por fim, Lavender chegou à orla. Ela deslizou para a beira da calçada, onde o concreto se une ao mar, grata pelo relativo isolamento. Se tapasse os ouvidos e olhasse para cima, a noite vazia e sem estrelas quase poderia representar seu lar. Lavender avançou, cambaleando, os movimentos da cidade pulsando como artérias contra o atordoamento do dia.

As memórias transbordaram. Encheram sua boca até sufocá-la. Aquele colchão amarelo empoeirado, o ato de aconchegar os filhos. Sangue seco embaixo das unhas. Ela ainda conseguia sentir o cheiro do cabelo de Ansel, seus cachos duros e sujos, ainda conseguia sentir o melado pastoso das palmas de sua mão após um dia no quintal. Ainda podia ver o bebê, molenga e amparado por uma fortaleza de lençóis, uma gota de saliva formando uma ponte do queixo até o peito.

As moléculas de Lavender. Sua própria alma. Segura, sob os cobertores.

Lavender enfiou a mão no bolso da camisa de cânhamo. Ela tinha costurado um bolso no interior de cada roupa que possuía, exatamente para isso: para guardar o medalhão. O talismã que ela havia prometido ao filho e depois acidentalmente roubado dele. Na fraca luz da cidade, parecia gasto e assombrado. Ela não sabia por que ainda o carregava, pois não suportava usá-lo em torno do pescoço, mas também não suportava descartá-lo.

Ao longo dos anos, Lavender havia aprendido muitas maneiras diferentes de amar. Havia o amor por uma amiga, uma boa conversa tarde da noite. O amor por uma festa, com uísque ao luar. O amor por sexo, tingido de magenta — durante alguns anos, houve uma mulher chamada Joy. E Lavender finalmente tinha aprendido a amar espreguiçar-se, a primeira coisa que fazia de manhã. Mas agora estava claro, no estreito e devastador espaço de sua memória. Não havia nada como o amor que você nutria por seu próprio filho. Era biológico. Primal e evolucionário. Crônico, impossível de banir. Um amor que vivia dentro dela todo aquele tempo. Dentro de seus ossos.

Lavender esperou a noite escurecer. A viagem tinha terminado. Um erro pavoroso. O passado era uma coisa que você podia abrir como uma caixa e dar uma olhada nela com olhos sonhadores. Mas era perigoso demais entrar lá dentro.

A baía se espalhava aveludada a seus pés. Eles faiscavam diante dela como um filme, cada instante precioso que Cheryl havia capturado. Lavender sabia que um dia se arrependeria de ter feito aquela viagem ou então avançaria mais para dentro dela, mas, naquele momento, ela só podia se deleitar na estranheza. Na brutalidade. Como parecia cruel criar uma coisa e depois abandoná-la, com apenas algumas fotos para provar como ela tinha crescido.

Quando Harmony chegou com a caminhonete, Lavender falou com uma aflição palpável: *Me leva para casa.* Harmony não fez perguntas nem argumentou para elas passarem a noite na cidade, como tinham planejado. Seguindo o tráfego na base da ponte, o silêncio no interior do veículo parecia acusatório. Do outro lado da janela, a cidade pulsava como um tambor, e, entristecida, Lavender se deu conta de que, se passasse por um dos filhos na rua, não reconheceria nenhum dos dois.

* * *

Ela ficou pensando em Ansel, agora com 29 anos — se estava casado, se amava seu trabalho, se tinha filhos. Se havia um mundo em que ele ainda precisava dela.

Pela primeira vez, Lavender se pôs a questionar. E se ela tivesse voltado. E se tivesse voltado para o norte, e não viajado mais de quatro mil quilômetros para o oeste, se ela tivesse tirado aqueles meninos do chão de madeira dura e os tivesse abraçado bem apertado e prometido que nunca os abandonaria. Será que Blue ainda assim existiria? Ou ela mesma? Como seria o mundo, então, se ela tivesse salvado seus filhos, em vez de salvar a si mesma?

Querido Ansel.
Espero que você possa sentir o cheiro das árvores. Elas falam, sabia? Se algum dia você se sentir perdido, simplesmente sussurre para a casca de uma árvore.

Querido Ansel.
Espero que o mundo tenha sido bom para você e que você tenha sido bom para o mundo.

Querido Ansel.
Meu amor. Meu coração. Meu garotinho.
Eu...

O lar. O cheiro das folhas esmagadas no solo. O carvalho úmido, o carvão enfumaçado do fogão da Sequoia. Quando Lavender abriu a porta do quarto, fazendo barulho, sua colcha de patchwork estava dobrada na beirada da cama, delicada e acolhedora, exatamente como ela tinha deixado.

Na manhã seguinte, as mulheres recitaram um poema. Juniper havia solicitado cópias impressas do poema de Mary Oliver preferido de Lavender e colocou uma folha em cada prato limpo no café da manhã.

Harmony estava tímida. Quando colocou a mão no ombro de Lavender para liberá-la de sua tarefa com a louça, os dedos de Harmony tremiam como se ela soubesse que tinha cometido um erro. Não era culpa de Harmony; Lavender só podia culpá-la de ter dado a ideia, mas fora a própria Lavender quem tinha entrado na galeria.

Depois do jantar, ela e Sunshine fizeram um passeio pelo vale. As duas mergulharam no brilho fraco da noite, no vago barulho dos insetos, no roçar sonolento dos passarinhos em seus ninhos. Quando as fogueiras se apagaram, quando as luzes piscaram, uma a uma, e o Gentle Valley foi coberto pelo sono, Sunshine seguiu Lavender de volta para o quarto. Elas deixaram as luzes apagadas e gritaram totalmente vestidas embaixo dos lençóis de Lavender, que estremeceu com a tristeza de toda a situação, enquanto Sunshine se enroscava nela, seu corpo aconchegando as costas ofegantes de Lavender. Em uma outra vida, talvez, Lavender teria se voltado para encarar Sunshine, teria deixado a língua perguntar sobre seu próprio desejo. Mas essa era a vida de Lavender, e Sunshine era apenas uma boa amiga, que sabia o que a outra precisava — um abraço, um balanço, um suave acalento junto à pele.

Quando Sunshine adormeceu, Lavender se levantou no quarto escuro. Pegou a cadeira da mesa embaixo da janela e acomodou os quadris doloridos no assento. Sob o luar, a folha de papel branca era luminescente; a caneta na mão, uma adaga reluzente.

Querido Ansel, pensou ela, enquanto pressionava a tinta no papel. Uma carta que ela escreveria, mas sabia que nunca enviaria, outro acréscimo para um universo de possibilidades.

Querido Ansel. Me diga. Me mostre. Me deixe ver no que você se transformou.

4 HORAS

Curve-se, diz o agente. Tire as calças.

A nova prisão tem um cheiro diferente. Da massa que mantém os tijolos velhos grudados, do concreto molhado e do vapor que sobe do prédio vizinho — a fábrica, onde os prisioneiros de baixa periculosidade fazem colchões cheios de grumos para dormitórios de penitenciárias.

Tire as calças, repete o agente.

A folha de caderno ainda está dobrada contra o seu quadril, uma ponta afiada pressionando o elástico. A carta de Blue. Enquanto mexe no cós, você tenta enfiar o papel na palma da mão, mas um cantinho do branco inevitavelmente tremula e fica visível. Os agentes avançam rápido: em uma questão de segundos, sua bochecha está pressionada contra o chão sujo, o ar sendo esmurrado para fora do seu peito, a calça enrolada ao redor dos seus pés. Os agentes começam a gargalhar quando desdobram o bilhete, debochando.

O que temos aqui?

Querido Ansel, um deles começa a ler em voz alta, imitando uma voz aguda. Minha resposta é sim. Vou estar lá, para testemunhar. Não quero...

Você se levanta com esforço, a dor inundando suas costelas enquanto se contorce obedientemente para tirar a cueca. Seu pênis se dobra em seu ninho de pelos, pequeno, mole e desprotegido. Um agente verifica seu ânus, enquanto o outro fica por perto, zombando. Ele lê as palavras de Blue com uma falsa voz anasalada:

Eu não quero te ver, não quero falar...

Pare. Por favor.

O agente faz um gesto de que talvez vá devolver o papel; nu, de cócoras, você estende a mão. O agente ri, segurando a folha por um canto frágil. Lentamente, ele a rasga ao meio. Rasga de novo, e de novo, até as tiras brancas e longas se transformarem em pedacinhos. Alguma coisa dentro de você se quebra com as palavras, mas você permanece agachado até seus joelhos tremerem. A letra de Blue flutua e toca o chão. Graciosa, como neve caindo.

Os agentes empurram você violentamente pelo corredor.

Por favor, não...

Você não imaginava que fosse implorar. A reação é empurrarem com mais força, um aviso. Não lute. Suas pernas agora estão se desmanchando, hesitantes, em pânico, mas eles o cutucam para avançar mesmo assim, ignorando a fraqueza nos seus calcanhares.

Nesse momento, você deveria estar chegando ao rio. Deveria estar escutando o barulho forte da água, fluindo sobre pedras lisas. Deveria estar colocando um pé na correnteza, um tremor, depois o outro. Você imagina como seria a sensação do frio nos tornozelos, a água gelada batendo e deixando-o gloriosamente desperto.

O choque se espalha. Vibra, depois cede, trazendo ondas de perplexidade. Até esse instante, você não tinha percebido como havia acreditado totalmente naquilo. Você havia acreditado que ia escapar, ou pelo menos que ia morrer tentando. Havia acreditado nisso por tanto tempo, e tão intensamente, que a verdade agora parece ridícula e impossível.

Não existe nenhum céu. Não existe nenhum gramado. Não existe nenhuma saída.

Você é uma impressão digital.

Um polegar, pressionado com firmeza em um sensor eletrônico. Nenhuma dúvida: é você, limpando a remela dos olhos com as costas da mão; é você, puxado para a frente pelas argolas das algemas; é você, usando um uniforme branco novo, que inexplicavelmente tem cheiro de carne. É você, dando um passo para cruzar a porta. É você, agora, nesse lugar que chamam de Casa da Morte.

A cela de espera é pequena. Lá, no Prédio 12, as descrições deste afamado lugar sempre variavam em termos de formato e tamanho, dependendo de quem voltava para contar a história. Ao chegar perto da porta, você nota a diferença imediatamente: sua antiga cela em Polunsky tinha uma janela incrustada no aço. Na Unidade Walls, há apenas barras.

Teria sido tão fácil com Shawna, o toque através dessas barras. Mas Shawna não trabalha na Casa da Morte. Shawna está de volta a Polunsky, levando Jackson pelo corredor para tomar banho, os braços roliços dele sacudindo enquanto ela arrasta os pés, atravessando o espaço cinzento. Você visualiza o rosto de Shawna, culpado e espantado, enquanto você saía do Prédio 12 pela última vez — como Shawna observava, imóvel e inútil, sabendo que tinha mentido.

Não havia nenhuma arma. Nunca houve nenhuma arma.

Todos aqueles nacos de tempo desperdiçados. Os momentos roubados, os bilhetes de amor idiotas, os toques de leve, tudo por nada. Shawna não é nada, com seus quadris balançando e suas feridas na boca, um gaguejar se formando nos lábios rachados. Shawna é fraca. Uma mulher típica. O futuro dela vai ser vazio sem você. Shawna vai completar os seus turnos da manhã, vai tomar café aguado de sua garrafa térmica velha e manchada, vai servir centenas de refeições para outros homens maus, e, no fim, vai se esquecer dessas semanas, em que ela foi quase relevante, parte de algo importante. Você quase sente pena dela.

Mas então você vê o lugar.

É só um vislumbre, que aconteceu no milésimo de segundo antes que eles o empurrassem para a cela de espera. A cinco metros de distância, descendo o corredor para a direita, a porta está aberta e escorada. Você capta apenas uma faixa daquele lugar a meio caminho, uma espiada fugaz, objeto de tantas histórias. A sala de execução. Naquele milésimo de segundo, você vê as paredes, um tom enjoativo de verde-hortelã. Você vê a janela, coberta por uma cortina. As duas rodas traseiras de uma maca.

Cambaleando, você entra na cela, desejando não ter olhado. Aquele cômodo é como o céu ou o inferno, o momento da própria morte: um lugar que você não devia ver até seu nome ser chamado.

Três horas e cinquenta e quatro minutos.

O mundo anda de lado, todo errado com a mudança. Você se senta na beira do catre novo, as mãos firmes no colchão, tentando imaginar como chegou aqui.

Você teve meses, anos, para avaliar esse resultado. Durante todo esse tempo, nunca imaginou que fosse efetivamente conhecer a Casa da Morte. O futuro sempre encontrava um jeito de dar uma guinada, expandindo-se de um jeito maleável e impenetrável. O futuro era um mistério, impossível de conhecer. Você honestamente nunca considerou que o futuro pudesse chegar a esse ponto. Parece pequeno demais, impotente demais, para uma pessoa como você.

Você se lembra daquele homem em Polunsky: o presidiário famoso por ter arrancado e comido o próprio olho. Você reconhece um canto obscuro daquele sentimento, um desejo que agora faz sentido de forma crua. O desespero é intencional, talvez a parte mais importante desse exercício. É por isso que fizeram você esperar durante anos, depois meses, agora horas e minutos, a sua vida toda transformada em uma contagem regressiva. A questão é essa. A espera, o entendimento, o não desejo de morrer.

Como você tem um trabalho como esse?

Você fez a pergunta em um turno do meio-dia. Shawna parecia cansada, bolsas roxas e inchadas embaixo dos olhos. Big Bear tinha sido levado para a Unidade Walls naquela manhã. Ele havia chorado enquanto o levavam até o furgão, ofegante, arrasado, cento e catorze quilos de pura desolação. Big Bear, um homem negro que cantava com uma voz digna de Deus. Big Bear, a única pessoa que você tinha certeza de que não merecia a Casa da Morte. Vinte anos antes, Big Bear estava vendo televisão em sua sala quando um grupo de policiais irrompeu pela porta com um mandado de segurança emitido contra o homem que morava no apartamento do andar de cima. Big Bear tinha um revólver embaixo das almofadas do sofá. A sala estava escura.

Naquele dia, a algazarra silenciou em sinal de luto. O único som era sua raiva sussurrada, ao passo que Shawna tentava se tranquilizar, enrolando o cabelo ansiosamente entre os dedos.

Como você acorda toda manhã?, você tinha perguntado, incapaz de esconder a raiva na voz. Como você se levanta da cama, sabendo que trabalha em um sistema como esse?

Meu pai tinha este trabalho, disse ela, dando de ombros. E meu irmão também.

Mas você nunca nem pensa nesse sistema no qual está metida?

Não exatamente, Shawna tinha respondido, desinteressada.

Você queria dizer a Shawna que ela era uma peça em uma máquina deplorável, que as prisões também são empresas que maximizam lucros e obtêm ganhos em cima de uma pilha de corpos como o de Big Bear. Você tem assistido aos noticiários. Tem lido os jornais. Não é problema seu, não é uma preocupação sua, mas, ainda assim, não é nenhuma coincidência que você seja um dos três únicos homens brancos na Ala A. Você não se importaria muito com isso, se também não estivesse sujeito ao mesmo sistema psicótico.

Você queria pressionar Shawna, mas o risco não valia a pena. Você precisava dela. Ela limpou uma camada de suor da testa com as costas da mão, e vocês dois escutaram o barulho da algazarra, silenciada pelo menos uma vez na vida por um grupo de homens tristes por causa de algo mais desprezível do que eles mesmos.

O novo diretor aparece. Ele tem um corte de cabelo militar, o queixo quadrado e um olhar que faz você se sentir como uma minhoca esmagada e esparramada na sola do sapato dele.

Você entende os procedimentos de hoje?

Sim.

Aqui está seu resumo de execução, sua declaração de orientação religiosa, uma cópia do seu cartão de viagem, sua lista atualizada de visitas, sua notificação de vigilância da execução, seu registro de vigilância da execução, sua relação dos bens, seus registros médicos. Tem alguma pergunta?

Não.

Ele desliza a papelada por entre as barras de metal. Você não pode falar, as primeiras perguntas inflexíveis ecoando.

Você sabe quem você é?

Sim.

Sabe por que está aqui?

Você não tinha escolha.

A resposta foi sim.

Dentro de uma nova sala de visitas.

Tina usa o mesmo traje desta manhã, que parece ter sido há mil anos. Sentado atrás do vidro, você relembra a confiança presunçosa de sua última reunião — esse fato arranha com raiva sua garganta. Impossível.

Olá, Ansel, diz Tina no fone. Infelizmente não trago boas notícias.

Você sabe o que vem a seguir. Você aperta o maxilar até doer; você tem pensado pouco no recurso. Supostamente era irrelevante.

O recurso, explica Tina. O tribunal decidiu não considerar.

O que você quer dizer?, você pergunta. Eles não podem simplesmente ignorá-lo completamente.

Sim, diz Tina, eles podem. Não é incomum.

Mas você não falou para eles? Não contou que eu sou...

Você não pode dizer a palavra. Inocente. Tina não é tola.

Não falou para eles que eu não quero morrer?

Assim que a frase sai da sua boca, você se arrepende. Ela soa infantil, desesperada demais.

Nós apelamos, diz Tina, sem responder à pergunta. Sinto muito. Fizemos todo o possível.

Você a odeia por causa dessa mentira. Essa mulher glamorosa, que tamborila as unhas na mesa como pequenas balas, estalando a língua entre dentes brancos como quadradinhos de Chiclets. Ocorre a você, então, uma explosão de compreensão: Tina acredita que você merece esse castigo.

Lamento, diz Tina. Eu estou...

Você não a deixa terminar. Você avalia o peso do telefone na sua mão, depois leva o braço para trás. Então você arremessa o telefone contra o vidro, que não estilhaça, apenas faz o fone quicar com um barulho alto. Tina não se mexe, nem mesmo se retrai.

Os guardas aparecem rápido, o que você sabia que aconteceria. Você não reage, mas eles o seguram com força de qualquer maneira, torcendo tanto seus braços para trás que seus ombros vão ficar doloridos amanhã. Amanhã. A última coisa que você vê de Tina é o topo de sua cabeça, abaixada em reverência, desprezo, indiferença, pesar ou seja lá o que for, uma vez que você não consegue distinguir.

Um empurrão violento e você está de volta à sua cela. A porta se fecha com força. Você se deita no catre cheio de grumos, os braços jogados, cobrindo os olhos. Você tenta pensar em Blue; geralmente isso o consola, mas é este lugar, é esta cela, nova e estranha. Quando você invoca Blue agora, ela o olha com aquela pergunta conhecida.

O que aconteceu com a Jenny?, Blue tinha perguntado.

Era sua segunda semana na Casa Azul. Um dia ensolarado, úmido e perfumado. Você tinha passado a manhã toda no pátio serrando lenha, e uma trilha de suor escorria devagar pelas suas costas.

Às vezes as coisas simplesmente não dão certo, você disse.

Por que não?, perguntou Blue.

Ela segurava uma lata de Coca-Cola sem o lacre, a cabeça inclinada, exibindo esperança e curiosidade.

O casamento não é fácil, foi só o que você respondeu.

Você ainda ama a Jenny?, perguntou Blue.

Você limpou a testa com a manga da camisa e refletiu. Enquanto Blue esperava pela resposta, de uma forma inocente e intrigada, surgiu um crescente afeto por ela, por aquele lugar e pela brisa que aliviava sua pele salgada de suor.

É claro que eu ainda amo a Jenny, você respondeu. Mas as partes boas da história não estavam nada perto do fim.

Então você decidiu voltar ao início.

Você viu Jenny pela primeira vez em uma noite quente de outubro.

Primeiro ano da faculdade, primeiro semestre. Você tinha 17 anos, estava de pé no pátio, inseguro como sempre sobre o que fazer com o seu corpo. Você tinha chegado à Universidade do Norte de Vermont com uma bolsa de estudos integral — a diretora da sua escola do ensino médio tinha chorado com a notícia. As crianças da escola nunca gostaram muito de você, mas você sempre foi bom com os professores, com os psicólogos, com os assistentes sociais. Você sabia como deixá-los se sentir úteis.

O mesmo acontecia com seus professores da faculdade; você era quieto, empenhado, charmoso quando necessário. Você se enterrava nas aulas e nas sessões de estudo tardias, ignorava seu colega de quarto corpulento quando ele chegava bêbado e tropeçando nos próprios pés. Você evitava as garotas que viviam reclamando do prédio do seu dormitório e os outros alunos que trabalhavam em meio período na cantina. Você comprou óculos na farmácia, lentes borradas com um grau que você não necessitava. Você se examinou no espelho do banheiro, tentando invocar alguém novo.

O resto daquele verão horrível tinha passado como uma névoa. O bebê chorava constantemente, um barulho de fundo, enquanto você enchia casquinhas de sorvete e escutava o rádio perto da caixa registradora. Nenhuma pista sobre as Garotas desaparecidas. No início, você carregava aquelas Garotas com você: elas viviam e morriam em sua memória quando você esperava na fila da cantina, quando você erguia a mão na aula de filosofia. Elas viviam e morriam nas sombras das árvores, quando você caminhava da biblioteca para o seu dormitório no meio da noite. Você ficava imaginando se as pessoas podiam ver aquelas Garotas em você, se você as carregava de modo visível ou apenas internamente, como qualquer outro segredo.

Tudo mudou quando você a viu.

Jenny estava sentada no gramado do pátio, a luz do final do outono deixando tudo com um brilho alaranjado. Ela usava calça de náilon e meias brancas três-quartos — suas amigas deram vivas quando ela, confiante, fez uma ponte, as mãos plantadas na grama. Do outro lado do enorme gramado, você observou quando o umbigo de Jenny se arqueou em direção ao céu, a curva como um monumento para alguma coisa sagrada.

Naquele momento, você fez uma promessa. Você seria normal. Seria bom. Você pegou as memórias daquele verão, enrolou-as como uma bola e as jogou bem no fundo de um buraco do seu corpo turbulento. A visão de Jenny fazendo um arco para trás dissolveria e apagaria aquelas Garotas de alguma maneira. Você se ofereceria para o sorriso dissimulado e provocador de Jenny, para seus suaves olhos castanho-claros. Sim, você lhe entregaria todos os seus mínimos detalhes.

Você pegou o seu caderno e deu o primeiro passo em direção a Jenny. O grande poder dela não era um amor à primeira vista, mas uma espécie de intrepidez.

Então seria assim. Sua última e única Garota.

HAZEL
2011

Na noite antes que tudo mudou, Hazel acordou com um aperto no peito.

A dor a queimava, apertava como um punho raivoso entre as costelas. Ela se sentou e soltou uma respiração estridente. Era setembro, meia-noite, um tipo de umidade ainda típica de verão, e Hazel permaneceu ofegante no vazio do seu quarto, as mãos agarradas ao peito, a queimação já tendo desaparecido.

"Hazel?"

Luis piscou, com a cabeça ainda afundada no travesseiro. O quarto estava iluminado apenas pela babá eletrônica que chiava na mesa de cabeceira de Hazel; o hálito de Luis estava fedido, como pasta de dente azeda e o frango com alho que ela tinha preparado no jantar. Hazel não ouviu nenhum barulho vindo de fora. A rua sem saída onde ela morava estava calma. Ela havia se acostumado com o épico silêncio, mas em noites como aquela a quietude assumia uma personalidade própria. Em noites como aquela, a quietude zombava dela.

"Não é nada", disse Hazel, massageando o ombro. "Pode voltar a dormir."

A sensação já havia sumido. Não deixou vestígio, nem mesmo um ligeiro espasmo. Foi uma dor que ela podia ter imaginado, o rabicho de um sonho cintilando por um instante enquanto sumia rápido da mente.

* * *

Hazel não ouviu o telefone, que zumbia na bancada da cozinha.

Alma tinha acabado de chegar do ponto de ônibus e cantava baixinho para si mesma enquanto desfazia o nó dos sapatos, a melodia abafada pela birra que Mattie fazia na cadeira de alimentação. Hazel se ajoelhou no chão, limpando um esguicho de molho de maçã com uma toalha de papel.

"Mattie, querido", implorou ela. "Por favor, come o seu lanche."

Mattie, porém, apenas gritava, espalhando um punhado de Cheerios molhados de saliva no chão, os punhos gorduchos batendo na mesinha de plástico. Alma pegou um dos cereais do piso e enfiou na boca, rindo enquanto cantava a música planejada para ajudá-la a se adaptar ao primeiro ano. A música grudava tanto nos ouvidos que Hazel tinha apanhado Luis cantarolando a melodia naquela manhã ao passar creme de barbear no rosto. *Nós gostamos de brincar, nós gostamos de aprender, nós gostamos de ficar na Parkwood Day!*

"Mamãe", falou Alma com uma voz esganiçada. "Seu telefone está tocando."

Por cima da gritaria de Mattie, Hazel se concentrou e escutou o telefone vibrar. Quando finalmente encontrou o aparelho, de cabeça para baixo, em uma poça d'água perto do fogão, ainda estava zumbindo. JENNY, ele piscava.

"Oi." Hazel enganchou o telefone entre a orelha e o ombro enquanto levantava Mattie pelas axilas e o tirava da cadeira. Feliz de estar no chão, Mattie apanhou o sapato jogado por Alma e levou a sola suja até a boca babada.

"O emprego", dizia Jenny.

"O quê? Não consigo..."

"Eu consegui o emprego", falou Jenny. "Eu fiz, Hazel. Eu larguei ele. Mas foi horrível, horrível demais. Não tive tempo de fazer nada do que tínhamos combinado. O Ansel leu o meu e-mail e me acordou tarde na noite passada. Eu saí, fui para um hotel, mas não trouxe nada comigo. Você pode vir até aqui?"

Jenny chorava, a voz soando embargada no telefone, uma sirene tocando vagamente ao fundo. Hazel olhou para Alma, sempre muito perspicaz para a idade, com uma expressão de preocupação estampada na carinha de raposa. Hazel enroscou os dedos no cabelo sedoso de Alma e olhou para fora, em direção ao espaço amplo e desimpedido de sua vizinhança. Estava tranquilo como sempre, o céu de um azul pálido de outono. A quietude parecia injusta, quase ultrajante.

Ela só lembrou depois de traçar um plano e desligar o telefone. A noite passada. O aperto no peito, o punho invisível. Com 39 anos, Hazel experimentara seu primeiro Chamado.

Ninguém podia dizer a Hazel, então, que ela não tinha nada.

Ela tinha bonecas Barbie e livros infantis de papelão. Fórmulas para bebê, brincadeiras com os amiguinhos, objetos artísticos feitos de macarrão. Tinha pudim de arroz jogado no tapete e mãos meladas de manhã cedo. Uma birra no corredor de xampu da Target, no restaurante italiano no centro da cidade, na festa de aniversário de casamento dos seus pais. Nos raros momentos em que ela achava um tempo para refletir, Hazel tentava se presentear no caos e na agitação, na fogosa existência do mundo que ela tinha criado tão deliberadamente.

Assim, quando Jenny ligou com a notícia, Hazel se curvou sobre a mesa da cozinha, tremendo com as compensações. Uma versão mais jovem de si irrompeu, invasiva, como uma trágica torrente: ela tinha 18 anos de novo, e Jenny era o sol mais branco, o som mais nítido. O refrão daqueles anos intimidantes da adolescência de repente ecoaram novamente. *Fique feliz por ela*. Na cabeça de Hazel, a frase assumiu um antigo tom de mágoa, as palavras vacilantes e derrotadas.

Alma esticou o braço, o rosto parecendo uma pequena psiquiatra preocupada. Ela acariciou o cabelo de Hazel com ternura, a palma da mão coberta de adesivos do Ursinho Pooh.

A mudança tinha acontecido devagar, quase imperceptível. Hazel podia traçar seu início já no dia do casamento de Jenny.

Seus pais haviam alugado uma tenda em um campo de golfe, com uma visão parcialmente coberta do lago Champlain. Só havia trinta convidados, a maior parte tias, primos e amigos de colégio de Jenny. Hazel estava namorando Luis havia apenas alguns meses na época, e era o tipo de amor novo e alegre que podia ser rompido pela etiqueta de um evento como aquele. Ela não o havia convidado. De pé atrás de Jenny, enquanto prendia cachos soltos do cabelo, Hazel ansiava pela presença de Luis. Luis era o tipo de homem que não conseguia lidar com filmes tristes ou assustadores. Ele preparava a receita de tamale da mãe nas noites de domingo, trabalhando a massa com as juntas dos dedos.

Luis era a única pessoa a quem Hazel tinha contado o segredo de Jenny.

Ansel não tinha se formado na faculdade. Ele não havia comparecido a nenhum dos seus exames finais, no último semestre. Jenny mencionou uma bolsa de estudos que ele não obteve, uma professora que tinha escrito uma carta de recomendação ruim. *Ele é esperto demais para eles*, disse Jenny a Hazel, a voz de Ansel embutida nas palavras. Jenny mentiu na cerimônia de formatura, contou aos pais que o programa de filosofia havia realizado uma cerimônia separada, enquanto Ansel estava de mau humor no seu dormitório. Ansel trabalhava em uma loja de móveis desde então, onde lustrava mesas artesanais e cadeiras feitas à mão, e as entregava para famílias ricas em toda a região do lago Champlain e das montanhas Adirondack. Ele estava escrevendo um livro, Jenny contou com orgulho. Essa parte era verdade. Hazel havia visto as páginas, empilhadas em uma mesa provisória na garagem, quando ela tinha ido fazer uma visita. Ela achou difícil imaginá-lo sentado ali, depositando seus pensamentos no papel — parecia mais um espetáculo do que uma empreitada genuína, uma maneira de Ansel relembrar a si mesmo de seu próprio intelectualismo medíocre. Ela também havia reparado em outras coisas, naquela pequena casa alugada. A lata de lixo, cheia de garrafas de vinho vazias, um Chardonnay barato em que Ansel jamais tocaria.

Na tenda do casamento, antes da cerimônia, Hazel tentou falar com Jenny. Mas ela tinha esperado tempo demais. A respiração de Jenny estava ácida de champagne, os olhos vidrados quando Hazel lhe entregou um batom.

Ei, dissera Hazel. *Tem certeza de que é isso que você quer?*

Não seja idiota, respondera Jenny. Com a mão, ela cobriu a bochecha de Hazel de modo condescendente, aquele anel roxo brilhando no dedo. *Eu sei o que estou fazendo.*

Na recepção, Ansel estava encantador. Elogiou as joias da tia dela, brincou com o pai dela quando cortaram o bolo. No entanto, Hazel o pegou muitas vezes naquela noite olhando desinteressado por cima do ombro de Jenny. O sorriso sumia instantaneamente do rosto de Ansel no segundo em que ele não era mais necessário — ele abraçava Jenny com as costas rígidas e uma felicidade superficial, transitória como tinta fresca. Após a cerimônia, Hazel deu uma fugida até o banheiro, onde se encarou no espelho. Lembrou-se daquela noite em sua cama, a pergunta que havia feito para Jenny. *Se ele não sente absolutamente nada, então como é que você sabe que ele te ama?* Em seu traje de madrinha, um feio vestido de seda, Hazel pressionou um dedo contra a marca embaixo do olho. Com um choque de surpresa, ficou agradecida pela sua presença. Um dia, ela também usaria um vestido branco. Teria à sua frente um homem muito diferente, um homem bom, que sentisse tudo em cores vivas, e ela saberia exatamente como ele a amava. Pela primeira vez, Hazel se sentiu superior à irmã. A sensação era tão doentia, tão viciante, que ela sabia que jamais a deixaria desaparecer.

Hazel estacionou perto do estúdio, no local reservado perto das lixeiras. Luis havia chegado cedo em casa para levar as crianças — ele estivera trabalhando na seção de Artes e Entretenimento nas últimas semanas, as novidades chegavam mais devagar, e com isso seu cronograma era mais fácil. Hazel havia deixado uma caixa de macarrão com queijo na bancada, que Luis deixaria as crianças comerem com ketchup por cima.

Através das cortinas transparentes do estúdio, as alunas do Nível 4 marcavam uma sequência de saltos na diagonal, uma onda de collants verde-floresta. Hazel manteve a cabeça baixa quando abriu caminho através da horda de pais e mães na recepção, que conversavam e costuravam fitas enquanto esperavam. Na mesa da recepção, Sara se debruçava sobre uma pilha de papéis. Quando os alunos não passavam em suas avaliações trimestrais, quando as taxas de figurino chegavam e as listas de elenco eram divulgadas, Sara recebia algumas reclamações fúteis, algumas ameaças leves. *Juro que vamos tirar minha filha do seu estúdio*, uma mãe vistosa dizia, e Sara exibia seu sorriso fácil e inocente. Como se dissesse: *Vá em frente*.

"Preciso de um favor", disse Hazel. "É uma emergência."

"Sua irmã?" Sara a fitou com olhos apertados. "Ela finalmente largou o psicopata?"

Um piscar de olhos, ao ouvir aquela palavra. De repente, pareceu uma coisa particular. Um segredo íntimo de Jenny, não algo para ser motivo de fofoca.

"Ela conseguiu o emprego de enfermeira no Texas. O voo dela é na quarta-feira", disse Hazel. "Será que você pode cuidar de tudo até lá? Anote suas horas extras, é claro."

Geralmente, o estúdio demandava bastante trabalho. No entanto, em certas ocasiões — quando as turmas estavam programadas, as mensalidades, pagas, e os profissionais, contratados para as apresentações periódicas —, ele funcionava como uma coreografia. A ansiedade de Hazel era algo a mais. Ela sentiria falta da noite de terça-feira. Às terças, Luis dava banho nas crianças e as colocava para dormir. Sozinha, no estúdio de pé-direito alto, ela tocava seu CD favorito de Bach e se deleitava, praticando exercícios na barra para se aquecer. Em seguida, deixava seu corpo falar. Alongava-se, saltava, lançava-se no chão. Durante toda aquela hora das terças-feiras, Hazel não tinha filhos para cuidar, contas médicas ou dívidas estudantis para pagar pelo curso de administração, do qual provavelmente ela não precisava, dores de barriga dos pequenos para curar, raminhos de brócolis no chão para recolher ou gritos pedindo sobremesa. Ela só tinha suas articulações, entregues e comprometidas. E seus músculos, cheios de entusiasmo.

Quando Hazel comprou o estúdio, com a ajuda de um empréstimo dos pais e a maior parte da herança de Luis, o prédio estava decrépito. Ela e Luis tinham feito eles mesmos quase toda a reforma — instalaram as placas de gesso, cobriram o chão de cimento com linóleo macio, delimitaram e pavimentaram um local para servir de estacionamento. Hazel ainda não estava grávida de Alma e passava suas noites com Luis no espaço inacabado, bebendo cerveja, com todas as ferramentas espalhadas.

Naquela época, era raro Hazel pensar em Jenny. Ela se lembrava desse período com ternura, meses seguidos durante os quais ela não sentiu Jenny e Jenny não a sentiu, quando conversavam de vez em quando ao telefone, só falando sobre assuntos banais.

Foram os melhores meses da vida de Hazel.

Quando vamos poder ver?, insistia a mãe de Hazel. *Em breve*, prometia Hazel. *Espere só ficar pronto.* Quando seus pais finalmente apareceram na minivan que dirigiam desde que Hazel estava na adolescência, ela caminhou devagar pelo espaço amplo e vazio, satisfeita. Seus pais estavam parados na entrada do estúdio reluzente, parecendo pequenos e antiquados nas grandes paredes de espelhos. Eles examinaram a mesa de mogno da recepção e as luminárias, o aparelho de som brilhante e o amplo vestiário. O rosto da mãe exprimia êxtase e admiração. Um orgulho evidente. Exatamente como ela costumava olhar para Jenny.

Hazel saiu no vermelho rosado do sol poente. Ela entreabriu a janela do carro, deixando o ar outonal entrar enquanto seguia pela estrada.

Eu não sei o que fazer à noite, Jenny tinha dito pelo telefone ainda na semana passada. *Estou bebendo muito chá.* Ela falou com desprezo, como se as xícaras de chá de camomila fossem culpadas pela sua tremedeira e seus pensamentos galopantes. *O que a Tricia acha?*, Hazel tinha perguntado. A madrinha de Jenny estava sóbria havia quase vinte anos. Hazel jamais conheceu Tricia, mas Tricia se encontrava com Jenny todas as manhãs no café em frente ao hospital, no outro lado da rua. Foi Tricia que incitou Jenny a ligar para Hazel, no início, para começar com aquelas confissões noturnas. Tricia, cuja voz Hazel ouvia ao fundo enquanto Jenny chorava ao telefone. *Eu sempre quis ter filhos*, disse Jenny durante uma ligação longa e chorosa. *Mas nunca achei que fosse aguentar nove meses sem isto.* Ansel alegava pensamentos ambivalentes em relação à paternidade, embora parecesse nitidamente perturbado com a bagunça dos filhos de Hazel — ela não conseguia imaginá-lo como pai, e Jenny sempre se esquivava desse assunto. Só agora Hazel entendia a extensão da falta de comprometimento de Jenny.

Hazel não tinha nenhum conselho para dar. Ela não podia contar a Jenny sobre os contos de fadas que costumava sussurrar sob o brilho fraco do abajur no quarto de Alma, ou qual era a sensação de pairar no berço de Mattie na hora da soneca, os cílios do bebê tremelicando delicadamente. Jenny adorava Alma e Mattie, mas Hazel reconhecia o anseio que brotava nos olhos de Jenny. Era inveja. Ela ficava mortificada pelo prazer que isso lhe proporcionava, por finalmente transmitir esse sentimento para a irmã.

Hazel passou por extensos campos e diversas lojinhas. A noite foi caindo, exibindo um azul alegre e acetinado.

Jenny estava de pé perto dos salgados. O café ia fechar, as cadeiras já estavam empilhadas de cabeça para baixo e um atendente limpava o piso com um esfregão. A luz da vitrine de salgados dava um brilho dourado ao jaleco de Jenny — seu rosto estava inchado, o rabo de cavalo despenteado por conta de um turno atarefado. Com exceção dos cabelos, que sempre foram semelhantes em termos do comprimento e da cor castanho-avermelhada, Hazel percebeu que ela e Jenny não se pareciam em nada. Jenny tinha engordado nos anos anteriores, e Hazel se sentia culpada por reparar. Sua irmã estava larga na região da cintura e visceralmente caminhava para a meia-idade. Pela primeira vez na vida, Hazel olhou para Jenny e não viu a si mesma em nenhum aspecto. Um estranho nunca pararia para perguntar: *Vocês são gêmeas?* Esse fato atingiu Hazel de forma ácida e devastadora, a boca já insuportavelmente amarga por causa da viagem.

Jenny se virou.

"Você veio."

Hazel fez a irmã se levantar e a manteve próxima, segurando-a pelos ombros. Ainda estava lá, por baixo do cheiro de croissants e borra de café. O perfume de Jenny: xampu frutado, cigarro e sabão em pó barato.

* * *

"Talvez fosse melhor a gente voltar mais tarde", disse Jenny no assento do carona.

O carro de Hazel estava parado junto ao meio-fio, a casa térrea parecendo definitivamente ameaçadora. Era o último dia de Jenny no hospital, e Ansel deveria estar no trabalho. No entanto, quando elas foram até lá no intervalo de almoço de Jenny, com Rihanna cantando no rádio do carro, Hazel sentiu um frio na barriga: a picape branca de Ansel estava estacionada na lateral. Espreitando, à espera.

"Temos nossa lista", disse Hazel, sem convicção.

Elas conversavam sobre isso havia meses. Tinham elaborado o plano cuidadosamente: pôr as coisas no carro enquanto Ansel estava no trabalho, deixar tudo no hotel, voltar para contar a ele logo antes do voo. O plano não incluía um bate-boca aos gritos à meia-noite ou o e-mail de Jenny aberto no computador que ficava no canto da sala, agora com uma rachadura na tela empoeirada.

"Vem", disse Hazel. "Temos que ser rápidas."

Hazel saiu do carro, as mãos transpirando. Ela tentou disfarçar o pavor, se esticar um pouco mais, enquanto Jenny a seguia até a porta. O cheiro da casa de Jenny a atingiu em cheio, uma lembrança instintiva de visitas de anos antes. Lençóis sujos, restos mantidos tempo demais na lixeira. Carpete embolorado, mobília de loja barata.

"Olá?", chamou Hazel.

Ansel estava sentado no sofá de couro descascado. Ele tinha o celular na mão, como se esperasse um telefonema, ou talvez só quisesse algo para segurar. Hazel não o via havia quase dois anos e ficou surpresa pelo que o tempo tinha feito com ele. Ansel sempre fora atraente, um troféu que Jenny podia arrastar para eventos do trabalho, corando enquanto as outras enfermeiras cochichavam, com inveja. No entanto, ele estava ficando velho. A lei da gravidade começava a se mostrar. O abdome se dobrava sobre a calça jeans, feito uma barriga frouxa de quem bebe muita cerveja, e a pele parecia pálida e amarelada, típica de uma pessoa que não costuma tomar sol. Os óculos estavam manchados de marcas de dedos oleosos, e o rosto estava mais redondo, com uma papada embaixo do queixo. Pela primeira vez, Hazel foi capaz de imaginar exatamente como ele pareceria quando fosse idoso. Feio e enrugado, destituído de qualquer charme.

Um riso de escárnio encrespou sua boca com a barba por fazer. Hazel deu um passo para trás instintivamente, surpresa pela própria onda de medo.

"Ah", disse Ansel, o rosto se recompondo instantaneamente para um verniz de calma. Parecia que ele tinha confundido a silhueta de Hazel com a de Jenny. "Hazel. Não esperava te ver aqui."

Ele se levantou. Por um segundo apavorante, Hazel achou que ele podia se inclinar para lhe dar um abraço. Ela ficou tensa, preparada, o medo misturado com algo mais: uma culpa metálica, líquida. Naquele único olhar, ela viu uma fatia da complexidade do que Jenny tinha vivido. As situações contundentes, as sutilezas arrepiantes. Hazel só conhecia o esboço da realidade de sua irmã, e era chocante estar bem no meio daquilo.

Ansel passou rapidamente por ela e viu Jenny, que permanecia paralisada na varanda, a porta de entrada aberta como uma mandíbula.

"Você estava falando sério, porra?", gritou ele.

"Só viemos pegar as coisas dela", disse Hazel. "Jenny, me mostra onde está a sua mala."

Enquanto Hazel pegava a mala no armário, Ansel andava de lá para cá. Parecia quase achar graça, as mãos enfiadas displicentemente nos bolsos manchados de tinta. Apressadas, elas repassaram a lista, jogando tudo de qualquer jeito dentro da mala: os sutiãs de Jenny, suas blusas e sapatos. Uma caixa de lembranças da escola, uma lata de brincos que pertenceram à sua avó. Jenny deixaria suas panelas e tachos de ferro fundido, os lençóis que ela havia escolhido anos antes para combinar com o tapete felpudo, seus produtos de cabelo no armário do banheiro. Hazel descarregou um monte de vestidos em uma mala, ainda nos cabides, enquanto escutava a respiração de Ansel. Um assobio, rondando perto demais.

"Você só está provando, Jenny", ele não parava de falar, repetindo em uma voz cada vez mais alta. "Só está provando que eu tenho razão."

O quarto estava cheio de uma energia íntima e feia. Jenny descarregou um punhado de camisetas na mala, estremecendo com um soluço abafado.

"É exatamente como a minha Teoria", disse Ansel. Hazel arrancou a mala das mãos de Jenny e a arrastou pelo corredor, fazendo um sinal para a irmã segui-la. "Como o Sartre falou. É justamente a natureza do sofrimento do amor que torna o conceito impossível. Nenhuma coisa pode ser totalmente boa, não é?"

"Sinto muito", sussurrou Jenny.

"É irônico, não é?", disse ele, quase rindo. "O amor não pode existir como algo puro... As sombras vão sempre se infiltrar. A maldade sempre acha um jeito de entrar."

"Vem", apressou Hazel, bem perto do carro agora. Ela tentava se desconectar do falatório de Ansel, tão pseudofilosófico que soava psicótico.

"Sinto muito", disse Jenny da porta de entrada, o muco escorrendo brilhante do nariz, enquanto ela descia os degraus da varanda, tropeçando. "Sinto muito."

Finalmente, as duas irmãs estavam do lado de fora, e Ansel não passava de uma silhueta as seguindo. Uma sombra tóxica. Os passos de Hazel eram pesados, cheios de pânico, e, quando ela teve certeza de ouvir Jenny atrás de si, involuntariamente começou a correr.

Ansel ficou parado na varanda, tão tenso que parecia prestes a explodir. Hazel jogou a mala dentro do carro, e, quando finalmente bateram as portas com força, Jenny explodiu em um choro convulsivo.

"Não olhe", disse Hazel. "Não olhe de jeito nenhum."

Enquanto Jenny enterrava o rosto nas mãos, Hazel deu uma última e hesitante espiada: emoldurado pela porta, absolutamente imóvel, Ansel estava ereto e altivo, o rosto transformado na mais pura expressão de fúria que Hazel já vira. Ele era um lobo, rangendo os dentes. Animalesco. Ela se afastou do meio-fio aos solavancos, as pernas tremendo tanto que o carro deu uma sacudida, o olhar fixo no espelho retrovisor. Hazel sabia que, por toda a sua vida, pensaria nele daquele jeito, uma forma ameaçadora no reflexo, a silhueta de um homem furioso na varanda de casa, ficando cada vez menor até desaparecer por completo.

Um pequeno aborrecimento, uma coisa do passado. Enquanto suas mãos tremiam no volante, Hazel teve um pensamento ingênuo e reconfortante: ela nunca mais teria que ver Ansel Packer de novo.

O quarto de hotel, com duas camas cuidadosamente arrumadas, carecia de personalidade. Hazel se lembrou das férias que elas costumavam passar quando eram crianças, em cidades de preços acessíveis, como Cleveland e Pittsburgh — ela e Jenny dividiam uma cama, seus pais dividiam outra, e durante o dia eles se arrastavam em visitas a museus. Hazel e Jenny iam jogar Go Fish no chão do saguão, enquanto os pais fotografavam peças de arte que não entendiam.

Agora Hazel estava agradecida pela falta de personalidade das cúpulas plissadas dos abajures, dos sabonetes lacrados em embalagens plásticas. Jenny saiu do banheiro com uma toalha enrolada na cabeça, usando uma calça de moletom e uma fina camisa de algodão. Do lado de fora, o sol tinha se posto, portas de carro batiam no estacionamento, malas deslizavam sobre o cascalho. Uma criança deu um grito, o barulho apunhalando o coração de Hazel. Ela desejou conjurar o cheiro do cabelo de Alma. O hálito de leite de Mattie.

"Serviço de quarto?", sugeriu Hazel, jogando um cardápio para Jenny.

"O Ansel nunca fez isso." Jenny bufou, folheando o folheto laminado. "É caro demais. Quando nós viajávamos, nós sempre íamos ao McDonald's. Ah, olha, eles têm molho Alfredo."

Elas fizeram pedidos extravagantes. Linguine Alfredo, salada Caesar, purê de batata e um bolo vulcão de chocolate para a sobremesa. O clima era instável enquanto elas aguardavam, traumatizadas, como se tivessem acabado de sobreviver a um terremoto. Jenny estava sentada na cama, confirmando seu voo no notebook de Hazel, enviando um e-mail para seu novo senhorio, reservando um carro alugado para quando pousasse. Os papéis do divórcio esperariam, seriam enviados mais tarde em um envelope marcado com o nome de um advogado. O plano tinha se formado anos antes, admitiu Jenny — um rompimento total —, mas foi necessário o emprego novo para desencadear o processo. Não parecia real, disse ela, agora que tinha acontecido.

Quando a comida chegou, elas se acomodaram no chão entre as duas camas, as pernas cruzadas, os pratos em volta. O purê de batata havia sido montado em um formato inegavelmente fálico, e, quando Jenny assinalou isso, ambas caíram na gargalhada. A aflição do dia pareceu perder a importância e foi ficando mais leve.

Jenny comeu com vontade, a gordura cobrindo os lábios.

"Acha que ele vai ligar?", perguntou ela. "Antes que eu mude meu número?"

"Se ele ligar, você não vai atender", respondeu Hazel.

"Tudo bem."

Uma pausa.

"Nem sempre foi assim", disse Jenny. "Nós tivemos dias bons, depois que eu comecei a participar das reuniões. Foi ele que me sugeriu o AA. Eu sei o que parecia hoje, mas... você deve saber que o Ansel nunca me machucou. Não fisicamente."

"Qual é a história dessa coisa de filosofia?", perguntou Hazel.

"Como assim?"

"A 'teoria' dele ou seja lá o que for isso. Ele parece um aluno de filosofia do primeiro ano. Tipo, ele realmente quer ser inteligente, mas talvez não seja tão inteligente assim."

Jenny riu, mordaz e ofegante.

"Eu não sei. Só li alguns trechos do manuscrito. É mais uma lista de dúvidas do que um livro, para ser sincera. E você tem razão... nenhuma das ideias dele é especialmente nova ou interessante. Mas eu acho que ele tenta fazer sentido, o que é uma coisa admirável. Ele está tentando descobrir quem ele é e como existir no mundo. Está tentando se justificar. Não estamos todos fazendo alguma versão disso?"

Ela espetou um pedaço de alface com o garfo.

"Tinha tanta coisa que ele nunca me contou", disse ela. "Sobre a família dele, a infância. Ele ficava muito calado quando eu perguntava. Me dava um gelo durante dias. Depois que eu parei de beber, eu acordei um dia, olhei para o lado e percebi que ele era praticamente um estranho. Alguma vez eu já te contei... já te contei sobre a policial?"

Hazel balançou a cabeça, negando. Seu estômago estava embrulhado com a massa, densa e oleosa.

"Isso tem alguns anos", disse Jenny, baixando o garfo e puxando os joelhos até o peito. "É sério, anos. Eu ainda estagiava no hospital; nós nem éramos casados. Essa policial descobriu o número do meu telefone. No começo, não acreditei que ela fosse mesmo da polícia. Ela parecia jovem demais. Ela foi até o hospital, mostrou o distintivo, perguntou se eu podia responder a umas perguntas. Ela queria saber sobre o Ansel. Eu nunca vou esquecer o nome dela, porque nunca tinha ouvido esse nome antes. Saffron. Como açafrão, a flor. Bom, o fato é que tenho notado a presença dela desde aquela época, Hazel. Há anos, se bem que eu nunca contei ao Ansel. Ela aparece de tantos em tantos meses e fica sentada no carro, estacionado na nossa rua. Só observando. Eu até vi que ela estava lá algumas semanas atrás. É como uma sombra."

"O que ela estava procurando?", perguntou Hazel. "Ela te disse?"

Jenny estampou um sorriso fingido, o mesmo sorriso que ela costumava dirigir às garotas menos populares no vestiário, o mesmo que Hazel reconheceu da época em que uma Jenny adolescente mentia para a mãe. Era um alarme surgindo. Não parecia certo.

"É tão idiota", respondeu Jenny. "Quer dizer, ele nunca faria uma coisa dessas."

"O que era?"

"Eu nem consigo dizer", continuou Jenny. "Parece tão... sei lá. Eu descobri o caso na internet, quando procurei o nome da policial no Google. Ela estava investigando a morte de três garotas. Aconteceu no estado de Nova York, antes de eu conhecer o Ansel, quando ele ainda estava no ensino médio. *Homicídio*. Não é ridículo?"

Sob uma luz fraca e esverdeada, Jenny revelou um arremedo de sorriso, os dentes intencionalmente expostos. Hazel sabia que ela também estava pensando no rosto de Ansel na tarde daquele dia. A palavra era uma faca, retalhando com violência no meio das duas. Homicídio. Hazel achava que ela nunca a pronunciou em voz alta; a própria possibilidade parecia uma coisa estranha, agitando-se, desconfortável, em sua língua.

"Como você pode ter certeza?", perguntou Hazel devagar. "Quer dizer... como você sabe que ele não fez isso?"

O sorriso fingido desapareceu, e uma tempestade cruzou o rosto de Jenny tão repentinamente que Hazel se arrependeu de ter perguntado.

"Ah, meu Deus", disse Jenny. "Era de se esperar."

"O quê?"

Jenny deu um sorriso afetado e soltou uma risadinha falsa.

"Fala sério, Hazel", disse Jenny, com um tom de voz agora incrédulo, quase como se ela estivesse achando graça. "Você está adorando isso."

"Não entendi", disse Hazel, as bochechas ardendo de pânico.

"Você está realmente gostando dessa história toda, não é? Você se apega a qualquer coisa que me faça ficar mais fraca que você."

"Isso não é justo, Jenny."

"Você sabe que é verdade. O Ansel nunca faria uma coisa dessas, mas você gostaria sinceramente que ele tivesse feito, não é? Você iria ao ponto de desejar que o meu marido fosse um *assassino*, porque assim você seria melhor do que eu."

"Jenny, por favor."

"Eu me lembro de como era. Como você costumava olhar para mim, para o Ansel, para tudo que nós dois tínhamos." Jenny fez um gesto em direção aos lençóis ásperos do hotel, aos pratos sujos, às poças de gordura. "Eu sei que uma parte de você está feliz. Você está satisfeita, Hazel, porque eu acabei neste lugar."

"Isso não é verdade", protestou Hazel, humilde e envergonhada.

"Você venceu, está bem?", disse Jenny. "Você conseguiu tudo que você queria."

As palavras de Jenny pairavam no ar. Contaminando tudo. À medida que as lágrimas borbulhavam, queimando a garganta de Hazel, à medida que Jenny revirava os olhos e ligava a televisão, Hazel se sentia como um pântano humano, afogando-se em sua própria vulgaridade. Na TV, passava uma reprise de *Real Housewives* — Hazel não olhou para Jenny, e Jenny não voltou a falar. Elas passaram uma hora desse jeito antes que Hazel reparasse que a irmã tinha caído prostrada na cama, a cabeça enfiada no peito; Jenny tinha adormecido.

* * *

Hazel empilhou os pratos fazendo o mínimo de barulho possível, depois abriu a porta com o pé e depositou os restos da refeição no chão do corredor. O ar tinha um cheiro diferente, fora daquele quarto abafado. Fresco e estéril. Hazel exalou, em uma grande onda de alívio. Ela calçou a porta com uma toalha e deixou que ela se fechasse com um rangido forte.

Nunca foi mais evidente ou constrangedor. Hazel era protegida, privilegiada, ignorante por definição. Luis frequentemente implicava com ela por isso. *Vocês, garotas brancas, sempre se dão bem.* Parecia impossível que um conceito tão violento como aquela palavra — homicídio — tivesse se agarrado a Jenny, sua própria irmã. Coisas assim não aconteciam em Burlington. Hazel sempre se sentira confiante em sua visão de certo e errado, de bem versus mal. Ela votou em Obama. Ela acreditava que teria sido aquele tipo de alemã que esconderia uma família de judeus no sótão (apesar de essa teoria nunca ter sido testada). Pela primeira vez, Hazel se sentiu próxima de algo que a amedrontava. Ela queria ser corajosa.

Hazel escorregou para o carpete áspero do corredor velho e mal iluminado, a cabeça confusa e latejando. Espiou o corredor com seus intermináveis quartos idênticos, depois puxou o celular do bolso. O wi-fi do hotel era lento, e ela esperou, ansiosa, que o site de busca carregasse.

Saffron Singh apareceu imediatamente. Uma pesquisa por "Saffron polícia Nova York" encontrou um artigo do *Adirondack Daily Enterprise*: INVESTIGADORA DO ESTADO DE NOVA YORK PROMOVIDA A CAPITÃ DO GABINETE DE INVESTIGAÇÃO CRIMINAL, acompanhado da foto de uma mulher séria sobre um palco, usando um boné de estilo militar. Ela parecia competente, capaz, o rosto delicado e anguloso. Hazel navegou pelo site da polícia estadual, com as informações sobre o gabinete de Saffron Singh, um número de telefone piscando embaixo de um endereço de e-mail.

Ela ligou.

O primeiro toque soou como um mergulho em uma piscina gelada: chocante e vibrante. Hazel afastou o celular do rosto, quase arremessando-o com o próprio nervosismo, quando um chiado metálico de estática surgiu do outro lado. Uma respiração.

"Capitã Singh."

A adrenalina disparou quando a estupidez de Hazel pulsou, escarnecendo.

"Alô?", disse a voz. "Quem fala?"

Hazel bateu o polegar na tela, encerrando a chamada. O silêncio que se seguiu só foi interrompido pelo barulho de sua respiração, irregular e ofegante. Ela ficou sentada com o choque, rezando para Saffron Singh não olhar o seu número e tentar ligar de volta. Ela estava reagindo à gravidade da pergunta que Jenny se recusara a fazer — Hazel sabia que a pergunta a incomodaria durante muito tempo, uma suspeita persistente à qual ela não seria capaz de responder ou repelir. De qualquer forma, ela não podia considerá-la. Era incomensurável, hedionda demais. E, muito obviamente, improvável.

Assim, ela navegou de volta à tela inicial do seu celular, com os dedos trêmulos. Contou quatro inspirações, sentindo o cheiro dos produtos de limpeza e do carpete aspirado. Luis atendeu depois de três toques; ele estava dormindo. Sua voz era baixa e rouca. Hazel chorou só de ouvir a suavidade da voz do marido.

O aeroporto estava vibrante e movimentado. Jenny tinha se arrumado para o voo; ela havia passado uma cuidadosa camada de rímel nos cílios, calçado um par de botas de cano baixo. De volta ao quarto de hotel, Hazel havia se preparado para uma explosão, um reconhecimento daquelas verdades feias e vulneráveis, mas Jenny apenas cantarolava, indiferente, enquanto passava a escova no cabelo embaraçado. Hazel não tinha dormido a noite toda, o leve ressonar de Jenny misturando-se à sua acusação, no canto mais fundo da mente de Hazel.

Elas caminharam juntas até a área de embarque.

"Imagino que chegou a hora", disse Jenny, parando em frente a uma loja que vendia mochilas caras.

As pessoas afluíam por elas, empurrando.

"Não chora, Hazel." Jenny revirou os olhos. "Você está começando a ficar parecida com a mamãe."

Elas se abraçaram, e Hazel oscilou. *Você é a irmã forte*, ela teve vontade de dizer. *Você é a corajosa*. Mas tudo que saiu foi um sussurro abafado contra o cabelo de Jenny. *Sinto muito*. Quando se afastaram, algo ficou preso no suéter de Hazel. As duas o olharam por um momento um pouco longo demais para aquela pedra enroscada em uma linha solta: o anel.

Jenny riu.

"Acho que é um sinal."

Ela desenroscou o anel do dedo e o colocou na palma da mão de Hazel.

"Você não quer levar?", perguntou Hazel.

"Guarda para mim, está bem? Está na hora de recomeçar. Não preciso levar nenhuma recordação."

O anel era pesado e sombrio ao deslizar para o bolso de Hazel. Ela pensou como Jenny fora capaz de usá-lo todos aqueles anos, carregando tanto peso.

"Tudo bem", disse Jenny. "Te vejo no outro lado."

Hazel observou a cabeça de Jenny desaparecer no meio da multidão — nunca, em toda a sua vida, ela se sentira mais distante da irmã. No avião, Jenny pediria uma Sprite com uma rodela de limão, folhearia uma revista sensacionalista, dobrando a ponta da página do horóscopo. Hazel sempre saberia essas coisas sobre Jenny: os detalhes, os hábitos, as pequenas inclinações. No entanto, os detalhes não compunham uma pessoa. E, nos dias, semanas e meses que se seguiriam, os detalhes de Jenny mudariam. Ela moraria em uma cidade que Hazel nunca vira, sentiria um sol sulista que nunca aquecera a pele de Hazel. Jenny criaria uma nova versão da sua metade do todo, moldando-se em algo revigorado. Durante todo o tempo, Hazel estaria ali. Ali estava Hazel, paralisada no aeroporto iluminado, cheio de pisos de linóleo e corpos apressados. Ali estava Hazel, ardendo com a familiar urgência de seguir, acompanhar e, no final, ultrapassar. Ali estava Hazel, sempre igual.

O estacionamento coberto estava escuro como breu. À meia-luz, Hazel examinou o anel, um objeto de um universo diferente. Latão e ametista, algo que não fazia parte daquele lugar. Antes de seguir para casa, Hazel abriu o porta-luvas e jogou o anel lá dentro, sem nenhuma cerimônia. Um clique, um baque. Ela o deixaria lá, esquecido, até que a impressão fosse de que ele nunca sequer houvesse existido.

* * *

"Tem certeza?", perguntou a mulher, duas horas depois. "Tudo?"

"Tudo", confirmou Hazel.

Ela estava na cadeira giratória do salão de cabeleireiro mais chique de Burlington. Suas roupas ainda cheiravam a gordura, como o quarto do hotel. Quando ela mandou uma mensagem para Luis avisando que se atrasaria, ele respondeu com uma foto da gengiva de Alma, um buraco salpicado de sangue no local de onde caíra seu primeiro dente de leite.

Admirada, a cabeleireira meteu a tesoura, segurando um naco de cabelo. *Dá uma olhada nisso.* O liso rabo de cavalo de Hazel pendia cortado na mão da mulher, ainda preso com o elástico. Com apenas três centímetros de cabelo — *exatamente como a Emma Watson*, exclamou a cabeleireira —, Hazel parecia um garotinho. Como uma ninfa ou uma fada de uma das histórias que contava para Alma dormir. Um pouco, sim, como Emma Watson. Fascinada com o seu reflexo, Hazel imaginou que tinha passado a vida toda com aquele ser humano irreconhecível, que ela sempre conhecera aquele rosto magro e estranho. Hazel levantou a mão de debaixo do avental úmido para tocar o sinal de gota de lágrima na face. Parecia muito maior do que antes. Menos como uma mancha, mais como uma marca, aquilo que a tornava exatamente ela: Hazel. A sensação era completamente deliciosa. Eufórica, Hazel observou enquanto a gêmea no espelho abria a boca para dar uma gargalhada que soava como um despertar, uma mudança, uma salvação.

2 HORAS

Duas horas e quatro minutos.

Jenny costumava dizer que tudo acontece por um motivo, e você sempre zombou dela por causa desse lugar-comum. Se tudo acontece por um motivo, então como justificar a guerra? O câncer? Os tiroteios em escolas? Jenny só balançava a cabeça, sabida e pensativa, acomodada demais em sua crença. Tem que existir um propósito, dizia ela. Uma dor inútil não faz parte da natureza humana. Nós sempre achamos um significado para ela.

Otimista, você diria.

Não é otimismo, rebateria Jenny. É apenas sobrevivência.

Há um guarda de pé do lado de fora da sua cela. Ele tosse e abafa com o braço, expectorando. Você sabe por que o guarda está ali: o registro de vigilância voltou. Ele vai passar pela sua cela em intervalos de alguns minutos para assegurar que você não vai se matar. Na verdade, você não quer se matar, mas faria isso, se pudesse — essa situação poderia ter uma razão de ser, se você pudesse controlá-la. Mas você pesquisou, e não há nada. Nenhum cadarço para enrolar no pescoço. Nenhum caco de vidro para cortar os pulsos. Nenhum sentido à vista, na espera longa e cruel.

* * *

Ansel?

O capelão chegou. Uma bolsa de malha vermelha de Polunsky está pendurada no ombro dele. Sua careca brilha de suor. Do ponto onde você está deitado na cama, o capelão parece maior do que nunca. Ele arrasta uma cadeira de metal barulhenta pelo chão de concreto e se senta perto das barras que separam vocês dois. A Unidade Walls emprega um capelão diferente em tempo integral, mas você solicitou que esse homem viesse de Polunsky — você gosta de imaginá-lo manobrando uma velha caminhonete pela rodovia, as janelas abertas, o rádio tocando baixinho.

O diretor me deu isso, diz o capelão, entregando-lhe a bolsa. A agente Billings a passou adiante.

Você reconhece o objeto imediatamente. A sua Teoria. Só faz duas horas que você chegou à Unidade Walls, o que de jeito nenhum é tempo suficiente para entregar a bolsa para o capelão, tirar cópias no FedEx em Huntsville, enviar essas cópias para os editores ou deixar uma pilha no canal local de notícias. Você tira os cadernos da sacola, a verdade apertando seu peito. O desespero brota devagar, como uma ferida que vaza.

A sua Teoria, o seu legado, não vai a lugar algum.

Abandonar o plano era uma coisa. Você meio que esperava isso de Shawna. No entanto, parece quase uma barbaridade devolver a Teoria para você desse jeito. Você não tem o tempo ou os meios para enviá-la você mesmo. Shawna sabe disso. De qualquer maneira, seria inútil, sem que ela cumprisse a parte dela no plano. A ironia é nítida e ácida. O que você fez é ruim, mas não tão ruim para justificar a atenção que supostamente viria com a sua fuga. Você poderia divulgar a Teoria, é claro. Mas, a essa altura, não faz sentido.

Ninguém se importaria.

Por que todos esses escritos?

Shawna tinha perguntado uma vez, perto do início. Você estava sentado no chão com seus cadernos espalhados, as mãos manchadas de tinta preta.

É a única maneira de se eternizar, você disse a ela. É como se eu estivesse deixando uma parte de mim para trás.

O que exatamente você está tentando deixar?, perguntou Shawna.

Eu não sei, você respondeu, irritado. Minhas reflexões. Minhas crenças. Você não acha que é importante saber que alguma coisa sua existe para além do seu próprio corpo? Alguma coisa que pode sobreviver à sua morte?

Shawna só deu de ombros e disse: Acho que algumas pessoas já deixaram coisa demais.

Você manda o capelão sair e espalha as páginas da sua Teoria em um círculo no chão, onde elas formam uma careta, como um sorriso desdentado. De pernas cruzadas no meio da confusão, você examina a prova de sua mente brilhante — espalhada assim, sem qualquer organização, parece pequena demais, apenas um monte de rabiscos. Notas para algo maior, notas para algo melhor.

Então é assim que vai ser. A sua Teoria vai desaparecer depois que você se for, relegada a um escritório administrativo, na melhor das hipóteses, ou a uma caçamba de lixo, na pior. Uma vida inteira de escritos e reflexões, desaparecendo até o esquecimento. Seu olho capta uma página aleatória, solta ao acaso no piso de concreto. A moralidade não é finita, está escrito. A moralidade não é permanente. Sempre há o potencial para mudança. Parece impossível que esse potencial, uma coisa tão básica, possa ser arrebatado.

E a Casa Azul?

Você sussurra, no início, de forma gentil. As páginas no chão não se movem, não farfalham, apenas o encaram. Então você fala mais alto. As palavras ecoam de volta, quicando vazias nas paredes.

E a Casa Azul?

Mesmo que tudo termine aqui, mesmo que ninguém escute, sempre há a Casa Azul. A Casa Azul é a sua Teoria, que se mantém imperturbável. A Casa Azul é a prova. Você é abrangente, como todo mundo. Você é complexo. Você é mais do que apenas o perverso.

* * *

A Casa Azul veio à tona no auge do calor do verão. Quase um ano após Jenny ir embora para o Texas. Você estava meio decadente, sozinho em Vermont; Jenny se fora, e seus dias eram cinzentos e silenciosos. Você comia cachorro-quente frio direto da embalagem todas as noites, e depois do jantar arrastava os móveis prediletos de Jenny para a garagem, onde os picava em pedacinhos com uma motosserra.

A carta chegou no correio em uma manhã de junho. Você rasgou de qualquer jeito o envelope, a porta de tela ainda aberta, confuso com a letra arredondada na folha pautada de caderno. A primeira carta era simples, apenas algumas sentenças.

> Caro Ansel. Meu nome é Blue Harrison. Antes do meu pai ser adotado em um hospital perto de Essex, Nova York, ele tinha um irmão mais velho. Acho que você pode ser esse irmão.

Você cambaleou até a cozinha, deixou a carta flutuar até a mesa de carvalho arranhada. Na época, pareceu que o universo era ao mesmo tempo cruel e milagroso. Rancoroso e clemente. Baby Packer não chorou todos aqueles anos para castigar você. Ele gritou igual a todos os outros bebês, para expressar alguma coisa.

No fim de semana seguinte, você foi até a Casa Azul. Você já tinha passado por Tupper Lake para fazer entregas de móveis, mas sua chegada pareceu viva daquela vez, cheia de significado. O céu se abria e cobria todo o lago, o sol brilhava na água em um tom azul cintilante. O restaurante ficava a alguns quarteirões da praia, uma casa empoleirada em um pequeno terreno. Ela piscou para você, chamando.

O sino na entrada tilintou quando você entrou.

Você a reconheceu imediatamente. Blue Harrison esperava em uma mesa no canto, curvada e inibida, tão 16 anos enquanto brincava com um canudo de plástico. A visão era visceral, impressionante. Até ver Blue Harrison, você não percebia como aquele som tinha sido constante. Um silêncio se estabeleceu no recôndito mais escuro de sua cabeça, onde o bebê choramingava suavemente havia anos, e o alívio foi quase incapacitante de tão grande.

Blue Harrison era quase idêntica à sua mãe.

Naquele instante, pareceu que Baby Packer erguera o olhar. Calmo agora, encantador, piscando os olhos. Como se dissesse: Finalmente. Você me encontrou.

SAFFY
2012

Saffy sabia como resolver um mistério.

Ela conhecia esse anseio. O comichão inquieto na ponta dos dedos, a caçada e a captura, a investida e a liberação. Ela sabia como torcer e esgarçar cada migalha de informação, puxando pequeninos fios até que a coisa inteira se dissolvesse. Saffy podia desvendar e estudar um mistério, tal qual uma ciência exata e inequívoca. No entanto, alguns casos evoluíam para além do mistério, para algo mais tortuoso e complexo; o pior tipo de mistério transcendia seu próprio corpo e se transformava em uma espécie de monstro tinindo de novo. Alguns casos se tornavam canibais, devorando-se a si mesmos, até não restar mais nada além de cartilagem.

Saffy estava na frente da multidão que falava sem parar, as mãos firmes no púlpito. A sala excessivamente iluminada estava apinhada de gente, os policiais irrequietos nas cadeiras de plástico, os investigadores alinhados na parede mais afastada de forma desleixada. O tenente Kensington estava apoiado na porta, com apenas metade do corpo dentro da sala, como se planejasse fugir.

Saffy limpou a garganta, exibindo autoridade. Em seguida jogou os ombros para trás e soltou a voz em um tom baixo.

"Como muitos de vocês sabem, recebemos uma data para o novo julgamento de Lawson", disse ela, e a sala ficou em silêncio. "Duas semanas a partir de segunda-feira. Considerando a atenção despertada por esse caso, a promotoria está pedindo a nossa ajuda... Eles querem que fiquemos de olhos e ouvidos atentos, querem nossos melhores esforços. Até a data do julgamento, quero ver vocês respirando, dormindo e cagando esse caso."

Agora eles estavam nas mãos dela. Precisava de pouco: o ritmo arrogante e familiar do machismo dos homens, grosseiro em si mesmo. Nos meses que se seguiram à sua promoção como capitã, Saffy tinha sido cuidadosa em apimentar suas ordens com essas expressões — ela necessitava que os homens confiassem nela. Ela vinha praticando uma versão desse discurso havia anos, nos seis em que servira como sargento, e depois nos quatro como tenente. Saffy tinha 40 anos agora, a única capitã na história da Tropa B, e ela já aceitara havia muito que, para liderá-los, tinha que falar como eles.

"Sargento Caldwell, por que não se encarrega de resumir o caso?"

Corinne se apoiou na parede da sala, os braços cruzados sobre a gasta jaqueta de couro, a voz rouca saindo de modo suave e regular.

"Marjorie Lawson foi assassinada dois anos atrás na cozinha de sua casa. Levou uma pancada atrás da cabeça com uma frigideira. Seu marido, Greg Lawson, assistente de açougueiro na Painter and Sons, era o único suspeito e, de acordo com todos os padrões, parece ser o culpado. Mas, devido a um vazamento em nosso próprio departamento, a defesa entrou com um recurso de anulação do julgamento."

Com isso, Saffy olhou de propósito para o tenente Kensington, que examinava seus caríssimos sapatos italianos. Anos antes, no bar local, Kensington fora descuidado e, embriagado, comentou com um jurado sobre a óbvia culpa de Lawson, e agora era Saffy que ia pagar o preço. Saffy tinha herdado esse show de merda do seu antigo capitão, forçado à aposentadoria justamente por causa desse caso, e agora ela teria que encontrar uma prova irretocável, um novo ângulo de investigação. Teria que construir algo original a partir de uma pilha de pó.

"Obrigada, sargento", disse Saffy. "Lewis e Taminsky, quero vocês com as testemunhas. Entrevistem todos novamente, pressionem ao máximo. Hartford, você fica com a família da vítima, descubra o que puder sobre o casamento dos Lawson. Benny e Mugs, vocês se ocupam dos dados da perícia. E, Kensington, você lida com a promotoria e os advogados. O veredito está com a acusação, mas, nas próximas duas semanas, vamos colocar todos os nossos esforços para ajudar a montar o caso. Ao trabalho."

À medida que os policiais saíam em fila, Saffy se voltou para o quadro de avisos. Ela tinha memorizado as fotografias, mas alguma coisa a incomodava a respeito da cena do crime. Quando ela lidava com um caso tempo demais, quando todas as suas pistas iam se reduzindo a nada, Saffy voltava para as pistas materiais: Marjorie Lawson, esparramada no chão da própria cozinha, o sangue jorrando de um ferimento atrás da cabeça e formando uma poça no piso recém-esfregado. A luz do forno estava acesa, o cômodo enevoado com a fumaça, o pão de milho torrado igual a um pedaço de carvão.

"Capitã."

Era Corinne. Sua única investigadora mulher, a melhor do grupo. Corinne tinha sido a primeira pessoa que Saffy contratou como tenente, depois que Moretti voltou para Atlanta. Corinne tinha resolvido dezenas de casos de homicídio sob a orientação de Saffy, tinha usado o prestígio do seu sogro com o superintendente para ajudar na sua promoção como capitã. Agora ela pairava de um jeito desleixado por cima do ombro de Saffy, o rabo de cavalo baixo e ensebado. Corinne era ao mesmo tempo sutil e perspicaz, tinha um senso de humor ácido que ajudara Saffy a encarar muitas noites longas e difíceis.

"Nós fodemos isso tudo", murmurou Saffy, uma pequena silhueta à sombra das fotografias.

"Não foi culpa *sua*", disse Corinne.

"Você sabe que isso não interessa." Saffy suspirou, e Corinne não disse nada.

O dia se arrastou. Saffy reviu os depoimentos das testemunhas com Lewis e Taminsky, revirou formulários com pedidos de horas extras, engoliu um burrito congelado enquanto aprovava um furgão de vigilância para uma operação de narcóticos. No momento em que o sol de verão se pôs, a maior parte de sua equipe já tinha ido para casa ou para o trabalho em campo, e a delegacia estava silenciosa. Saffy sabia que devia ir descansar um pouco antes de voltar no dia seguinte — um sábado, supostamente o seu dia de folga —, mas o ar tinha uma espécie de umidade sufocante e seu peito se enchera de um anseio conhecido.

Ela não devia fazer isso. Não era saudável. Sobretudo, não era sensato. Mas, para o seu deleite, Saffy estava sozinha, e a noite não a julgaria. Fazia meses que ela não sucumbia a esse desejo; a última vez fora em abril, em uma noite cinzenta de chuva torrencial.

Saffy puxou o armário de arquivos que ficava embaixo de sua mesa. A pasta estava exatamente onde ela tinha deixado, junto de outros casos não resolvidos, fechados e esquecidos. Saffy não contou a ninguém. Era o seu segredo mais idiota, sua vergonha mais doce.

As garotas de 1990 não haviam lhe dado nada em troca. Ainda assim, Saffy enfiou o arquivo sobre o caso embaixo do braço quando se arrastou para o estacionamento vazio e abafado. As garotas sempre escapuliam em momentos como aquele, quando ela se sentia paralisada ou frustrada, quando se deparava com um beco sem saída como o caso Lawson. Izzy, Angela, Lila. Elas deslizavam para fora da pasta, sussurrando em tom conspiratório. Apareciam no assento traseiro de seu Ford Explorer sem identificação ou atrás de um suspeito na sala de interrogatório, uma cutucada zombeteira, um lembrete constante. Saffy era capitã, sim. Mas um dia ela fora uma garota. Todo mistério tem uma história e, às vezes, para ver algo integralmente, você tem que ir muito longe, onde tudo começou.

Izzy apareceu naquela noite. Um espectro em um sonho. As garotas empurravam Saffy para a frente, depois a puxavam tentadoramente para trás — as garotas, como teriam sido. Izzy, em uma varanda, ao nascer do sol. Trinta e tantos anos, óculos manchados, usando uma roupa de flanela gasta, a sua favorita. Uma xícara de café sobre uma mesa de vidro limpa. Os dedos, mexendo na casca de um ovo cozido, o esmalte descascado e brilhante contra o branco. A pele viscosa do ovo, revelando-se vulnerável e indefesa, escorregadia como um recém-nascido.

* * *

Quando Saffy acordou na manhã seguinte, ela já sabia o que fazer.

Uma porção de junho tinha se estabelecido como uma película durante a noite — a aurora estava surgindo, solitária atrás da janela do quarto de Saffy, e os lençóis suados tinham um odor azedo e precisavam ser lavados. Seu telefone já estava apitando.

Revisando as transcrições de Lawson agora de manhã, Corinne tinha escrito. *Alguma coisa específica que você quer que eu anote?*

Saffy limpou a remela dos olhos e digitou uma resposta rápida:

Revise as testemunhas da defesa, procure alguma inconsistência. Chame o TN *para ajudar. Estou de folga hoje.*

Na hora em que o sol se levantou, Saffy já estava no carro, a mente ainda embaçada enquanto o ar-condicionado soprava, com cheiro de mofo e fedor de plástico. Ela entrou na rodovia e desembrulhou uma barrinha de cereais, as linhas amarelas no asfalto já ondulando com o calor.

Após treze anos dirigindo nesse mesmo trajeto, Saffy conhecia as curvas da estrada de cor. Ela chegou à divisa entre estados e entrou em Vermont, o lago Champlain ficando cada vez menor no espelho retrovisor, à medida em que os campos se misturavam com centros comerciais de um só andar. Acelerando na estrada vazia, Saffy puxou o maço de cigarros do porta-luvas. Ela não fumava desde a adolescência, não normalmente, não tecnicamente. Mas nessas viagens, ela se permitia fumar quantos cigarros quisesse. Já estava quebrando suas próprias regras. A culpa e a vergonha haviam se instalado dentro dela, e parecia sem sentido se privar daquele pequeno prazer.

Ela não precisava de nada específico de Ansel Packer. Nunca se aproximou dele, nunca anunciou sua presença. Seu anseio não tinha lógica nem motivo — ela só precisava ver. Observar. Quando os centros comerciais se transformaram em casas caindo aos pedaços, Saffy jogou uma nuvem de cinzas pela janela e visualizou seu desejo como o carrossel de um parque de diversões, velho e enferrujado, girando sem parar.

Ao chegar à pequena casa amarela, a manhã tinha desabrochado em um quente dia de verão. Saffy estacionou junto ao meio-fio. Abriu o notebook, inalou profundamente e deu uma olhada no cenário.

Tudo parecia diferente agora que Jenny havia ido embora. A grama estava alta demais, as plantas dos vasos tinham morrido, a varanda exibia sapatos de homem espalhados e cheios de lama. Saffy tinha feito três visitas, nos últimos nove meses, antes de ligar para o hospital e descobrir o óbvio. *Texas*, disse a recepcionista. *Ela conseguiu um emprego novo lá.* Jenny tinha ido embora.

Saffy só tinha falado com Jenny uma vez do lado de fora do hospital, treze anos antes — quando se lembrava daquele encontro infeliz, o modo como ela gaguejara, enchia-se de ternura pela versão mais jovem de si mesma. Na época, ela era uma investigadora novata, cheia de esperança, sem nenhum tato. Durante a década seguinte, nos dias de folga e nos fins de semana ociosos, Saffy tinha observado o processo de desenvolvimento de Jenny. Ela vira garrafas de vinho transbordando da cesta de lixo de recicláveis, reality shows berrando na televisão, o modo como Jenny e Ansel passavam as noites separados, Jenny na sala, Ansel na garagem. Uma vez, a irmã de Jenny — a semelhança era impressionante — aparecera para uma visita, com duas crianças. Jenny estava rindo quando prendeu o garotinho na cadeirinha dele no carro.

Agora a casa parecia nitidamente abandonada, embora a caminhonete de Ansel estivesse estacionada na entrada da garagem. Na varanda, o cordão de luzes penduradas tinha tombado e pendia sobre a cerca, e as cortinas cor de cereja caíam tortas na janela da cozinha. O motor do carro rugiu quando uma conhecida frustração apertou o estômago de Saffy. Tinha sido uma estupidez ter ido até ali. Ela teve vontade de chorar por causa daquela péssima ideia, que não levaria a nada. Estava a ponto de dar meia-volta e se forçar a retornar para casa quando ouviu o barulho da porta de tela.

Ansel saiu da casa usando botas de trabalho pesadas, a calça jeans manchada de gesso. Vestia uma camiseta fina, amarelada nas axilas, curta por conta de uma barriga de cerveja que começava a aparecer. O cabelo estava mais ralo e os óculos se apoiavam, suados, na ponte do nariz. Curiosa, Saffy se sentou ereta quando ele entrou na cabine da caminhonete.

Ela esperou um instante enquanto ele dava marcha à ré. Pensou que teria sido bom se tivesse uma caixinha de chicletes — os cigarros haviam deixado um gosto amargo na garganta, agora seca e arranhada.

Se havia alguma coisa que Saffy tinha aprendido naquele trabalho, era que homens como Ansel não toleravam se sentir magoados. Eles simplesmente não conseguiam suportar esse sentimento.

Havia padrões, obviamente. Havia tendências, semelhanças, perfis esboçados pelo FBI. Saffy e seus investigadores classificaram muitos dos seus suspeitos dessa forma — o técnico de ginástica que seduzia as garotas quietas, o estuprador que comparecia a todas as reuniões na prefeitura para voltar a ouvir o relato de seus crimes, o ex-fuzileiro naval que espancou a primeira esposa, espancou a segunda e matou a terceira. No entanto, Saffy creditava seu sucesso a uma constatação: para cada criminoso que correspondia a um estereótipo, havia dezenas que não correspondiam. Cada cérebro era diferente em sua anormalidade, e o sofrimento humano se manifestava de maneiras misteriosas, individualizadas. Era uma questão de encontrar o gatilho certo, o lugar onde a dor havia pousado e corrompido, o ponto fraco de qualquer pessoa forte que as empurrava para a violência. Saffy sabia que era uma questão de conhecer essas complexidades, de tentar entender uma ação que parecia intoleravelmente íntima. Insuportavelmente humana. Às vezes, como uma forma distorcida de amor.

Na década em que espionava Ansel Packer com mais frequência, Saffy nunca o vira deixar aquela cidadezinha em Vermont. Ela o seguira até o supermercado, o acompanhara até o trabalho na loja de móveis, ao bar descendo o quarteirão. Uma vez, o seguira até um churrasco ao ar livre, onde ele permaneceu sentado a uma mesa de piquenique, bebericando cerveja, enquanto Jenny conversava com os amigos.

Agora Saffy esperava que ele desse seta para virar em alguma rua ou freasse, mas Ansel continuou avançando. Ele se dirigiu para o norte, contornou o lago Champlain, ultrapassou a divisa do estado de Nova

York, passou pela casa da srta. Gemma e subiu em direção ao lago Placid. Assim que Ansel finalmente deixou a estrada, haviam se passado horas, e a bexiga de Saffy estava a ponto de explodir. Eles tinham voltado para o território da Tropa B, uma cidadezinha que Saffy conhecia de passagem. Tupper Lake, estado de Nova York.

Finalmente, um fim de semana de folga, provocara Kristen ao telefone, algumas noites antes. *O que você está planejando, capitã?* As eliminatórias do campeonato de futebol do filho de Kristen eram naquela manhã, e Saffy faltaria sem uma explicação. Ela pensou no sábado que teria desejado: fatias de laranja no intervalo, uma pilha de caminhões de brinquedo em uma toalha de piquenique, sorvetes na volta para casa.

Em vez disso, lá estava ela, com a bexiga desconfortavelmente cheia enquanto chegavam à extremidade norte de Tupper Lake. A caminhonete de Ansel parou rapidamente em um posto de gasolina, depois estacionou em frente a uma casa pintada de um azul vivo, cor de chiclete. Quando Ansel saiu pesadamente do carro, Saffy observou com mais atenção.

Era um restaurante. Havia um cardápio plastificado na janela e um pequeno cartaz de ferro forjado pendurado sobre a porta, vermelho-ferrugem, pouco visível.

A Casa Azul.

Era quase meio-dia, e Saffy estava morrendo de vontade de urinar. Ela não devia fazer isso — não era inteligente, não era sensato e certamente não era um bom trabalho policial. Mas Saffy sabia que o seguiria até lá dentro. Ela tinha baseado sua carreira no seguinte conceito: todo mundo tem segredos, todo mundo vive se escondendo de alguma maneira. E ela tinha se mostrado certa inúmeras vezes.

Saffy também se encaixava nesse conceito. Agora ela se consultava com uma terapeuta, uma mulher chamada Laurie, cujo consultório ficava no segundo andar de um prédio de escritórios antiquado. Laurie mantinha uma caixa de lenços de papel na mesa do sofá e uma tranquilizante coleção de vasos de plantas no peitoril da janela. Elas falavam principalmente sobre o trabalho de Saffy, os horrores que ela testemunhava todos os dias: mulheres espancadas até a morte em suas camas, crianças famintas e acorrentadas em porões, overdoses e mais overdoses. Muitas vezes,

Saffy tentava mudar de assunto, discutir a reforma de sua nova casa — recentemente ela tinha destruído sua cozinha, com a ajuda de Kristen — ou seus problemas com os namorados, homens que entravam e saíam de sua vida, que raramente prendiam seu interesse. Ela contou a Laurie sobre a pasta de receitas que mantinha apoiada no peitoril da janela da cozinha; pratos do Rajastão que ela tinha passado horas pesquisando no Google, *laal maas* e *dal baati*, pedindo que os ingredientes fossem entregues pelo correio. No entanto, Laurie sempre levava a conversa de volta para o trabalho. A atrocidade do dia a dia de Saffy. *O que atrai você para esse trabalho?*, Laurie gostava de perguntar, a testa enrugada e cheia de boas intenções. *Que parte de você enquanto criança se sente bem no trauma?*

Saffy sempre lutava contra a vontade de revirar os olhos. Ela pensou em abandonar completamente a terapia, mas queria dar o exemplo para seus jovens investigadores, homens que se escondiam atrás da masculinidade fabricada do trabalho na polícia, contando piadas sem graça sobre homossexuais enquanto mascavam tabaco. Ela era capitã agora. Sabia que eles a observavam atentamente.

Enquanto analisava Ansel, as botas dele batendo nos degraus que levavam à Casa Azul, Saffy se lembrou das palavras de Laurie, a tendência sagaz e enfurecida que a fazia repetir: *Como você era quando criança?*

Tudo bem, Saffy pensou, concordando, à medida que Ansel se aproximava da porta. *Como eu era?*

Às vezes, Saffy ainda sentia falta daquela menininha alerta na cama de cima do beliche, quando a noite avançava madrugada adentro. Seu desejo tinha sido bem claro: ela queria que a mãe ressuscitasse dos mortos. Ela tinha pensado no pai com tanta constância, que ele tinha assumido um tipo mítico de importância, como a justiça ou a verdade, sempre irreconhecíveis. Embora sua infância tenha transbordado de tristeza, as coisas foram mais fáceis na casa da srta. Gemma, quando ela sabia exatamente pelo que ansiar, quando esse desejo simples corria por baixo de tudo, como uma correnteza persistente.

No entanto, isso não existia mais. Saffy tinha afastado aquele sentimento de saudade durante seus rebeldes anos de adolescência ou seus desastrados primeiros anos da vida adulta. Ela o tinha substituído por relatórios de casos preenchidos às três da manhã, interrogatórios no gabinete que faziam seus suspeitos chorarem, viagens de carro de sete horas só para entrevistar uma testemunha. Saffy examinou a parte de trás da cabeça de Ansel, quando ele entrou no restaurante. Ela ficou pensando qual aspecto daquele anseio ele tinha conseguido repelir, ou talvez, e mais importante, qual aspecto ele tinha conseguido manter.

O interior da Casa Azul era claro e acolhedor, desbotado e decadente, um estabelecimento familiar que certamente tinha deixado seus dias de glória para trás. Um tilintar soou do sino acima da porta, anunciando a entrada de Saffy e incitando uma pequena pontada de pânico dentro dela — aquela fora uma péssima ideia. Ela devia voltar para casa e participar da noite de pizza no quintal de Kristen, um costume após os jogos de futebol.

No entanto, aquilo também parecia necessário e surpreendentemente certo.

"Como posso ajudar?"

A mulher que fazia as vezes de recepcionista sorria amigavelmente. Ela tinha o cabelo cacheado, preso por uma faixa de cabelo, e o avental manchado de ketchup e gordura. Trinta e poucos anos, imaginou Saffy. Um crachá com seu nome estava afixado, torto, no avental. *Rachel*.

"Só um chá gelado", disse Saffy, apontando o bar com a cabeça. Ela tentou soar mais natural e menos como uma policial, embora a fronteira entre uma coisa e outra fosse muito confusa. "E onde fica o toalete?"

Quando Rachel apontou os fundos do restaurante, Saffy esquadrinhou rapidamente o lugar, procurando por Ansel. Não demorou muito. Ele estava sentado a uma mesa perto da janela em uma cadeira bamba, de frente para uma jovem. Uma adolescente. O cabelo da jovem estava trançado e jogado sobre um ombro; ela parecia tímida e nervosa.

Ao chegar ao banheiro, Saffy trancou a porta, respirando com aquela sensação pouco conhecida. Um pavor, novo e acentuado. Com a calcinha ao redor dos joelhos, Saffy exalou na palma das mãos, o cheiro de água sanitária, urina e fritura engolfando-a em uma nuvem desagradável. Ela se sentiu uma idiota, uma paranoica. No entanto, enquanto deixava correr a água quente da pia e lavava as mãos trêmulas, Saffy não podia deixar de ver. O anseio no olhar de Ansel. A garota era jovem. Jovem demais.

De volta ao salão, um copo de chá gelado a esperava na extremidade do balcão, deixando uma poça de condensação no vinil meio descascado.

"Quer comer alguma coisa?"

Saffy balançou a cabeça, a língua grossa. Quando Rachel desapareceu novamente na cozinha, a porta sacudiu e se fechou, e Saffy viu a fotografia. Estava pregada com tachinhas na porta da cozinha, impressa em alta qualidade, ampliada em uma moldura. Um pequeno altar brotava em torno da foto, flores secas espetadas em volta de bilhetes escritos à mão. O homem da foto sorria em frente a uma parede pintada de azul — a casa onde estavam —, com uma garotinha no colo, os braços enroscados no pescoço dele. A imagem fez Saffy se sentir ainda mais desconfortável. Não foi o nome, Ellis Harrison, as datas, 1977–2003 — ele tinha morrido com 26 anos —, ou mesmo a garotinha — obviamente uma versão mais nova da adolescente que estava sentada na mesa do canto agora —, mas o formato do rosto do homem. O seu sorriso. Ele se parecia muito com Ansel Packer.

"Para falar a verdade", disse Saffy quando Rachel voltou, "vou querer um sanduíche de atum."

Saffy forçou alguns pedaços do sanduíche na boca e escutou com atenção. A localização do balcão a deixava de costas para a mesa de Ansel, mas ela captou determinadas palavras, algumas frases ecoando. A voz da garota. *Execução da hipoteca pelo banco. Não sei o que vamos fazer.*

"Há quanto tempo vocês abriram este restaurante?", perguntou Saffy a Rachel quando a conta chegou em uma pasta de plástico engordurada.

"Meu marido e eu compramos este lugar em 1997. O restaurante funciona desde essa época."

Saffy fez um gesto com a cabeça para o memorial na porta da cozinha.

"Você toma conta de tudo sozinha?"

Rachel se apoiou no balcão, a exaustão surgindo nas rugas ao redor dos olhos.

"Não. Tenho minha filha."

Ambas se voltaram para olhar. Ansel passava a mão distraidamente pelo cabelo ralo. A garota corou, girando um canudo de plástico ao redor dos restos de gelo em um copo vazio de Coca-Cola. Um medo nítido e insensato borbulhou na garganta de Saffy. *Corra*, ela queria gritar. *Fuja desse homem.*

Em vez de gritar, Saffy perguntou: "Quantos anos ela tem?".

"Dezesseis." Rachel revirou os olhos, que se iluminaram. "Se bem que a Blue acha que tem 30."

Saffy deixou uma nota de 20 dólares na mesa e voltou para o carro com as pernas trêmulas. O sol batia no calçamento, inclemente. Ansel e aquela garota.

Dezesseis anos.

Exatamente a idade que ele apreciava nas garotas.

O que aconteceu com as garotas de 1990 foi um acidente. Um momento de paixão, algo meticulosamente planejado, um assassino em série que passava pela cidade. Foi o pai de alguém, o tio de alguém, o irmão rebelde de alguém. Talvez, apenas talvez, tenha sido Ansel Packer. Em determinado ponto, a *motivação* dos assassinatos parou de ter importância, perdida na crucial questão de *quem* os havia executado. A injustiça parecia brutal, desnecessariamente cruel. Os anos de reflexão e observação, depois o inevitável esquecimento de todos. À certa altura, todas elas se tornaram Marjorie Lawson, uma mulher de pernas e braços esparramados no chão, pedindo algo melhor.

Na manhã de segunda-feira, a delegacia estava um alvoroço. O tenente Kensington bateu na porta da sala de Saffy, usando as juntas de dois dedos para bater de modo alegre, o uniforme recém-passado, o cabelo alisado para trás. Sua aliança brilhava pesada no dedo. A esposa de

Kensington sempre odiara Saffy — os policiais adoravam espalhar boatos sobre Saffy e Kensington, rivais que trabalhavam lado a lado. Ela os afastava, assim como seu aborrecimento quanto ao assunto. Kensington era um cretino, além de um detetive medíocre, que havia subido na carreira graças ao seu carisma natural.

"O promotor está pedindo uma atualização", disse Kensington, balançando-se nos calcanhares.

"Ainda não temos", disse Saffy.

"Como eu posso ajudar?", perguntou ele, a voz gorgolejando em solidariedade.

Saffy se admirava com a petulância do homem, parado ali de modo inocente, como se não tivesse sido ele quem tivesse criado o problema. Certa noite, Kensington se embebedou, reconheceu um jurado, se aproximou dele e começou a falar. Ele foi salvo pelo tio, o antigo e respeitado capitão da Tropa C. Se Saffy tivesse cometido os mesmos erros de Kensington, teria sido sumariamente demitida.

"Diga a Corinne para vir até aqui", pediu Saffy. Ela havia aperfeiçoado seu tom de voz, ao mesmo tempo caloroso e indiferente, e fazia questão de se manter inalterada no trabalho, bem distante do capitão anterior, que certa ocasião dera um soco na janela de um carro.

Dois dias haviam se passado desde que Saffy seguiu Ansel até a Casa Azul, e as imagens a assombravam, obscurecendo seu foco. Mesmo tendo liderado a prestação de contas daquela manhã, respondido a perguntas desconexas e designado uma lista de tarefas, Saffy ainda visualizava as imagens. Ansel e aquela garota, tranquilos na mesa do restaurante. A cena carregava a tensão acanhada de um primeiro encontro amoroso, um conceito que Saffy não conseguia combinar com o fato de a mãe da garota estar perto, descontraída, atrás do balcão. Ela não fora capaz de dormir, lembrando como Blue tinha olhado para Ansel, exibindo clara ansiedade. Ela não conseguia analisar exatamente o que tinha testemunhado.

Quando Corinne enfiou a cabeça para dentro da sala, Saffy massageava as têmporas, sentindo que uma dor de cabeça se aproximava. Corinne insistia em seu primeiro nome, e, por esse motivo, se esquivava de grande parte dos olhares maliciosos e das provocações por parte dos policiais, o tratamento feminino demais, esquisito e insolente na língua deles.

"Sente-se", pediu Saffy.

"Estive revisando a defesa", disse Corinne, soltando um suspiro. "A situação não é nada boa, capitã. Se os promotores não conseguem fazer as testemunhas falarem de novo, acho que nós também não vamos conseguir."

"Estamos deixando alguma coisa escapar", disse Saffy.

"Provavelmente", concordou Corinne. "Se for verdade, está bem enterrada."

Na sua sala, Saffy podia ouvir as familiares vaias e gritos dos rapazes, turbulentos como sempre. As coisas certamente tinham sido diferentes para Corinne na polícia da cidade de Nova York, de onde Saffy a arrancara dos postos inferiores — no Bronx, Corinne não era tão isolada assim por ser uma mulher negra. Às vezes, Saffy ficava pensando se Corinne havia se arrependido de ter se mudado e aceitado a mentoria de Saffy. Fazia algum tempo que Saffy se debatia com as contradições de seu trabalho: os privilégios obtidos por causa de seu distintivo, o fato de que as prisões estavam quase inteiramente cheias de pessoas negras de pele clara ou retintas. Ela havia sentido a ferroada constante de pessoas ignorantes, tanto dos maliciosos quanto dos bem-intencionados, e sabia o que significava ter um revólver na cintura. Com Corinne ali, Saffy definitivamente se sentia menos solitária.

"Dessa vez, nós poderíamos focar na intenção", sugeriu Corinne. "Todos os telefonemas de Marjorie para a polícia, todos os incidentes domésticos. Nós podíamos nos debruçar mais nisso, tentar encontrar mais coisas. Mas a promotoria sabe que é isso questionável."

Saffy visualizou o rosto de Greg Lawson. Pálido e atarracado, um alcoolista inchado. Apenas mais um homem mau, a cabeça pendendo abatida enquanto suplicava ao júri. Aquele emprego a estava afetando. Não exatamente os cadáveres, as crianças desaparecidas ou os opioides desenfreados. O que a afetava era isto: homens como Lawson, que acreditavam que a existência deles lhes permitia agir à margem da lei, homens que haviam recebido o mundo, mas o haviam destruído e ainda exigiam mais.

"Você está bem?", perguntou Corinne, levantando-se para sair.

Algumas noites após o trabalho, Saffy e Corinne iam até a lanchonete descendo a rodovia para uma fatia de cheesecake com café, a mesma lanchonete de onde Angela Meyer desaparecera. Elas especulavam novos suspeitos; repetiam velhos palpites. O caso de Izzy, Angela e Lila ainda estava aberto, embora ninguém tivesse mexido nele havia anos: Saffy tinha resumido o básico para Corinne, pintando Ansel Packer como um potencial suspeito em um conjunto de pistas frias.

"Preciso de sua ajuda com outra coisa", disse Saffy, antes que Corinne saísse. "Feche a porta."

A casa de Saffy parecia especialmente vazia naquela noite. Ela tirou os sapatos com um chute e trancou o distintivo e a arma no armário do hall de entrada. O silêncio era opressivo. À meia-luz do entardecer, a sala parecia despojada e sem vida, os móveis assomando na penumbra. Ela desabou no sofá, pegou o celular do bolso e abriu o e-mail pessoal, a sala assumindo um brilho azul à medida que sua caixa de mensagens se atualizava.

Nada.

A mulher disse que ia demorar um pouco, Kristen tinha lhe dito, tentando reconfortá-la. A agência tinha sido ideia de Kristen — a primeira vez em que a mencionou, elas estavam abrindo a caixa de almofadas decorativas que haviam encomendado da Índia. Saffy redecorava a casa, com a ajuda de Kristen, confiando no olho impecável da amiga para as cores. Alguns anos antes, quando Saffy começou a pesquisar sobre a cultura indiana — religião e arte, geografia e culinária, o básico que provavelmente seu pai teria lhe passado —, ela havia encomendado um quadro de Jaipur, pintado por um artista do Rajastão. Ela o havia pendurado na parede do seu quarto, um conforto instintivo que frequentemente examinava antes de dormir.

Saffy sabia pouco sobre o pai. Apenas que ele fora um aluno de intercâmbio no mesmo programa de sociologia da Universidade de Vermont que sua mãe frequentara, um jovem de Jaipur que havia retornado para casa antes que Saffy nascesse. Shaurya Singh. Uma recente pesquisa superficial havia encontrado centenas de homens com esse nome. Conforme ela leu, o nome se traduzia aproximadamente como *coragem*, e ela imaginava aquela força fluindo em seu próprio sangue.

Ela atualizou a caixa de entrada, mais ansiosa do que gostaria de admitir. A agência havia avisado que levaria meses, talvez anos, para localizar seu pai biológico. Saffy não sabia se a mãe tinha contado sobre a gravidez — se foi por isso que ele partiu — ou se o pai ao menos tinha conhecimento de sua existência. Ela devia se preparar para más notícias. No entanto, nenhuma notícia havia chegado. A primeira coisa que Saffy fazia todas as manhãs era rolar a caixa de entrada, esperançosa, enquanto esquadrinhava a logomarca da agência. Já haviam se passado mais de seis semanas.

Saffy sabia que tinha que preparar o jantar. Uma pizza congelada. Devia tirar as roupas de trabalho amarrotadas, passar um pente no cabelo. Em vez disso, mandou uma mensagem para Corinne, que agora estaria em casa, jantando, assistindo à TV ou correndo no campo que havia atrás da fazenda da família da esposa.

Descobriu alguma coisa?

Aguardou.

"Eles são parentes", disse Corinne, ofegante, na tarde seguinte. "Ansel Packer e os Harrison."

Elas haviam dado uma escapada para sua lanchonete preferida, o café de Saffy esfriando em uma caneca amarela manchada. A delegacia parecia opressiva demais, todo mundo procurando Saffy para pedir alguma orientação.

"O Ansel não tem nenhuma família", respondeu Saffy, depressa demais.

Corinne ergueu as sobrancelhas. Todas as vezes em que haviam se sentado àquela mesma cabine, voltando a atenção para os casos não resolvidos quando precisavam de uma válvula de escape, tecendo teorias e repensando motivos, Saffy pintara Ansel como suspeito. Só isso. No entanto, o detector de enrolação de Corinne era irretocável — principal motivo de Saffy tê-la contratado. O olho de lince de Corinne ia além do trabalho de detetive e penetrava na essência de uma pessoa. *Ela é igual a um polígrafo humano*, tinha brincado a esposa de Corinne, Melissa, na comemoração do final do verão que elas haviam organizado na propriedade da família de Melissa. Saffy não havia contado a Corinne sobre a casa da srta. Gemma ou sobre os fins de semana em que ela havia montado acampamento em Vermont, maculando a década anterior de sua vida, mas não ficaria surpresa se Corinne soubesse, de alguma maneira.

"Rachel Harrison era casada com Ellis Harrison. Eles compraram o restaurante e tiveram a menina, Blue, quando eram bem jovens. Ele morreu em 2003. Câncer. Achei os arquivos escolares do Ellis, em uma escola particular da cidade. Um conselheiro escolar anotou que o Ellis foi adotado, aí eu liguei para o município e chequei os registros. E adivinha quem tinha um irmão mais velho, que constava no relatório do mesmo caso?"

"O bebê", murmurou Saffy.

"O Ellis e o Ansel foram abandonados em uma fazenda logo na saída da cidade. Aqui está o endereço, se você quiser."

Corinne passou um pedaço de folha de caderno pela mesa, e Saffy o enfiou rapidamente no bolso.

"Então por que o Ansel está lá? Na Casa Azul?"

"Isso é que eu não consigo imaginar", disse Corinne. "A Blue está prestes a começar o primeiro ano do ensino médio na Escola Secundária Tupper Lake. A Rachel administra o restaurante. Elas só têm dois empregados, um cozinheiro e um lavador de pratos. Mas as finanças parecem ruins, ruins de verdade. Elas devem um dinheiro enorme ao banco, e parece que o banco vai cobrar em breve."

"Então talvez ela queira ajuda. Dinheiro?"

"Pode ser." Corinne deu de ombros. "Só que o Ansel não parece ter muita grana."

Saffy pressionou dois dedos na parte superior do nariz, de modo que a pressão aliviasse a crise iminente. "Pode ser que a Blue não saiba disso. Talvez ela tenha convidado o Ansel para pedir ajuda. Mas como ela encontrou o Ansel? E por que agora?"

"Eu podia te fazer a mesma pergunta."

Corinne a fitava com certa piedade. Saffy olhou pela janela, onde o estacionamento vazio estorricava ao sol.

"Por que esse caso, capitã? Com a proximidade do julgamento de Lawson, por que estamos aqui?"

"Tenho um pressentimento."

Em algum lugar no fundo da mente de Saffy, Moretti revirou os olhos. A lição mais importante que Moretti tinha transmitido era de que os pressentimentos não servem de nada, até se tornarem fatos.

"Os pressentimentos não..."

"Eu sei", interrompeu Saffy. "Eu preciso disso, Corinne. Fica comigo nesse caso."

Corinne deu um gole no café e deu de ombros.

"Parece mesmo um trajeto muito longo para Packer fazer de carro. Talvez você tenha razão. Pode ter alguma coisa aí."

A garçonete chegou com a conta. Ela era jovem, devia ter uns 20 anos, sardas salpicando seu colo aqui e ali. Saffy ficou pensando se aquela lanchonete ainda se lembrava de Angela Meyer, se as pessoas ainda falavam sobre ela, ou se ela tinha desaparecido da memória coletiva do lugar. Surpresa, Saffy reconheceu que, pela primeira vez em muitos anos, ela estava desconfiada e cautelosa. E também com medo.

Quando visualizava Angela, Saffy a via em uma praia. Na Califórnia, ou talvez em Miami. Um amplo céu azul, uma varanda. Angela teria se tornado uma corretora de seguros ou uma representante de produtos farmacêuticos, proprietária de um apartamento de um quarto à beira-mar. Teria passado os domingos fabricando máscaras faciais naturais, teria aprendido a preparar um risoto, e, como Saffy, teria ficado entediada com a maioria dos homens que namorava. Saffy frequentemente a imaginava de pé naquela varanda, com seu pijama de seda predileto, saboreando sua solidão, o sol descendo sobre o delicado movimento das ondas.

* * *

Sete dias antes do julgamento de Lawson, Saffy voltou à Casa Azul.

Era um dia de semana, de manhã. Apenas Corinne sabia aonde ela tinha ido. Quando Saffy prometeu que seria rápida, Corinne lançou um olhar preocupado. Era uma tática para se desligar do problema, claro, mas Saffy estava estressada com o caso Lawson. Ela precisava encontrar alguma coisa, qualquer coisa. Quando Rachel trouxe o prato de ovos estrelados com gema mole, acompanhados de panquecas, Saffy reparou nas bolhas em seus dedos, onde a pele tinha roçado a beirada do forno.

"Bom te ver de novo", disse Rachel, limpando as mãos no avental.

Um aparelho de som no canto tocava um rock clássico. Saffy examinou o local: dez mesas com quatro cadeiras cada uma, guardanapos e talheres dispostos, à espera. Ela era a única freguesa. A Casa Azul tinha como modelo uma casa comum de classe média, antes ambiciosa, agora ligeiramente desleixada. O andar térreo tinha sido destruído para encaixar uma cozinha industrial, e uma escada perto dos fundos levava para o segundo andar. Onde elas devem morar, imaginou Saffy. Enquanto furava a gema com o garfo, Saffy escutou uma risada grave e estrondosa ecoando do quintal.

Pela janela, ela viu Blue subir os degraus lascados que levavam ao deque. Blue carregava uma pesada caixa de ferramentas nos braços. Ela vestia uma camiseta com os dizeres *Tupper Lake Track & Field* e tinha o cabelo preso em um rabo de cavalo bagunçado. Usava shorts de brim curtos e sandálias baixas de plástico que faziam barulho.

Atrás dela: um homem. Ele dava risadas, a voz baixa como um trovão. Ansel.

O momento de incredulidade foi atordoante. Ao choque, se seguiu imediatamente uma confusão perturbadora. Saffy piscou com força, tentando entender — Ansel não devia estar ali. Ele devia estar em Vermont, indo trabalhar na loja de móveis, dormindo nos lençóis que Jenny havia deixado para trás. Ele não devia estar ali, tirando uma fita métrica do bolso e medindo o corrimão deteriorado. Ele puxou um lápis de detrás da orelha e falou alguma coisa com Blue. Saffy não conseguia ouvir as palavras, apenas o ruído da conversa, relaxada e despreocupada.

Então surgiu aquele medo antigo e agitado, batendo asas freneticamente.

"Está tudo bem?"

Rachel espiou o prato de Saffy, os ovos intocados, uma película se formando sobre a comida.

"Vocês estão reformando?", perguntou Saffy, esforçando-se para parecer casual enquanto enterrava a lateral do garfo nas panquecas.

"Mais ou menos", respondeu Rachel. "Tivemos uns anos difíceis. Um amigo está ajudando. Logo vamos poder servir no lado de fora de novo."

"Sua filha", disse Saffy. "Ela também está ajudando?"

Um sorriso educado. Uma centelha de desconfiança camuflada.

"De onde você é mesmo?" Rachel pousou o bule de café na mesa.

"Essex", respondeu Saffy, rápido demais. "Venho aqui para caminhar."

"Bom", disse Rachel. "Você veio para o lugar certo."

Quando Rachel começou a descrever as trilhas mais conhecidas da área, Saffy aquiesceu, com um ouvido atento aos sons que vinham de fora. A risada de Blue e Ansel, passando facilmente pelo vidro.

"Em breve nos veremos de novo", prometeu Saffy ao pagar a conta.

Rachel anuiu, examinando Saffy por um longo momento antes de retirar o prato, com os ovos já endurecidos na porcelana.

Tupper Lake era pequena, bonita, semelhante à outra meia dúzia de cidadezinhas que circundavam o lago Placid. Saffy dirigia devagar, observando as ruas velhas e desinteressantes. O lago tinha um tom esverdeado de algas, turvo, com embarcadouros que desmoronavam e afundavam na água. Na cidade, havia uma pequena biblioteca com o teto inclinado, uma escola de ensino fundamental e médio. Um museu, um McDonald's, um posto de gasolina Stewart's. Uma montanha para esquiar desativada, salpicada de assentos de teleféricos abandonados. Um pequeno hotel atarracado ficava a alguns quarteirões da Casa Azul — quando Saffy viu a caminhonete, parada tranquila no estacionamento, seu estômago deu um nó.

Uma caminhonete branca enlameada.

Ansel estava hospedado ali.

Havia alguma coisa acontecendo ali, Saffy sabia, quando ligou o ar-condicionado e tirou o cabelo suado do pescoço. Tupper Lake era parte da história que a obcecava havia anos, assombrando-a de um modo inexplicável. Era a história de Ansel, a história de Lila, a história do próprio coração de Saffy, aquela coisa confusa e cheia de nós.

O que você quer, Saffron?, Laurie perguntara na sessão da semana anterior.

A pergunta era simples e direta. Saffy havia empalidecido quando Laurie espreitou por baixo dos óculos meio caídos na ponta do nariz. Uma série de paisagens pendia acima de sua mesa, campos muito vastos e lagoas pantanosas. Elas conversavam sobre Phillip, um piloto que Saffy tinha namorado no ano anterior. Ela desmanchou o namoro quando as coisas ficaram sérias demais, quando ele começou a resmungar, decepcionado, se o celular do trabalho tocasse após o jantar.

Você almeja ter sucesso no trabalho, disse Laurie, quando a questão azedou. *Isso é óbvio. Mas eu estou interessada nas coisas que existem por baixo desse anseio. Um desejo de aceitação? Admiração? Amor?*

Eu sou muito amada, disparara Saffy. E era verdade. Ela tinha Kristen e os meninos, que voavam para o colo de Saffy quando ela chegava tarde nos dias de semana, levando caixas de rosquinhas da Entenmann. Ela teve homens como Phillip, Brian ou então Ramón, da Unidade de Contraterrorismo, que apareciam de vez em quando e faziam as coisas que ela pedia. Ela tinha Corinne e sua equipe de investigadores. Ela tinha longas noites em que passava resolvendo quebra-cabeças. A sujeira do serviço na polícia parecia tolerável, levando em conta um caso de amor entre ela mesma e a verdade. No entanto, esse conceito estava se tornando cada vez mais ilusório. Saffy não conseguia decifrar o propósito da verdade se não pudesse confiar que ela triunfaria. Tinha começado de uma maneira muito simples: Saffy queria pegar homens maus e tirá-los das ruas. Mas isso também não era amor. Era algo forte, algo raivoso, era também aquilo que Saffy sabia mais intimamente sobre si mesma.

Laurie a fitou por tanto tempo que Saffy se contorceu, a mágoa subindo até ferver, até engasgar. Ferida e ardendo de raiva, Saffy não disse mais nada e, na metade da sessão, levantou-se e foi embora.

A fazenda ficava a quinze quilômetros de Essex. Um pedaço de terra selvagem e caótico, sem nenhum cultivo. O GPS de Saffy a levou a uma estrada de terra cheia de buracos, os pneus do carro passando aos solavancos sobre galhos caídos e equipamentos de construção abandonados sob ramificações de vegetação. Quando finalmente chegou a uma clareira, a voz no seu telefone anunciou que ela havia chegado.

O lugar estava abandonado. Desocupado havia muito, só restando uma casa em ruínas, a estrutura tombando sobre si mesma. Restos de tinta amarela salpicavam o lado de fora. Saffy imaginava que devia ter sido bonita no passado — a varanda dos fundos ainda estava intacta, as vigas lascadas e inclinadas, com vista para as montanhas. A casa havia sido descoberta por invasores de imóveis ou adolescentes em busca de um local para se divertir; era o tipo de lugar que o antigo grupo de Travis teria adorado, deserto e assustador, seguro para a pilhagem. O lixo se espalhava sobre o extenso campo além da casa, e as janelas de tábuas estavam cobertas de grafite.

Saffy caminhou ruidosamente sobre os destroços, o som dos passos perdendo-se na brisa. À medida que ela se aproximava, a casa parecia suspirar. Quanto mais perto chegava, mais desconfortável ela se sentia — a casa irradiava uma energia aflitiva e fantasmagórica.

Saffy não tinha intenção de entrar. Os degraus da frente rangiam sob seu peso, e da entrada ela podia ver um punhado de móveis velhos, destruídos por pessoas ou animais. A lareira estava repleta de lixo. As janelas tinham sido quebradas, e o sol da tarde fluía através dos cacos do vidro estilhaçado.

Ela não gostava de imaginá-los ali. Dois menininhos, brincando no piso de madeira rústica. Uma criança e um bebê. Nenhuma mãe tinha sido boa ali. Nenhum pai tinha sido gentil. Saffy sabia o que era abandono, sabia o que era tragédia, sabia o que era solidão. Ela sabia o que era violência, como era passar a vida inteira perseguindo-a, como ela pairava, como ela marcava. A violência sempre deixava uma impressão digital.

Quando finalmente Saffy voltou para a delegacia, o clima estava tenso. Os policiais estavam debruçados sobre seus documentos, assustadoramente bem-comportados — eles vinham explodindo em uma terrível combinação de Tim McGraw e Flo Rida em suas mesas durante semanas, mas agora tudo estava silencioso. Quando Saffy chegou, Jamie a olhou da recepção.

"O superintendente está aqui. Corinne foi com ele até a sala reservada."

O superintendente era um homem robusto, de Albany, que Saffy só tinha encontrado duas vezes. Quando ela resolveu um caso de estupro em série que tinha perseguido Moretti durante anos, o superintendente foi até lá para apertar a mão de Saffy, tirar uma foto e parabenizá-la. E quando tudo espiralou com o antigo capitão do Gabinete de Investigações Criminais, com Kensington e o caso Lawson, o governo do estado tinha mandado o superintendente para sugerir a aposentadoria voluntária.

Mas agora não havia nenhum motivo para parabenização. Uma sensação de tragédia iminente pairava no ar quando Saffy entrou na sala. O superintendente estava sentado em uma cadeira barulhenta, de frente para Corinne, segurando um copo de papel com água, pequeno demais em suas mãos largas. Lewis e Taminsky pareciam particularmente desleixados naquele dia, tímidos em suas camisas de tamanho errado, largas e esquisitas.

"Capitã Singh." Ele se levantou para cumprimentá-la. Saffy tinha aperfeiçoado seu movimento, a coluna reta, o aperto firme. "A sargento Caldwell estava me atualizando sobre o caso Lawson."

Corinne ergueu o olhar, com ar contrito.

"Você vai continuar investigando até o novo julgamento? A promotoria também tem mantido contato com o nosso gabinete. Eles não estão felizes."

"É claro, senhor."

A gravidade do olhar do superintendente deixou Saffy incomodada.

"Estou muito curioso sobre o que vocês vão encontrar", disse o homem. "Esse caso está despertando muito interesse da imprensa, e a nossa imagem como instituição tem sofrido com isso. Nós nos arriscamos com você, Singh. Eu odiaria que toda essa iniciativa de diversidade tropeçasse por causa de um caso ruim."

Iniciativa de diversidade. Era a primeira vez que Saffy ouvia tal coisa. Era verdade que, aos 39 anos, ela era a detetive mais jovem do Gabinete de Investigações Criminais a ser nomeada capitã em anos, que era a única mulher e a única pessoa não branca a alguma vez assumir esse cargo na Tropa B. No entanto, seus índices é que tinham lhe conseguido o cargo. Na época em que foi promovida a tenente, Saffy já detinha o mais alto registro de detenções do estado.

Ainda assim, ela murchou sob o olhar do superintendente. Após rever o caso e soltar outra ameaça enigmática, o superintendente finalmente foi embora. Depois de sua saída, o espaço pareceu se esvaziar com sua ausência. Um zumbido paranoico fustigou os cantos da consciência de Saffy, um inseto sutil demais para abater.

A casa de Kristen ficava bonita no verão. Grande e de estilo Craftsman, ficava empoleirada em um conjunto de moradias de férias, com um pátio que dava de frente para as margens do lago Champlain. Saffy entrou sem bater e seguiu a risada dos meninos pelo corredor da entrada. "Eu quero ser o ninja!", exclamou um deles, enquanto o outro gritava de alegria.

"Você está com uma cara péssima", disse Kristen, entregando a Saffy uma taça de Chardonnay. Kristen tinha acabado de reformar a cozinha, e tudo estava tinindo de novo. Jake a cumprimentou com um aceno da cabeça enquanto mexia uma panela de molho vermelho, uma pilha de Legos abandonados a seus pés. "Dia ruim no trabalho?"

A história foi se revelando devagar: o caso Lawson, o superintendente e o tom condescendente de sua ameaça. Saffy não mencionou a iniciativa de diversidade — Kristen não entenderia. Kristen ouviu atentamente, as unhas bem-feitas tamborilando na bancada, enquanto os meninos iam e vinham. Eles tinham 5 e 8 anos de idade agora, e passavam barulhentos por Saffy, dando cotoveladas para pegar o cachorro que estava embaixo da mesa, um poodle em miniatura com pedigree.

"Eu não sei", disse Saffy. "Às vezes até penso se esse trabalho faz alguma diferença, ou se vou passar o resto da vida afundada em uma baboseira burocrática."

"Isso tudo é sobre mais do que o trabalho de detetive", disse Kristen. "O que você sempre disse? O sistema precisa mudar de dentro para fora. Bom, você está aí agora. Você está dentro."

À medida que Kristen consolava Saffy, uma sensação de tragédia pairava no ar, como uma tempestade no horizonte ameaçando desabar. Às vezes isso acontecia quando Saffy olhava a vida de Kristen. Quando se recolhia no andar superior para ler uma história para os meninos dormirem, os dois com os cabelos molhados do banho e se aconchegando junto a ela, com pijamas de corrida de carros. Ela não queria o que Kristen tinha. Não conseguia se imaginar tendo filhos, nunca sentiu o impulso que Kristen descrevera, aquela necessidade primitiva de ser mãe. Outras vezes, porém, havia algo a dizer a favor desse esplendor. Essa doçura. O peso da mão de Jake despenteando o cabelo dos filhos, o aroma de manjericão flutuando pelo ar. À medida que Saffy tentava engolir as palavras de Kristen, o sentimento aumentava, monstruoso e devastador. Ela ficou imaginando se isso poderia matá-la. As palavras de Lauren surgiram novamente, cruéis demais naquela cozinha imaculada. *O que você quer?*

E havia Lila. Uma sombra no brilho da glória de Kristen. Lila nunca teria se juntado a elas ali, na cozinha de Kristen. Ela teria vivido em seu próprio mundo cristalino, a alguns quilômetros descendo a rua, ou talvez a algumas cidades de distância. Nunca longe de casa. Seus lanches no armário, suas latas de lixo transbordando, suas janelas manchadas de dedos gordurosos. Saffy podia vê-la claramente, uma silhueta em um sofá muito gasto, a televisão muda enquanto ela desabotoava a camisa. O bebê teria se agarrado para mamar. A saída morna do leite. Sua casa teria murmurado, nada demais, enquanto um caminhão de lixo passava pela rua. Uma terça-feira normal. Lila seria uma mulher adulta agora, inclinando-se para inalar o cheiro doce e leitoso da cabecinha do seu bebê — uma mãe, não mais uma garota. Crescida, mudada, espetacularmente atual.

Quatro dias antes do julgamento, Kensington a abordou no estacionamento. Fazia duas semanas desde que Saffy tinha descoberto a Casa Azul, e, embora sua equipe estivesse trabalhando incansavelmente, o caso Lawson não saía do lugar. Dois dos policiais tinham sido apanhados negociando maconha atrás do bar Bullseye, e Saffy fora forçada a demiti-los. Era uma longa noite de verão, do tipo que antes Saffy poderia ter passado bebendo cerveja perto de um rio em meio a uma multidão de cadeiras de acampamento, varas de pescar enfiadas na água, nuvens de fumaça subindo da gordura, corpos preguiçosos.

"Capitã", disse Kensington, a voz grunhindo atrás dela.

Um dos pontos fortes de Kensington como investigador era sua capacidade de se inserir em qualquer lugar. Saffy sempre ficava perplexa com a mediocridade dele, o fato de como seu desempenho não importava, contanto que ele exibisse um sorriso e desse um tapinha nas costas do superintendente, como um companheiro de fraternidade.

"Tem um segundo?", perguntou ele.

"Claro." Saffy pousou seu copo de café no teto do carro, cruzou os braços e esperou.

"Eu... eu queria dizer que estou..."

"Pode falar, tenente."

"Sinto muito."

Saffy o estudou, o queixo côncavo e quadrado no estacionamento à luz do sol poente. Era audacioso, e tão típico dele, jogá-la aos lobos e depois pedir perdão.

"Eu não queria te colocar nessa posição. A investigação... eu cometi um erro enorme. Foi um descuido, e peço desculpas."

"Obrigada", disse Saffy.

"Vamos tomar uma cerveja?", perguntou ele, de maneira tímida. "Já faz um tempo. O Lion's Head não deve estar muito cheio a essa hora."

"Vá para casa, Kensington", disse Saffy, enchendo-se de uma frustração inexplicável com ele, com aquele emprego, com aquela cidade, com a beleza do céu cor-de-rosa que se apagava no estacionamento, um fúcsia tão intenso que ela estava exausta demais para desfrutar.

Foi apenas depois, quando o doce crepúsculo alcançou sua casa, que Saffy reconheceu a cena. Kensington, aquela penitência ensaiada. Ansel Packer emoldurado pela porta do quarto na casa da srta. Gemma. *Desculpa, Saff. Por favor, me perdoa?*

Naquela noite, Saffy sonhou com a Casa Azul — ela caminhava pelo restaurante de pés descalços. Quando levantou os calcanhares, eles estavam vermelhos e escorregadios. Sangue. Rachel segurava um bule de café, o rosto abatido e esburacado no lugar dos olhos, como o da raposa, a pele em decomposição. Blue estava sentada no deque envelhecido, de pernas cruzadas, com Lila. Lila estava viva, e elas davam risada enquanto tronçavam colares de margaridas nas tábuas de madeira lascada. Lila estava morta, e Blue ergueu o olhar para Saffy, confusa e arrasada, embalando os ossos.

Faltavam dois dias até o novo julgamento. A mesa de Saffy parecia uma jaula, os e-mails se anunciando ruidosamente em sua caixa de entrada, a insônia colidindo em uma série de ondas. A visita do superintendente tinha deixado a delegacia em polvorosa e circulavam boatos sobre demissões. Os policiais estavam estressados, mal-humorados, com o moral baixo. Quando o celular de Saffy apitou, sinalizando a chegada de um e-mail, ela verificou a tela displicentemente, esperando mais um spam da loja de móveis preferida de Kristen. Mas, em vez disso, o nome pulou na tela, o remetente que ela estava aguardando.

A agência.

Lamentamos informar...

Uma névoa desceu.

Localizamos seu pai, Shaurya Singh.

Falecido desde 2004.

A sala rodou e ficou fora de foco. Cambaleando, Saffy se levantou da cadeira e foi até o hall. Corinne a chamou: *Capitã? Está se sentindo bem?* Falta de ar. Quando o estacionamento se materializou e a abrasadora noite de verão se tingiu de rosa no horizonte, Saffy engoliu em seco e soube aonde iria.

De volta aonde tudo tinha começado.

A Casa Azul era um farol na noite. A luz inundava o interior do restaurante, como um palco sem cortinas. De onde estava, no meio-fio e com as lanternas do carro apagadas, Saffy podia ver Blue e Rachel, trabalhando juntas atrás do balcão. Ansel estava sentado no bar, os dedos relaxados em volta de uma garrafa de cerveja.

Saffy observava, emocionada. Uma mariposa escalou delicadamente o para-brisa. Blue circundou a mãe para limpar o balcão. Rachel ergueu uma taça de vinho contra a luz. Ansel cruzou os braços, debruçado em cima do banco. Saffy podia observar um pai, uma mãe e uma filha, fechando o restaurante deles no sábado, tarde da noite. Eles pareciam à vontade. Movimentavam-se graciosamente, com a elegância natural de uma família.

Só a ideia de pensar naquilo era doloroso: talvez não fosse nada de sinistro. Tudo muito simples, afinal de contas. Talvez Ansel quisesse apenas as mesmas coisas que Saffy. Saber, afinal, onde ele se encaixava.

O pai de Saffy estava morto. *Falecido.* A única fotografia que ela já vira do pai tinha dsesaparecido após a morte da mãe, e ela ansiava pela foto agora. Havia tantas coisas que ela nunca saberia. A casa de infância do pai, o Deus que ele adorava, sua calça surrada predileta. O formato exato dos seus olhos, a inflexão de sua voz. Essa perda era uma parte de Saffy.

Quando Blue imitou alguma coisa com as mãos, Ansel riu, a cabeça jogada para trás. A alegria dos dois era palpável.

E ela o detestava por isso.

* * *

Saffy acordou no carro, a aurora surgindo enevoada sobre o lago. A neblina formava um redemoinho sobre a superfície, uma nuvem peculiar, o clima já quente com a chegada do mês de julho. Ela não tinha pensado em ficar, não se lembrava de ter cochilado — a exaustão das semanas anteriores a tinha pegado desprevenida. Ela se lembrava da caminhonete de Ansel saindo da entrada de carros, as luzes do restaurante sendo apagadas, a silhueta de Blue se mexendo atrás da cortina do andar superior. Saffy sentia a boca seca e amarga, as pestanas cobertas com a maquiagem que ela tinha aplicado antes de ir trabalhar no dia anterior. Sentiu as costas estremecerem em espasmos.

Era cedo. Talvez sete da manhã. Despreocupada, Saffy dirigiu até as montanhas.

O início da trilha estava completamente vazio. Cathedral Rock, um dos passeios mencionados por Rachel. Saffy nunca entendeu o interesse por fazer trilhas, mas essa era uma das montanhas mais conhecidas da cordilheira das montanhas Adirondack, famosa pelas vistas espetaculares da torre de observação de incêndios no cume. Saffy pegou a bolsa, enfiou uma garrafa plástica de água e as barras de proteína que mantinha guardadas para as longas noites na delegacia. De calça jeans e sapatos de salto baixo, já um pouco sujos de terra, ela se arrastou rumo à abertura entre as árvores.

A pé, subiu a trilha e passou por seus obstáculos enquanto o sol se erguia, uma mão suave acariciando-a e despertando-a delicadamente. Caminhou por minutos ou horas, sem saber ao certo — ela havia desligado o celular para poupar bateria —, e seguiu até sentir as coxas arderem e uma poça de suor empapar a calça, na altura das costas. Continuou a caminhar até chegar à linha das árvores, depois ao longo de uma encosta, onde viu as montanhas se estendendo abaixo, oferecendo-se, vulneráveis.

A torre de observação de incêndios estava empoleirada no topo e rangia, delicada. Embaixo, as montanhas Adirondack eram colinas extensas, indiferentes, tingidas de um vívido verde estival. Quando alcançou o patamar, Saffy olhou para longe junto ao parapeito, deixando o vento embaraçar seu cabelo, resfriando o suor que escorria pela coluna.

Havia alguma coisa estranha a respeito daquela garota. Blue. Um sentimento que incomodava Saffy de um modo implacável. Ela percebeu que era inveja, enquanto o vento agitava as árvores, minúsculas, ao longe. Era necessário um certo privilégio para convidar um homem como Ansel para o seu mundo. Confiar muito cegamente. Em toda a sua vida, Saffy jamais experimentara, nem uma única vez, esse tipo de segurança. À medida que o mundo se descortinava abaixo dela, obsceno em sua beleza, Saffy se maravilhava. Desde a tenra idade, ela havia aprendido que todo mundo tinha uma escuridão dentro de si, à diferença de que alguns apenas a controlavam melhor do que outros. Pouquíssimas pessoas acreditavam que eram ruins, e essa era a parte mais aterradora. A natureza humana podia ser medonha demais, mas persistia nessa feiura, insistindo que era boa.

No momento em que Saffy voltou ao ponto de partida da trilha, o sol estava alto e escaldante. Seu estômago roncava e seus ombros estavam vermelhos e queimados. Quando religou o celular, tinha onze mensagens de Corinne na caixa postal.

Capitã, me liga.

É o Lawson.

Ele está morto.

Suicídio, explicou Corinne, enquanto Saffy atravessava a cidade em alta velocidade. O diretor do presídio o encontrou na cela pendurado em um lençol.

À medida que serpenteava para atravessar Tupper Lake, Saffy deixava a raiva aflorar. Era fúria, sim, mas havia algo mais. Ela não estava nem surpresa. Homens como Lawson sempre achavam uma saída. Ela havia visto isso muitas e muitas vezes, como eles se contorciam entre as brechas de um sistema que os favorecia. Como, mesmo depois de terem cometido os crimes mais violentos, sentiam-se com direito à liberdade, não importava o que isso pudesse parecer. Parada no sinal vermelho três quarteirões adiante da Casa Azul, Saffy visualizou Marjorie, o cabelo opaco de sangue contra o piso da cozinha, um redemoinho de fumaça. Ela visualizou o próprio Lawson, os pés girando acima do catre da prisão.

O ciclo era implacável. Impraticável. Saffy fez um retorno no meio da rodovia, lembrando o que uma vez dissera a Kristen: que ela queria mudar o sistema de dentro para fora. Ela estava dentro agora, segurando um microscópio, observando o vírus engolir tudo completamente.

Quando Saffy entrou na Casa Azul, encontrou a garota sozinha atrás do balcão. Blue digitava no celular enquanto bebericava um copo d'água gelada. Tinha acabado de voltar de uma corrida, o rosto afogueado, as bochechas marcadas de suor. Levou um susto com o som da porta, depois pegou o cardápio.

"Mesa para quantos?"

"Só um."

Saffy sentou-se em um banco, observando. Cabelo louro-avermelhado, tênis de corrida. O cabelo de Blue estava preso em um rabo de cavalo molhado e bagunçado, respingos de lama espalhados pelas panturrilhas. No perfil de Blue, ela podia vislumbrar alguns traços de Ansel: a inclinação rígida do nariz, algo felino no formato dos olhos.

Saffy ergueu o distintivo, em uma confissão.

"Sou da Polícia do Estado de Nova York. Posso falar com a sua mãe?"

Assim que Rachel veio da cozinha, Saffy já estava com uma dúvida enjoativa. Rachel enroscou um braço protetor ao redor dos ombros da filha, confusa e temerosa. Saffy sabia que aquela não era uma atitude profissional; não era ilegal, mas certamente não era sensato. No entanto, quando Blue mordeu o lábio, ansiosa, ela parecia exatamente como surgia no sonho de Saffy, segurando aquela pilha de ossos na varanda.

"Pode me dizer qual é a sua relação com Ansel Packer?"

"Isso tudo é sobre o quê?", perguntou Rachel.

"Por favor, é importante. Por que ele está aqui?"

"Ele é meu tio", disse Blue. "Irmão do meu pai. Nós nem sabíamos que ele existia até o mês passado, quando minha avó deixou escapar. Meu pai morreu sem saber que tinha alguém da sua família biológica ainda vivo, então eu resolvi entrar em contato. Achei que nós devíamos nos conhecer."

"O que você quer dele?", perguntou Saffy.

"Nada", disse Blue lentamente. "Ele está construindo um deque novo nos fundos. Ele... bom, ele é da família."

A paranoia de Saffy murchou, e ela expirou com um ruído. Era estupidamente simples. Descomplicado o tempo todo. No entanto, isso não significava que o perigo havia desaparecido. Saffy pensou no lençol, apertado ao redor do pescoço de Lawson, cheio de hematomas e azulado.

Foi então que a história saiu, jorrando com detalhes excessivos. Saffy lhes contou sobre os corpos — o modo como as garotas foram espalhadas, como se tentassem escapar. Ela lhes contou sobre o anel, reluzindo no dedo de Jenny. Até lhes contou sobre a raposa, enrijecida nos lençóis de sua cama. O rosto de Rachel se endurecia à medida que ela ouvia, enquanto o de Blue se franzia, claramente devastado. Quando Saffy terminou de falar, houve uma pausa longa e pulsante. Seu próprio arrependimento ficou em segundo plano diante daqueles rostos arrasados.

"Não estou entendendo", disse Rachel. "Por que ele não está cadeia? Por que não foi preso?"

Ocorreu a Saffy que havia muitas maneiras para machucar, nem todas físicas. Uma máquina de gelo fazia um barulho ao longe.

"A versão curta é que as provas não foram suficientes", disse Saffy. "Estou lhes passando essa informação para a sua própria segurança. Por favor, fiquem longe dele."

Então Saffy as deixou sem dizer mais nenhuma palavra, as duas perplexas do outro lado do balcão, seu número de telefone na mão de Rachel. *Me liguem se precisarem de alguma coisa.* Ao sair do restaurante, Saffy memorizou suas silhuetas — duas mulheres machucadas, mas não de um jeito fatal —, e ela sabia que era hora de dar um basta. Todos aqueles anos, ela vinha observando Ansel Packer para ver como a dor dele se comparava com a dela. No entanto, parecia que Ansel tinha aprendido como enterrar o passado, e tinha chegado a hora de ela mesma começar a enterrar o dela.

* * *

Naquela noite, Saffy se encaminhou para a delegacia. Duas da manhã, e o prédio estava vazio. Os computadores piscavam, adormecidos, e sua sala estava escura como breu. Saffy apalpou no escuro até achar sua cadeira, acalmando-se com o imediato senso de autoridade quando afundou no assento de couro. O que ela havia feito não era profissional. Contudo, se não pudesse fazer a diferença naquele trabalho — o trabalho que havia eclipsado tudo mais em sua vida, o trabalho que se alternava entre pesadelo e poesia —, então ela podia pelo menos fazer a diferença em algum lugar. O nó na garganta de Saffy se rompeu. O velho refrão ecoou, inesgotável. *O que você quer?*

Ela queria ser boa, o que quer que isso significasse. Ao erguer o olhar para o teto, lágrimas quentes queimaram suas bochechas, e ela rezou para que a diferença entre o bem e o mal fosse simplesmente uma questão de tentativa e erro.

Não haveria um novo julgamento. Na segunda-feira para a qual estavam se preparando havia tanto tempo, Saffy deu folga aos seus investigadores. Em vez de bater o ponto na delegacia e responder aos inúmeros telefonemas do gabinete do superintendente, do advogado de defesa de Lawson e dos ávidos jornalistas, Saffy fez uma visita ao cemitério.

O túmulo de sua mãe estava malconservado. Saffy trouxe flores, mas ela detestava o modo como elas destoavam ali, vivas contra a pedra cinzenta coberta de musgo. Ao se agachar na grama e colocar o buquê junto à lápide com o nome de sua mãe, talhado no granito, a voz dela ecoou em um raro e precioso momento de clareza. *Você vai ver, Saffy querida. O tipo certo de amor vai devorar você viva.*

Rachel tinha telefonado com uma voz trêmula, mas segura: ela mandara Ansel embora da Casa Azul. A caminhonete dele havia desaparecido de Tupper Lake. *Para onde ele foi?*, Saffy havia perguntado. *Eu não sei*, respondera Rachel. Isso teria que bastar. Essa obsessão havia tomado conta dela por tempo demais. Esse caso permaneceria aberto e continuaria um mistério.

No entanto, Saffy sabia que sua mãe estava certa — isso tinha que contar como alguma forma de amor. O tipo que espreitava, que caçava. Um amor assustado como um barulho no meio da noite. Quando Saffy se ajoelhou no túmulo da mãe, a cabeça pressionada contra a lápide áspera, perceber isso pareceu quase um renascimento. De um ser para outro. Dali para aqui. Um assombro, um fardo, essa eterna mudança.

1 HORA

A sua testemunha está aqui, diz o capelão.

Cinquenta e seis minutos, e o pavor é como uma peneira. Uma letargia se instala, suspensa por essas palavras. Então tudo se ilumina, e seus músculos se retesam em estado de alerta.

Blue, você fala. Ela veio.

Ela está mais velha agora. Ela não quer ver você. Não quer falar. Você só vai poder olhá-la quando ela aparecer no espaço reservado para as testemunhas. Sete anos se passaram desde aquele verão na Casa Azul. Ela deve estar diferente. Mas não importa o quanto Blue amadureceu. Para você, ela sempre terá 16 anos. Para você, Blue sempre será aquela adolescente na recepção do restaurante, os polegares enfiados nos buracos das mangas do suéter.

Não houve nenhum grande acontecimento. Nenhuma revelação que transformasse a vida. Quando você pensa na Casa Azul agora, aquela simplicidade provoca uma sensação de desolação: só havia o bem-estar.

Só havia você na grama alta com Blue. Ela lhe fazia perguntas sobre o trabalho, a escola, sua comida favorita quando criança. Ela lhe contava histórias sobre o pai, um homem que você chegou a conhecer naquelas breves e luminosas semanas, uma série de recordações contadas. Você não podia acreditar que aquela garota fosse o produto daquele bebê deitado no chão da fazenda, da tragédia que o perseguiu por todos esses anos. No rosto de Blue, você encontrou a absolvição.

Era confortável, na Casa Azul. Você ficava sentado no bar, enquanto Rachel e Blue fechavam o estabelecimento, e contava histórias sobre as famílias que o haviam acolhido, sobre Jenny, sobre o livro que você estava escrevendo. Sobre sua Teoria. Blue lhe preparava um prato de torta caseira — a maçã derretia doce em sua língua.

A verdade parece idiota na escuridão desta noite. Devastadoramente simples. Você não soube, até a Casa Azul, aquilo que você era capaz de se tornar. Foi fugaz e etéreo. Tragicamente simples.

Na Casa Azul, você era livre.

Agora você chega à sua última refeição.

Você se senta no chão, as costas apoiadas na estrutura da cama, a bandeja pousada no colo: um naco escorregadio de costeleta de porco, uma porção de purê de batata, um cubo de gelatina Jell-O verde-berrante. Você corta a carne com a lateral do garfo — é a mesma carne que servem aos prisioneiros de baixa periculosidade da Unidade Walls. Nada de especial. A infame Última Refeição não é mais uma certeza, foi banida anos atrás, quando os pedidos ficaram bizarros demais e um novo diretor tomou posse. A carne se parte facilmente. Você espeta um pedaço e o leva à boca. Tem gosto de borracha, é salgado, artificial. Você engole, imaginando como ele vai viajar pela sua garganta até os intestinos, como vai se dissolver devagar com a fotografia. Qualquer coisa que você coma agora não vai ter o tempo necessário para atravessar você. Vai se decompor com sua pele e seus órgãos internos, em um caixão de cedro barato pago pelo governo, a sete palmos do chão em um local qualquer, no cemitério do fim da rua.

Você suspira. Quer dizer, você se dá conta. Já passou.

Você perdeu sua última mordida.

* * *

O capelão retorna. Ele fica sentado do lado de fora de sua cela, a cadeira virada para trás, como um professor tentando ser moderno. Carrega uma cópia da Bíblia de couro encadernada, o polegar fazendo movimentos circulares repetitivos sobre a capa.

Posso levar uma mensagem para Blue, fala o capelão. Há alguma coisa que você queira dizer?

Você não tem mais nada a dizer para ela. Blue já viu a prova mais contundente de sua própria humanidade. A sua Teoria, ampliada. Existe dentro de você uma galáxia de possibilidades, um universo de promessas.

Como eles podem fazer isso?, você pergunta.

O capelão faz uma careta, encabulado.

Como eles podem continuar com isso, capelão?

Eu não sei.

A garota lá fora, você diz. Blue. Ela é uma prova viva. Eu posso ser normal. Eu posso ser bom.

É claro que você pode ser bom, diz o capelão. Todo mundo pode ser bom. A questão não é essa.

O capelão é insuportavelmente barrigudo. Molenga, fraco. Você tem vontade de esticar os braços pelas barras e pegar punhados da cara de batata do homem nas mãos. Há maneiras práticas de você ainda ganhar controle. Você pode constrangê-lo. Pode enganá-lo. Pode se arremessar contra as barras, intimidá-lo com pura força física. Mas essas opções requerem muita inércia. Restam-lhe quarenta e quatro minutos, e o jogo parece sem sentido.

A questão é como encaramos o que você fez, continua o capelão. A questão é como pedimos perdão.

O perdão é frágil. O perdão é como um quadrado de sol quente no tapete. Você gosta de se enrolar nele, sentir seu conforto temporário, mas o perdão não vai mudar você. O perdão não vai trazer você de volta.

Então Jenny aparece. Um fantasma, uma acusação. Uma coisa muito suave.

Ela agora existe em forma de pura destilação, em minúsculos detalhes, rotinas diárias, lembranças mundanas de uma vida anterior a este lugar. Um anseio por aquela casa velha. Os lençóis de flanela que Jenny escolheu na loja de departamentos, as cortinas em cima da pia, bordadas com renda. O tapete bege, que nunca parecia limpo, a TV empoeirada sobre o móvel. Você pode visualizá-la lá, ainda. Jenny entrando pela porta da frente, vestindo o jaleco de enfermeira, batendo o sal das botas de inverno.

Querido?, chama ela. Já cheguei.

A textura de Jenny. O xampu frutado, o hálito de ressaca. Você se lembra de como ela costumava provocar você, as mãos em suas bochechas. Tudo bem sentir as coisas, ela gostava de falar com uma risada, e isso sempre o irritou. No entanto, se você pudesse voltar no tempo agora, você pousaria as mãos sobre as dela, apreciaria o calor nodoso dos dedos de Jenny, a única pessoa que ousou ficar entre você e o mundo.

Por favor, você suplicaria. Vou sentir o que você quiser.

Só me mostre como.

Você pode ver a linha agora, em retrospectiva. A ligação direta, da Casa Azul para Jenny.

As Harrison mandaram você embora em uma manhã de domingo. Blue e Rachel estavam paradas no estacionamento do restaurante, os braços cruzados, um constrangimento palpável nos olhos. Não volte mais, disseram elas. Não queremos mais você aqui. Você tinha ouvido essas palavras muitas vezes durante a sua vida, mas pareciam diferentes vindas das Harrison. A Casa Azul tinha iluminado você, abrandado você, provado tanta coisa. Finalmente você era parte de algo. Uma família.

No entanto, a voz de Rachel estava determinada. Você não sabia o quê ou como elas haviam descoberto, apenas que era coisa demais.

Ao subir na caminhonete e sair do estacionamento, você sentiu um comichão furioso crescer na ponta dos dedos. Tudo ficou torto e confuso. Você observou Blue e Rachel sumirem pelo retrovisor, o olhar das duas queimando para sempre: elas estavam com medo de você.

Você viajou para o Texas. Levou quatro dias. Você não se imaginava voltando para Vermont; não conseguia nem mesmo voltar para o hotel. Você largou tudo naquele quartinho úmido, suas roupas e seu dinheiro, sua lâmina de barbear e sua escova de dentes, a fotografia da Casa Azul que Blue tinha lhe dado, tirada em uma manhã nublada. Perplexo e enfurecido, você dirigiu, imaginando quanto mais de dor seu corpo humano poderia aguentar. O desespero era um parasita.

Só havia uma certeza, e era Jenny. Sua silhueta. Seu cheiro. Seu hálito azedo no travesseiro ao despertar pela manhã. Você precisava disso tanto quanto precisava de ar. Que ingenuidade, que estupidez você pensar que a Casa Azul algum dia tomaria o lugar dela.

Então você dormiu na sua caminhonete. Você se mexeu e se retorceu durante cada noite tempestuosa, até o ar ficar úmido e as estradas verdes se transformarem em planícies desérticas.

Jenny havia bloqueado o seu número de telefone. Ela só havia ligado uma vez, desde que partira dez meses antes, para assegurar se você tinha assinado os papéis do divórcio, o advogado dela respirando forte na linha.

Quando finalmente chegou a Houston, você se hospedou em um hotel decadente e descobriu uma biblioteca pública. Em um computador entre as pilhas bolorentas, você digitou o nome dela e o Facebook apareceu de imediato. Na foto de perfil, Jenny usava óculos escuros de plástico e tinha os ombros bronzeados e surpreendentemente bem torneados. Ela tinha sido marcada, alguns dias antes, em uma foto de três mulheres paradas em algum estacionamento. Último dia de trabalho no Bethany!, dizia a legenda. Atrás delas, um cartaz deixava descobertas as quatro primeiras letras do nome do hospital. O Google confirmou: o hospital ficava em um subúrbio. Não muito longe dali. Seu peito se agitou. Seu corpo momentaneamente voltou a assumir uma forma que você conhecia.

Esperança, como uma lâmina.

Na manhã seguinte, você esperou no seu carro, paciente, em frente à sala de emergência. Você sabia, do Facebook, que Jenny tinha cortado o cabelo em um elegante corte Chanel, mas você não imaginava que fosse ficar tão bom. Afinava o rosto dela, a alongava. Jenny estava bonita. Ela segurava uma xícara de café em uma das mãos e o celular na outra — quando ria no fone, o eco flutuava através do seu para-brisa. Talvez as coisas tivessem sido diferentes se você simplesmente tivesse feito aquilo na hora, conversasse com ela no impacto do dia, enquanto as pessoas passavam pelas portas giratórias. Mas você estava curioso demais.

As horas se passaram, sua história se expandindo à medida que ardia no calor. Você consertaria as coisas — uma segunda chance. Você voltaria para aquela casa com as cortinas cor de cereja, para noites fossilizadas no sofá. Na hora em que Jenny saiu, o sol brilhava cor-de-rosa sobre o asfalto, e ela conversava com um homem. Ele tinha o queixo anguloso, uma barba curta, usava um jaleco azul-celeste. Ele se inclinou para plantar um beijo demorado na bochecha de Jenny.

Sobreveio uma onda de raiva, quente como um raio.

Depois de um longo boa-noite que deixou você enjoado, depois que o homem entrou no carro e foi embora, você seguiu Jenny por um bairro de espaçosas mansões de estilo vitoriano, em seguida para uma parte menor. Ela parou em frente a uma casa moderna e insossa, que parecia igual a todas as outras casas ao redor, pintadas em tons pastel, alinhadas lado a lado como um estojo de lápis de cera. Jenny parou nos degraus da entrada e vasculhou a bolsa em busca da chave. Era a mesma bolsa que ela sempre carregava, o couro falso descascando. Dentro, você sabia, haveria uma pilha de recibos amassados e tubos de hidratante labial ChapStick com uma crosta grudada nas bordas.

As luzes da casa se acenderam. A escuridão havia descido como uma coberta baixando das vigas, e tudo se cristalizou naqueles longos e pulsantes minutos antes de você sair do carro. O polegar do homem, roçando a bochecha de Jenny. A dor, o anseio, a vergonha, tudo solidificado, rançoso.

Você virou a maçaneta. Trancada.

Então você chutou até a porta se abrir de uma vez. Um gesto mais ruidoso e violento do que você tinha planejado. Isso seria um ponto de contenda mais tarde — a acusação de um crime grave, a promotoria alegando arrombamento, tornando você qualificado para a pena de morte.

No entanto, naquele momento, só havia Jenny. Ela estava parada na cozinha aberta com piso de mármore, de costas para o fogão; a casa de Jenny era limpa, brilhante. Ela havia comprado uma máquina de café espresso nova e elegante que reluzia na bancada de granito, e havia flores naturais em um vaso com água no peitoril da janela. O fogão fez um clique embaixo da chaleira, enquanto uma de suas canções prediletas de Sheryl Crow vibrava nos alto-falantes. A canção era Jenny em sua forma mais límpida, totalmente básica, desejosa, sentimental. Um cataclismo. Naquele momento, ela era mais do que Jenny — era todas elas. Cada mulher que abandonou você.

Ansel, disse ela, tremendo de medo. Quando você derrubou a porta com um chute, Jenny, apavorada, se jogou para pegar uma faca de cozinha, reluzente e grande demais para as mãos dela.

Não era assim que você havia imaginado.

Jenny, você queria suplicar. Jenny, sou eu. Você queria a Jenny que você havia escolhido porque ela era paciente e compreensiva, a Jenny que rolava na cama para pressionar os lábios no seu ombro. Você queria a Jenny que tinha acreditado que você podia ser mais do que você mesmo. A Jenny que tinha lhe dado uma vida que valia a pena viver.

No entanto, só havia o pavor naquela cozinha.

Houve um milésimo de segundo em que as coisas poderiam ter acontecido de modo diferente. Talvez houvesse milhões desses segundos alternativos, se a faca de cozinha não tivesse reluzido na mão dela, se, se e se... Então as coisas poderiam ter sido diferentes. No momento em que você atacou, em que Jenny levantou as mãos em um gesto de defesa que parecia uma rendição, você ansiava por aquelas vidas substitutas, os milésimos de segundo e suas infinitas possibilidades.

Ela era apenas uma Garota. E você era apenas você.

Trinta e um minutos.

Você está de pé, rígido, no canto mais afastado da cela. O capelão foi embora, e a ponta do seu nariz está pressionada contra a parede. Fria, áspera. O seu corpo parece sensível a cada toque, uma febre ambulante.

Ninguém parece se importar. Ninguém parece entender como a intenção pode mudar as coisas. De todos os fatos que trouxeram você até aqui, este parece ser o mais importante: aquela noite surgiu do mais profundo do seu ser. Você não a planejou nem fantasiou. Você apenas se movimentou com base na força do que você sabia ser. A distância entre o seu desejo e as suas ações deveria importar. Deveria importar que você queria amar Jenny, ou pelo menos queria aprender como amá-la. Você não queria matá-la.

HAZEL
2012

Não houve nenhum Chamado.

Nenhum raio percorreu sua coluna.

Quando aconteceu, Hazel separava roupa para lavar, com a TV no mudo. Enquanto dobrava o uniforme escolar de Alma, as cuecas samba-canção de Luis, seus próprios sutiãs puídos, Hazel não sentiu nada. Nenhuma dor lancinante, nenhuma faísca de preocupação. Ela enrolou as meias de Mattie em embrulhinhos coloridos, a televisão ao fundo mostrando o anúncio de uma bicicleta ergométrica. Uma esponja autolimpante. Um seguro de automóveis.

Hazel estava agachada cuidando do jardim na manhã seguinte, as mãos cheias de ervas daninhas, quando Luis apareceu na varanda de trás. Ele vestia seu moletom de sábado e fazia gestos no ar com o celular dela.

"Hazel", disse ele. "Sua mãe ligou, tipo, umas seis vezes."

O pavor foi ácido, uma preparação primitiva do corpo. A mãe nunca ligava mais de uma vez. De modo geral, deixava uma mensagem animada. Seus pais estavam envelhecendo. Talvez algum deles tivesse sofrido uma queda. Ao ligar de volta para a mãe, Hazel limpou a testa suada com o braço. O toque deu lugar a um soluço ofegante.

"Mãe", implorou ela com o estômago embrulhado. "Mãe, por favor, o que aconteceu?"

"Ah, meu bem", arfou a mãe. "É a Jenny. Ela morreu."

A visão de Hazel nublou.

"O Ansel. Ele está sob custódia. Ela estava no apartamento... uma faca de cozinha..."

Hazel não reconheceu o grito lamentoso e visceral que saiu da própria garganta. Ele subiu e a atravessou, um nível de dor selvagem, adormecido em seu íntimo. Luis ficou por ali enquanto Hazel desabava na madeira quente da varanda. A voz da mãe ecoava metálica no telefone, que Hazel havia jogado longe e agora jazia estatelado a três metros de distância. Hazel encarou uma teia de aranha no pé da cadeira da varanda, tentando entender; a teia era sedosa e transparente, com uma única mosca presa inerte no centro.

O tempo ficou distorcido. Alongou-se, desapareceu. A manhã e a tarde se uniram, minutos absurdos que apertavam a garganta de Hazel como balões. *O corpo*, falava Luis ao telefone com o pai de Hazel. *A prisão*. As horas se passaram, chocantes e incoerentes.

A única pessoa que Hazel gostaria de chamar para contar a notícia era a própria Jenny. Ela atenderia com um alegre "alô", entusiasmada que estava naqueles últimos meses no Texas. *Conheci uma pessoa*, ela tinha dito a Hazel, eufórica. *Ele é enfermeiro do centro cirúrgico, e é muito doce. Ele prepara jantares para mim, nós vemos TV. Você vai conhecê-lo quando vier aqui*. Hazel planejava ir com Alma visitá-la no feriado de Ação de Graças; já tinha até reservado o voo. Agora ela pensava nos lóbulos das orelhas de Jenny, macios e com uma fina penugem. Nas unhas da irmã, as cutículas roídas.

O luto era um buraco. Um portal para o nada. O luto era uma caminhada tão longa que Hazel esquecia as próprias pernas. Era um choque de sol ofuscante. Uma explosão de recordações: sandálias na calçada, um assento sonolento no banco de trás, unhas pintadas no chão do banheiro. O luto era uma solidão que parecia um planeta.

* * *

Quatro dias depois, Hazel estava na cozinha da casa de seus pais, cercada por travessas de comida fria e vozes distantes. Aos poucos, a tarde havia se transformado em uma noite sombria, a recepção pós-funeral tomada por uma névoa que se espalhava por tudo, como uma cortina branca translúcida sobre uma lagoa.

Hazel se recusou a usar preto. Em vez disso, cavoucou o fundo do armário até encontrar o vestido de algodão que tinha ganhado de presente em um Natal distante. Cinza, que combinava com o vestido verde-oliva de Jenny. A cerimônia tinha sido impessoal, quase ofensivamente esquecível: Hazel tinha se sentado junto aos pais no banco da frente da igreja onde eles haviam comparecido talvez umas duas vezes, enquanto um padre fazia vagas concessões ao excelente caráter de Jenny. Hazel tinha marchado obedientemente até o cemitério, onde o caixão foi baixado devagar dentro do túmulo enquanto o céu ameaçava desabar. Horas mais tarde, ela ainda segurava com força o programa da cerimônia fúnebre na mão suada: uma folha de papel dobrada com a foto de Jenny na frente, uma impressão barata em tons de cinza. Jenny estava sentada na beirada do sofá da sala, as mãos segurando o queixo, o sorriso luminoso, jovem e cheia de esperança. No dedo de Jenny, aquele anel roxo horroroso, piscando recatado para a câmera.

"Podemos ir embora, se você quiser", disse Luis, a mão pressionada nas costas de Hazel, enquanto lhe entregava mais um copo de plástico com café.

Ao redor deles, os vizinhos encaravam. Tias e tios abraçaram Hazel, com braços de aranha, murmurando que sentiam muito. A maioria daquelas pessoas tinha ido só para ver o espetáculo — Hazel sabia que aquele fora o pior e mais interessante acontecimento que já acontecera aos moradores daquela rua sem saída, aos colegas de seu pai, às mulheres da aula de hidroginástica de sua mãe. Eles se aproximavam de Hazel com cautela, em uma fila contínua. *Sinto muito pela sua perda.* A frase soava vazia e sem vida, como se ela tivesse perdido um celular dentro de um táxi.

"Um momento", disse Hazel. "Espere só um minuto."

No caos pouco animado, ninguém notou quando Hazel se esgueirou pela porta da frente.

Seus ouvidos zumbiram com o repentino silêncio do mundo exterior. Hazel entrou em seu carro, estacionado do outro lado da rua porque a entrada de carros estava lotada. O quarteirão vazio estava escuro. De um tom azul-marinho, peculiar. Dali, a casa parecia uma tela de televisão transmitindo um filme triste. Ficar sozinha foi um alívio. Hazel não ligou o motor, apenas ficou ali sentada, tranquila, antes de se inclinar e abrir o porta-luvas.

Ainda estava lá. Tão pesado quanto ela lembrava. Aquele anel maldito e miserável.

Apenas dez meses antes, Hazel havia deixado Jenny no aeroporto. Fora a última vez que vira a irmã. Agora ela segurava a joia na mão enquanto uma raiva ardente se apossava dela com uma lembrança que ela havia deixado de lado anos antes: Ansel, no dia em que deu aquele anel a Jenny. Ansel, lá fora, sob o luar, cavando.

Hazel cambaleou pelo portão de trás da casa dos pais, o anel roxo brilhando, incitando-a a seguir adiante. O bordo continuava exatamente do jeito que Hazel se lembrava, os galhos como braços fraternais, estendendo-se para dar conforto. Hazel andou em círculos em torno da árvore. Muitos invernos antes, do seu quarto, ela havia visto Ansel usando a pá de seu pai. Ela havia convencido aquela versão sua de que tinha sido um sonho, mas, enquanto caminhava junto ao tronco da árvore, Hazel achava crucial encontrar o local.

Ela se agachou, perscrutando. Alerta pela primeira vez em dias, Hazel estava sobre um pedaço de terra onde a grama havia sido achatada, revirada. Quando pegou a pá de seu pai e a retirou da parede da garagem, o cabo de plástico frio entre os dedos, Hazel sabia que não tinha sido um sonho. Ela havia visto Ansel ali, iluminado pelo luar frio de inverno. Ele cavara aquele pedaço de solo.

No momento em que a pá bateu na pequena caixa, suas unhas estavam pretas de terra. Ela acendeu a lanterna do celular e mirou para o buraco. Ela havia atingido uma velha caixa de joias de Jenny, de plástico e sem nenhum apelo sentimental. O tipo de tralha da qual Jenny nunca sentiria falta. Hazel tirou a terra de cima e enfiou a caixa de qualquer jeito embaixo do vestido. Em seguida, entrou discretamente na casa. Cabisbaixa, foi em direção à escada.

Seus pais tinham feito uma reforma havia pouco tempo — o antigo quarto de Hazel e Jenny agora era uma sala de ginástica. Ao abrir a porta com um rangido, Hazel quase esperou ver suas sapatilhas de balé penduradas em ganchos na parede e maquiagem espalhada sobre a cômoda de Jenny. Mas, em vez disso, o cheiro de equipamento de ginástica a atingiu, o odor metálico dos halteres que seu pai nunca usava. Havia uma esteira ergométrica no centro da sala e uma série de DVDs de exercícios físicos alinhados embaixo da televisão. No canto, Hazel ainda podia ver as marcas no carpete provocadas pelos pés da cama de Jenny.

Ela se sentou na ponta da esteira e passou a mão ao longo da faixa imóvel de vinil. Uma onda de tristeza a envolveu e foi embora. Como quando elas eram pequenas, brincando na espuma da praia de Nantucket. *Quando você vê uma onda, você tem que escolher*, instruíra Jenny, mandona como sempre. *Ou você nada contra ela ou sobe nela para voltar.*

A caixa no colo de Hazel estava coberta por uma camada de terra. Ela jogou a sujeira no carpete e abriu a tampa com um clique. Nenhuma onda de reconhecimento, nenhum surto de nostalgia. As bijuterias dentro da caixa não pertenciam a Jenny. Hazel nunca as tinha visto antes. Uma presilha de cabelo de miçangas e uma pequena pulseira de pérolas.

A decepção a envolveu em uma eclosão efervescente. Luis saberia o que fazer com as bijuterias, o buraco no chão, as perguntas não respondidas. Hazel só podia se rebelar com a injustiça. Era inevitável.

Agora aquela era a sua história. Seria sempre algo que havia acontecido com Jenny e com Hazel, e ela reescreveria a narrativa para o resto da vida, moldando-a, definindo-a, arremessando-a contra a parede. Anos se passariam antes que ela aprendesse a viver em um mundo sem a irmã, se algo assim fosse possível algum dia. A magnitude do que ela havia perdido parecia inconsequente, inesgotável. Ela ainda não havia considerado Ansel de nenhuma maneira genuína. Imersa demais na longa travessia através do choque, ela havia empurrado a raiva para longe quando esta cutucou suas costelas. Isso não era sobre ele. Nunca fora. Parecia insano, quase risível, que uma pessoa — Ansel, um único homem, tão profundamente medíocre — tivesse criado um abismo tão colossal.

Hazel fechou os olhos e desejou sumir dentro daquela sala de ginástica. Rezou desesperadamente por um Chamado, mas tudo que obteve foi a recepção que prosseguia barulhenta lá embaixo, a injustiça ruidosa de sua própria respiração irregular. Parecia que, a partir daquele momento, nada seria um Chamado, ou tudo seria, dependendo de como ela considerasse. Hazel não era mais a metade de um todo; em vez disso, era o próprio todo. Agora um Chamado não seria mágica, telepatia ou alguma coisa assustadora, típica de irmãs gêmeas. Jenny tinha ido embora, e a partir daquele momento a conexão entre elas era tão primitiva e ilusória como o fluido em que ambas haviam sido formadas. Era uma conexão celular. Infinita. Era memória, simplesmente..

SAFFY
2012

Quando ouviu a notícia, Saffy imaginou a clavícula de Jenny. O sulco na garganta dela, contraindo-se enquanto ela inalava, um cigarro entre os lábios. O comportamento de Jenny, tantos anos antes, do lado de fora da sala de emergência, como se ela soubesse, de algum modo, onde tudo aquilo ia acabar.

Corinne ligou na tarde de uma terça-feira. Saffy estava afundada no sofá da sala, alguns arquivos de casos espalhados obscenamente na mesa diante dela. Desde o suicídio de Lawson, o trabalho era árduo, persistente e avançava de modo implacável — mais overdoses ao longo da fronteira, um corpo fora resgatado da Tropa C. Seu posto não se importava se o seu caso tinha desmoronado. Na manhã seguinte à data do julgamento de Lawson, Saffy pegou um café reforçado e voltou ao batente.

Saffy atendeu ao telefone enquanto tirava uma trilha de migalhas de pipoca das dobras da camiseta.

"Capitã." A voz de Corinne era firme e determinada. "É melhor se sentar para ouvir isso."

"Pode falar."

"Jenny Fisk, do caso de 1990. A Divisão de Homicídios de Houston encontrou o corpo dela alguns dias atrás. Múltiplos cortes feitos à faca. Detiveram o ex-marido, mas não havia provas suficientes para mantê-lo preso. É ele, capitã. Ansel Packer."

O cheiro de pipoca queimada de repente se tornou enjoativo, químico e repulsivo.

"Desculpe", disse Corinne. "Sei que não é uma boa hora para..."

"Obrigada, sargento."

Saffy desligou.

Apenas uma semana antes, ela havia dormido na frente da Casa Azul. Uma semana antes, ela se postou diante de Blue e Rachel, contou-lhes coisas que nunca admitiu para ninguém. Isso lhe proporcionou um alívio fácil, um aconchegante sentimento de orgulho — ali estava Blue, da mesma idade que as outras, viva e queimada de sol em suas desbotadas sandálias de plástico. A culpa a atingiu, depois o horror. Uma gota, depois uma torrente.

Saffy não havia salvado ninguém.

A mulher apareceu na casa dela na noite seguinte.

Os dedos de Saffy estavam grudentos com a marinada dos pedaços de frango que Kristen tinha feito questão de entregar. Uma névoa da floresta ao entardecer se infiltrava pela janela. As cigarras cantavam, inquietas. Saffy limpou as mãos em uma toalha de papel e deslizou até a porta, só de meias.

A mulher na varanda tinha o cabelo cortado bem rente. Havia uma grande pinta em sua face. Seu rosto era como uma ferida, aberta e dolorida. Saffy a reconheceu imediatamente: na foto dos noticiários, Jenny Fisk estava sentada em um sofá, com um sorriso fácil. O obituário havia sido noticiado no jornal de Burlington — *deixou os pais e uma irmã gêmea.*

"Desculpe incomodar a senhora em casa", disse a mulher. "Meu nome é Hazel Fisk. Eu, hum, encontrei uma coisa. A sargento Caldwell me mandou vir até aqui... Disse que a senhora ia querer ver."

Saffy levou Hazel até a sala, onde o crepúsculo deixava raios agradáveis se espalharem pelo carpete. Até aquele momento, Saffy não tinha percebido como ela observara o rosto de Jenny com tanta atenção, de modo tão inconsciente, pois Hazel era uma cópia perfeita da irmã, distorcida pelo luto.

Hazel tirou um saco plástico da bolsa e o entregou a Saffy, com uma explicação. Saffy abriu a caixa suja de terra com um clique, tomando cuidado para não a marcar com sua impressão digital. Quando espiou lá dentro, sua garganta se encheu de um remorso melancólico. Ela deveria ter sentido alívio, deveria ter sentido satisfação. Ela tivera razão o tempo todo. No entanto, ao examinar as peças, Saffy só sentiu um longo pesar, o tipo de tristeza profunda que parecia se infiltrar nos ossos. Parecia pequeno demais, indefeso demais, no fundo do saco plástico. O anel roxo de Lila.

"Esse anel", disse Hazel. "Ele o deu para a Jenny na mesma noite em que o vi cavando no quintal. Tem ligação com essas bijuterias, não é?"

Saffy quase contou a ela a verdade. Os suvenires, o que significavam. Tudo fez sentido de uma maneira torta: Ansel deu o anel para Jenny e depois percebeu que isso poderia incriminá-lo. Seria uma conexão com as outras garotas, e ele tinha que se livrar do resto. Ou talvez fosse algo mais, alguma complexidade psicológica que Saffy não ia se dar ao trabalho de adivinhar. Não importava. A vergonha queimava a garganta de Saffy, e as palavras não saíam.

Ela sempre soube. Durante tantos anos, ela havia observado Jenny colocar batom no espelho retrovisor, descarregar sacolas de compras da caminhonete. Ela sabia do que Ansel era capaz e não fez nada a não ser observar. Saffy não podia contar a Hazel a profundidade de sua omissão, pois Hazel já a fitava com uma culpa que podia ser interpretada erroneamente como sofrimento. Saffy conhecia aquela expressão. Seus erros viviam entre os dois sentimentos, permanentes demais para admitir.

Saffy levou Hazel de volta até o carro, com agradecimentos e uma promessa. Ela faria o seu melhor no caso de Jenny. Quando os faróis desapareceram, Saffy continuou ali na rua, uma nuvem de insetos do entardecer pairando sobre a calçada. As implicações pareciam pesadas, uma sombra que Saffy não conseguia espantar. E se ela nunca tivesse seguido Ansel? E se ela não tivesse interferido, se tivesse deixado que ele ficasse na Casa Azul? E se a temporada de Ansel com as Harrison tivesse sido inocente, se as intenções dele tivessem sido puras o tempo todo?

Havia um mundo que Saffy não suportava considerar, um mundo que consumia rapidamente o seu próprio mundo, no qual Saffy havia transformado Ansel exatamente no monstro que ela precisava que ele fosse.

As garotas ainda apareciam. Estavam mais velhas e maduras agora. Eram mães, viajantes, confeiteiras amadoras. Fãs de programas bobos de televisão, fãs dos Mets, campeãs femininas regionais de fliperama. Eram caminhantes obstinadas e apreciadoras de brunch aos domingos, um trio de rainhas do karaokê, amantes de sorvetes, praticantes de masturbação pelas manhãs, anfitriãs de lendárias festas de Halloween.

As possibilidades perseguiam e assombravam, o infinito número de vidas que não experimentaram. Frequentemente Saffy imaginava Lila afagando a barriga protuberante, grávida pela terceira vez, ansiando por uma menina. Uma menina seria mais vulnerável e também mais espaçosa. Imagine, Lila parecia dizer, das profundezas do subconsciente de Saffy. Havia tantas coisas que uma garota podia ser.

Quando os faróis do carro de Hazel desapareceram da janela, Saffy colocou o frango de volta na geladeira e preparou uma tigela de cereais Frosted Flakes. Os suvenires continuavam na caixa, espreitando da bancada. Ela abriu o notebook, uma luz na cozinha escura. Havia um voo para Houston de manhã cedo; ela fez a reserva rapidamente, depois ligou para a detetive Rollins.

A detetive Andrea Rollins era uma das doze mulheres que compunham o grupo informal que havia se reunido após a publicação de um artigo em uma revista: *Mulheres de Uniforme: A Ascensão Feminina na Polícia*. Saffy havia sido fotografada com Rollins e as outras em uma página dupla de um papel absurdamente brilhante — nos meses que se seguiram ao artigo, elas iniciaram uma corrente irônica de e-mails onde debatiam, reclamavam e lançavam as teorias que ninguém mais escutaria. Andrea Rollins era uma detetive sênior na Divisão de Homicídios de Houston.

"Capitã Singh." Rollins suspirou no receptor. "Não está nada bom."

"Quem encontrou o corpo?"

"Uma vizinha enxerida, apenas algumas horas depois da morte. A porta do apartamento estava arrombada. A vizinha viu uma caminhonete branca estacionada na rua e as câmeras de segurança mostraram a placa. Na hora em que rastreamos Ansel Packer, ele tinha limpado os bancos do carro e dirigido meio estado."

"Vocês não conseguiram deter o Packer?"

"A arma do crime sumiu. Ele pode ter largado em qualquer lugar. Tentamos as impressões digitais, mas ele limpou completamente as maçanetas, tudo. Fizemos umas boas ameaças. Não acho que ele vá sair do estado. O quarto do hotel onde ele se hospedou está sob vigilância constante, só para garantir."

"Rollins, vou para aí amanhã. O Packer é suspeito em um antigo caso meu, e acabei de encontrar novas provas."

Rollins soltou uma longa respiração assobiada.

"Vou falar com o comandante. Vou ver o que posso fazer."

"Me mande o que você tem", disse Saffy. "Quero uma confissão."

A detetive Rollins esperava próximo à esteira de bagagens: uma mulher elegante com cabelo cacheado, sem maquiagem, uma fadiga antiga espreitando na curva dos ombros. Enquanto percorriam em alta velocidade a escaldante rodovia do Texas, as sirenes berrando, Rollins contou a Saffy sobre o andamento da investigação. Ansel Packer não queria falar; ele se fechara completamente. O comandante de Rollins estava cético, mas desesperado. Saffy poderia ter uma hora com o suspeito.

Enquanto prosseguiam, Saffy observava as planícies, secas e queimadas. Uma recordação havia surgido naquela manhã, um alívio em sua inocência: a casa da srta. Gemma, biscoitos de aveia e passas. Saffy recordou aquele dia com uma lucidez dolorosa — como o açúcar tinha esfarelado, branco e velho na palma da mão de Kristen. Como Ansel tinha acreditado que aqueles biscoitos poderiam de alguma forma equilibrar as coisas, compensar o mal que ele havia feito. Saffy pensou nos biscoitos quando Rollins lhe mostrou o Departamento de Polícia de Houston e ela apertou a mão do comandante. Ela pensou nos biscoitos quando prometeu, mais uma vez, que o estado de Nova York não ia interferir na investigação deles, que o estado do Texas ficaria com o suspeito, que ela só queria uma confissão pelas garotas e pelas suas famílias. Ela pensou naquela cena dos biscoitos quando entrou na sala vazia e sombria.

Os biscoitos eram uma prova que respiravam no vácuo da memória de Saffy: Ansel Packer era capaz de sentir remorso. Eram um testemunho de como o cérebro podia se distorcer. As muitas maneiras intricadas de como as pessoas podiam estar erradas.

A sala de interrogatório era cinza e impessoal. Ansel estava sentado diante da mesa, os braços caídos e inertes. Saffy pôde sentir seu hálito da porta, estagnado e azedo — ele estava sentado naquela sala já fazia mais de três horas, e os detetives o exauriam meticulosamente. Uma cadeira fria de metal, de pernas tortas, além de um zumbido baixo, mantido em uma frequência irritante. Uma série de perguntas degradantes e intermináveis. A tática do policial bom e do policial mau. De acordo com Rollins, Ansel só tinha pedido água. Tinha ido ao banheiro uma vez. Ele não estava interessado em falar. Saffy esperava que Ansel alegasse ser inocente, se enfurecesse com a injustiça; ao que parece, ele havia feito exatamente isso no início, insistindo que não precisava de um advogado. No entanto, agora estava cansado, sonolento e esgotado. Ela esperava sentir mágoa, raiva ou ódio ao vê-lo. Mas sentiu apenas uma espécie de piedade atrasada.

Saffy ajustou a cadeira, ajeitou o blazer. Juntou as mãos em cima do metal frio, um sinal de paciência, um conforto sutil. A expressão de Ansel era estéril, inteiramente vazia. Ela não ficou surpresa: ele não a reconheceu.

"Então", disse Saffy. "Vamos falar da Jenny."

Saffy queria que ele lutasse, caçoasse ou risse dela. Ela queria que Ansel virasse o jogo, argumentasse sobre o próprio brilhantismo. *Prove*, Saffy o desafiou, soando como uma aposta. *Prove para mim que você vale tudo isso.* O silêncio dele era estúpido e decepcionante. Ela pensou naqueles programas de TV, viciantes e enganosos, em cenas iguais a essa, em que advogados elegantes pairavam sobre homens atraentes. Gênios do mal, mentes brilhantes que planejavam o horror por puro prazer, rostos angulosos que escondiam alguma inteligência ímpar por baixo do verniz de maldade. Era quase patética, essa distância da realidade: Ansel não era um gênio do mal. Ele não parecia nem mesmo especialmente inteligente. Do outro lado da mesa, o psicopata brilhante que ela caçara todos aqueles anos olhava para Saffy como um homem comum, envelhecido e apático, inchado e insípido. Saffy sabia que alguns homens matavam em um acesso de raiva. Outros matavam pela humilhação, por ódio ou por algum tipo de depravação sexual. Ansel não era muito diferente ou desconcertante. Ele era aquele com menos nuances de todos, uma combinação turva de tudo isso. Um homem insignificante e tedioso, que matou porque quis.

"Quem é você, afinal?", perguntou Ansel.

"Policial do Estado de Nova York", respondeu Saffy.

Ela mostrou o distintivo e deixou os olhos dele desviarem.

"Por que você está aqui?"

"O que você acha?"

"Eu posso sair daqui a hora que eu quiser", disse ele.

"Sim", respondeu Saffy. "Mas eu trouxe uma coisa que acho que você vai querer ver."

Ela colocou a valise no colo e pousou a mão timidamente no fecho.

"Você está de brincadeira comigo", disse Ansel.

"Eu não viajei essa distância toda para ficar de brincadeira", rebateu Saffy. "Por que você não me fala da Jenny? Ela parecia uma boa esposa."

Ansel baixou o olhar para as mãos, um arremedo de desculpas. Ele ainda estava no controle — a raiva tinha se embrenhado bem fundo, e ele faria Saffy cavar para descobrir.

"Sim, ela era uma ótima esposa", confirmou ele.

"Até ela te deixar."

"Foi uma separação de comum acordo", disse ele. "Ela achou um emprego novo no Texas. Eu falei para ela aceitar."

"Não foi isso o que a irmã dela me contou."

Ansel bufou.

"A Hazel sempre teve ciúmes."

"Ciúmes do quê?"

"De mim e da Jenny, de tudo que nós tínhamos. Eu nunca machucaria a Jenny, você tem que entender."

"Eu entendo. A Jenny foi a única garota para você. A única que você amou."

"Foi."

"Mas houve outras garotas também."

Ela deixou Ansel absorver o comentário.

"Blue Harrison", jogou Saffy.

Um gesto impetuoso e repentino, com Ansel cruzando os braços em frente ao peito.

"Como é que você sabe disso?"

"Eu parei na Casa Azul para almoçar. Conheço a Rachel e a Blue. Eu sei que você estava em Tupper Lake, hospedado no hotel no final da rua."

"Elas precisavam de ajuda. O restaurante estava ruindo. Eu estava consertando o deque."

"O que eu não consigo entender", disse Saffy devagar, "é o que você realmente queria com as Harrison."

"Elas são da minha família", explicou ele de modo simples.

"Só isso?"

"Só isso."

E lá estava: a centelha da percepção, transparecendo em seu rosto exausto.

"Foi você", murmurou Ansel. "Foi por sua causa que elas me mandaram embora. O que você falou para elas?"

Saffy o ignorou.

"Você não machucou a garota. Você não machucou a Blue."

"E por que eu machucaria a Blue?"

"Ela tinha a idade certa."

Daquela distância, Saffy podia ver cada poro do nariz de Ansel. As linhas ao redor de seus olhos pareceram franzir, depois estreitar.

"Eu passei um bom tempo procurando aquelas garotas, sabe", continuou Saffy. "Izzy. Angela. Lila. Elas eram da nossa idade na escola. Você se lembra da Lila, não lembra? Você lembra como ela costumava cantar junto a música tema dos *Jeffersons*?"

Uma confusão atordoante enquanto ele a decifrava.

"Ah", disse Saffy. "Você não me reconheceu mesmo, não é?"

O telefone de Saffy estava pousado na mesa entre os dois, perfilado e pronto. Quando ela apertou o play, as primeiras notas de uma música levaram uma explosão de vida ao espaço de concreto. Elas gemeram e flutuaram. Quando a voz rouca de Nina Simone encheu cada canto da sala, Saffy esperou a transfiguração. O saxofone gemia e balbuciava — *I put a spell on you*. Ansel piscava sem parar, agora em alerta.

"Nós éramos jovens. Tínhamos 11 ou 12 anos", continuou Saffy.

E então surgiu. Uma nítida inquietação. Ansel se mexeu como se quisesse se levantar ou correr, e Saffy sabia que tinha pescado alguma coisa. Finalmente, ela tinha tocado em alguma parte no interior de Ansel, uma parte sensível, fosse ela qual fosse.

"A raposa veio primeiro", disse ela. "Aqueles bichos, na casa da srta. Gemma, na beira do riacho. Pode descrever para mim, Ansel? Quero saber o que você sentiu matando aqueles bichos."

"Eu não senti nada", respondeu ele.

"Não me parece", disse Saffy. "Quer dizer, imagino que dê uma sensação boa matar alguma coisa. A liberação. O alívio. Deve ser uma sensação boa, não é? Se não for, então para que serve?"

"Eu não sinto nada", disse Ansel. "Nada."

A canção acelerou até o clímax, etérea e misteriosa. Saffy pegou algo de dentro da mala.

"Você sabe o que são essas coisas."

Primeiro foi a presilha. Depois a pulseira. Pequenos bocados de terra estavam presos no clipe da presilha e entre as pérolas leitosas da pulseira. Uma camada de suor havia surgido na testa de Ansel. Ele avaliou as peças como um arqueólogo, ao descobrir artefatos perdidos.

"Estou curiosa, Ansel", disse Saffy. "Por que você pegou essas coisas? Com que propósito?"

"Não sei do que você está..."

"Espere, você não precisa explicar. Eu posso te contar a história. Você estava na casa da Jenny para o Natal naquele ano. Você tinha o quê, 17 ou 18 anos, certo? A Hazel me contou. Os pais dela te deram presentes bonitos, mesmo depois que a Jenny prometeu que eles não fariam isso, e você se sentiu diminuído, pobre e inseguro. Você estava carregando esses objetos durante meses, porque você gostava de recordar, eles eram um lembrete de um momento em que você foi grande e importante. Você deu o anel para a Jenny para sentir um gostinho daquele mesmo poder de novo. Mas aí você percebeu o que tinha feito. Você tinha incriminado a si mesmo... se alguém reconhecesse o anel, você estava em uma encrenca de merda. Então você se levantou no meio da noite e enterrou o resto no quintal."

"Não foi desse jeito."

"Então como é que foi?"

"Eu dei o anel para ela porque era bonito. Eu queria que ela ficasse com ele."

"Mas você tirou essas bijuterias das garotas. Quando você deixou o corpo delas na floresta. Você pegou esses suvenires para se lembrar. Para reviver todas as coisas nojentas que você tinha feito."

"Não", disse ele, mais alto agora. "Não. Para."

"Você ficava vidrado lembrando. Você sentia prazer. Você adorava..."

"Para!" Um berro. Ele arfou, a respiração irregular, falhando. "Eu nunca sinto prazer em nada."

Foi como se um raio tivesse caído, uma ruptura física, um tremor enorme, o sinal que Saffy reconheceu graças a muitos anos de experiência em salas de interrogatório como aquela — as muralhas de Ansel estavam desmoronando. Mais uma cutucada, e elas iam ruir.

"Então por quê?", perguntou Saffy delicadamente. "Por que você precisou pegar esses objetos?"

Ansel estendeu a mão para pegar a pulseira, os dedos tremendo. Sem conseguir se controlar, deslizou a delicada corrente de pérolas para o pulso, admirando as contas nacaradas, elegantes e femininas.

"Elas deviam me manter seguro."

"Você matou aquelas garotas pela mesma razão por que matou a Jenny. Porque você se sentia diminuído."

"Não", disse Ansel, impressionantemente calmo. "Você está errada. Eu não sei por que eu matei as garotas. Eu não sei por que matei nenhuma delas."

Ansel acariciava as pérolas enquanto falava, como se estivesse em transe, a voz distintamente infantil ao contar. A história se formou, os detalhes se fundiram. O gravador clicava, avançando, avançando.

Ele confessou.

À medida que a história se desenrolava da boca de Ansel, Saffy a viu perfeitamente. Jenny, naquela noite, como deveria ter acontecido.

Ela estaria cansada, teria deixado a bolsa na bancada, acendido as luzes, colocado um álbum de Sheryl Crow em um volume alto. Não haveria nenhuma batida na porta — a faca teria ficado descansando, intocada, no suporte simples de madeira. Jenny teria colocado uma tigela com sobras de comida no micro-ondas, depois comido de pé, junto à bancada da cozinha.

Em seguida ela teria preparado um banho. Um fio de óleo de eucalipto. Jenny teria tirado o jaleco e entrado na banheira, submergido no calor vaporoso, os músculos teriam relaxado, exalando aquele dia comum. Teria afundado ainda mais, cada vez mais, até a cabeça ficar totalmente submersa, a pulsação vítrea da água como um eco, ou o início irrefletido de um sonho. O som do seu coração batendo, milagroso ao ser ampliado, expandindo-se ao longo das paredes de azulejos. Uma quietude extraordinária, uma sensação maravilhosa. O tempo contido, sublime.

Os detetives entraram como um enxame. Arrancaram Ansel da cadeira, algemaram seus punhos com força. De pé, com os braços torcidos para trás, Ansel parecia fraco e cansado, vagamente pesaroso.

Saffy lembrou como se sentiu ao subir a escada, voltando do porão da casa da srta. Gemma, com Ansel a seguindo de perto. O modo de andar desajeitado de Ansel, Saffy sentindo uma náusea martelar. Ela tinha ansiado por aquela fugaz sensação de perigo. Segundo lhe contaram, o amor era ao mesmo tempo emocionante e nocivo, uma ameaça viciante que desafiava qualquer lógica — o amor eram passos nos degraus inferiores da escada, um par de mãos na base da sua garganta. No entanto, o amor não precisava ser maculado pelo sofrimento. Ela pensou em Kristen e nos filhos dela, esguichando água na piscina do quintal, cantando junto alguma música pop que Saffy não conhecia. Ela pensou em Corinne e na esposa dela, orgulhosamente de mãos dadas na festa de Natal da delegacia. Saffy havia passado a vida toda mergulhada demais nessa análise da dor, no que ela significava, em por que persistia. Ela havia passado anos perseguindo uma violência sem propósito, pelo menos para provar que não poderia tocá-la. Que desperdício havia sido essa perseguição. Que decepção. Ela finalmente havia solucionado aquele mistério épico, havia tocado o local onde o sofrimento de Ansel tinha se solidificado, apenas para descobrir que a dor que ele sentia parecia igual à de todo mundo. A diferença residia no que ele havia escolhido fazer com a dor.

"Saffy, espera."

Seu próprio nome era como uma ferida escorrendo da boca de Ansel.

"Alguma vez você já imaginou se existe um outro mundo?", a voz de Ansel falhava, desesperada, à medida que os agentes o empurravam para a frente. "Um outro mundo lá fora, onde eu e você vivemos vidas diferentes? Onde, quem sabe, fizemos escolhas diferentes?"

"Fico imaginando o tempo todo", respondeu Saffy, quase em um sussurro. "Mas só existe este mundo, Ansel. Apenas este."

Então eles o levaram embora.

Solitária, a sala de interrogatório estava em um silêncio mortal, as paredes frias e impessoais. Uma decepção crua se instalou sob a pele de Saffy — não havia nenhuma explosão de vitória, nenhum orgulho triunfal. Era impossível pensar sobre as vidas que ela poderia ter tido sem pensar naquelas que poderia ter salvado. Assim, Saffy decidiu não considerar nenhuma. Daquele momento em diante, ela esqueceria esse quase mundo tentador; só havia isto: uma breve, imperfeita e singular realidade. E ela teria que achar uma maneira de viver nela.

LAVENDER
2019

O medalhão estava velho. Enferrujado, queimado de laranja por causa do tempo. Quando Lavender enfiava a mão no bolso do suéter, segurar o medalhão oferecia um certo consolo, a ponta afiada contra a almofada do polegar. Naquele dia, a corrente enrolada parecia menos uma acusação e mais uma possibilidade. Ou talvez apenas um lembrete da história.

"Leite e açúcar?", perguntou a garota.

Para Lavender, a moça parecia o melhor tipo de poema. De pé junto à mesa, segurando um bule de café, cada gesto era uma sequência de letras, mesclando-se em uma frase graciosa. O fato de que ela existia ainda parecia abalá-la, como se a vastidão do universo pudesse engoli-la novamente.

Blue, uma garota com bochechas cheias de sardas. Blue, um nome em cor vívida. Blue, um sentimento não exatamente de tristeza, mas um desabrochar parecido com mágoa, as pétalas curvadas para fora.

O restaurante era especial. Lavender soube no momento em que entrou. O lugar era aconchegante, transmitia um tipo estimulante de energia. Harmony havia falado sobre auras durante anos, e Lavender sempre considerou aquilo uma bobeira hippie. No entanto, parecia razoável agora, enquanto ela misturava açúcar no café, os dedos tremendo de nervoso. A Casa Azul parecia pulsar com uma luz cálida e difusa.

Lavender deu um gole no café, amargo à perfeição, à medida que Blue desamarrava o avental e o pendurava no encosto da cadeira bamba. Seu coração roncava como um animal feroz. Lavender tinha imaginado aquela cena tantas vezes que era quase como se ela já a tivesse vivido, mas o rosto de Blue estava vago em abstrações, uma combinação das fotos que vira de Ellis, de Blue, agora com 23 anos, e a lembrança de si mesma nessa idade. Metade mulher, metade menina. Ela a havia encarado abertamente naquela manhã, quando Blue a buscou no aeroporto, em Albany, mediante cautelosos olhares roubados enquanto conversavam amenidades durante o trajeto de carro. Blue era ao mesmo tempo exatamente como Lavender a havia imaginado e completamente diferente. Enquanto Lavender era magra e deselegante, Blue era cheia de curvas e atraente. Tinha lábios carnudos, maçãs do rosto salientes. Usava calça jeans, apertada nos quadris e rasgada nos joelhos, e o cabelo trazia uma comprida trança caindo de lado em um dos ombros. Seus dedos exibiam vários anéis de prata, do tipo comprado em camelôs e bazares, e ela tinha uma pequena tatuagem de beija-flor na parte interna do pulso. Pelas fotos que haviam trocado, Lavender sabia que a cor do cabelo de Blue era exatamente igual à dela: um tom louro-avermelhado quase translúcido ao sol. Vê-la pessoalmente era como um soco no estômago. Quando subiram as curvas da montanha para chegar a Tupper Lake, Lavender sentiu um aperto de admiração se instalar na garganta.

Agora Blue estava sentada do outro lado da mesa, tão próxima e tão real que Lavender podia ver cada um dos alongados cílios da neta. Sem conseguir se conter, Lavender começou a chorar, como se um trovão ribombasse e uma nuvem desabasse em uma tarde de verão.

Tudo tinha começado com uma carta.

O primeiro envelope havia chegado quase um ano antes. Lavender e Sunshine tinham acabado de se mudar para a casa Magnólia, a unidade familiar com a melhor cozinha em todo o Gentle Valley — as mulheres haviam unanimemente concordado que Sunshine devia ficar com o fogão lustroso e eficiente. Sunshine, com suas mãos vermelhas cheias de bolhas, às quais Lavender frequentemente tocava durante o sono. Sunshine, que entabulava conversas inteiras através de uma explosão de canela em um tabuleiro de bolinhos de sementes de linhaça. Sunshine, que pousou a palma da mão gentilmente no quadril de Lavender quando a carta chegou, sua presença um conforto instintivo.

Querida Lavender,
Você não me conhece, mas olá. Meu nome é Blue Harrison.

Blue tinha conseguido o endereço com a avó, Cheryl. Cheryl o guardava havia anos; ela o havia passado relutantemente após uma conversa sobre as origens de Ellis. Se Lavender estivesse interessada, Blue gostaria de manter contato. Ela havia deixado um número de telefone e um endereço de e-mail ao pé da página.

Lavender tinha enfiado a carta embaixo do travesseiro, onde a deixou descansar por quase um mês. Havia um telefone fixo na casa Sequoia, mas Lavender se sentia esquisita ao telefone, pouco natural, por causa da falta de experiência. Sunshine às vezes abria o notebook antes de se deitar, e elas repassavam as fotos da vida de Minnie on-line. A filha de Sunshine administrava uma padaria em Mendocino e tinha um bebê. Mas a internet parecia um lugar estranho e complicado.

Assim, Lavender se sentou diante de uma folha de papel e de sua caneta hidrográfica favorita. Todos aqueles anos, ela havia burilado cartas em sua mente.

Praticando exatamente para isso.

Ela escreveu sobre Gentle Valley. Sobre o sol brilhando laranja sobre as colinas ao raiar do dia, sobre o alecrim brotando na horta de Sunshine. Ela e Sunshine haviam feito uma viagem até o Grand Canyon, a primeira vez em que Lavender viajou de avião, e ela contou a Blue sobre os desfiladeiros de argila vermelha, o modo como os abismos se dobravam como as curvas de um rio. Ao responder, Blue havia enviado relatos agradáveis. Em um espaço de meses, dezenas de cartas tinham sido trocadas, e Lavender podia visualizar a barba de Ellis, o peso dos ombros dele enquanto dançava ao som do rádio na cozinha da Casa Azul.

264

Foi Lavender quem puxou o assunto. Ela ocultou a pergunta no meio de um parágrafo, tão discreta que podia facilmente ser ignorada. Apenas escrever as palavras trouxe de volta a antiga onda de culpa, que transbordava, inexorável.

Sabe alguma coisa sobre o meu outro filho, Ansel?

A resposta levou semanas para chegar. Quando veio, Lavender entendeu que a neta tinha tomado o cuidado de ser especialmente delicada. *Ansel passou algum tempo na Casa Azul, sete anos atrás*, escreveu ela. *Posso lhe contar mais, se tiver certeza de que quer saber. Mas tenho que avisar, vai ser doloroso.*

O sentimento era maior do que a curiosidade. Lavender sabia que cavar a verdade lhe traria paz, por mais que doesse. Ela nunca ansiara tanto uma notícia. Era um sinal. Suas feridas tinham cicatrizado. Seus dias tinham se consolidado. Ela estava pronta.

Não é o tipo de coisa que você deva ler em uma carta, Blue tinha respondido quando Lavender pressionou por mais informações. *Mas tenho uma ideia. Por que você não vem até a Casa Azul?* As mulheres de Gentle Valley ficaram entusiasmadas com a ideia e juntaram o dinheiro sem questionar.

Agora Lavender observava enquanto Blue falava, sem constrangimento, uma entonação encantadora na voz. Ela era extrovertida. Blue desfez a trança e correu os dedos pelo cabelo, deixando fluir o cheiro de desodorante de jovens garotas enquanto contava, despreocupada, sobre seu apartamento no Brooklyn, o restaurante onde trabalhava na cidade, seu trabalho de voluntária no abrigo de animais. Lavender aquiescia o tempo todo, extasiada. *Eu fiz essa pessoa*, pensou ela, enquanto Blue agitava as mãos, sem reservas. Parecia um milagre, tamanha graça cósmica. Como o primeiro broto verde após um longo inverno cinzento.

Depois do jantar, elas se sentaram no deque. Varais de luzes tinham sido entrelaçados nas ripas de madeira envernizada, e a noite estava úmida, soprando uma brisa floral enquanto a lava-louças zumbia. Rachel havia pedido licença com um boa-noite afetuoso; a mãe de Blue era tão generosa quanto reservada, paciente com a curiosidade da filha.

"É esquisito estar aqui?", perguntou Blue.

Lavender se inclinou para a frente na espreguiçadeira de plástico. Em seguida, deu uma olhada no quintal sombreado; a terra havia mudado, se acalmado na noite.

"É mais fácil do que eu imaginei", respondeu Lavender.

"Ainda sinto a presença dele aqui, às vezes. Do meu pai."

"Acho que também consigo sentir." Era verdade. Lavender conseguia sentir Ellis, estranhamente captando vislumbres de sua presença. Ele estava nos mapas cuidadosamente emoldurados dos picos das montanhas Adirondack, na tinta azul ofuscante da fachada da casa. Ele estava no arco e na inclinação da face pálida de Blue.

"O Ansel também esteve aqui?", perguntou Lavender. "Ele encontrou vocês?"

A pergunta se espalhou, alongando-se.

"Na verdade, fui eu que o encontrei." Blue roeu as unhas pintadas de lilás, já meio lascadas. "Eu convidei ele para vir aqui."

"Estou pronta, querida. Seja o que for, pode me contar."

"Antes que eu conte qualquer coisa", disse Blue, "preciso que você saiba que eu fiquei feliz de conhecer o Ansel. Ele ficou feliz de vir até aqui. Ele nos ajudou com a reforma da casa e não pediu nada em troca. Nós fechávamos o restaurante com a minha mãe e dávamos risadas até tarde da noite. Foi fácil estar com ele. Quase como ter o meu pai de volta. Às vezes, quando penso no que ele fez, quem ele é, ainda não consigo acreditar."

"Continue", disse Lavender.

Um sentimento de angústia tomou conta do rosto de Blue, doce e condoído, suplicando desculpas.

"Sinto muito", disse Blue. "Eu sinto muitíssimo por lhe contar isso."

A noite era uma ferida aberta. O coração era um órgão que batia sem parar. As árvores farfalhavam seu unânime pesar.

* * *

Lavender teve um sono agitado. Teve vários sonhos com mulheres que não conhecia, estranhas ao longe, nuas e gritando. No andar de baixo, a geladeira industrial roncava como um estômago faminto. As palavras de Blue pairavam no ar, fantasminhas ameaçadores sobre a cama desconhecida — ela não havia contado a Lavender todos os detalhes, apenas o resumo da história, que, assim mesmo, se inflava, monstruosa.

Lavender não conseguia imaginar. Ela não conseguia imaginar o menininho que conhecera fazendo qualquer uma das coisas que Blue descrevera. Não conseguia imaginá-lo esperando em contagem regressiva os dias, em uma cela de prisão. Não conseguia compreender essa palavra. Execução. O homem que seu filho se tornou parecia tão distante quanto os pepinos que ela havia plantado no verão anterior e não chegaram a dar frutos.

Quando a cama virou uma jaula, Lavender se arrastou até o corredor. Era muito cedo, ainda estava um breu. A porta do quarto de Blue estava entreaberta. Um raio de luar brilhava sobre o seu corpo, iluminando-o. Seu rosto estava pacífico no sono, devastadoramente jovem.

Se dê um instante todos os dias, Harmony havia sugerido certa vez, na terapia de grupo. *Um único instante em que você está isenta de qualquer responsabilidade.*

Quanto de responsabilidade uma pessoa podia ter, Lavender costumava pensar. Quanto, antes de não suportar mais e transbordar?

Lavender escorregou até o chão, do lado de fora do quarto de Blue, os joelhos estalando como tiros durante a descida. Havia pessoas que podiam olhar a atrocidade nos olhos e seguir adiante, pessoas que faziam tais coisas por opção. No entanto, a atrocidade não era uma coisa que Lavender se permitisse considerar. A respiração de Blue vinha constante e uniforme através da porta, como o fluxo da maré em direção à praia. Pareceu, então, que ser mãe não significava ser rígida. Não havia uma trajetória para seguir, nenhuma receita que indicasse o início ou o fim. Ser mãe podia ser simplesmente isto: uma mulher e uma garota sangue do seu sangue, respirando no mesmo ritmo nas profundezas da noite.

* * *

O restante da visita de Lavender passou rapidamente, repleta de novidades. Blue enroscava o braço no braço de Lavender, e as duas faziam caminhadas em volta do lago, dando nome às árvores. Blue lhe mostrou sua coleção de pequenos tesouros: uma bolota de carvalho perfeitamente redonda, uma estátua em miniatura de uma ovelha de vidro soprado, um brinco de brilhante com o fecho quebrado que ela havia encontrado no Central Park. Nesses objetos, Lavender podia ver a suavidade da neta, sua estranheza imaculada. Blue prometeu ir a Gentle Valley em breve, ao que Lavender garantiu um tabuleiro dos famosos pãezinhos de canela de Sunshine. Elas posaram para uma selfie, o braço de Blue esticado enquanto pressionavam as testas juntas, sorrindo contra o fundo de montanhas.

Na última noite de Lavender na Casa Azul, Rachel se juntou a elas no bar para uma dose de uísque. Vidrada e sonolenta, alegre de dar risada, Lavender começou a falar. Curiosas, Blue e Rachel escutaram com atenção, as silhuetas empertigadas. À medida que lhes contava tudo que conseguia lembrar — o espirituoso e o horrível, o carinhoso e o chocante —, uma fração do peso de sua vida parecia deixá-la junto das palavras. Esse era o dom dos jovens, pensou Lavender. Eles tinham força para carregar aquele peso.

"O Ansel tinha uma teoria", disse Blue, depois que Rachel foi se deitar. Lavender estava recostada contra o balcão de mogno marcado, o copo vazio. "Ele falava muito sobre isto: os outros mundos que talvez existissem, se você mudasse um pouco suas escolhas. Um universo infinito ou algo assim. Ainda penso nisso às vezes... como as coisas poderiam ter sido diferentes se eu nunca tivesse encontrado o Ansel. Se eu nunca tivesse convidado ele para vir aqui."

"Eu também faço essas perguntas", disse Lavender.

E era verdade: Lavender não pensava mais na fazenda, na Califórnia ou em nenhuma das escolhas que ela havia feito para se salvar. Elas foram necessárias. Mas ela sempre pensaria nas cartas, nas centenas ou milhares de cartas que havia escrito na cabeça. Querido Ansel. O que teria acontecido se ela tivesse mandado apenas uma carta? Lavender pensava com muita frequência se ela podia ter feito alguma diferença. Se seu filho algum dia havia precisado dela.

"Quando vai acontecer?", perguntou Lavender, a voz embargada. "A execução?"

"Mês que vem", disse Blue. "Mantivemos um certo contato. Ele me pediu para ser testemunha."

"Você vai?"

"Acho que sim", respondeu Blue, dando uma espiada na sala de jantar, com suas mesas rajadas de água sanitária e suas cadeiras assomando. Parecendo refletir, continuou: "Eu escrevi de volta na semana passada. Falei que iria".

"Por quê?", perguntou Lavender.

"Eu só conheci o Ansel bom", disse Blue. "A pessoa que ele poderia ter sido. Esses outros universos... acho que quero honrá-los."

"É generoso da sua parte", disse Lavender.

Blue apenas deu de ombros.

"Ele é minha família. Alguém devia estar lá, eu acho."

"Espera, desculpa", disse Lavender, ofegante. "Não me conte mais nada. Não quero saber a data. Não quero ficar esperando."

Lavender enfiou a mão no bolso do suéter: estava lá como sempre, aquele peso leve. Na crescente penumbra, o medalhão de sua mãe parecia gasto. Decrépito. Em uma questão de horas, Lavender estaria em casa. Ela deixaria isso tudo amainar, depois desaparecer. Em seguida, afundaria novamente nos seus dias com Sunshine e não perguntaria mais nenhum detalhe para Blue, a única coisa possível para assegurar sua própria sobrevivência. Ela se recusaria a assumir a responsabilidade.

"Você pode levar isso com você?", perguntou Lavender.

Blue pegou o medalhão. Ela o prendeu ao redor do pescoço, a corrente brilhando em sua clavícula. Era como mergulhar no tempo de trás para a frente, pensou Lavender. Como olhar em um espelho para uma versão mais jovem de si mesma, dourada e luminosa. Tão abençoadamente intacta.

"Ele não vai estar sozinho?", perguntou Lavender.

"Ele não vai estar sozinho", assegurou Blue. "Eu prometo."

Então Lavender soube que o mundo era um lugar de perdão. Que cada horror que ela tinha vivido ou causado poderia ser compensado com aquela bondade visceral. Seria uma tragédia, pensou ela, até desumano, se fôssemos definidos apenas pelas coisas que deixamos para trás.

18 MINUTOS

Cada segundo é um ano. Cada segundo é o seu fracasso, cada segundo é a sua vida inteira. Cada segundo é um desperdício.

Ao pensar na sua confissão agora, você sente uma imensa incredulidade — não dá para acreditar que você falou aquelas coisas em voz alta.
  Sua advogada ainda tentou, de uma maneira difusa, alegar coerção, mas sua confissão pareceu mais fisiológica do que isso. Uma força, sendo expelida. Saffron Singh era uma ponte. Uma linha desenhada, uma flecha apontada. Quando ela tirou a pulseira de pérolas do saco de provas, quando deslizou a presilha de cabelo de miçangas na mesa, ela levou você de volta àquelas noites na floresta. De volta às Garotas. Durante todos aqueles longos meses da adolescência, você carregou as bijuterias com você, soltas nos seus bolsos ou no painel de instrumentos do seu carro. Elas deixavam você tranquilo. No dia em que você deu o anel a Jenny, um capricho irrefletido, você enterrou o restante dos objetos em um acesso de pânico. Foi um choque ver aquelas peças de novo, jazendo como cadáveres na mesa.
  Depois foi a música. Sua música favorita de antigamente. Você se lembrou de uma raposa, já meio em fase de decomposição. A ironia: foi o seu eu criança que trouxe você até aqui.
  Então não foi você que contou a história, mas aquele menino. Ele possuiu você naquela sala de interrogatório decrépita, você com seus 11 anos

de idade, os olhos tristes e sombrios. Você falou para deixar o menino feliz. Você falou para libertá-lo. Quando você selou seu próprio destino, sobreveio uma dor intensa e uma constatação: não haveria libertação.

Você pediu ao capelão para ele não voltar. Você vai vê-lo na sala de execução, e não pode suportar passar seus últimos dezesseis minutos olhando para o rosto caído e benevolente do capelão. Sozinho, você pega sua Teoria do chão. Junta novamente o manuscrito, cheio de poeira, página por página. Parece inacabado em suas mãos, uma série desconexa de digressões.

Você queria falar sobre o bem e o mal. Você queria falar sobre o espectro da moralidade. Você queria falar, mas queria que alguém escutasse. Você pensa nos homens lá de Polunsky, os confiantes movimentos de xadrez que faziam, as fotos que acumulavam, os soluços e gemidos que soltavam no meio da noite. Uma onda de vergonha o perturba: supostamente a sua Teoria tornaria você diferente. Supostamente tornaria você especial, melhor, superior.

Agora parece haver uma ironia intoleravelmente aguda. Se você acredita no multiverso, tem que olhar para o seguinte:

Você tem 17 anos e está na extremidade de uma longa entrada de carros. A primeira Garota aparece, uma corça nos seus faróis. Você pisa nos freios, abre a porta. Precisa de uma carona? Você espera no meio-fio até ela entrar em segurança. Você tem 17 anos, está sentado naquela cabine da lanchonete, bebendo sua última xícara de café, tomando coragem para pedir o número de telefone da garçonete. Você tem 17 anos, está assistindo àquele show com um monte de gente, quando a última Garota lhe oferece um cigarro e você aceita. Você fuma até a guimba. Agradece. E vai para casa.

Doze minutos. As paredes se encolhem, se comprimem. Você puxa os joelhos até o peito e, debilmente, reza. Você nunca acreditou em Deus, mas se dirige a ele agora, em uma derradeira tentativa, sem muito entusiasmo. Deus, se você está por aí. Deus, se puder me ouvir. Deus...

Você se lembra de uma chuva de meteoros. Você era pequeno, uns 3 anos de idade. A grama cutucava através do grosso cobertor de lã, e você olhava para cima com a admiração de uma criança. O hálito de sua mãe era azedo e doce, como um sonho interrompido no meio. Ela o segurava no colo, enquanto os cometas riscavam o céu. É um consolo saber que você já foi pequeno o suficiente para ser carregado no colo. Um dia, só havia a grama e a fascinação, a terra ficando normal embaixo da sua espinha.

Você começa a chorar.

Não pensa, não fala. Você chora como se fosse a última coisa que você vai fazer na vida, o que talvez seja verdade. Chora até que você não é mais você, até os soluços dominarem seu corpo e o transformarem piedosamente em alguém, qualquer outra pessoa. Você chora pela sua Teoria. Pela pessoa que você era quando acordou esta manhã. Chora pelo número de respirações que não vai respirar, pelas manhãs em que não vai se voltar para o sol com os olhos cerrados, os longos trajetos em que você não vai dirigir descendo estradas na serra, o uísque que não vai queimar sua garganta. Você viveu quarenta e seis anos, e todos eles para quê? Para isto.

Quanto termina, você se endireita. Seca os olhos, assoa o nariz e joga o muco no chão, formando uma poça brilhante. Embora se recuse a olhar os ponteiros do relógio na parede, você pode senti-los, escorrendo sem esforço para fora da cela. Aqueles segundos. Você quer se agarrar a cada um deles, sentir a textura de sua vida à medida que ela se esgueira lamentavelmente para longe.

É uma surpresa, mas do tipo inevitável, quando você ouve passos vindos do corredor.

Está na hora.

Vagamente, você quer lutar. Quer chutar e gritar em nome das coisas que vai perder, mas isso soa penoso, doloroso e inútil. Pelo corredor, o barulho dos passos se arrastando fica mais alto. A equipe responsável por contê-lo. Seis agentes carcerários treinados virão para buscar você, e virão agora. Você sabia, obviamente, que esse momento chegaria, mas não esperava que parecesse tão trivial, apenas mais um segundo se fundindo com os milhões de outros que compõem sua vidinha insignificante.

Você os escuta se aproximando. O som do destino, chegando para varrer você do mapa.

Você levanta o queixo para o som.

LAVENDER
AGORA

Lavender se curva sobre o tanque de lavar roupa. Seus joelhos estão nus e empoeirados, ralados por ela ter ficado agachada na terra. A tarde se ilumina acima da casa Sequoia. Lá dentro, as mulheres estão lavando os pratos do almoço, o barulho das discussões se mesclando com o dos potes e panelas. Para além do tanque, Lavender pode ver a silhueta das cristas das montanhas, de um citrino selvagem nublado, em plena luz do dia. Na base da colina, Sunshine se agacha na horta com seu amplo chapéu de palha. Lavender tem agora 63 anos e não acredita em felicidade, não como uma coisa pura ou categórica. No entanto, ela efetivamente acredita no futuro e pode vê-lo neste momento, estendendo-se opulento montanha abaixo, do outro lado da grama ondulante. Sunshine puxa uma abobrinha da trepadeira; seu corpo é como um mapa, com encostas e picos bem delineados.

O som começa suave no início, mal discernível. Ereta, Lavender se senta, pensando se o teria imaginado. Ela se estica para entender — ali. Um gemido, um suspiro. Um animal morrendo nas profundezas da mata. Hesitante, Lavender fica imóvel, os braços cheios de espuma sobre o tanque. O gemido se intensifica.

Algo está sofrendo.

Ela inclina a cabeça.

E escuta.

SAFFY
AGORA

Saffy sai do chuveiro. O espelho está embaçado — mesmo através da condensação, o peso desta noite se instala, sólido, sobre seus ombros. Seu traje fúnebre está disposto na cama, como uma pessoa que desaba de exaustão. Saffy usou esse vestido preto em centenas de funerais, com o cabelo puxado para trás em um coque sério. Esta noite ele parece engomado demais, formal demais.

Absorta, ela pensa no que Ansel está fazendo agora. Comendo sua última refeição ou encarando um teto cinzento vazio. Ela espera que a cela seja fria, que os pensamentos dele sejam assustadores. Ela espera, claro, que ele lamente. Que esteja com medo. À medida que o sol desce através das persianas, Saffy fica agradecida que o Texas esteja bem longe e que logo Ansel estará em algum lugar inteiramente diferente ou talvez em lugar nenhum.

O telefone de Saffy apita enquanto ela seca o cabelo.
Blue Harrison.
Estou aqui, diz a mensagem. *Está chegando a hora.*
De tempos em tempos, Saffy ainda frequenta a Casa Azul. Ela pede um sanduíche de atum e conversa com Rachel no balcão. Quando Ansel escreveu, convidando-a para a execução, Blue ligou para a delegacia. *Acho que eu quero ir*, ela havia dito, quase em um murmúrio. *Acho*

que quero estar lá. Saffy não tinha certeza direito de por que Blue tinha ligado, mas podia ouvir um tremor na voz da jovem. Blue estava pedindo permissão. Pedindo algum tipo de confirmação. Saffy se lembrou de como Ansel parecia quando era menino, instável e vulnerável, fraco, mas ainda não perdido, ainda com escolhas a serem feitas. Ansel era ruim e ia morrer por causa disso, mas Saffy sabia, como Blue, que ele também era outras coisas.

Você deve ir, disse Saffy a Blue. Ela podia ouvir a máquina de café espresso da Casa Azul funcionando ao fundo.

Você vai comigo?, Blue havia perguntado.

A resposta era fácil. Não.

A vigília é no parque perto da escola de ensino médio.

Quando Saffy chega, a noite havia lançado seu manto de veludo, e ela só vê o tremeluzir de velas no outro lado do gramado. Ela o atravessa e caminha com dificuldade em direção às figuras indistintas aglomeradas. Há umas vinte pessoas, uma quantidade pequena, as cabeças baixas na penumbra da luz das velas. Saffy abandonou seu vestido de funerais e o trocou por uma saia comprida azul, salpicada de margaridas. Ela vê Kristen na ponta do grupo, os braços cruzados no frio de abril. No momento em que Saffy alcança o local, suas sandálias estão grudentas nos dedos, úmidas por causa da grama.

"Você veio", diz Kristen.

"Trouxemos isto para você, capitã." O filho mais velho de Kristen entrega um buquê de lírios para Saffy — magricela e desengonçado, ele agora está com 15 anos. Saffy agradece e pega o buquê, amarrotando o embrulho de plástico.

As fotografias foram ampliadas, enormes. Izzy, Angela e Lila jazem escoradas por um mar de flores. Saffy reconhece muitos dos rostos iluminados ao redor do chafariz: os pais de Izzy estão ali, junto da irmã. O irmão caçula de Izzy só tinha 5 anos quando ela desapareceu, e agora ele carrega um bebê no colo, aninhado na dobra do braço. A mãe de

Angela está cercada por seu grupo e cumprimenta Saffy com um leve aceno, curvada e abatida. Vinte anos se passaram desde que encontraram os corpos — vinte e nove desde que as garotas desapareceram — e, ainda assim, o cinegrafista de algum programa de notícias paira na extremidade da vigília, determinado a fazer uma matéria. Saffy se sente pegajosa, a verdade pinicando. Não haveria nenhuma história, se fosse apenas pelas garotas. Não haveria nenhuma vigília, absolutamente nenhum interesse. Elas são relevantes apenas por causa de Ansel e do fascínio que homens como ele exercem.

Kristen entrega uma vela para Saffy. A cera escorre, derretendo em seus dedos.

Está quase na hora. A cerca de mil e seiscentos quilômetros de distância, está sendo feita a justiça — mas a justiça, reflete Saffy, tem que ser mais do que isso. A justiça deve ser uma proteção, uma resposta. Ela fica imaginando de que forma um conceito como justiça entrou na psique humana, de que forma algum dia ela acreditou que algo tão abstrato pudesse ser rotulado, imposto. A justiça não funciona como uma compensação. Não funciona nem mesmo como uma satisfação. Enquanto inspira longamente o ar das montanhas, Saffy visualiza a agulha, pressionada contra o braço de Ansel. O estalo azul da veia. *Que desperdício*, pensa ela. Que inutilidade. O sistema falhou com todos eles.

"Venha até a minha casa hoje", diz Kristen, quando o grupo se dispersa. "Você não devia ficar sozinha."

O filho de Kristen já está no carro, ajustando os espelhos. Ele ainda precisa de mais trinta horas de direção supervisionada antes de poder fazer o teste para tirar a carteira. Os brincos de Kristen brilham no retrovisor, um presente da viagem de Saffy ao Rajastão no ano passado, gotas de ouro ornadas com pedras que combinam com o bonito azul-turquesa dos olhos da amiga.

"Hoje eu não posso", diz Saffy. "Coisas do trabalho."

Kristen sorri de modo afetado, carinhosa, sarcástica. Saffy se dá conta de quanto tempo faz que elas cresceram juntas, de tudo que passaram, as coisas a que sobreviveram. "O freio de mão, querido", diz Kristen para o filho, enquanto afunda no banco do carona. Sua voz soa como uma canção de ninar atravessando a noite.

É tarde quando Saffy chega à delegacia. É noite de sexta-feira, quase todo mundo já foi embora. Apenas Corinne está lá, debruçada sob o facho de luz do abajur de sua mesa.

"Capitã", diz ela. "O que está fazendo aqui?"

Corinne dá uma espiada no relógio. Ela sabe o que está acontecendo esta noite — Corinne é observadora como sempre, meticulosa. Uma vez por mês, Saffy recebe Corinne e Melissa para jantar, e elas ficam sentadas em sua cozinha, conversando, enquanto o aroma de salmão assado ou pizza feita em casa sai do forno. A esposa de Corinne recusa o vinho; elas estão tentando um bebê por meio de fertilização *in vitro*. Saffy está agradecida por seus pés de galinha agora, pelas linhas que marcam o contorno de sua boca. *Estão vendo?*, ela quer dizer a Corinne. *Você não precisa ter tudo. Você só precisa calcular quanto basta.*

Saffy quase se senta, quase desaba. Ela repousa a cabeça na superfície da mesa de Corinne. Quase confessa a verdade: ela não pode ir para casa, para aquela casa abençoadamente vazia. Na maior parte das noites, Saffy aprecia sua solidão, mas nesta noite essa dádiva parece vazia. *Por que você não encontra um bom homem para você? Você ainda é bonita e razoavelmente jovem.* A esposa de Kensington pareceu sincera ao dizer essas palavras, cubos de zircônia balançando em suas orelhas. Saffy tinha sorrido educadamente, imaginando o que aquela mulher achava que ela poderia ganhar com isso.

Isso aqui é tudo que ela necessita. Uma boa luta. A única.

"O caso Jackson", diz Saffy para Corinne. Um sentimento semelhante à esperança pinica sua garganta.

Saffy mantém seus arquivos amontoados na mesa. Eles oscilam em pilhas, são lembretes desordenados. Quando ela se recosta na cadeira giratória, mexendo no mouse para ativar o computador, a luz branca é tranquilizadora, uma acusação que ela conhece no íntimo.

O caso Jackson espera, impaciente, no teclado.

Na foto anexada no topo do relatório, Tanisha Jackson está sorrindo. Ela tem 14 anos, tranças nos cabelos, miçangas roxas balançando. Está de pé em um quintal com plantas absurdamente crescidas, os cotovelos empurrando pratos de papelão ao fundo. Tanisha desapareceu há seis dias. Eles têm algumas pistas promissoras: um professor da sua escola com um álibi incompleto, um homem estranho com uma cicatriz na face passando pela cidade. Agora é uma questão de analisar os fatos até a verdade surgir na superfície, como pepitas de ouro em uma peneira. Ela examina as sardas que se espalham pelas bochechas de Tanisha — Saffy acredita que a menina ainda está viva. Que a vitalidade é possível até mesmo após o trauma, que o caminho nem sempre leva à devastação, que nem toda garota se torna uma Garota.

Os minutos se alongam, piscando até se tornarem horas. Saffy rascunha algumas anotações, desbasta as informações. Ela vai ficar aqui até o amanhecer. Ela vai ficar aqui até descobrir alguma coisa. Ela vai ficar aqui.

HAZEL
AGORA

Hazel está parada na beira da piscina do hotel. A piscina está drenada, cheia de folhas mortas, e uma pequena quantidade de cadeiras de jardim de plástico repousa a esmo em volta.

A mãe de Hazel aparece, atrapalhando-se com a chave do quarto. Ela se vestiu para a ocasião. Usa um terninho que remonta da década de 1980, os ombros largos demais para sua compleição acanhada. Ela margeia a piscina abandonada com seus escarpins pretos pesados. Quando a mãe se aproxima, Hazel sente uma leve falta de ar — talvez por causa da umidade, ou por aquele terno que não cai bem, ou pela coisa que os olhos da mãe fazem assim que captam a presença de Hazel. Eles se alargam. Um breve lampejo de esperança se transforma em decepção. Naquele milésimo de segundo insondável, a mãe vê duas filhas. Hazel é sempre a filha errada.

Um sedã bege para no estacionamento do hotel, e uma mulher com um corte de cabelo igual ao de um poodle se aproxima. Linda, diz ela, quando apertam as mãos, as unhas francesinhas, bem-feitas e indecentes. Linda representa o Serviço de Vítimas do Departamento de Justiça Criminal do Texas e vai levá-las até a prisão, mas antes elas têm uma papelada para rever.

Durante meses, a mãe de Hazel finge entusiasmo. *Não consigo dormir, Hazel, não antes de ver ele morrer.* Faz sete anos que Jenny morreu. O pai delas morreu de ataque cardíaco apenas seis meses depois, e a mãe muitas vezes se refere a eles como uma unidade, como se estivessem juntos por escolha, simplesmente vivendo em outro lugar. *Eles vão ficar contentes ao saber*, murmurou ela, quando a sentença de Ansel reverberou pelo tribunal. No entanto, parece que a bravata da mãe evaporou — enquanto Linda senta-se com elas a uma mesa manchada de água, enquanto ela espalha a pilha de papéis, a mãe de Hazel parece prestes a ser soprada pelo vento.

Linda repassa cada página lentamente. Uma descrição do crime do acusado — *Como se tivéssemos esquecido*, Hazel quase dispara — e uma visão geral do processo de execução. O programa da noite, como se elas fossem assistir a uma peça de teatro. Ansel convidou duas testemunhas: sua advogada e um nome que Hazel nunca ouviu antes. Beatrice Harrison.

Qual o propósito disso tudo?, Hazel tem vontade de perguntar. Ostensivamente, o evento de hoje ocorre em seu próprio benefício. Por Jenny, por sua família, por alguma forma distorcida de compensação. Mas parece o oposto. Quase um presente para Ansel.

Ele ganha a atenção. Ganha a mídia, o discurso, o procedimento cuidadosamente regulamentado. Hazel sabe que uma punição real pareceria diferente, como um nada grandioso e solitário. Uma prisão perpétua em uma prisão masculina, os anos apodrecendo enquanto passam. Seu nome sendo gradativamente esquecido. Um enfarte ou um escorregão no chuveiro, o tipo de morte sem rosto que ele merece. Em vez disso, Ansel recebeu esse nobre sacrifício. Status de mártir. Hazel se sente culpada, cúmplice do processo. Ela vê o constante fluxo de homens negros nos noticiários noturnos, abatidos a tiros pela polícia quando são parados por causa de lanternas traseiras quebradas, arrastados para a prisão por portarem um punhado de maconha, e ela tenta debilmente instruir os filhos sobre injustiça, preconceito institucional, a história tóxica do sistema de justiça do país. Ela faz cartazes de cartolina e marcha pelo centro de Burlington, pedindo igualdade. Ela repete essas expressões para Alma, mesmo sabendo que ficar na frente das câmeras é um privilégio. Assim como ser visto e falar suas últimas palavras em um microfone. Ansel obtém o glorioso título de *assassino em série*, uma expressão que parece inspirar uma avidez bizarra e primitiva. Livros, documentários e túneis escuros na internet. Multidões de mulheres que se deixaram seduzir.

Ao ajudar a mãe a entrar no carro de Linda, que cheira a biscoitos Saltines e purificador de ar, ela experimenta uma enorme sensação de desamparo. O medo em suas entranhas, feito um animal adormecido.

O prédio é imponente, feito de tijolos vermelhos. Grandioso, em estilo colonial. Para Hazel, parece um fórum ou uma escola de bairro residencial. Ela ajuda a mãe a atravessar a majestosa porta central.

Elas são recebidas por uma sombria multidão. A equipe de apoio a traumas, o grupo de ação de emergência, títulos que fluem como água através da consciência de Hazel. O diretor da penitenciária é um homem forte e atarracado, e tem um aperto de mão pegajoso.

"Como foi a viagem?", pergunta ele.

A garganta de Hazel está vazia. Ele faz um gesto para uma tina onde ela devia deixar os sapatos — o concreto é gelado embaixo dos pés descalços de Hazel. A prisão tem cheiro de linóleo, poeira e metal. Elas passam pelo detector de metais, o cabelo da mãe de Hazel saindo para fora do coque em um frisado eriçado, depois atravessam um corredor até a sala de apoio em um cortejo lúgubre. Cadeiras de escritório de cores brilhantes cercam uma mesa de madeira esterilizada.

"Querem água?", pergunta o diretor. "Café?"

Hazel recusa com um gesto de cabeça. A sala ecoa quando o diretor se retira, reverberando cada respiração estremecida da mãe. *Vai ficar tudo bem*, Hazel quer tranquilizá-la. *Vai ser melhor, depois que tudo isso acabar.* No entanto, tais promessas soariam falsas vindas de sua boca, e por isso Hazel apenas escuta o zumbido das lâmpadas suspensas, a algazarra da prisão silenciada pela pesada porta de aço. Ela ouve o leve alvoroço dos homens. Um grito distante, uma risada rouca. Então espera.

Alma acordou cedo esta manhã, para se despedir antes do voo. Ela desceu a escada de pijama e se empoleirou na ilha da cozinha enquanto Hazel preparava seu café. As bochechas de Alma estavam com marcas de travesseiro, o cabelo escuro puxado em um coque frouxo. Alma tem 14 anos agora — usa um aparelho brilhante nos dentes e constantemente ajusta as alças do top que não precisa usar. Antes de ir para a escola, passa vinte minutos no banheiro, tentando dar um jeito de parecer menos natural. Quando ri, sua mão voa para a boca, encabulada.

Você vai ficar bem, mamãe?, perguntou Alma, passando o açucareiro.

Vou ficar ótima, docinho.

A tia Jenny ia ficar orgulhosa. Alma corou, embaraçada pelo próprio sentimentalismo. *Ela ia ficar orgulhosa de ver que você é tão corajosa.*

Hazel pôs as mãos em concha nas bochechas da filha.

Hazel não sabe se Jenny ficaria orgulhosa. Em uma versão do universo, o sorriso de Jenny é irônico. *Típico da Hazel*, diz Jenny, revirando os olhos, sua marca registrada. *Fazendo tudo isto ser sobre ela.* Em outra versão, Jenny fica aliviada de ter Hazel lá, uma dublê de corpo, uma cópia substituta. Em uma terceira versão, Jenny ainda está viva, e ela e Hazel esperam na fila por um café — quando Jenny se vira para pegar o pedido de Hazel, ela parece alguém completamente diferente.

O diretor volta para a sala de reuniões, seguido por dois homens com camisas abotoadas até o pescoço. Eles assumem lugares no canto mais distante e fazem um vago aceno de reconhecimento. Usam crachás de plástico presos em cordões.

Jornalistas.

Hazel não gosta de jornalistas. Nas semanas após a confissão de Ansel, eles estacionaram seus furgões em frente à sua casa e permaneceram em seu gramado. Apareceram no escritório de Luis, no estúdio de balé, e foram até a creche de Mattie, com câmeras penduradas nos ombros. Abordaram Hazel no lado de fora do parquinho — *Vão embora*, gritou ela com uma voz aguda, enquanto as outras mães levavam os filhos pequenos para longe. *Por favor, nos deixem em paz.*

Nunca foi sobre Jenny. Jenny não é interessante. Os homens matam suas ex-esposas o tempo todo.

É sobre as outras garotas.

A grande questão, obviamente, é o motivo. Essa é a razão por que os jornalistas ainda aparecem, empurrando microfones na cara de Hazel, a razão por que Ansel recebe espaço nos jornais. Ele é cativante. Fascinante. Um fenômeno nacional. É chocante — *intrigante*, alguém lhe disse certa vez — ser tão imprevisivelmente mau. Por que ele matou aquelas garotas quando era adolescente, e ninguém mais depois até Jenny, vinte anos mais tarde? Por que elas? Por que naquela época?

Hazel não consegue imaginar uma questão menos interessante. É claro que ela lamenta o que aconteceu com as garotas e com suas famílias. No entanto, a atenção a confunde, essa questão que toma uma proporção maior do que deveria tomar. Não importa como Ansel se sente. A dor dele é irrelevante, está além do escopo de consideração de Hazel. Não importa por que ele matou as garotas ou Jenny. Hazel acredita que uma pessoa pode ser má e ponto-final. Há milhões de homens por aí que querem machucar mulheres. As pessoas parecem achar que Ansel Packer é extraordinário, porque ele realmente fez isso.

O banheiro está iluminado com um verde fluorescente.

Hazel se dobra sobre a pia e respira com dificuldade. Ela exala, espera que o pânico desapareça, devagar. O banheiro a intimida. É um erro; ela não devia ter ido ali. Hoje, o espelho não vai ser bondoso.

Acontece em centelhas, clarões. Quando Hazel inevitavelmente desvia o olhar da pia para o espelho, ela capta seu próprio reflexo, o cabelo curto, o sinal em forma de lágrima. No entanto, Hazel nunca mais será apenas si mesma de novo: Jenny se revela em um lampejo, em um movimento brusco. Jenny ri maliciosamente na curva do queixo de Hazel. Ela se esconde na dobra da pálpebra de Hazel, paira na depressão acima do lábio de Hazel.

Alguém aciona a descarga. Hazel sai do transe e recua, assustada, esbarrando no porta-papel-toalha. Quando a porta da cabine se abre com um rangido, surge uma jovem. Ela avalia Hazel, confusa, o silêncio se tornando algo palpável.

"Desculpe, eu...", gagueja a jovem, por fim. "É só que você é exatamente igual a ela."

"Como é?"

Ela estica a mão, passiva, como se para cumprimentar Hazel, o braço pendurado inerte entre elas. Um vislumbre de uma tatuagem, um passarinho na parte interna do seu pulso. O cabelo louro-escuro, vinte e poucos anos, ela está particularmente inquieta, embora seus olhos brilhem com uma curiosidade inconfundível.

"Humm, eu sou a Blue", diz ela, com a entonação de uma pergunta. "Me desculpe mesmo, eu devia imaginar. Ele me contou que a Jenny tinha uma irmã gêmea, eu devia ter..."

"Você conheceu a minha irmã?", pergunta Hazel.

Blue balança a cabeça. "Nunca a conheci."

Os olhos da garota são como os de Ansel. Um tom esmaecido de verde-claro, como musgo de início de verão.

"Você está aqui por causa do Ansel, não é?", pergunta Hazel. "A testemunha dele. Você não é... não pode ser filha dele."

"Ah", fala Blue rapidamente. "Não. Sou sobrinha dele."

"O Ansel não tem nenhuma família", rebate Hazel.

"O irmão dele", explica Blue. "Meu pai."

Hazel se lembra do Natal, tantos anos atrás. Como o rosto de Ansel tinha se suavizado quando ele falou sobre o seu irmãozinho. Uma fantasia, ela havia assumido desde aquela época, um espetáculo intencional de tragédia, construído especificamente para angariar simpatia. Hesitante, Blue passa por ela, abre a torneira e pega um pouco de sabonete líquido. Hazel pode ver traços de Ansel em seus ombros caídos. O ângulo do nariz. Tudo parece tão instável, as coisas que antes ela achou que eram verdadeiras.

"Por que você está aqui?", pergunta Hazel. "Por que você viria, para uma pessoa como ele?"

"Para ser sincera, nem eu sei direito." A voz da garota some. "Eu acho que... bom, as pessoas ruins também sentem dor."

As mãos de Blue pingam na pia. O banheiro ecoa, cavernoso. Na longa espera, Hazel vê sofrimento. Um sofrimento diferente daquele experimentado por Hazel, mas mesmo assim um tipo de sofrimento. Com os dedos ensaboados, Blue ergue as mãos. Ela não diz mais nada enquanto observa Hazel sair; seus dedos brincam com um medalhão, vermelho de tanta ferrugem, pendendo sem graça do pescoço.

Quando imagina a morte, Hazel visualiza um sono longo e bocejante. Muitas e muitas vezes ela a desejou. Ela não acredita no céu e no inferno, apesar de que a fé tornaria tudo certamente mais fácil. Ao voltar cambaleando pelo corredor, após ter deixado Blue sozinha diante do espelho, Hazel pensa em como isso é idiota. Absurdo. Uma morte desse jeito — estéril, regulamentada, observada a partir de um espaço fechado — é apenas uma morte. Ela não faz ideia de até que ponto isso serve como castigo. A sensação de insignificância a atinge de uma vez, como uma casa desmoronando. Hazel fica aflita no meio das ruínas. A absoluta falta de sentido. O puro desperdício.

De volta à sala de reuniões, a mãe de Hazel beberica água de um copo de papel. O diretor caminha perto da porta; ao ver Hazel, faz um gesto com a cabeça em direção à saída. Os jornalistas juntam suas coisas, enquanto Hazel pega a mão leve da mãe.

"Estão prontos?", indaga o diretor.

A recordação vem com o primeiro passo relutante. À medida que Hazel segue a procissão pelo corredor vazio e insípido, com o coração batendo agitado, a grandeza do acontecimento a traz de volta.

Vem, Hazel. Eu juro, a vista vale a pena.

Hazel tem 8 anos de idade. Ela está perto da cerca dos fundos, piscando para Jenny, que está no galho mais alto do bordo. Elas não têm permissão de subir naquela árvore; é perigoso demais, a mãe delas avisou. Lá embaixo, Hazel pode ver a sola dos pés descalços de Jenny, pretos do asfalto onde ela tinha brincado. Jenny se debruça e oferece a mão escorregadia, tão segura de si, tão fácil de confiar. Em pânico, Hazel dá impulso no tronco, o medo revirando sua barriga enquanto Jenny agarra seu pulso e a puxa para o galho, que farfalha. Hazel se equilibra, as pernas penduradas em direção ao gramado, saboreando a onda de coragem.

Olha, diz Jenny, abrindo um sorriso.

O quarteirão se espalha por entre as folhas salpicadas. Hazel pode ver o pátio dos vizinhos por cima de cercas e telhados, dentro de janelas reluzentes. O horizonte é amplo e, pela primeira vez, infinito. Jenny parece saber o que acabou de ofertar, pois dá um tapinha no ombro de Hazel, excessivamente compreensiva.

Você pode ver tudo, diz Jenny, diante do mundo que se desenrola. *Desde o começo até o fim.*

A sala das testemunhas é um pequeno teatro. A janela é revestida de barras, as cortinas bege fechadas. Não há assentos. Hazel conduz a mãe para dentro. Elas ficam de pé no centro do espaço de concreto, uma sensação esquisita, os jornalistas se posicionando respeitosamente atrás. Do outro lado da cortina, Hazel pode ouvir um murmúrio leve e arrastado. O barulho de uma bolsa de soro. O bipe persistente de um monitor cardíaco.

Então Jenny chega, pairando no ar. Quando as cortinas são puxadas e abertas, quando Hazel estreita os olhos em direção ao palco, Jenny está ali.

Ela é um perfume, passageiro. Uma lufada. Um brilho. Jenny está no oxigênio que enche os pulmões de Hazel, está no punho apertado de Hazel. Quando Hazel espia a sala de execução através do vidro, Jenny pisca de seu próprio reflexo. Hazel sabe que esse é o milagre de ser irmã. O milagre do amor por si só. A morte é cruel, infinita e inevitável, mas não é o fim. Jenny existe em todo cômodo que Hazel entra. Ela preenche, ela estremece. Ela se espalha até não estar em lugar nenhum e em todo lugar, até viver em qualquer lugar para onde Hazel a leve.

HORA O

Está na hora.

À medida que os passos se aproximam, você pressiona a mão no rosto. Barba por fazer, osso saliente. Você tenta memorizar a curva do seu queixo, o formato do ser com quem você conviveu durante toda a sua vida. Você não sabe se odeia o seu corpo e se vai sentir falta dele quando ele se for.

Os agentes esperam na frente da sua cela. Seis deles, inexpressivos, mais o capelão, o diretor da Casa da Morte, e um homem calvo do Gabinete do Inspetor Geral. A voz dele é abafada, distante, como se você escutasse embaixo d'água. Eles esticam os braços por entre as barras com um par de algemas.

Seu coração é um bastão de dinamite. Esperando, inútil, pela explosão. Os guardas destrancam a porta e fazem um sinal para você avançar.

Um passo, depois outro. Você segue caminhando.

A caminhada da cela até a sala de execução é cruelmente curta. Cinco metros. Você conta cada passo. Os agentes o acompanham dos dois lados, como se você fosse o presidente dos Estados Unidos. Cada segundo se alonga, incalculável.

Cedo demais, você chega ao seu destino.

A sala de execução é exatamente como você imaginou. As paredes são verdes, os tijolos são pintados em um tom enjoativo de menta, como chiclete de hortelã. Há um odor novo ali: de equipamento médico e substâncias químicas. No meio, há uma maca. Ela tem tiras nas laterais para cada braço e perna, como um instrumento de tortura medieval, e um microfone pende de um fio no teto.

Que insano, você pensa. Que maluquice. O governo pagou por essa mesa glorificada e a colocou nesta sala. Essas doze pessoas acordaram hoje de manhã, vestiram seus uniformes e foram até o trabalho, apenas para executar esse procedimento insensato. Os cidadãos do seu país pagam impostos para manter essa operação funcionando, para suprir as três drogas que vão fluir pelo soro. Seus próprios vizinhos — seu carteiro, o funcionário do mercado, a mãe solo do outro lado da rua — pagam para garantir que o seu governo possa matar você exatamente dessa forma.

Eles não lhe dão tempo. Acontece rápido demais: você é pressionado a avançar, e suas pernas traiçoeiras o impulsionam irrefletidamente até a maca. Há uma movimentação afobada, enquanto os agentes o amarram com as tiras em uma coreografia ensaiada.

Quando todo o processo termina, você encara o teto, os braços esticados para os lados como uma criança deitada para criar um anjo de neve. O teto não tem fendas. O teto não tem manchas. Você sente falta do elefante.

Uma recordação. Você tem 9 anos de idade e está no chão da sala da casa da srta. Gemma, os dedos enganchados no áspero carpete de lã marrom. Está sentado em círculo com as outras crianças, uma cópia da Bíblia aberta no colo. Uma menina bonita e mais velha lê uma passagem de Coríntios, e você observa os lábios dela, sem escutar as palavras.

O que sabemos sobre a cruz de Jesus?, pergunta a srta. Gemma. Os olhos dela estão semicerrados, o cabelo parece um halo de cor tingida quimicamente. Ela segura um crucifixo delicado, reluzindo no peito cheio de manchas provocadas pelo sol.

A cruz nos ajuda a entender o sofrimento de Jesus, diz ela. E também o seu amor.

* * *

A colônia do diretor é sufocante e empesteia o local. Ele verifica as tiras da maca. A equipe médica caminha alvoroçada ao seu redor, concentrada e indiferente ao seu desconforto. O capelão é o único que está sintonizado com você — ele compreende que você não quer falar, porque ele simplesmente fica parado ali, como um cão com a cabeça aninhada em sua perna.

Você desvia o olhar quando as agulhas são inseridas. Em ambos os braços. Você sente minúsculas picadas de dor, ouve o fluido gorgolejar na bolsa de soro. A enfermeira ajusta as doses. Você sente o cheiro específico que ela exala, não de perfume ou desodorante, mas como sua casa deve cheirar quando você entra nela pela primeira vez. Como sabonete de pepino, com alguma coisa mofada por baixo. Um fio do cabelo da mulher voou até sua camisa, pousou logo abaixo de sua axila e se ergue no ar com a força da sua respiração. Delicado, feminino, flutuando sem rumo.

Então os nomes aparecem para você — uma surpresa. Muito raramente você pensa nelas como pessoas separadas, aquelas Garotas, mas elas parecem diferentes nesse instante. Distintas e definidas. Izzy, Angela, Lila. Jenny.

Está confortável?, pergunta a enfermeira.

Não, você responde.

São as agulhas?, pergunta ela.

Não.

Em seguida ela sai da sala rapidamente.

Um barulho, atrás das cortinas. Pés se arrastando, um murmúrio suave.

As testemunhas.

Antes que você tenha tempo de se preparar, as cortinas são abertas com um movimento agitado, e você não está mais sozinho.

Através da vidraça, à direita, aparece a mãe de Jenny.

Ela está curvada agora, idosa. Seu rosto está arrasado. Mesmo durante o julgamento e a sentença, ela nunca teve essa aparência. Acima da gola do seu terninho, a mãe de Jenny parece destroçada, as lágrimas descendo rápida e silenciosamente pelas bochechas ressecadas. Você consegue ver isso pelo modo como a testa dela franze: ela chora por Jenny, mas existe algo mais. Essa mulher conhece você há quase trinta anos, e você reconhece a piedade dela em frangalhos. A mãe de Jenny também está chorando por você.

Ao lado da mãe, está Hazel, parada e rígida. Ela o observa intensamente, sem medo ou hesitação. Você se lembra de como Hazel costumava roubar olhadelas do outro lado da sala, como costumava desejá-lo. Agora ela não sorri. Não chora. Apenas dirige o olhar direto para a sua impotência. Perturbado, você percebe que é exatamente o modo como Jenny costumava olhar para você. Do ângulo em que a maca está posicionada, Hazel é tão implacável quanto a própria Jenny. Tão desconcertante quanto a irmã. Seu braço dá um puxão na tira que o prende, e o instinto do seu corpo responde de uma forma cruel contra ele mesmo — você quer tocar Hazel uma última vez.

E lá está ela. Do outro lado da janela, à esquerda.

Blue está próxima de Tina, o cabelo louro-avermelhado preso na nuca. O corpo dela está mais cheio. Blue parece uma noite de verão. Um crepúsculo em que se passa vadeando pelos campos de capim-azul, mãos delicadas tirando o cabelo dos seus olhos. Ao ver o nariz sardento de Blue, você ouve a voz de sua mãe, mais clara do que nunca.

Os segundos passam. Você capta seu próprio reflexo no vidro, um acidente. Você está transparente no conjunto dos rostos deles. Um fantasma já, que quase desapareceu. As maçãs do seu rosto parecem encovadas, seus óculos estão grandes demais no seu rosto. Você está horrorizado de ver que, nesses últimos minutos de espera, você só se parece consigo.

Então você está certo. Aqui, nos seus dois últimos minutos de vida, dentre todas as coisas desprezíveis que você fez, aqui está a prova. Você não sente o mesmo amor que todas as outras pessoas. O seu é contido, amortecido, sem explosões ou rupturas. No entanto, há um lugar para você na categoria das pessoas. Tem que haver. A humanidade pode descartá-lo, mas não pode negar isso. Seu coração bate. As palmas de sua mão suam. Seu corpo quer mais. Agora parece abundantemente clara a oportunidade que você desperdiçou. Existe o bem e existe o mal, e a contradição vive em todo mundo. O bem é simplesmente a matéria que vale a pena lembrar. O bem é a essência de tudo. A coisa escorregadia que você sempre perseguiu.

No início ele chega, formigando um pouco. Fugaz, um inchaço no fundo da garganta. Algo frágil e semelhante a um pássaro está preso no seu corpo, esvoaçando, de modo inconsolável.

O medo.

Você o engole.

As últimas palavras, diz o diretor. Tanto a equipe médica quanto o capelão já saíram — você desconfia que eles esperam em algum ponto atrás do espelho manchado. A sala parece menor, nela estão apenas você e o diretor.

Um microfone baixa do teto. Você não se preparou. Passam-se dez segundos, insuportavelmente densos. Pelo menos desta vez não há nenhum jogo para ser jogado. Nenhum poder para controlar, ninguém para enganar ou impressionar. Você viveu seus anos em regime de imitação cuidadosa, reproduzindo as coisas que uma outra pessoa diria, pensaria, sentiria, e agora está cansado. O microfone está longe demais da maca. Você luta contra as tiras, tentando alcançá-lo.

Prometo que vou ser melhor, você diz, sua voz se ampliando, contrita. Me deem mais uma chance.

Não há resposta. Apenas o olhar inquieto das testemunhas atrás do vidro, desviando-se, desconfortável. Neste momento, você deseja ser tocado, sentir que alguém segura sua mão. Seu corpo inteiro estremece, buscando agarrar-se a algo mais significativo do que as lágrimas.

O diretor tira os óculos.

O sinal infame.

Agora.

Você reza. Na próxima vida, você espera reencarnar em algo mais suave, algo que entenda o tipo inato de desejo que transforma um ser em algo inteiro. Uma criatura graciosa. Um beija-flor. Uma pomba.

Eles juraram que você não ia sentir dor. Juraram que você não ia sofrer. No entanto, há um sofrimento nesse tipo de medo, algo primitivo e virulento. Quando as substâncias químicas explodem em suas veias, você sente dor e seus membros se agitam selvagemente contra as tiras.

Não, você suplica.

Um pânico intenso, à medida que o veneno flui pelo seu corpo.

Não. Por favor.

Fora desta sala, o mundo pulsante continua. O sol está baixo e se tinge de rosa. A grama alta se espalha por campos intermináveis. Lá fora, o ar tem cheiro de pinheiro e rio, de sal e hortênsia. Você vê tudo, um lampejo de perfeita onisciência: o planeta inteiro, orbitando despreocupadamente, indiferente, vívido, assombroso e cruel. Ele dá uma piscadela para você rapidamente, antes de seguir caminho.

À medida que suas mãos perdem a sensibilidade, que sua visão se liquefaz e se dissolve, algo parece surgir. Uma massa. Ela se ergue do seu peito e sobe em direção aos céus, pairando sobre a sala desfocada. Você quer se esticar e tocá-la, mas você está imóvel. A massa é o seu lado obscuro, aquilo que o arrasta. Nesse último meio segundo, o seu verdadeiro fim, você entende tanto a tragédia quanto a piedade. Você encara fixamente o âmago daquela furiosa tempestade. Removida de você, ela parece pequena demais. Impotente.

Há um milésimo de segundo de glória, em que você existe sem isso, em que você está iluminado, irrompendo. Cheio de amor. É isso, você percebe. A sensação da qual você sentia falta. Neste instante que se esvai, essa sensação o preenche a ponto de explodir — a grande e singular generosidade da sua vida.

Um último estremecimento exala, uma derradeira expiração sibilante.

Em seguida, uma investida, enorme e terrível. Que arrebata e destrói. Que resplandece, gloriosa.

Finalmente.

EM OUTRO LUGAR

Em outro mundo, elas estão dormindo. Estão pondo a mesa, atravessando o parque correndo, assistindo ao noticiário ou ajudando com o dever de casa de matemática. Estão trabalhando até tarde, levando o cachorro para passear, tirando chumaços de cabelo que entopem o ralo do chuveiro. Em outro mundo, esta é uma noite comum para Izzy, Angela, Lila e Jenny. No entanto, elas não vivem naquele mundo nem neste.

Eis como Izzy Sanchez gostaria de ser lembrada:

Ela está deitada no barco a vela do avô, espichada em uma toalha roxa. O dia em Tampa está ensolarado como em um desenho animado. Sua irmã, Selena, se besunta de óleo de bronzear, com perfume de óleo de coco, que empoça na depressão do umbigo. Os dedos de Izzy estão melados, as unhas estão amarelas da tangerina que ela acabou de descascar — ela joga a casca pela lateral do barco e a observa boiar atrás, na esteira do barco. Um peixe-boi!, grita seu irmãozinho. A mãe dela o segura pelo peito, para impedi-lo de cair na água. *Ten cuidado, pequeño.* O quadril de Izzy se projeta da parte de baixo do biquíni, e seus dedos têm cheiro de tangerina e filtro solar.

Ninguém se lembra de Izzy assim. Sua irmã, Selena, lembra, mas apenas quando ela se obriga a pensar além do horror. De modo geral, Izzy, a verdadeira Izzy, está invisível embaixo da sombra do que aconteceu com ela. A tragédia é que ela está morta, mas a tragédia também é que ela pertence a ele. Ao homem mau, ao que fez a coisa ruim. Há milhões de outros momentos que Izzy viveu, mas ele os consumiu um a um, até ela existir na memória das pessoas como um resumo daquele terrível segundo, escoando constantemente no medo de Izzy, seu sofrimento, o fato brutal.

De onde estiver agora, Izzy gostaria de poder dizer: Antes de tudo isso, meus ombros estavam vermelhos e queimados. Eu tirei o descascado e joguei na pia. Havia coisas que eu sentia, antes do medo.

Eu comi uma tangerina ao sol. Deixe-me contar para vocês como é o sabor da tangerina.

Angela Meyer teria viajado para vinte e sete países. O preferido teria sido a Itália — nada tão exótico quanto a Malásia, Botsuana ou o Uruguai, mas ela teria adorado o coração antigo daquele país, orgulhosamente entranhado na tradição. Ela teria caminhado pelos paralelepípedos de Florença, Siena, Sorrento, lambendo colheres de plástico cheias de *gelato*, a cabeça zunindo com o vinho. Angela teria levado a mãe de férias para a Costa Amalfitana. Elas teriam pedido massa com vôngole na sacada do seu hotel à beira-mar, o ar matizado profusamente de sal e limoeiros.

No final da viagem, Angela teria dado uma boa gorjeta para as camareiras. As moças, adolescentes da região, teriam usado o dinheiro em shots de tequila na boate do outro lado da rua, não pensando em Angela, mas apenas no calor, seus jovens corpos suando, a pulsação das luzes e o som da música, levando tudo ao esquecimento.

O terceiro filho de Lila teria sido uma menina, afinal.

Eles a teriam chamado de Grace.

Ela não existe, mas, se existisse, Grace teria se tornado diretora-executiva do Jardim Zoológico de Columbus. Ela teria gerido oitocentos funcionários, dez mil animais e uma propriedade de duzentos hectares.

O animal favorito de Grace teria sido o leopardo-das-neves: um animal esbelto e majestoso, com um pelo branco viçoso, cheio de pintas. Após fechar uma noite, em um abafado mês de junho, Grace teria se encontrado sozinha na ala dos felinos, uma vez que a equipe de limpeza já teria ido embora para casa. Ela teria caminhado até o espaço do leopardo, com a intenção de admirá-lo antes de dizer boa-noite. Ela teria ficado de pé na entrada da grande jaula do leopardo, perplexa com a elegância do animal, e os enormes olhos amarelos dele teriam encontrado os dela. Um convite. Grace teria destrancado a porta de alimentação, o coração batendo em alerta, enquanto ela avançava lentamente, primeiro um, depois dois passos, depois mais dois. Com um sorriso estampado na mandíbula, o leopardo teria observado Grace deslizar para o chão contra a parede interna. Ele teria se aproximado dela sorrateiramente, cheirado a mão esticada de Grace em um sopro de bafo de carne. Teria estendido os membros e curvado o longo corpo onde a axila de Grace se encontrava com as costelas dela. E juntos, os dois haviam adormecido.

Ao amanhecer, Grace teria acordado com a boca cheia de pelo, a cabeça do leopardo descansando, enorme, em seu joelho. Ela teria pensado: Como este mundo é bom. Como essa indulgência é terna.

Teriam existido 6.552 bebês. Em um período de dezoito anos, 6.552 corações teriam batido inconscientes, protegidos no espaço líquido e vazio dos úteros de suas mães. Duzentos e quatro desses bebês teriam nascido azuis e levariam um tapa para despertar. Oitenta e um teriam morrido. Mas 6.471 crianças teriam inspirado suas primeiras golfadas de ar enquanto deslizavam para fora de cavernas ressonantes — elas teriam esticado seus membros agitados nas mãos de Jenny, que estariam ali, à espera.

Jenny teria sido um borrão. Os olhos dos bebês, ainda novinhos, não teriam sido capazes de decifrar o rosto dela. No entanto, 6.471 recém-nascidos teriam sentido a habilidade paciente das mãos enluvadas de Jenny, a humildade de seus dedos enquanto ela checava seus sinais vitais e os limpava. Eles teriam ouvido a voz de Jenny, murmurando as mesmas palavras toda vez que os passasse para os braços pegajosos de suas mães.

Bem-vindo, pequenino, Jenny teria sussurrado no precioso ouvido de cada um.

Você vai ver. É bom aqui.

AGRADECIMENTOS

Este livro é dedicado à minha agente literária, Dana Murphy; se ele existe, é por causa da mente profundamente generosa de Dana, que confiou no meu trabalho durante os momentos de medo existencial e insegurança. Seus conselhos foram sábios, imparciais, sinceros e atentos a uma compreensão terna do objetivo do romance. Tenho sorte de chamá-la de minha alma gêmea artística e uma amiga querida e valiosa.

Em minha editora, Jessica Williams, encontrei um aconchegante abrigo criativo. Jessica mirou direto no coração deste livro, extraiu suas melhores partes e as ergueu contra a luz. Sou agradecida a Jessica e a Julia Elliot, por tornarem dinâmica, agradável e extraordinariamente gratificante a experiência de publicar esta obra.

Obrigada a Liate Stehlik por seu apoio, a Brittani Hilles e à equipe de marketing da William Morrow por sua dedicação, e à equipe de vendas da HarperCollins por seu incrível show de entusiasmo. Obrigada à editora de produção Jessica Rozler, à copidesque Andrea Monagle, e à leitora beta Neha Patel. Por sua ajuda expressiva com pesquisas detalhadas, muitos agradecimentos para Dylan Simburger. Sou grata às encantadoras senhoras do Book Group, e a Jenny Meyer, por confiar que este romance ganharia vida no exterior; obrigada a Darian Lanzetta, Austin Denesuk, Dana Spector e aos demais integrantes da equipe na CAA. Obrigada a Francesca Main e à Phoenix Books, por fornecerem a esse romance um lar amoroso no Reino Unido.

Tenho uma dívida de gratidão eterna para com Michelle Brower, que me possibilitou uma carreira como agente literária, um trabalho indispensável para mim e que enriqueceu meu mundo tão completamente. Obrigada a meus colegas na Aevitas Creative Management, e aos meus clientes, por me confiarem suas palavras.

Obrigada ao meu inimitável grupo de escrita aqui em Seattle: Kim Fu, Danielle Mohlman e Lucy Tan, obrigada por me escutarem todos esses anos enquanto tomávamos um café. Obrigada a Caitlin Flynn, por sua firme amizade e pela paixão por todas as coisas que envolvem crimes. Obrigada a Mary Rourke e Janet Charbonnier, por fornecerem um escape e uma fonte de conforto na Acorn Street Shop (e também pelas quantidades de lãs). Obrigada a Dominick Scavelli e Janelle Chandler, por sua ajuda nos bastidores.

Sou completamente grata à multidão de amigos que me animaram ao longo desse tortuoso caminho: Jenessa Abrams, Carla Bruce-Eddings, Al Guillen, Maggie Honig, Abi Inman, Zack Knoll, Ida Knox, Ellen Kobori, Danielle Lazarin, Emily McDermott, Kaitlyn Lundeby Miller, Karthika Raja e muitos mais. Vocês sabem quem são.

Eu não estaria aqui sem a minha amada família. Obrigada a Arielle Kukafka, David Kukafka, Laurel Kukafka e Joshua Kukafka. Obrigada a Avi Rocklin, Talia Zalesne e Zach Zalesne. Obrigada a Shannon Duffy, Pete Weiland e Maddy Weiland. Lisa Kaye, Aiden Kaye e a toda a turma. Amo vocês demais.

Obrigada a Tory Kamen, porque é óbvio. A Hannah Neff, minha primogênita. A Remy-Bear, o menor dos filhotes, o mais doce dos bebês, fonte de alegria constante e desenfreada. Obrigada a Liam Weiland, meu amor, por essa vida incrível.

Case No. #04 Inventory #
Type of offense
Description of evidence coles

Quem é ELA?

DANYA KUKAFKA é autora de *A Garota na Neve*, best-seller internacional. Ela é formada pela Gallatin School of Individualized Study da Universidade de Nova York e atualmente trabalha como agente literária.

E.L.A.S EM EVIDÊNCIA.

Capture o QRcode e descubra.

Conheça agora todos os títulos do projeto especial **E.L.A.S — Especialistas Literárias na Anatomia do Suspense**, *que integra a marca Crime Scene® Fiction, da DarkSide® Books, para apresentar uma seleção criteriosa das mais criativas e inovadoras autoras contemporâneas do suspense mundial.*

CONHEÇA, LEIA E COMPARTILHE NOSSA COLEÇÃO DE EVIDÊNCIAS

Case No. _____ Inventory # _____
Type of offense _____
Description of evidence _BOOKS_

"Uma leitura diabolicamente planejada e deliciosamente sombria."
LUCY FOLEY,
autora de *A Última Festa*

"Alice Feeney é única e excelente em reviravoltas."
HARLAN COBEN,
autor de *Não Conte a Ninguém*

**ALICE FEENEY
PEDRA PAPEL TESOURA**

Dez anos de casamento. Dez anos de segredos. E um aniversário que eles nunca esquecerão. Um relacionamento construído entre mentiras e pedradas.

"Inteligente e deliciosamente sombrio. Fui fisgada até o fim."
ALICE FEENEY,
autora do best-seller
Pedra Papel Tesoura

"Fascinante, sombrio e tão afiado quanto uma coroa de espinhos."
RILEY SAGER,
autor de *The House Across the Lake*

**KATE ALICE MARSHALL
O QUE ESTÁ LÁ FORA**

Um thriller poderoso e inventivo. Uma história cruel e real sobre amizade, segredos e mentiras, inspirada em um crime real, e que evoca as grandes fábulas literárias.

"Katie Sise é uma nova voz obrigatória no universo do suspense familiar."
MARY KUBICA,
autora best-seller do New York Times de *A Outra*

"Sise mostra seu domínio do suspense com uma obra de tirar o fôlego."
PUBLISHERS WEEKLY

**KATIE SISE
ELA NÃO PODE CONFIAR**

Uma mãe, um bebê e um suspense arrebatador que vai assombrar a sua mente neste instigante thriller que aborda a saúde mental materna de maneira dolorosa e profunda.

"Uma prosa hipnotizante sobre um mundo que todos conhecemos e tememos."
ALEX SEGURA,
autor de *Araña and Spider-Man 2099*

"O melhor thriller de Jess Lourey até agora."
CHRIS HOLM,
autor do premiado
The Killing Kind

**JESS LOUREY
GAROTAS NA ESCURIDÃO**

Um thriller atmosférico que evoca o verão de 1977 e a vida de toda uma cidade que será transformada para sempre — para o bem e para o mal.